Persephone Haasis

Ein Sommer voller Himbeereis

Roman

PENGUIN VERLAG

FSC www.fsc.org
MIX
Papier aus verantwortungsvollen Quellen
FSC® C014496

Verlagsgruppe Random House FSC® N001967

PENGUIN VERLAG

2. Auflage

Dieses Werk wurde vermittelt durch die Literarische Agentur Michael Gaeb.

in der Verlagsgruppe Random House GmbH,
Neumarkter Straße 28, 81673 München
Umschlag: Favoritbüro
Umschlagmotiv: © zarzamora/shutterstock, Tukhfatullina Anna/shutterstock
Redaktion: Lisa Wolf
Satz: Greiner & Reichel GmbH, Köln
Druck und Bindung: GGP Media GmbH, Pößneck
Printed in Germany
ISBN 978-3-328-10400-1
www.penguin-verlag.de

Dieses Buch ist auch als E-Book erhältlich.

PROLOG

Die Wärme des Abends senkte sich auf die Terrasse. Pauline saß gemeinsam mit ihrer Familie und ihrer Freundin Florence um den alten Gartentisch, nachdem es ein herrliches Essen gegeben hatte. Sie hatten Fisch und Gemüse gegrillt, dazu hatte Paulines Großmutter Salat, eingelegte Peperoni und Oliven gereicht. Jetzt waren alle satt und genossen zufrieden, zurückgelehnt auf ihren Holzstühlen, die letzten warmen Strahlen der Sonne.

»Bist du dir denn wirklich sicher, dass du deine Ausbildung zur Patissière abbrechen willst?« Mathilde sah ihre Tochter fragend an.

Pauline seufzte. »Ja, ich glaube schon.«

Sie hatte diese Auszeit bei ihrer Familie dringend gebraucht, um sich darüber klar zu werden, wie es in ihrem Leben weitergehen sollte, nachdem sie wegen eines Patzers mit dem Küchenchef aneinandergeraten war – mal wieder. Pauline hatte doch selbst nicht verstehen können, warum ihre Brioches wie harte Steine aus dem Ofen gekommen waren. Bei Toni in der Küche sah das alles immer so unkompliziert aus. Ihrer Großmutter gelang es spielend, einen Gugelhupf zu backen, der so fluffig leicht war, dass man meinen konnte, der Teig sei aus Wolken gemacht. Bei Pauline selbst hingegen schien beim Backen alles schiefzulaufen, was nur schieflaufen konnte. Das Einzige, was sie erstaunlich gut hinbekam, waren die Sorbets und die Mousses au Chocolat, und das lag sicherlich daran, dass beides nicht im Backofen zubereitet werden musste.

Die letzten Tage hier waren viel zu schnell vergangen, aber Pauline war sich in dieser Zeit immer sicherer geworden, dass sie nicht mehr nach Paris zurückwollte. Trotzdem, morgen Abend saß sie wie so oft schon wieder im Zug, aber dieses Mal war sie fest entschlossen, nach ihrer Ankunft ihre Sachen zu packen und sich etwas Neues zu suchen – auch wenn sie im Moment noch keine Ahnung hatte, wohin ihre Reise gehen sollte.

»Kinder, bevor die Melancholie überhandnimmt, kümmern wir uns lieber um das schmutzige Geschirr«, sagte Paulines Großmutter und zwinkerte ihrer Enkelin zu. »Der Abwasch macht sich schließlich nicht von allein.«

Pauline und Florence wollten schon aufstehen, um beim Tischabräumen zu helfen, aber ihr Vater bedeutete ihnen beiden, sitzen zu bleiben.

»Das übernehmen wir, ihr habt morgen wieder genug zu tun. Genießt den letzten Abend!«

Pauline gab sich geschlagen, denn sie wusste, dass ihre Eltern keinen Widerspruch gelten lassen würden. Sie lehnte sich zurück und ließ den Blick über den Garten schweifen. Von der Terrasse aus führten drei Stufen hinunter auf eine Wiese, deren Ende mit einem Kirschlorbeer eingefasst war. Dahinter versank die Sonne als leuchtend gelber Ball und färbte die Wolken in warme Rot- und Orangetöne. Es sah fast ein bisschen so aus, als würde der Himmel in Flammen stehen, während sich jetzt über der Hecke eine gleißend helle Linie flüssiges Gold ergoss.

»Es ist einfach herrlich hier«, sagte Florence glücklich.

Pauline nickte. »Danke, dass du mich zum Fahren überredet hast. Die paar Tage hier haben mir wirklich gutgetan.«

»Ach was, ich danke dir, dass du mich mitgenommen hast.« Florence lachte und griff nach ihrem Weißweinglas. »Auf den schönen Abend«, sagte sie und prostete ihrer Freundin zu.

Schon als Kind war Pauline immer gern in Tonis Haus hier am Stadtrand in Bayern gewesen, denn hier schien die Zeit auf geheimnisvolle Weise stillzustehen. Im ungemähten Gras, in dem mehrere Obstbäume standen, fanden sich Mauergänseblümchen und Blauer Natternkopf, über denen noch vereinzelte Schmetterlinge flatterten. Links gab es einen Kräutergarten mit duftendem Basilikum und frischer Zitronenmelisse, und rechts war ein kleiner Bereich für die Gemüsebeete abgeteilt. Früher hatte sie dort oft gemeinsam mit Toni Möhren gesät oder frische Bohnen geerntet.

Auch die letzten Tage hatte Pauline sich wieder ganz wie damals gefühlt. Sie erinnerte sich an den Nachmittag im Stadtpark, an dem sie und Florence auf einer Picknickdecke gelegen und einfach nur den kleinen Wellen des Sees gelauscht hatten, an ihren Bummel durch die beschauliche Fußgängerzone und wie sie heute zusammen mit ihrer Großmutter unter klarem blauem Himmel und bei strahlendem Sonnenschein die Himbeeren von den Hecken im Garten gepflückt hatten. Abends war sie dann todmüde ins Bett gefallen, eingehüllt in den Duft von Lavendel wie früher in ihren Kindertagen, in denen Toni immer einen Zweig davon zwischen den weißen gestärkten Leinenbezügen und Kopfkissen in der Wäschekommode verwahrt hatte.

An diesem Mittag hatte die Hitze über dem Obstgarten des kleinen Hauses gestanden und die Düfte der Gräser, Blüten und Früchte intensiviert, wie Pauline es noch nie zuvor erlebt hatte. Gedankenverloren pflückte sie einen Stängel Pfefferminze aus einem Topf neben der Terrasse und atmete den für sie unverwechselbaren Geruch nach Liebe, Kindheit und Gastfreundschaft ein. So gerne wollte sie all diese Eindrücke bewahren, die ihr immer wieder Halt gaben.

Da kam ihr plötzlich eine Idee. Sie entschuldigte sich bei ihrer Freundin, stand auf und ging mit raschen Schritten in die Küche. Ihre Eltern, die ihr gerade wieder entgegenkamen, sahen ihr verwundert hinterher.

Pauline band sich Tonis weiße Spitzenschürze um, pflückte mehrere Minzblätter und hackte sie klein. Sie nahm eine Vanilleschote aus dem Vorratsschrank ihrer Großmutter und kratzte das Mark mit dem Messerrücken heraus. Sofort mischte sich in der alten Landhausküche das intensive Aroma der Vanille mit dem herben Geruch der Pfefferminze. Pauline suchte in einem der Oberschränke nach Tonis alter Metallsaftpresse, nahm sich eine Zitrone aus dem Obstkorb und presste eine Hälfte davon aus. Den Saft fing sie in einem Glasmessbecher auf, in einem anderen schlug sie frische Sahne. Jetzt brauchte sie nur noch ihre Hauptzutat: eine Schale tiefgefrorener Himbeeren. Heute Mittag hatte sie mehrere davon in den Gefrierschrank gestellt, weil es dieses Jahr so viele davon gab, dass Toni entschieden hatte, einen Teil der Beeren einzufrieren.

Pauline öffnete die Tür des Gefrierschranks und spürte

sofort die Kälte auf ihren nackten Armen. Sie nahm eine der Vorratsdosen heraus, legte den Deckel beiseite und ließ die rosa Beeren, die jetzt einen weißen glitzernden Reif trugen und dadurch aussahen, als stammten sie aus einem geheimnisvollen Zaubergarten, in den Mixer fallen. Aus dem grauen Zuckertopf nahm sie eine Prise Rohrzucker und ließ ihn auf die Früchte rieseln. Dann fügte sie die Minze, den Zitronensaft und das Vanillemark hinzu, nahm noch einmal die Flasche mit der flüssigen Sahne aus dem Kühlschrank, goss vorsichtig etwas davon zu den übrigen Zutaten und startete anschließend den Mixer. Innerhalb kürzester Zeit verband sich alles zu einer verführerisch rosaroten Eiscreme.

Pauline formte mit zwei Esslöffeln halbrunde Kugeln, setzte sie auf Dessertteller und legte jeweils eine Handvoll frische Himbeeren, Brombeeren und Johannisbeeren darum. Sie spritzte einen Klecks geschlagene Sahne daneben, garnierte die Haube mit einem Pfefferminzblatt und raspelte mit Tonis alter Küchenreibe ein paar Flocken aus weißer Schokolade darüber. Dann brachte sie die Teller nach draußen auf die Terrasse.

»Das sieht ja wunderbar aus!«, freute sich ihre Mutter mit einem warmen Lächeln. »Ich wusste gar nicht, dass es noch Nachtisch gibt.«

Als Pauline sich den ersten Löffel auf ihrer Zunge zergehen ließ, entfaltete sich der Geschmack der süßen Früchte, vermischt mit der herben Minze und dem Spritzer frischer Zitrone, ganz genau, wie sie es sich vorgestellt hatte. Sofort fühlte sie sich in einen Morgen aus ihrer Kindheit zurückversetzt. Sie sah sich barfuß und im Nachthemd die Holztreppe in Tonis altem Haus herunterrennen, an dessen unterem Treppenabsatz ihr Vater stand, sie in seinen Armen auffing und im Kreis herumwirbelte. Dann war er mit ihr gemeinsam in die Küche gegangen, in der ihre Mutter schon eine Himbeer-Vanille-Torte, verziert mit weißen Schokoladenherzen und saftigen Beeren, auf den Tisch gestellt hatte. Toni hatte das gute Porzellan aufgedeckt, und in einer bauchigen Teekanne dampfte frisch aufgebrühter Pfefferminztee aus dem Kräutergarten ihrer Großmutter. Ja, dieses Eis erinnerte sie wirklich an einen Geburtstagsmorgen von damals.

»Pauline, wie hast du das so schnell gemacht?«, rief Florence überrascht. »Das ging ja ganz fix und schmeckt einfach köstlich! So fruchtig und erfrischend, ganz anders als deine Brioches!«

Pauline warf ihrer Freundin für den Seitenhieb auf ihre Backkünste einen strengen Blick zu, aber sie spürte, wie ihre Wangen vor Stolz glühten.

»Es war nur eine spontane Idee«, sagte sie. »Ich wusste nicht einmal, ob es funktionieren würde.«

»Das hat es«, sagte Mathilde beeindruckt, und Richard nickte ebenfalls zustimmend.

»Dieses Eis zergeht so samtig weich auf der Zunge – das ist einzigartig.« Florence probierte einen weiteren Löffel, schloss genießerisch die Augen und schien über etwas nachzudenken. Schließlich beugte sie sich zu Pauline. »Du solltest dir überlegen, ob du dich nicht ganz aufs Eismachen spezialisieren willst. Du hast wirklich Talent.«

»Findest du?«

»Deine Freundin hat voll und ganz recht«, bestätigte Toni,

und als sie ihrer Enkelin jetzt aufmunternd zulächelte, bildeten sich unzählige kleine Fältchen um ihre leuchtend blauen Augen. »Wer so etwas nebenher mal schnell auf den Tisch zaubern kann, dem gelingt sicherlich noch viel mehr.«

APRIL

1.

Hinter dem morschen Holzzaun, der das kleine Mehrfamilienhaus in der Nähe von Bamberg umgab, wiegte sich ein Meer aus weißen und gelben Osterglocken im Wind. Es war der erste richtige Frühlingstag in diesem Jahr, die Luft war noch kühl, aber ein Sonnenstrahl kitzelte Pauline bereits an der Nasenspitze, als sie vor die Tür trat und den Vorgarten durchquerte. Sie schloss ihr Fahrrad ab und schwang sich auf den Sattel. Der Fahrtwind wehte ihr durchs Haar und spielte mit ihrem Rocksaum, während sie durch die Straßen der fränkischen Kleinstadt radelte, die langsam zum Leben erwachte. Dieser Morgen fühlte sich wunderbar leicht und unbeschwert an. Pauline war auf dem Weg zu ihrem Eiscafé, denn nach jenem schicksalshaften Abend auf der Terrasse hatte sie die Entscheidung getroffen, sich selbstständig zu machen und ein eigenes Café zu eröffnen. Nun, ein paar Jahre später, war sie die stolze Besitzerin von »Paulines Eishimmel«, und vor ein paar Tagen hatte sie mit Florence, ihrer besten Freundin und Mitarbeiterin, beschlossen, dass dieser Tag perfekt wäre, um den Laden für die Sommersaison wieder zu öffnen. Bestimmt konnten es die Leute kaum mehr erwarten, sich das erste Eis des Jahres zu gönnen.

Pauline bog in den Stadtpark ein und entdeckte die neu

bepflanzten Blumenbeete, die in verschiedenen Farben miteinander um die Wette leuchteten. Als sie die Allee am Ende des Parks erreichte, kam bereits ihr Eiscafé in Sicht. Es lag in einer Reihe mit anderen kleinen Geschäften, einem Buchladen, einer Gärtnerei und einem Antiquitätengeschäft, nicht weit vom Stadtpark entfernt. Pauline verlangsamte ihr Tempo, und ihre Vorfreude wuchs.

An ihrem Café angekommen, stieg sie von ihrem Rad und schob es in den Fahrradständer, den sie sich gemeinsam mit Anna Bergmann, der Besitzerin des Antiquitätenladens nebenan, teilte. Sie sah kurz durch Annas Schaufenster, aber drinnen war noch alles dunkel. Kein Wunder, es war ja auch noch ziemlich früh am Morgen, und Pauline war immer eine der Ersten, die ihren Laden öffnete. Sie drehte den Schlüssel im Schloss, und mit einem leisen Knacken sprang die Tür auf.

Früher hatte sich im Erdgeschoss des Hauses eine Apotheke befunden. Es war ihre Großmutter Toni gewesen, der die leer stehenden Räume damals aufgefallen waren, und schon bei ihrer ersten Besichtigung war Pauline von dem Charme der ehemaligen Ladeneinrichtung verzaubert gewesen. Die gelben achteckigen Fliesen, deren Zwischenräume mit dunklen Quadraten aus Keramik ausgelegt waren, die hohe Stuckdecke und die alten Apothekerschränke aus Eichenholz, die von einer längst vergangenen Zeit erzählten, strahlten genau das Ambiente aus, was sie gesucht hatte. Gemeinsam mit ihrem Vater hatte sie den Laden renoviert und dabei, so viel wie möglich von der ursprünglichen Ausstattung bewahrt.

Paulines Schritte hallten leise auf dem Fliesenboden, als sie jetzt zwischen den fünf Tischgruppen hindurchging, deren

Holzstühle gut mit den deckenhohen Apothekerschränken an der hinteren Wand harmonierten, die sie jetzt für ihre eigenen Zwecke nutzte. Damals hatte Pauline direkt gewusst, dass auf diese Seite des Schranks die Orangenschalen kämen, daneben der Holunderblütensirup, und gemeinsam mit Toni hatte sie später beim Einräumen die perfekten Plätze für all die anderen Gewürze und Soßen ausgetüftelt, sodass alles griffbereit stand und gut zu erreichen war. Die übrigen Wände des Cafés hatte Pauline weiß gelassen, damit der Raum hell und freundlich blieb und die Kunstdrucke von Edgar Degas' Balletttänzerinnen besonders schön zur Geltung kamen. Pauline lief auf den alten Tresen zu, in den ihre Eisvitrine eingelassen war, und atmete den Duft von Zimt und Schokolade ein, der sich auf die Chiffonvorhänge und die puderfarbenen Polster der Sitzgruppen gelegt hatte. So wunderbar roch es immer im Café, wenn sie frisches Eis gemacht hatte.

An der Theke angekommen, fiel ihr Blick auf das Foto ihrer Großmutter, die ihr aus einem ovalen Bilderrahmen freundlich entgegenlächelte. Diese Aufnahme war die letzte, die sie von Toni gemacht hatte. Sie war draußen vor dem Eishimmel entstanden, als sie sich an einem warmen Juliabend nach getaner Arbeit einen Granatsplitter-Becher gegönnt hatten. Mit ihrer Großmutter hatte sie so viele schöne Stunden hier verbracht, nebeneinander hatten sie im Eislabor gestanden, Toni an der Rührschüssel und Pauline an der Eismaschine, während sie Vanilleeis und Apfelstrudel für ihre Gäste zubereiteten und Pauline ihrer Oma dabei ihr Herz ausschüttete. Auch heute noch fühlte sie sich Toni in ihrem Eiscafé besonders nahe. Es war fast ein bisschen so, als ob ihre

Großmutter dort einen ganz eigenen Zauber zurückgelassen hatte. Pauline bemerkte, dass sich bei ihren Gedanken ein sanftes Lächeln auf ihren Lippen ausbreitete. Im Eishimmel fühlte sie sich wohl, hier war sie glücklich.

Gedankenversunken strich sie mit der Hand über die weiße Marmorplatte hinter der verglasten Eisauslage. Sie mochte die angenehme Kühle der Oberfläche, vor allem im Sommer, wenn sie die Eisbecher dort anrichtete. Ihre Finger folgten den glitzernden gold-grauen Spuren, die sich durch das makellose Weiß zogen. Die Maserung erinnerte sie an ihre Orangen-Joghurt-Eiskreation aus dem letzten Sommer, und sofort bekam sie Lust, sich ein neues Rezept auszudenken. Aber zuerst wollte sie noch etwas Nachschub der Sorten zubereiten, die bei den Gästen am beliebtesten waren, und dazu zählten zweifelsfrei Schokolade und Vanille, Haselnuss und Stracciatella.

Ein Motorrattern riss Pauline aus ihren Gedanken. Sie drehte sich um und sah, dass draußen gerade ein himmelblauer Lieferwagen vor ihrem Eiscafé auf dem Gehweg zum Stehen kam. Florence, wie immer praktisch in Jeans und Baumwollbluse gekleidet und die kastanienbraunen Haare zu einem Pferdeschwanz zusammengebunden, sprang aus dem Fahrerhäuschen, winkte kurz in ihre Richtung und verschwand dann hinter dem Lieferwagen.

Pauline verließ das Café, um ihrer Freundin beim Ausladen der Einkäufe zu helfen.

»Guten Morgen«, begrüßte sie Florence und umarmte sie herzlich.

»Bonjour, ma chère.« Florence drückte Pauline zwei Wangenküsschen auf.

»Du bist aber früh dran. Ich habe erst um neun mit dir gerechnet.«

»Nicolas braucht nachher noch den Wagen, um die Lebensmittel für sein Restaurant zu besorgen. Deshalb bin ich jetzt schon da. Ich war auch schon auf dem Wochenmarkt und beim Biobauern und habe Sahne, Zucker und Früchte für das Eis gekauft. Und in der Gärtnerei hatten sie so schöne Frühlingsblumen, dass ich unbedingt welche kaufen musste. Ich soll dir von der Besitzerin übrigens schöne Grüße bestellen. Bist du damit einverstanden, wenn ich nachher die Blumenkästen bepflanze?«

»Na klar.« Pauline ließ Florence bei der Gestaltung des Eishimmels freie Hand, denn wenn es darum ging, das Café in eine Wohlfühloase zu verwandeln, war ihre Freundin genau die Richtige.

Florence war inzwischen in den Laderaum gestiegen und reichte ihrer Freundin eine Holzkiste mit Frühlingsblumen. Beim Anblick der Stiefmütterchen, Tulpen und Osterglocken ging Pauline das Herz auf.

Gemeinsam luden sie den Lieferwagen aus und brachten die Einkäufe hinein. Pauline naschte von den Erdbeeren, die so verführerisch dufteten, dass sie einfach nicht widerstehen konnte, und auch die Zitronen, Orangen und der Rhabarber sahen zum Anbeißen aus. Auf Florence war einfach Verlass. Sie achtete beim Einkaufen auf gute Bioqualität, und das schmeckte man später auch beim Eis.

Während Florence sich auf den Weg machte, um ihrem Mann den Lieferwagen zurückzubringen, begann Pauline mit dem Eismachen. Sie zog sich ihre blütenweiße Kochbluse und die schwarz-weiß karierte Hose an, steckte ihr

Haar zu einem Dutt fest und ging in die Küche, das Herzstück des Eishimmels. Hier, im Eislabor, konnte Pauline ganz für sich sein und ungestört arbeiten. Natürlich machte es ihr auch Spaß, Eisbecher für ihre Kunden zuzubereiten, doch die Arbeit im Eislabor war für sie etwas ganz Besonderes. Es fühlte sich beinahe magisch an, wenn sie es wieder einmal geschafft hatte, die Zutaten für eine neue Sorte bis ins kleinste Detail perfekt aufeinander abzustimmen, und sich die einzelnen Nuancen der neuen Kreation zu einem besonderen Geschmackserlebnis zusammenfügten.

Pauline spürte unfassbare Vorfreude in sich aufsteigen, als sie jetzt eine Schürze aus dem Schrank nahm und sich umband. Durch die große Fensterfront fiel Tageslicht, das die blank geputzte Einrichtung aus Edelstahl glänzen ließ, und die beiden Kühlschränke gegenüber der Eismaschinen surrten erwartungsvoll. Sie nahm einen Ordner vom Regal über ihrer Arbeitsfläche und suchte das Stracciatellarezept heraus. Auf dem hellen Linoleumboden hörte man ihre Schritte fast gar nicht, als sie jetzt die Zutaten, die sie für das Eis benötigte, zusammentrug. Pauline gab Milch und Sahne in den Pasteurisierer, startete das Programm, und die Maschine begann vertraut zu brummen. Dann wog sie die angegebene Menge ihres selbst hergestellten Eispulvers für Milcheis ab, das später beim fertigen Eis für die richtige Konsistenz sorgte, ließ Zucker in einen Messbecher rieseln und gab eine Prise Salz dazu.

Während sie alle Zutaten mit einem Schneebesen vermischte, musste sie daran denken, wie sie früher als Kind bei Toni in der Küche gesessen und ihr beim Backen zugesehen hatte. Sie hatte das Bild noch ganz genau vor sich: die Eckbank aus Holz mit ihren rot-weiß gewürfelten Kissenbezügen, auf der sie sitzen durfte, die handgestickte Tischdecke und den Feldblumenstrauß in der grauen Steingutkanne auf dem Tisch und Toni, die neben dem Herd stand und Zwetschgen entsteinte. Für Pauline waren die gemeinsamen Stunden mit ihrer Großmutter die schönste Zeit in ihrer Kindheit gewesen. Nie hatte sie sich so geborgen gefühlt, wie wenn sie gemeinsam mit ihr am warmen Ofen gebacken hatte. Das war auch der Grund gewesen, warum sie sich nach ihrem Abitur entschieden hatte, nach Frankreich zu gehen und Patissière zu werden. Sie wollte genauso werden wie Toni, die mit ihren Kuchen und Backwaren eine ganze Stadt verzaubern konnte. Aber dann war alles doch ganz anders gekommen …

»Ich bin wieder da«, hörte sie Florence rufen. »Kann ich dir beim Eismachen helfen?«

»Wenn du Lust hast, gerne.«

»Was für eine Sorte machst du denn gerade?«

»Stracciatella.« Pauline gab den Inhalt ihrer Schüssel zu dem Sahne-Milch-Gemisch in den Pasteurisierer und stellte die gewünschte Temperatur ein, dann reichte sie ihrer Freundin einen Block Zartbitterschokolade, und Florence hackte diesen mit einem Messer in kleine Stücke, die Pauline später erwärmen und unter das Eis mischen würde. Der betörende Kakaoduft stieg ihr in die Nase, und sie konnte nicht widerstehen und naschte ein Eckchen Schokolade.

»Hey! So hast du nachher nur Milcheis!«

»Was denn? Ich muss doch die Zutaten prüfen.« Pauline zwinkerte ihr zu und räumte das benutzte Geschirr in die Spülmaschine. Bis der Eismix fertig war, hatte sie noch etwas Zeit. Deshalb entschied sie, jetzt eine Variegato zuzubereiten, eine Mischung aus Fruchtsoße und Konfitüre. Diese eignete sich hervorragend, um Joghurteis zu marmorieren oder Eisbecher kunstvoll zu dekorieren.

Pauline wusch die Erdbeeren und zerteilte sie in kleine Stücke, die sie zusammen mit Zucker, einem Spritzer Zitronensaft für die Frische und etwas Wasser auf dem Herd aufkochte. Dabei seufzte sie leise.

»Was ist los?«, wollte Florence wissen.

»Ich musste gerade an meine Oma denken. Wir waren einmal bei Anna im Garten Erdbeeren pflücken. Sie hatte ein riesiges Feld davon hinter ihrem Antiquitätenladen, und Toni und Anna sind mit ihren Strohhüten auf dem Kopf den ganzen Tag in der sengenden Sonne auf Knien herumgerutscht und haben die Früchte für mich zusammengesammelt. Toni ist daraufhin drei Wochen lang zu einem Orthopäden gehumpelt, weil sie Probleme mit ihrer Bandscheibe bekommen hat, aber sie hätte es sich um nichts in der Welt nehmen lassen, bei der Ernte zu helfen.«

»Das sieht ihr ähnlich«, sagte Florence amüsiert.

»Stimmt. Aber es hat sich gelohnt. Im Sommer haben wir dann zu dritt im Schatten unter dem Kirschbaum gesessen und das Eis genossen, bis Anna irgendwann über ihren wuchernden Basilikum geschimpft hat. Da ist Toni auf die Idee gekommen, dass man auch daraus Eis machen könnte.«

»Dann hat sie dich also zu deinem legendären Basilikumeis inspiriert?«

Pauline nickte. »Bis heute ist es Annas Lieblingssorte – und das nicht nur, weil es eine besonders schöne Form des Unkrautvernichtens ist, wie sie immer sagt. Ich glaube, sie mag es auch so gerne, weil es sie an ihre Freundin erinnert.«

»Das kann ich mir gut vorstellen, die beiden waren ja unzertrennlich.« Florence lächelte.

»Ja, das stimmt.« Pauline füllte die Variegato in Einmachgläser, und Florence ging wieder nach vorne ins Café, um die letzten Vorbereitungen für die Eröffnung zu treffen.

Als das grüne Lämpchen am Pasteurisierer blinkte und dieser mit einem regelmäßigen Piepen ankündigte, dass er fertig war, gab Pauline den Eismix in das Reifegerät. Dort würde er jetzt mehrere Stunden quellen und immer wieder gerührt werden, sodass sich alles zu einer glatten Masse verband. Erst danach konnte sie damit weiterarbeiten und die Schokolade daruntermischen. Sie nahm den Eismix für Schokoladeneis, den sie schon vorbereitet hatte, und prüfte mit einem Kochlöffel die Konsistenz. Zufrieden füllte sie den Mix in die Eismaschine, stellte die gewünschte Temperatur ein und drückte den Startknopf. In wenigen Minuten würde das Eis fertig sein. Bis es so weit war, wog sie die Zutaten für die nächste Sorte ab. Jetzt war Haselnuss an der Reihe.

Pauline war so ins Eismachen vertieft, dass sie gar nicht bemerkte, wie schnell die Zeit verging. Erst als Florence wieder den Kopf zur Tür hereinstreckte, stellte sie fest, dass der Eishimmel bereits geöffnet haben müsste.

»Pauline, draußen ist unser erster Gast. Gibt es schon Eis?«

»Ja, natürlich.« Pauline ging zu dem großen Gefrierschrank und öffnete ihn. »Die Auswahl ist zwar noch überschaubar, aber einige Sorten sind schon fertig. Ich bringe sie gleich nach vorne.« Sie nahm eine Edelstahlwanne mit Vanilleeis heraus, und das silberne Metall beschlug auf dem Weg zur Eisvitrine sofort in der Wärme. »Ich bin gleich für Sie da!«, rief Pauline der Frau am Fenster zu, schob die Glastür der Vitrine zur Seite und setzte die Wanne in die Halterung ein. Sie nahm den Deckel ab, und darunter kam ein helles, cremiges Eis zum Vorschein. Wie Wellen auf dem offenen Meer türmten sich kleine Gipfel, in denen immer wieder schwarze Punkte von echter Vanille zu finden waren. Pauline dekorierte die Schale mit zwei Vanilleschoten und einer weißen Blüte und brachte dann eine Schale Schokoladeneis heraus, das mit einem Gitter aus Zartbitterschokolade garniert war. Auf dem Haselnusseis lockten ganze Nüsse und Krokant die Gäste zum Probieren. Pauline steckte die von Hand beschrifteten Schilder in die Eiswellen und betrachtete zufrieden ihr Werk.

»Das sieht ja fabelhaft lecker aus«, stellte eine ältere Dame fest, und Pauline erkannte sie sofort an der Stimme.

»Anna! Wie schön, dich zu sehen! Wie geht es dir?«

Anna war von ihrem Tisch am Fenster aufgestanden, um die ersten Eissorten in der Vitrine persönlich zu bestaunen.

»Sehr gut, meine Liebe, und wie geht es dir? Du bist ja schon wieder richtig fleißig, wie ich sehe.«

»Ja, endlich ist wieder Frühling! Der Winter hat viel zu lange gedauert, und meine Gäste mussten sich ganz schön in Geduld üben.«

»Aber das Warten hat sich gelohnt«, stellte Anna anerkennend fest. »Darf ich mal probieren, was du da gezaubert hast?«

»Natürlich.« Pauline nahm einen gekühlten Eisbecher aus der Gefriertruhe unter dem Tresen und öffnete die Vitrine. Mit einem Eisportionierer formte sie drei gleichmäßige Kugeln, die sie nacheinander in den Becher gab. »Möchtest du Sahne dazu?«

»Ja gerne, ein bisschen.« Anna setzte sich wieder ans Fenster, vor dem inzwischen mehrere Balkonkästen mit Frühlingsblumen standen. Florence hatte auch die übrige Dekoration fertiggestellt, denn auf jedem der Tische befand sich nun ein buntes Gesteck in einem Keramiktopf oder ein duftender Strauß in einer schlanken Vase.

Pauline nahm die frisch geschlagene Sahne aus dem Kühlschrank, füllte sie in einen Spritzbeutel und zauberte eine kleine Sahnerose auf das Eis. In einem Schubladenschrank mit Jugendstilschnitzerei, der ebenfalls zur ursprünglichen Apothekeneinrichtung gehörte, hatte sie Besteck, Kekse und andere Kleinigkeiten untergebracht. Sie holte Löffel und Servietten für Anna und sich heraus und drehte sich zu einem Regal, in dem sich mehrere schlanke Flaschen befanden. Darin waren unterschiedliche Öle und Wässer mit besonderen Geschmacksrichtungen abgefüllt, die Pauline bei der Eisherstellung für ihre ausgefalleneren Sorten benutzte. Sie nahm eine Flasche mit der Aufschrift »Schokoladensoße« aus dem Regal und träufelte etwas davon auf die Sahnehaube von Annas Eisbecher. In den eckigen Keramikdosen und braunen Rundschulterflaschen in der Optik der alten Apothekeneinrichtung, die danebenstanden, bewahrte sie verschiedene Gewürze, Kräuter, getrocknete Früchte und andere Leckereien zum Garnieren der Eisbecher auf. Die Etiketten hatte sie noch zusammen mit Toni alle von Hand beschriftet, was der Caféeinrichtung eine persönliche Note verlieh.

Pauline nahm die Keramikdose mit den Schokoladenstreuseln vom Regal und ließ ein paar davon über Annas Eisbecher rieseln. Zum Schluss garnierte sie die Sahnehaube mit frischen Erdbeerstückchen und steckte zwei Waffelröllchen von Florence in ihr Kunstwerk.

»Mmh, das sieht ja hinreißend aus!«, freute sich Anna, als Pauline ihr den Eisbecher überreichte.

»Es sind leider nur die Standardsorten. Zu mehr bin ich bisher noch nicht gekommen.«

»Das macht gar nichts. Dein Basilikumeis vermisse ich zwar schon besonders lange, aber ich bin auch eine große Freundin deiner übrigen Eiskreationen.« Anna nahm den langstieligen Löffel vom Silbertablett, kostete das Eis und verdrehte genießerisch die Augen. »Himmlisch!«, schwärmte sie. »Einfach himmlisch. Pauline, du machst das beste Eis auf der ganzen Welt.«

»Ach was.« Pauline musste lächeln, als Anna sich auch den zweiten Löffel genauso schmecken ließ. »Das kannst du doch gar nicht wissen, schließlich hast du bestimmt noch nicht in jeder Eisdiele auf der ganzen Welt ein Eis gegessen.«

»Das nicht«, gab Anna zu. »Aber das brauche ich auch nicht, denn ich habe das beste Eiscafé zum Glück gleich neben meinem Laden.«

»Wie läuft es denn bei dir?«, erkundigte sich Pauline.

»Ganz gut. Vor ein paar Tagen habe ich bei einer Haushaltsauflösung wieder viele schöne Stücke ankaufen können. Ende der Woche kommt die Lieferung. Bis dahin möchte ich noch ein bisschen umräumen. Mal sehen, wie das klappt. Im hinteren Teil des Ladens bei den Möbeln ist noch etwas Platz, wenn man sie geschickter arrangiert. Nur die alten Knochen wollen im Moment nicht so mitspielen.« Sie verzog das Gesicht.

»Wenn du willst, können wir das zusammen machen«, bot

Pauline sofort an. Sie wusste, dass Anna seit einiger Zeit Probleme mit dem Rücken hatte und nicht mehr so schwer tragen konnte. Es war deshalb schon öfter vorgekommen, dass sie der älteren Dame beim Umräumen im Laden geholfen hatte.

»Hast du dafür denn überhaupt Zeit?«

»Natürlich. Ich kann ja in den nächsten Tagen in der Mittagspause oder nach Feierabend einfach mal bei dir vorbeischauen.«

»Sehr gern.« Anna lächelte Pauline an. »Du bist wirklich ein Engel.«

2.

An diesem Mittag war nicht sehr viel los im Eishimmel, lediglich zwei Frauen tranken nach einem Stadtbummel, darauf ließen zumindest ihre Tüten und Taschen schließen, einen Kaffee, und ein Geschäftsmann war mit seinem Smartphone beschäftigt. Pauline warf einen Blick auf die Uhr. Vielleicht würden in einer guten halben Stunde ein paar Schulkinder auf ihrem Nachhauseweg eine Kugel Eis kaufen, aber bis dahin war nicht mit großem Andrang zu rechnen, sodass sie Florence im Eishimmel eine Weile allein lassen und wie versprochen im Antiquitätenladen vorbeischauen konnte.

»Ich bin kurz mal drüben bei Anna«, sagte sie und faltete ihre Schürze zusammen.

»Ist gut.« Florence stellte die Kaffeetassen auf zwei Silbertabletts und legte jeweils einen ihrer selbst gebackenen Butterkekse auf die Untertassen. »Grüß sie von mir.«

»Mache ich.« Pauline nickte ihren Gästen im Vorbeigehen zu und verließ das Café. Draußen war es frisch, und an den vier Sitzgruppen, die vor dem Eishimmel standen, saß niemand, was Pauline nicht sonderlich verwunderte. Sie zog ihre Strickjacke enger um sich und sah nach oben. Dunkle Wolken hingen am Himmel, sicherlich würde es heute noch Regen geben. Ein ungemütlicher Wind fuhr durch ihr honigblondes Haar und ließ das Schild des Antiquitätenladens leise quietschend hin und her schwingen. »Bergmann Antiquitäten« stand verschlungen darauf, daneben war ein gemütlicher Sessel abgebildet.

Pauline öffnete die schwere Glastür des Antiquitätengeschäfts und trat ein. Unzählige Vitrinen aus Nussbaum und Mahagoni beherbergten Schätze wie Broschen, Schmuck, Postkarten und Silberbesteck. Daneben fügten sich die unterschiedlichsten Tische mit den dazugehörigen Stühlen oder verwaisten Einzelstücken zu einem unübersichtlich wirkenden Labyrinth zusammen. Pauline musste sich regelrecht hindurchschlängeln, um in den Nachbarraum mit dem wuchtigen Schreibtisch aus dem 19. Jahrhundert zu gelangen, hinter dem Anna in ihrem Ohrensessel mit moosgrünem Samtbezug saß und gerade einen Pokal aus Bronze polierte. Auch in diesem Zimmer wusste sie nicht, wohin sie zuerst blicken sollte. In verschiedenen Schränken und Vitrinen fanden sich Porzellanservice in allen möglichen Ausführungen, auf einem Regal drängte sich eine Armee von Milchkännchen und Blumenvasen eng aneinander, und auf einer Anrichte standen goldene Sammeltassen mit Barockmotiven, die aussahen, als ob sie zu einer Teezeremonie bei *Alice im Wunderland* einluden. An der Wand über dem Schreibtisch und neben den Schränken waren Bilder von Wildblumensträußen, hübschen Mädchen, Landschaften, Herren in Uniform und Heiligen aufgehängt, allesamt dunkel gehalten und in Öl gemalt. Pauline hatte das Gefühl, von Hunderten Augenpaaren angestarrt zu werden. Sogar der röhrende Hirsch auf seinem grünen Hügel schien sie fest im Blick zu haben, als sie jetzt einige Schritte in den Raum machte. Sie blieb mit ihrer Strickjacke an einer Sammlung von Spazierstöcken hängen, die sich in einem schmiedeeisernen Ständer dicht zusammendrängten. Vorsichtig befreite sie den Stoff aus dem Silberbeschlag eines Schirms, der mit weißer Spitze bespannt war und in einem vergangenen Jahrhundert bestimmt einmal eine Komtess vor einem Sonnenstich bewahrt hatte.

»Hallo, meine Liebe«, begrüßte Anna sie, stellte den Pokal beiseite und stand mit einem Ächzen aus ihrem Sessel auf. »Was machst du denn hier?«

»Ich habe im Moment nicht so viel zu tun und dachte, ich schaue mal, ob ich dir vielleicht ein bisschen helfen kann.«

Auf Annas Gesicht breitete sich ein warmes Lächeln aus. »Das ist aber lieb von dir. Komm, ich möchte dir etwas zeigen.« Sie winkte Pauline zu sich und nahm eine geschnitzte Holzkiste von einem Regal. »Ist die nicht toll?«

Pauline stimmte nickend zu und fuhr mit ihren Fingerspitzen über die kostbare Einlegearbeit.

»Mach sie mal auf«, ermutigte Anna sie.

Vorsichtig öffnete Pauline den Deckel, woraufhin leise klassische Musik erklang und sich eine Ballerina, kaum größer als ein Fingerhut, aufrichtete und sich vor einem ovalen Spiegel um sich selbst drehte. Das Innere der Kiste war mit dunkelblauem Samt ausgeschlagen. Sicherlich war sie früher einmal für die Aufbewahrung von Schmuck oder anderen Geheimnissen eines jungen Mädchens gedacht gewesen.

»Sie ist wunderschön«, flüsterte Pauline und lauschte andächtig, bis sich die Ballerina immer langsamer drehte und die Musik schließlich verstummte.

»Unter ihr befindet sich ein Aufziehmechanismus«, sagte

Anna. »Eine knifflige Mechanik, es hat mich einiges an Arbeit gekostet, bis ich ihn reparieren konnte.«

»Ich finde es bewundernswert, dass du so viel Geduld dafür hast«, gab Pauline zu.

»Mit solchen Dingen ist es wie mit den Menschen. Manchmal denkt man, dass man gar nicht an sie herankommt, aber dann, auf einmal, entdeckt man etwas Besonderes, etwas Einzigartiges, und das ist dann der Schlüssel zu ihrem Herzen. In diesem Moment geben sie ihre ganze Schönheit und ihr wahres Inneres preis.«

Pauline klappte die Spieldose zu und seufzte tief. »Ich wünschte, ich hätte bei Pascal früher den Schlüssel zu seinem Herzen gefunden, dann wäre die Enttäuschung nicht so groß gewesen.«

Pascal war Paulines erste große Liebe gewesen – bis sie ihn vergangenes Jahr mit ihrer Freundin Lena im eigenen Bett erwischt hatte. Pauline hatte lange gebraucht, bis sie sich von ihrem gebrochenen Herzen erholt hatte, und anschließend hatte sie sich geschworen, nie wieder auf einen Mann hereinzufallen. Männer zum Verlieben gab es nur in Romanen und schnulzigen Filmen, davon war sie überzeugt.

»Na, na.« Anna tätschelte ihre Hand. »Noch immer Liebeskummer?«

Pauline schüttelte den Kopf. »Das nicht, aber ich mache mir immer noch Vorwürfe, wie ich auf jemanden wie ihn hereinfallen konnte.«

»Liebes, das passiert jedem von uns einmal. Wir alle machen Fehler. Daraus lernen wir, dass wir es morgen besser machen können. Ich bin mir sicher, dass auch auf dich das Glück wartet. So, und jetzt komm, lass uns ein bisschen umräumen, das lenkt von den Sorgen ab, schließlich bist du bestimmt nicht gekommen, um dir von einer alten Dame Ratschläge fürs Leben erteilen zu lassen. Du wirst deinen Weg schon gehen, da bin ich mir sicher.«

Pauline erwiderte Annas Lächeln. Wie sehr wünschte sie sich, dass die alte Dame recht hatte. Seit ihrer Trennung von Pascal hatte sie zwar ein paar Männer kennengelernt, doch keiner hatte es geschafft, ihr Herz für sich zu gewinnen. Benjamin hatte sie nach vier Dates sitzen lassen, und Timo war so gähnend langweilig gewesen, dass sie sich mit einer Ausrede noch vor dem Dessert davongeschlichen hatte, obwohl es ein Apfel-Calvados-Rahmeis gegeben hatte, das sie nur zu gern probiert hätte. Nur mit Oliver hätte sie sich etwas Ernsteres vorstellen können, aber dazu war es dann doch nicht gekommen. Pauline war zu misstrauisch, hatte ihm ihr Herz nicht vollständig öffnen können, und Oliver hatte für ihr Verhalten kein Verständnis gehabt. So war es bei ein paar Dates und einer aufregenden Nacht geblieben. Seitdem hatte sich Pauline vorgenommen, sich nicht mehr leichtsinnig zu verlieben. Es gab andere Dinge, wichtigere Dinge, wie ihre Freundschaft zu Anna oder Florence, und natürlich den Eishimmel, der ihre ganze Aufmerksamkeit verlangte. Trotzdem träumte sie manchmal davon, jemanden an ihrer Seite zu haben, dem sie vertrauen konnte, der sie blind verstand und dem sie nichts erklären musste. Eine Schulter zum Anlehnen, sodass sie die Welt einen Augenblick lang vergessen konnte …

Sie schob die sehnsüchtigen Gedanken beiseite und folgte Anna in den hinteren Raum des Ladens, in dem sich ebenfalls zahlreiche Dinge angesammelt hatten. Manchmal hatte sie das Gefühl, dass das Antiquitätengeschäft einem Wartesaal glich. Immer wieder fanden sich hier alte und neuere Dinge zusammen und standen gemeinsam in den verwinkelten Räumen, bis sich jemand ein Teil aussuchte und es mit nach Hause nahm oder verschenkte. Wenn Pauline besonders melancholisch gestimmt war, so wie heute, fühlte sie sich ein wenig wie der halb blinde Standspiegel, der schon seit einer halben Ewigkeit in der hintersten Ecke stand und nahezu in Vergessenheit geraten war. An sich war er ganz nett anzusehen, aber niemand schien ihn mit seinem Fehler haben zu wollen.

Das Schrillen des Telefons holte Pauline in die Wirklichkeit zurück.

»Moment, da muss ich kurz rangehen.« Anna lief mit beschwerlichen Schritten zum Schreibtisch und nahm den Hörer ab.

Pauline blieb allein zurück. Sie strich mit ihrer Hand über den Deckel einer Wäschekommode und musste wieder an die Spieldose denken, die Anna ihr gezeigt hatte. Auf einmal spürte sie, wie Sehnsucht in ihr aufstieg und ihr Herz wie ein dunkles Tuch umhüllte. In solchen Momenten, in denen sie sich besonders einsam fühlte, glaubte sie, dass ihr die alten Möbel und Gemälde ihre Geschichten zuflüsterten. Der Gedanke an die Leben, die all die alten Gegenstände einmal begleitet hatten, und die Vorstellung, wohin sie eines Tages vielleicht kommen würden, war wie ein kleiner Hoffnungsschimmer für sie. Manchmal nahm sie dann ein Blatt Papier und schrieb ihre Gedanken dazu auf. Anschließend versteckte sie ihre Nachricht in dem alten Möbelstück, das sie inspiriert hatte. Das war ihre Eigenart, ihr Geheimnis, von dem niemand sonst wusste. Nicht einmal Anna oder Florence hatte sie davon erzählt.

Und auch jetzt kam ihr wieder eine Idee für ein solches Briefchen. Pauline ging zu dem Sekretär an der gegenüberliegenden Wand, rückte sich den Stuhl auf dem Perserteppich zurecht und setzte sich. Vor ihr auf dem Schreibtisch befanden sich ein Füllfederhalter und einige Bögen Papier, die Anna dort zur Dekoration hingelegt hatte. Sie nahm sich einen Bogen, teilte ihn in der Hälfte und begann zu schreiben:

Als ich klein war, habe ich mir immer eine solche Spieldose gewünscht. Ich habe davon geträumt, all meine Schätze darin zu verwahren: das Haarband meiner besten Schulfreundin, das sie mir geschenkt hat, eine dunkelblaue Glasmurmel, die Muschel, die ich im Urlaub am Meer gefunden habe – vielleicht sogar meinen ersten Liebesbrief. Und später hätte ich die Dinge darin aufbewahrt, die mich an besondere Momente mit meiner großen Liebe erinnern: Konzertkarten von unserer Lieblingsband, einen außergewöhnlich geformten Stein von einem gemeinsamen Ausflug, die Rechnung von dem Restaurant, in dem wir uns das erste Mal verabredet haben, vielleicht ein Schmuckstück von ihm. Aber leider wäre die Kiste heute leer und niemand in Sicht, der sie mit mir gemeinsam füllen könnte …

Sie wartete, bis die Tinte getrocknet war, und faltete das Papier zusammen. Da Anna immer noch telefonierte, konnte Pauline ihren Zettel problemlos in der Spieldose verstecken. Sie malte sich gerne aus, wie jemand einen ihrer Briefe fand. Vielleicht konnte sie mit ihren Zeilen ja eine lang vergessene, aber sehr schöne Erinnerung wecken oder eine Sehnsucht neu entfachen. Vielleicht brachte sie Annas Kunden ja auch dazu, ihren Blick in eine völlig andere Richtung zu lenken, oder sie konnte mit ihren Gedanken ein schönes Gefühl bei ihnen auslösen und sie zum Träumen bringen.

Diese Idee gefiel Pauline besonders gut, und sie stellte sich vor, wie vielleicht ein Mädchen die Spieldose geschenkt bekam und den Zettel darin fand. Vielleicht würde es die Botschaft darauf noch nicht verstehen, aber sie aufbewahren. Und irgendwann als junge Frau würde sie die Spieluhr wiederentdecken. Vielleicht hatte sie in Sachen Liebe mehr Glück als Pauline und würde den Zettel dann mit einem Lächeln beiseitelegen können und ihre eigenen Schätze und Erinnerungen in der Spieldose sammeln. Oder aber er könnte ihr dabei helfen, über ihr gebrochenes Herz hinwegzukommen, denn er würde ihr bewusst machen, dass sie mit ihren Gefühlen nicht allein war.

Als Anna in diesem Moment von ihrem Telefonat zurückkam, strahlte sie übers ganze Gesicht. »Das war Christian, mein Enkel. Er kommt mich besuchen.«

»Aha«, erwiderte Pauline verwundert. In all den Jahren hatte Anna zwar immer mal wieder von ihm erzählt, blicken lassen hatte er sich bislang aber nie. Weder an Annas Geburtstag noch an Weihnachten war er zu Besuch gekommen.

»Mach nicht so ein Gesicht, Pauline.« Anna lächelte amüsiert. »Ihr werdet euch bestimmt gut verstehen. Christian war die letzten Jahre beruflich in England, wo er auch studiert hat, und jetzt will er wieder nach Deutschland kommen. Er ist wirklich ein lieber Junge, aber das wirst du bald selbst feststellen.« Anna zwinkerte ihr kurz zu, ehe sie sich an das zitronengelbe Sofa stellte.

»Wir werden sehen«, entgegnete Pauline vorsichtig. Was Männer anging, blieb sie vorsorglich lieber skeptisch. Sie stellte sich auf die andere Seite des Sofas und half Anna dabei, es anzuheben. »Wohin willst du es haben?«, brachte sie unter zusammengebissenen Zähnen hervor, als sie es ein paar Zentimeter in den Raum gedreht hatten.

»Zum Fenster dort«, erklärte Anna und deutete mit dem Kopf in Richtung Fensterfront. »Da kann es erst mal bleiben, bis ich den Boden gewischt und das Schachbrett aufgebaut habe.«

»Na ja, etwas Gutes hat es, dass dich dein Enkel besuchen kommt. Er kann uns beim Möbelrücken helfen.«

3.

Mit überhöhter Geschwindigkeit raste Christian durch eine Tempo-30-Zone. Er war viel zu spät dran, nachdem er erfolglos versucht hatte, eine Straße, in der ein Traktor mit Anhänger gestanden hatte, zu umfahren und eine Abkürzung durch die Innenstadt zu nehmen. Die engen Straßen und Gassen hatten sich als regelrechtes Labyrinth entpuppt. Beinahe wäre er mit seinem Wagen in der Fußgängerzone gelandet, und bei seinem nächsten Versuch hatten ihn hupende Autofahrer darauf aufmerksam gemacht, dass er verkehrt herum in eine Einbahnstraße gefahren war. Es war zum Verrücktwerden. Früher, als er mit seinen Eltern hier gelebt hatte, war ihm die Stadt nie so verwinkelt und klein vorgekommen. Damals hatte er sich hier wohlgefühlt, doch jetzt regte es ihn gerade ziemlich auf, dass es keine Umgehungsstraße gab, die ihn um das Stadtzentrum herumführte. Er war die Größe und das pulsierende Leben von London gewohnt und konnte sich nur schwer vorstellen, wie er sich in diesem verschlafenen Nest wieder heimisch fühlen sollte.

Christian bog um die nächste Häuserecke und kam mit einer Vollbremsung vor einem Zebrastreifen zum Stehen, den gerade eine ältere Dame mit Rollator und Hündchen an der Leine im Schneckentempo überquerte. Er würde sicher zu spät bei seinem Onkel in der Firma auftauchen. Fluchend schlug er auf sein Lenkrad. Dabei hupte er aus Versehen, und die ältere Dame zuckte erschrocken zusammen. Mit weit aufgerissenen Augen sah sie ihn an und schien sich für einen Moment zu überlegen, warum er sie angehupt hatte. Dann begann sie, wild zu zetern, bückte sich und hob ihren Hund auf den Arm. Das Tier, kaum größer als eine Ratte, stimmte in die Schimpftirade seines Frauchens mit ein und kläffte aufgebracht, allerdings drei Oktaven höher als seine Besitzerin.

Endlich hatte die ältere Dame die Fahrbahnmitte erreicht, und Christian konnte weiterfahren. Laut Navi lag die Firma seines Onkels noch zwei Kilometer entfernt. Er musste also nur noch an dem Park vorbei und aus dem Stadtkern raus. In Gedanken ging er noch einmal die wichtigsten Punkte durch, die er mit Oskar besprechen wollte. Der Termin war zwar kein Vorstellungsgespräch, aber für ihn hing beruflich viel von diesem Treffen ab. Als er in der Ferne das gläserne Gebäude sah, trat er das Gaspedal durch.

Wenige Minuten später bog Christian auf die neu asphaltierte Straße ab, fuhr in halsbrecherischem Tempo auf den geschotterten Parkplatz direkt vor dem Gebäudekomplex und parkte seinen Sportwagen. Er setzte seine Sonnenbrille ab und betrachtete die Glasfassade, die hoch in den Himmel ragte. Ein solches Büro war genau nach seinem Geschmack. Sein Onkel hatte ganze Arbeit geleistet. Schlicht und erhaben ragte es über die kleineren Häuser in der näheren Umgebung, und setzte zweifelsfrei ein Zeichen. Christian empfand es nahezu als Ritterschlag, dass er jetzt in das Architekturbüro seines Onkels einsteigen würde.

Er strich sein Jackett glatt und ging auf das Gebäude zu. Gläserne Schiebetüren glitten lautlos auseinander und gaben den Weg in die Lobby frei, wo ein dunkelblauer Läufer ihn geradewegs zu einem modernen Empfangstresen führte. Dort arbeiteten zwei Frauen, beide in eleganten Kostümen. Eine der beiden Damen telefonierte, doch die andere wandte sich ihm sofort mit einem Lächeln zu.

»Guten Tag, was kann ich für Sie tun?«

»Mein Name ist Christian Bergmann. Ich habe einen Termin mit meinem Onkel Oskar Bergmann.« Christian ließ sich nicht anmerken, wie nervös er war.

Die Empfangsdame nickte. »Bitte folgen Sie mir, Herr Bergmann. Ihr Onkel erwartet Sie bereits.« Sie ging auf den Aufzug zu, wobei ihre High Heels bei jedem Schritt auf dem Granitboden klackerten.

Das Innere des Aufzugs war nahezu komplett verspiegelt, nur der Boden bestand ebenfalls aus dunklem Granit. Christian beobachtete, wie die Empfangsdame den obersten Knopf des Aufzugs drückte. Sie war attraktiv, doch es fehlte die Ausstrahlung, und Christian empfand kein Bedürfnis, sie näher kennenzulernen. Während der Fahrt nach oben überlegte er, welchen Eindruck das Gebäude wohl auf jemanden hinterließ, der zum ersten Mal einen Termin bei seinem Onkel hatte. Er selbst kannte Oskars Leidenschaft für klare, schlichte Linien, und er war sich sicher, dass andere darin strukturiertes Arbeiten und eine gewisse Zielstrebigkeit herauslesen würden. Nicht ohne Grund war das Architekturbüro seines Onkels eine renommierte Adresse in der Branche.

Als sich die Türen im obersten Stockwerk mit einem angenehmen Ton wieder öffneten, verließ die Empfangsdame zuerst den Aufzug. Christian folgte ihr durch einen endlos wirkenden Gang, der mit grauem Teppichboden ausgelegt war und an dessen Wänden Bilder moderner Künstler hingen. Für zeitgenössische Kunst hatte er sich, im Gegensatz zu seinem Onkel, noch nie wirklich begeistern können. Er bevorzugte die Gemälde der alten Meister, vor denen er stundenlang sitzen und immer wieder neue Details ausmachen konnte. Die vereinzelten bunten Striche und Farbtupfer hier gaben ihm lediglich Rätsel auf.

»Bitte warten Sie einen Moment«, sagte die Empfangsdame mit einem unverbindlichen Lächeln und verschwand gleich darauf hinter der großen doppelflügeligen Tür.

Christian rückte seinen Krawattenknoten zurecht und überprüfte seine Manschettenknöpfe. Alles saß perfekt, jetzt kam es nur auf ihn an. Er musste nicht lange warten, bis die Empfangsdame beide Flügeltüren öffnete und ihn in Oskars Büro bat.

»Christian!« Der Mann, der vor der Fensterfront stand, drehte sich erfreut zu ihm um. »Wie schön, dich zu sehen. Wie geht es dir?«

Christian ging mit einem Lächeln auf seinen Onkel zu. »Hallo, Oskar.« Sie umarmten sich herzlich zur Begrüßung, und Oskar schlug seinem Neffen jovial auf die Schulter. Christian hörte, wie die Empfangsdame die Türen hinter ihnen schloss. Jetzt waren sie allein in dem riesigen Büro.

»Lass dich ansehen!« Oskar hielt ihn ein wenig auf Abstand und musterte ihn von oben bis unten. »Wie ich sehe, hat dir London nicht geschadet.«

»Ganz und gar nicht.« Christian stellte fest, dass sein Onkel wie immer perfekt gekleidet war. Er trug einen maßgeschneiderten Anzug, Hemd und Krawatte waren farblich perfekt aufeinander abgestimmt.

Oskar bedeutete ihm mit einer Handbewegung, am Schreibtisch Platz zu nehmen, und setzte sich selbst in den modernen Chefsessel aus Leder.

»Schön hast du es hier.« Christian nickte anerkennend.

»Das sind die Früchte meiner Arbeit.« Oskar lächelte wenig bescheiden. »Wenn du dich ranhältst, hast du bald dein eigenes Bürogebäude.« Er lachte viel zu laut über seinen Witz, drückte dann auf die Sprechanlage und orderte zwei Tassen Kaffee. Nur wenige Augenblicke später brachte eine blonde junge Frau in ebenfalls perfekt sitzendem Kostüm ein Tablett mit zwei Kaffeetassen und einen Teller mit Gebäck herein. Sie platzierte alles in Ruhe auf dem Schreibtisch, während Oskar ihr wohlwollend dabei zusah. Als sie sich mit einem Nicken wieder zurückzog, hatte er ein anzügliches Grinsen auf den Lippen.

»Zum Anbeißen, nicht wahr?«, sagte er mit süßlicher Stimme und biss in einen Keks, wobei Christian sich sicher war, dass sein Onkel nicht das Gebäck gemeint hatte. »Also, dann lass uns doch gleich zur Sache kommen. Es geht um das Center-Projekt hier in der Stadt, für das wir den Auftrag bekommen haben«, begann er jetzt in geschäftsmäßigem Ton. »Wir befinden uns derzeit in der Vorplanung und erstellen gerade die Entwürfe für das Bauvorhaben. Ich würde dir gerne das komplette Finanzmanagement übertragen. Dazu zählt jetzt zu Beginn die Kostenschätzung und später dann die Auftragsvergabe an die Unternehmen und Handwerker. Es ist wichtig, dass wir Firmen gewinnen können, die auf höchstem Niveau arbeiten. Gleichzeitig müssen die

Angebote natürlich auch preislich interessant sein. Aufgrund deiner beruflichen Erfahrung halte ich dich für den richtigen Mann, um mit den Unternehmen diesbezüglich in Verhandlung zu treten. Natürlich würde dann auch später bei der Umsetzung der komplette finanzielle Bereich über deinen Schreibtisch laufen.«

»Das klingt nach einer spannenden Aufgabe.« Christian richtete sich etwas auf. Dass sein Onkel ihn gleich mit einem so großen Projekt betraute, schmeichelte ihm.

»Gut.« Oskar lächelte zufrieden. »Übrigens würde ich dich auch gerne bei den Verhandlungen mit dem Stadtrat dabeihaben.«

»Ich dachte, das Bauvorhaben ist bereits genehmigt worden.«

»Jaja, so gut wie.« Mit einer fahrigen Handbewegung schob Oskar diese Bemerkung beiseite. »Ich habe schon mal bei Dr. Wieland, dem Bürgermeister, vorgefühlt, und er fand das Projekt für seine Stadt sehr interessant. Noch ist allerdings nichts unterschrieben, und ich glaube, ein bisschen Nachdruck könnte da nicht schaden. Ich würde dir gerne die Gespräche überlassen. Ich möchte, dass du dich um die Genehmigung des Bauvorhabens und die Vertragsunterzeichnung kümmerst. Dadurch hättest du die Möglichkeit, einen konkreten Einblick in meinen Arbeitsbereich zu erhalten und könntest dich auch aktiv in der Verhandlungsphase mit einbringen. Traust du dir das zu?«

Christian war überrascht. Das Angebot seines Onkels war mehr, als er erwartet hatte. Er war nicht davon ausgegangen, dass er ihn neben der Betreuung eines Projekts auch gleich in der Führungsebene unterstützen sollte. Gleichzeitig konnte er dadurch seine Fähigkeiten unter Beweis stellen, und er war fest entschlossen, Oskar nicht zu enttäuschen. Sein Onkel half ihm dabei, noch einmal neu anzufangen, und Christian nahm sich vor, diese Chance zu nutzen.

»Ja, sehr gerne«, sagte er und konnte kaum verbergen, wie sehr er sich über dieses Angebot freute.

»Schön, dann wäre das ja geklärt.« Oskar machte sich eine Notiz auf einem Blatt Papier. »Lass uns zum nächsten Punkt kommen.« Er blätterte in seinen Unterlagen. »Ich hätte noch ein etwas persönlicheres Anliegen, das ich dir gerne übertragen würde. Es gibt ein paar, nun, sagen wir … Meinungsverschiedenheiten mit den Immobilienbesitzern hier vor Ort, was den Baugrund angeht.«

Christian, der sich gerade etwas Zucker in seinen Kaffee rührte, sah auf. »Inwiefern?«

»Die Firma hat uns beauftragt, die Grundstücke vorab für sie zu erwerben. Jetzt müssen wir die Besitzer davon überzeugen, dass sie an uns verkaufen, aber mit dem nötigen Kleingeld sollte das kein Problem sein.« Oskar tippte auf seiner Computertastatur herum und öffnete eine Präsentation. Er suchte die passende Folie heraus und startete den Beamer, der sogleich einen Bauplan an eine der schneeweißen Wände warf.

Christian brauchte einen Moment, um sich zu orientieren. »Du willst das Center direkt neben den Park bauen?«

»Natürlich, so haben wir auch gleich die Möglichkeit, weitere Parkplätze zu erschließen, sobald das nötig sein wird.«

Von dieser Idee war Christian wenig begeistert. Auch wenn er das Argument nachvollziehen konnte, war ihm die Natur in einer Stadt als Rückzugsort ebenso wichtig wie ein ausgewogenes Stadtbild, in dem sich die Bewohner wohlfühlten, aber er ließ seinen Onkel erst einmal weiterreden.

»Wie du siehst, gibt es hier zum Teil bebautes Gebiet. Auf der nördlichen Seite können wir uns beliebig ausdehnen, da stehe ich aktuell in den Abschlussverhandlungen mit dem Grundstücksbesitzer – und es sieht ganz gut aus, wenn ich so weit schon mal vorgreifen darf. Hier auf der Südseite stehe ich ebenfalls in Verhandlung mit den Kleinunternehmern, die dort ansässig sind. Gegebenenfalls kann man ihnen als Lockangebot für die ersten zwei Jahre ein entgegenkommendes Mietverhältnis für einen Laden im Center anbieten, das müsste man mal mit dem Auftraggeber klären.«

»Bist du sicher, dass diese Geschäfte das finanzielle Risiko überhaupt tragen können? Ich meine, was sind das für Läden? Ein Wollgeschäft, eine Buchhandlung, ein Eiscafé … Vermutlich generieren die Läden alle keinen großen Umsatz.«

»Das soll uns nicht interessieren. Wir bauen ihnen immerhin ein Einkaufsquartier in bester Innenstadtlage, das enorme Kaufkraft mit sich bringen wird. So etwas kostet natürlich. Geh doch zum Beispiel mal in ein Center in Berlin oder Hamburg. Da musst du schon etwas auf den Tisch legen, wenn du dort mieten willst.«

»Okay, Oskar, aber das sind Großstädte. Wir reden hier von einer deutlich kleineren fränkischen Stadt mit gerade mal achtunddreißigtausend Einwohnern. Sollte man da die Mieten nicht anpassen?«

»Jeder fängt mal klein an«, entgegnete Oskar. »Und nur wenn etwas einen angemessenen Preis hat, wird es auch wertgeschätzt. Das solltest du doch in deinem Studium gelernt haben. Aber das ist Sache des Auftraggebers. Ich denke, dass wir da sicherlich eine zufriedenstellende Lösung für alle Beteiligten finden werden. Lass uns lieber wieder zurück zum Wesentlichen kommen. Ich mache mir nicht über die Ladeninhaber Gedanken, sondern über die Hausbesitzer. Hier scheinen alle irgendwie an diesem Kleinstadtsumpf zu hängen. Vor allem diese drei Läden …«, Oskar drückte auf einen Knopf an seinem Presenter, und eine weitere Folie zeigte jetzt drei eingefärbte Häuser in der Mitte des Baugrundstücks, »… bereiten mir Sorge.«

»Wieso?« Christian beugte sich nach vorne und las die Beschriftung der Läden. Eishimmel, Gärtnerei Sommergrün, Bergmann Antiquitäten.

»Die Vermieter des Eiscafés und die Gärtnerei sind unentschlossen, ob sie an uns verkaufen wollen«, erklärte Oskar in neutralem Ton.

»Moment mal, Bergmann Antiquitäten?« Christian beschlich ein ungutes Gefühl. »Geht es hier etwa um Annas Geschäft?«

»Richtig, es handelt sich sozusagen um eine Familienangelegenheit.« Oskar verzog die Lippen zu einem Grinsen und nippte an seinem Kaffee. »Und genau an dieser Stelle kommst du ins Spiel.«

»Erwartest du etwa, dass ich meine Großmutter aus ihrem Laden werfe? Das mache ich nicht, Oskar.«

Sein Onkel lächelte diplomatisch. »Christian, niemand hat gesagt, dass du Anna aus dem Laden werfen sollst. Sieh mal, das Haus gehört ohnehin bereits mir, und sowohl diese Eisdiele als auch Annas Antiquitätengeschäft sind schon lange nicht mehr lukrativ. Mit den Besitzern der Eisdiele und mit der Gärtnerei werde ich sprechen, aber bei Anna braucht es jemanden, der ihr ganz behutsam erklärt, dass sie sich besser zur Ruhe setzt. Von ihrem Arzt weiß ich …« Oskar brach ab. »Das sollte ich dir vielleicht besser nicht sagen. Es war ein vertrauliches Gespräch.«

Christian sah seinen Onkel prüfend an, aber er konnte in seinen Gesichtszügen nicht lesen, worum es bei dem Gespräch gegangen sein musste. Dennoch wurde seine Kehle trocken wie Sandpapier. »Oskar, wenn du willst, dass ich bei dir einsteige, dann muss ich alles wissen. Also, was hat Annas Arzt gesagt?«

Oskars Miene verdunkelte sich. »Bei der letzten Untersuchung ist ihm aufgefallen, dass Annas Blutdruckwerte nicht so gut sind. Er sagte, es wäre besser, wenn sie sich schont und zur Ruhe setzt, aber du weißt ja, wie sie ist. Sie arbeitet tagein, tagaus in diesem verfluchten Laden, weil ich es einfach nicht übers Herz bringe, ihr zu sagen, dass sie kürzertreten muss.«

Christian ließ sich die Worte seines Onkels durch den Kopf gehen. Er betrachtete die Planskizze des Bauvorhabens noch einmal ganz genau, die der Projektor mit einem gleichmäßigen Surren an die Wand warf.

»Das Haus mit Annas Laden gehört dir bereits. Also, was soll ich dann tun?«

»Ich bin froh, dass du fragst.« Oskar lächelte seinen Neffen warm an. »Wie du sicher weißt, haben meine Mutter und ich gerade kein so gutes Verhältnis zueinander. Du hingegen, als ihr einziger Enkel und ihr Liebling, hast sicherlich einen viel besseren Draht zu ihr. Ich dachte, dass du Anna vielleicht besuchen und sie davon überzeugen könntest, dass sie von ihrem lebenslangen Wohnrecht in dem alten Haus absehen und sich etwas Passendes fürs Alter suchen könnte. Du weißt schon, etwas ohne Stufen, mit ebenerdiger Dusche, langfristig gedacht vielleicht sogar rollstuhlgerecht, wobei ich natürlich hoffe, dass sie nie einen brauchen wird.«

»Und wie ich dich kenne, hast du vermutlich sogar schon einen Vertrag ausgearbeitet, den sie nur noch zu unterzeichnen braucht, was?« Christian sah seinen Onkel abschätzend an.

»Wo denkst du hin? Ich habe ja selbst erst vor Kurzem von ihrer schlechten Gesundheit erfahren. Es ist ja nicht nur der Bluthochdruck. Anna hat es in den Knochen, und das viele Herumschleppen der alten Möbel und des anderen Krimskrams macht es nicht besser. Am Ende hebt sie sich noch einen Bruch oder wird von einer ihrer Beethovenstatuen erschlagen.«

»Was wäre, wenn wir ihr jemanden zur Seite stellen, der ihr im Laden hilft?«, schlug Christian vor.

»Ich glaube nicht, dass Anna damit einverstanden wäre. Du kennst sie doch; wenn es um ihren Laden geht, ist sie sehr eigen, und helfen lässt sie sich auch nur widerwillig.« Oskar dachte kurz nach. »Aber das ist gar keine schlechte Idee, ihr ein bisschen Hilfe anzubieten. So fällt es ihr vielleicht leichter, wenn sie sich nach und nach aus dem Geschäft zurückziehen kann. Wichtig ist nur, dass wir ihr das schonend beibringen.«

Christian seufzte nachdenklich. Wenn es Anna gesundheitlich nicht so gut ging, wie Oskar sagte, war es wohl tatsächlich besser, wenn sie sich aus dem Antiquitätengeschäft zurückzog und mehr auf ihre Gesundheit achtete.

»Gut.« Er atmete tief durch. »Ich werde sehen, was ich tun kann. Aber versprechen kann ich nichts.«

»Selbstverständlich, Christian.« Oskar nickte mit einem mitfühlenden Blick. »Ich bin dir schon dankbar, wenn du es nur versuchst.«

4.

Es war bereits Abend, als Pauline ihr Rad durch die noch recht belebte Innenstadt schob. Sie wollte ein paar Kleinigkeiten für zu Hause einkaufen und nahm dafür den Weg durch die Fußgängerzone. Ihr Ziel war die beste und älteste Bäckerei hier, die seit fast einhundert Jahren ihr Traditionshandwerk betrieb. Pauline lief über das Schuppenbogenpflaster aus rötlichem und grauem Bruchstein, in dessen Zentrum sich der Fabelwesen-Brunnen, ein bekanntes Wahrzeichen der Stadt, befand. In der obersten Schale des dreistöckigen Brunnens thronte eine Nymphe aus Bronze, die einen Krug in die Schale zu ihren Füßen ausschüttete. Das überlaufende Wasser sammelte sich in dem darunterliegenden runden Auffangbecken, das von mehreren Faunen auf dem Rücken getragen wurde. Von dort sprudelte es aus Fischköpfen in das dritte Becken, an dessen unterem Rand mehre Wasserfrauen saßen, deren Fischschwänze teilweise bis in das Brunnenwasser reichten. Vorbeigehende Stadtbewohner und Touristen warfen häufig Münzen über ihre rechte Schulter in das Becken, da man sich sagte, dass dies Glück, Reichtum und ein langes Leben garantierte. Pauline liebte diesen Brunnen. Sie blieb für eine Weile stehen und lauschte dem beruhigenden Plätschern. Dann warf sie wie so oft eine Münze hinein und schob ihr Rad weiter über den Platz.

Zweimal in der Woche fand hier vormittags ein Wochenmarkt statt, auf dem frisches Obst und Gemüse aus der Region, Blütenhonig der hiesigen Imker, Wurst und Käse von verschiedenen Bauernhöfen in der näheren Umgebung und herrlich duftende Kräuter angeboten wurden. Pauline kaufte gerne dort ein, denn sie schätzte die gute Qualität der Produkte, die sie auch für ihr Eis verwendete.

Sie erreichte den Rand des Platzes, der von mehreren großen Bäumen gesäumt wurde, die in der Mittagssonne Schatten spendeten. Schmiedeeiserne Bänke luden tagsüber zum Verweilen ein, und abends erinnerte der Platz an eine Kulisse aus einem französischen Liebesfilm. Die verschnörkelten Straßenlampen verströmten dann ein warmes Licht und lockten so manch verliebtes Paar am Abend noch auf einen Spaziergang aus dem Haus. Pauline war hier früher auch gelegentlich mit Pascal gewesen, aber ihr Ex-Freund hatte nie sonderlich viel für das romantische Flair übriggehabt. Inzwischen genoss sie ihre Feierabende allein, und es störte sie nicht einmal, dass Pascal nicht mehr bei ihr war.

In einer Seitenstraße, die zum Brunnenplatz führte, lag Paulines Lieblingsitaliener. Schon von der Straße aus konnte man die ofenfrische Pizza mit ihrem Duft nach Basilikum, Käse und Tomatensoße riechen. Mit Blick auf den Fabelwesen-Brunnen fühlte man sich fast ein bisschen wie in Rom – zumindest stellte Pauline es sich dort so vor. Aber heute musste sie dringend nach Hause. Sie hatte geplant, sich nach ihrem Einkauf noch einmal ihre Buchhaltung vorzunehmen, und das kostete sie oftmals einen ganzen Abend.

Als Pauline zu Hause ankam, leuchtete der Himmel bereits in einer Mischung aus Orange und Apricot, und die schwarzen Silhouetten der Bäume zeichneten sich davor wie Scherenschnitte ab. Pauline leerte den Briefkasten und stieg die Stufen zu ihrer Wohnung nach oben. Sie balancierte ihre Einkäufe auf einem Arm, während sie mit der anderen Hand versuchte, die Wohnungstür aufzuschließen. Als die Tür endlich aufsprang, lauerte Coco, ihre getigerte Katze, bereits erwartungsvoll auf ihre Heimkehr.

»-allo O-o«, kam es unverständlich von Pauline, die sich die Briefe zwischen die Lippen geklemmt hatte und auf dem Weg in die Küche war. Dort stellte sie ihre Einkaufstasche ab und sah die Post durch. Werbung, Werbung, Stromrechnung … Einen Brief betrachtete sie etwas länger. »Was wollen die denn?«, murmelte sie und riss den Umschlag auf. Ihr Herz schlug schneller, als sie die Zeilen überflog. »… möchten wir Sie daran erinnern, dass die nächste Kreditrate Anfang des kommenden Monats fällig wird«, las sie halblaut.

»Auch das noch.« Pauline ließ seufzend den Brief sinken und setzte sich, während Coco mit einem tröstenden Schnurren um ihre Beine schlich. Alles halb so schlimm, sollte das wohl heißen, doch Pauline erwiderte die Zuwendung ihrer Katze nur mit einem halbherzigen Streicheln.

»Wie konnte ich damals nur so blöd sein, Coco?« Sie schloss einen Moment die Augen, doch bevor die Erinnerungen sie wie eine Welle überrollten, faltete sie den Brief zusammen und steckte ihn in das Kuvert zurück. »Na schön«, sagte sie und atmete tief durch. »Davon wird es jetzt auch nicht besser. Irgendwas wird mir schon einfallen.«

Pauline stand auf und entschied, erst einmal einen Kakao

zu machen. Das half in solchen Fällen am besten. Während die Milch auf dem Herd langsam warm wurde, räumte sie ihre Einkäufe weg und stellte ihrer Katze eine Schale mit Futter hin. Dann bereitete sie sich ihren Kakao zu und nahm einen Teller mit Keksen mit ins Wohnzimmer.

Coco folgte ihr, sprang aufs Sofa und rollte sich auf der dort für sie bereitliegenden Häkeldecke zusammen.

Pauline setzte sich neben sie. Sie sah noch einmal die Post durch und ordnete die Schreiben nach ihrer Dringlichkeit. Die meisten Briefe waren Rechnungen, die sie unbedingt begleichen musste. Das kostete sie einiges an Nerven, vor allem da die Ausgaben ihre Einnahmen weit überstiegen. Man merkte einfach, dass der Frühling erst begonnen hatte und das Geschäft wieder anlaufen musste.

»Na ja, jeder hat Schwierigkeiten, wieder reinzukommen«, sagte sie zu sich selbst und trank einen Schluck Kakao. »Das ist wie Schlittschuh laufen. Zuerst bewegt man sich noch etwas holprig auf dem Eis, aber irgendwann hat man den Dreh raus, und man wird sicherer. Und dann …«, Pauline wandte sich Coco zu und kraulte ihren Bauch, »… dreht man vielleicht irgendwann Pirouetten oder beherrscht andere Kunststücke. Weißt du, so wie die Eiskunstläuferinnen im Fernsehen.« Sie lächelte in Gedanken vor sich hin, doch dann wurde ihre Miene wieder ernst. »Aber dann kommt irgendein blöder Bewertungsrichter, gibt dir eine schlechte Punktzahl, und dein Traum zerplatzt.« Seufzend klappte Pauline ihren Laptop auf, schaltete ihn an, stützte ihr Kinn in beide Hände und starrte auf den Computerbildschirm.

Coco hob den Kopf, hüpfte vom Sofa herunter und war mit wenigen eleganten Bewegungen unter dem Sofatisch.

Dort angelte sie das Kabel von Paulines Computermaus. Sie zerrte ein paarmal daran, bis sie schließlich Erfolg hatte und die Maus klappernd zu Boden fiel. Coco machte einen Katzenbuckel und miaute kurz, ehe sie, mit allen vier Pfoten voran, auf das Plastik sprang und es mit einem gekonnten Biss erlegte.

»Hey!« Paulines Protest ging in ihrem Lachen unter, als sie sah, wie ihre Katze auf dem Rücken lag und die Maus mit ihren Pfoten gefangen hielt. »Coco, lass das«, wehrte sie sanft ab und nahm ihr die Maus weg. »So kann ich nicht arbeiten.«

Coco gab ihre Beute frei und strich wieder schnurrend um Paulines Beine.

»Du hast ja recht, so richtig arbeite ich gerade gar nicht.« Pauline griff sanft um den Bauch ihrer Katze und hob sie auf ihren Schoß. »Na, dann komm mal her, du Fellknäuel.« Sie wartete, bis Coco es sich auf ihrem Schoß bequem gemacht hatte, nahm sich dann einen Keks und kraulte ihre Katze am Kinn, die daraufhin sofort zu schnurren begann.

»Also schön, ich schaue mir die Kalkulationen noch mal an.« Sie öffnete die Tabellen des letzten Jahres und prüfte die Einträge, doch sie zeigten nichts anderes als die ihr schon bekannten Zahlen. Die Umsätze waren im letzten Herbst erheblich zurückgegangen.

Pauline dachte darüber nach, ob sie vielleicht zu teuer einkaufte. Sie notierte sich auf einem Notizblock, dass sie mit den Lieferanten und Geschäften reden und neue Konditionen verhandeln musste, aber sie wusste, dass das nicht alles war. Gerade im letzten Herbst hatte es viel geregnet, und da blieb die Kundschaft für Eis leider oft aus. Einen Kaffee oder einen Kakao hatte sie eher verkaufen können, doch es fehlte das passende Gebäck dazu. Seit Toni gestorben war, hatte sie keinen Kuchen mehr in ihrem Sortiment und musste den Eishimmel wegen zu schlechter Umsätze im Winter sogar ganz schließen. Florence hatte zwar gelegentlich Muffins oder einen Obstkuchen mitgebracht, doch wenn sie ihrem Mann im Restaurant half, hatte sie kaum Zeit, genügend Nachschub zu liefern, und um Florence ganztags zu beschäftigen, fehlte Pauline durch die Schulden momentan das Geld. Pauline hatte schon mehrfach darüber nachgedacht, sich selbst doch noch einmal im Backen zu versuchen, aber ihre Probedurchläufe waren kläglich gescheitert.

Pauline seufzte tief. Es blieb ihr wohl nichts anderes übrig, als noch einmal mit der Bank zu verhandeln. Vielleicht konnte sie die Raten für den Kredit etwas herabsetzen oder die Zahlungszeiträume verlängern. Es musste doch irgendeine Lösung geben. Bei ihren Einkäufen ließ sich jedenfalls nicht wesentlich mehr sparen. Ihr Eis sollte schließlich eine gute Qualität haben.

Sie nahm ihr Smartphone und tippte eine Nachricht an Florence:

Komme morgen später. Kannst du ohne mich das Café öffnen? Muss noch mal bei der Bank vorbei. Ärger mit dem Darlehen …

Schon wenige Minuten später kam Florence' Antwort:

Kein Problem. Viel Glück! Wenn du Unterstützung brauchst, ruf mich an, ich komme sofort. Schlaf trotzdem gut.

Pauline musste lächeln. Es berührte sie, dass Florence ihr immer wieder ihre Hilfe anbot. Sie war wirklich froh, eine so gute Freundin zu haben.

In ihre Gedanken hinein klingelte ihr Smartphone noch einmal. Es war eine weitere Nachricht von Florence:

Lenk dich ab! Grübeln bringt dich auch nicht weiter. Heute Abend kannst du es ohnehin nicht mehr ändern. Gruß und Kuss, F.

Pauline ließ ihr Smartphone sinken. Florence hatte recht. Heute Abend würde sie nichts mehr ändern können. Vorsichtig bewegte sie ihre Beine, auf denen Coco zusammengerollt döste. Das Tier machte jedoch keine Anstalten, sich auch nur einen Millimeter von der Stelle zu rühren.

»Also schön«, sagte Pauline mehr zu sich selbst als zu ihrer Katze, »dann schauen wir eben einen Film.« Sie loggte sich auf der Seite eines Streamingdienstes ein und sah auf ihre Watchlist. Ganz oben stand *Bridget Jones*. »Oh, im Ernst?«, fragte Pauline murrend. Wobei, so schlecht passte der Film gerade gar nicht, wenn sie genau darüber nachdachte. Sie blickte erneut auf Coco hinunter, die inzwischen ihre Nase unter ihren Pfoten vergraben hatte, ein Zeichen dafür, dass sie tief und fest schlief.

»Na dann …«, murmelte Pauline, angelte sich einen Keks und startete den Film.

5.

Die Glöckchen über Annas Ladentür klingelten aufgeregt, als Christian eintrat. Er stieß an einen Beistelltisch, drehte sich überrascht um und spießte sich gleich darauf beinahe an einem Jagdgeweih auf. Als er sich jetzt genauer umsah, verstand er, wovon Oskar gesprochen hatte. Überall standen alte Möbel, Krimskrams und sonstiger Plunder. Jeder Millimeter des Raumes war mit irgendetwas vollgestellt, sogar die Wand war mit unzähligen Bildern zugepflastert, und je weiter er in den Laden vordrang, desto unübersichtlicher und enger wurde es.

Es war mindestens fünf Jahre her, seit er das letzte Mal hier gewesen war, und Christian konnte sich nicht daran erinnern, dass ihm der Laden damals auch so düster und erdrückend vorgekommen war. Als er klein gewesen war, hatte er fast seine halbe Kindheit hier verbracht. Er hatte zwischen den Antiquitäten gesessen und mit den alten Blechautos seines Vaters gespielt oder gemeinsam mit Anna ein Möbelstück restauriert, doch dann war seine Mutter mit ihm weggezogen, und seine Besuche bei seiner Großmutter waren immer seltener geworden. Erst hatten nur ein paar Wochen dazwischengelegen, später waren es schon mehrere Monate gewesen. Und als er schließlich nach London gezogen war, hatte er Anna überhaupt nicht mehr gesehen. Sofort bekam Christian ein schlechtes Gewissen. Er hatte seine Großmutter auch nicht mehr regelmäßig angerufen, weil er so sehr mit seiner Freundin Sophie und seiner Karriere beschäftigt gewesen war.

Christian sah sich im Laden um, fuhr prüfend mit dem Finger über eine Kommode und betrachtete die dicke Staubschicht an seiner Fingerkuppe. Es gab keinen Zweifel, Anna war mit ihrem Laden eindeutig überfordert. Wenn ihre Gesundheit tatsächlich so angeschlagen war, wie Oskar gesagt hatte, war es absolut richtig, sie von einer Geschäftsaufgabe zu überzeugen.

»Christian, mein Junge!«

Christian zuckte zusammen. Er war so in seine Überlegungen vertieft gewesen, dass er gar nicht bemerkt hatte, dass er nicht allein war. Als er sich umdrehte, erkannte er seine Großmutter, die aus dem angrenzenden Nachbarraum gekommen sein musste.

Sie breitete ihre Arme aus und ging freudestrahlend auf ihn zu. »Wie schön, dich zu sehen!« Anna drückte ihn fest an ihren weichen rundlichen Körper. »Gut siehst du aus. Und so groß!«

Amüsiert verdrehte Christian die Augen. Solange er denken konnte, war das Annas Standardspruch zur Begrüßung gewesen. »Seit wir uns das letzte Mal gesehen haben, bin ich sicherlich nicht mehr gewachsen«, entgegnete er mit ruhiger Stimme. Er wollte seiner Großmutter den Moment nicht verderben, und so entschied er sich, in ihren Small Talk einzusteigen.

»Hm, das glaube ich erst, wenn ich es nachgemessen habe.«

»Ich bin sechsunddreißig«, gab Christian zu bedenken. »Ich denke nicht, dass man in dem Alter noch wächst.«

»Auch mit sechsunddreißig können noch Wunder geschehen.«

Christian schluckte. Ob das eine Anspielung darauf gewesen war, dass er aus London zurückgekommen war? Jetzt fühlte er sich doch ein wenig unbehaglich. »Du hast dich jedenfalls kaum verändert«, entgegnete er ausweichend.

»Na, das will ich auch schwer hoffen. Trinkst du einen Tee mit mir?« Anna war schon wieder auf dem Weg in die kleine Küche, ohne Christians Antwort überhaupt abzuwarten. Früher hatten sie oft gemeinsam Tee getrunken, wenn er sie besucht hatte, es war fast so etwas wie ihr eigenes kleines Ritual gewesen. »Ich habe Apfel-Mango, Pfefferminze, Sommerfrüchte und Schwarztee. Was hältst du von einem Früchtetee? Den mochtest du doch früher immer so gern. In dem alten Schrank hinter dir ist eine Zuckerdose. Bringst du sie bitte mit?«

Christian drehte sich zu dem antiken Wohnzimmerschrank um, dessen dunkle Nussbaumtüren mit floralen Schnitzereien verziert waren und von dem er vermutete, dass er aus der Gründerzeit stammte. Der Schrank hatte früher sicher einmal ein Vermögen gekostet, aber vermutlich war er den Besitzern irgendwann zu groß oder zu dunkel vorgekommen, und so musste er wohl hierhergelangt sein. Zu seiner Überraschung stand auf dem obersten Regal hinter den Glastüren eine ganze Sammlung von Zuckerdosen.

»Da stehen bestimmt fünfzehn Stück«, rief er in Annas Richtung. »Bewahrst du etwa in allen Zucker auf?«

»Sei nicht albern, Christian. Was soll ich denn mit fünfzehn Zuckerdosen? Selbstverständlich habe ich nur in einer davon Zucker.«

Christian seufzte und hob den Deckel einer Dose an. »In dieser jedenfalls nicht!«, ließ er Anna wissen.

»Die mit den Blumen!«, kam eine gedämpfte Antwort aus der Teeküche.

Christian versuchte sein Glück bei der zweiten, doch auch da fand er keinen Zucker. Auch bei den nächsten beiden hatte er keinen Erfolg.

»Die haben fast alle Blumen, aber keinen Zucker!«, rief er frustriert und hob einen weiteren Deckel an. Diese Dose war zwar nicht leer, doch anstatt Zucker lag darin ein zusammengefalteter Zettel. Christian musste sich anstrengen, um ihn mit zwei Fingern aus der schmalen Öffnung fischen zu können. Hatte der verschrobene Vorbesitzer etwa eine Notiz in der Dose verwahrt? Christian faltete das Papier auseinander und sah einen handgeschriebenen Text mit fein geschwungenen Buchstaben vor sich:

Manchmal frage ich mich, wie es wäre, wenn man sein Leben zuckern könnte, es versüßen, wenn es einmal nicht so gut läuft. Oder man tritt auf der Stelle, und das Leben ist zu langweilig? Dann streut man einfach etwas Pfeffer drüber! Doch manchmal reicht das Würzen nicht, und man muss sich etwas wünschen, damit das eigene Leben völlig auf den Kopf gestellt wird! Stell dir vor, du hättest drei Wünsche frei, wie würden sie lauten?

Für einen kurzen Augenblick hielt Christian inne und überlegte, wie er die Fragen beantworten würde. Gab es Situationen in seinem Leben, die etwas Würze vertragen könnten? Was für eine eigenartige Idee das war. Dennoch ließ ihn der Gedanke nicht los. Pfeffer hatte er in den letzten Monaten genug gehabt. Erst in seinem Job, und dann war da noch die Trennung von Sophie, die ihm nach wie vor Bauchschmerzen bereitete. Das alles reichte ihm fürs Erste an Aufregung. Irgendwie fand Christian den Gedanken schön, jetzt tatsächlich einen Löffel Zucker nehmen und sein Leben damit etwas angenehmer gestalten zu können. Vermutlich würde er seinen Neuanfang hier damit bestreuen und hoffen, dass alles gut würde, denn das wünschte er sich wirklich. Und jetzt in diesem Moment würde er sich wünschen, dass diese unangenehme Situation mit Anna vorbei wäre oder er sie wenigstens etwas entschärfen könnte. Entschärfen – das passte gut zu dem Briefchen. Christian musste schmunzeln. Was waren das für eigenartige Zeilen, die ihn so über sich und sein Leben nachdenken ließen?

Das Pfeifen des Wasserkessels riss ihn aus seinen Gedanken. Er knüllte das Papier in seiner Faust zusammen und ließ es in seiner Jacketttasche verschwinden. Das war doch albern. Solche Fragen stellte man sich vielleicht als Kind, aber mit Mitte dreißig sollte man so weit in der Realität angekommen sein, um zu wissen, dass das Leben nicht immer so verlief, wie man es gerne hätte. Und doch war er damals mit Sophie davon überzeugt gewesen, dass zusammen alles möglich war und Wünsche wahr werden konnten, wenn man nur wirklich daran glaubte und hart genug dafür arbeitete. Aber er war eines Besseren belehrt worden, und da half auch keine

Puderzuckerschicht, um die unschöne Realität darunter zu verstecken …

Christian schüttelte den Kopf über sich selbst. Er konnte sich nicht erklären, warum ihn dieses kleine Briefchen so durcheinanderbrachte. Er war doch sonst so rational.

»Christian, hast du den Zucker gefunden?«, erkundigte sich Anna aus der Teeküche, und gleich darauf hörte er Geschirr klappern.

Zum Glück war seine Großmutter da, die ihn auf direktem Weg wieder in die Wirklichkeit katapultierte.

»Nein!«, rief er in Annas Richtung. »Aber vermutlich würde ich mir als Erstes wünschen, diesen verdammten Zucker zu finden«, setzte er halblaut hinzu, und jetzt kam ihm der Gedanke, dass ihm schon eine winzig kleine Prise davon in dieser Situation genügen würde – wirklich und auch im übertragenen Sinn.

Anna brachte auf einem Tablett eine bauchige Teekanne aus chinesischem Porzellan und zwei bunt bemalte Mokkatassen herein.

»Ich habe jetzt bestimmt in acht Zuckerdosen geschaut«, klagte Christian, als seine Großmutter mit dem Tablett an ihm vorbeiging.

»Da, die hintere.« Anna wies mit ihrem Kopf vage in eine Richtung. »Mit den verschlungenen Rosen auf dem Deckel.«

»Ach, wir reden gar nicht von einem Blumendekor?«

»Das habe ich nie gesagt.«

Christian seufzte hörbar auf, versuchte sein Glück bei den nächsten zwei Dosen, deren Deckel mit Keramikrosen verziert waren, und wurde schließlich fündig. Er folgte Anna zu einer beige-rot gestreiften Biedermeiersitzgruppe, bei der seine Großmutter bereits die Tassen und die Teekanne auf den Tisch gestellt hatte.

»Ist das nicht viel zu schade, um darin einen Tee zu trinken?«, gab er zu bedenken.

»Ach was, wofür habe ich es denn? Die ganzen Sachen sind doch da, um benutzt zu werden. Sonst stehen sie nur in der Ecke herum und verstauben. Und dann will sie erst recht niemand mehr, und sie werden zu Ladenhütern.«

Christian nickte vorsichtig. Er traute sich nicht, seine Großmutter darauf aufmerksam zu machen, dass seiner Meinung nach der komplette Bestand des Antiquitätenladens zum exklusiven Ladenhüter geworden war. Er setzte sich auf einen der Biedermeiersessel, wobei ihn, als er Platz nahm, eine dicke Staubwolke einhüllte, die sich in den Polstern verborgen hatte. Christian musste husten.

Anna schaltete einige Stehlampen und Schreibtischleuchten ein, die sich zwischen den anderen Antiquitäten versteckten, und setzte sich ihm dann gegenüber aufs Sofa. Mit dem passenden Licht wirkte der Laden gleich viel gemütlicher.

»Erzähl mal, wie war es in England?«, fragte sie unverbindlich und schenkte ihnen beiden dabei Tee ein.

Christians Magen zog sich zusammen. Er hatte das Gefühl, als wollte seine Großmutter mit ihm über einen netten Urlaub plaudern, den er vor Kurzem gemacht hatte. Dass es sich dabei um die letzten fünf Jahre seines Lebens handelte, in denen er sich kaum noch bei ihr gemeldet hatte, schien sie dabei gar nicht zu interessieren.

»Kalt und regnerisch«, entgegnete er trocken. Von seiner enttäuschenden Beziehung mit Sophie und seinem beruflichen Scheitern wollte er ihr nur ungern erzählen.

Anna trank einen Schluck Tee, rückte ihre Brille zurecht und sah ihn über den Rand hinweg prüfend an.

»Und ansonsten eben viel Businesskram«, setzte Christian ein wenig schuldbewusst hinzu, da er so knapp geantwortet hatte. »Ich hatte einiges zu tun.«

»Verstehe.« Seine Großmutter rührte sich in aller Ruhe einen Löffel Zucker in ihre Teetasse.

Jetzt konnte Christian sein schlechtes Gewissen nicht länger zurückhalten. »Anna, bist du mir böse, weil ich mich so lange nicht mehr bei dir gemeldet habe?«, fragte er vorsichtig.

»Warum sollte ich dir böse sein? Du hattest sicherlich deine Gründe, und jetzt bist du ja hier, und wir reden. Also ist doch alles in Ordnung.« Sie lächelte Christian warm an, und dieser nickte zögernd.

Jetzt, wo er wusste, dass seine Großmutter ihm nichts nachtrug, fühlte er sich noch schlechter, fast so wie als kleiner Junge, als er nahezu alle Zitronenbonbons aus dem Glas von ihrem Schreibtisch genascht hatte. Damals hatte sie ihm keinen Vorwurf gemacht, denn sie meinte, dass die Bauchschmerzen, die er davon bekommen würde, Strafe genug seien. Das schlechte Gewissen jetzt fühlte sich fast genauso schlimm an wie die Bauchschmerzen in seiner Kindheit, die er wegen der Zitronenbonbons gehabt hatte.

»Und was macht deine Jobsuche?«, wollte Anna wissen. »Am Telefon hast du erzählt, dass du wieder ganz nach Deutschland zurückkommen willst. Da suchst du doch bestimmt gerade nach einer passenden Arbeit, oder?«

»Ja«, antwortete er gedehnt. »Ich habe etwas in Aussicht, was sich ganz gut anhört.«

»Was denn?«, fragte Anna mit ruhiger Stimme.

»Vermutlich wirst du davon nicht begeistert sein, aber ich werde in Oskars Firma einsteigen.«

»Du arbeitest bei Oskar?« Seine Großmutter hob verwundert die Augenbrauen. »Das ist in der Tat eine Überraschung.«

Christian senkte den Blick. Er wusste, dass Anna nicht besonders gut auf ihren Sohn zu sprechen war.

»Na ja, er war auf der Suche nach jemandem, der das Finanzmanagement für sein nächstes Bauvorhaben übernimmt, und nachdem ich ja in London schon als Junior Consultant im Finanzbereich einer Baufirma gearbeitet habe, hat das einfach gepasst.« Von dem anderen Aufgabenbereich, den Oskar für ihn angedacht hatte, erzählte er erst einmal lieber nichts.

»Aha.« Anna rührte so heftig in ihrer Tasse, dass Christian befürchtete, der Tee würde demnächst über den Rand schwappen.

»Das klingt ja nicht gerade begeistert«, sagte er schließlich, als seine Großmutter weiter beharrlich schwieg.

»Ich habe nicht gesagt, dass ich nicht begeistert bin«, erwiderte sie.

»Du hast aber auch nicht gesagt, dass du es bist.«

»Hm.« Anna presste die Lippen aufeinander.

»Wieso bist du so misstrauisch, wenn es um Oskar geht? Ich meine, er ist immerhin dein Sohn und mein Onkel, und …«

»Ich bin nicht misstrauisch«, widersprach Anna. »Ich breche nur nicht in Begeisterungsstürme aus.«

»Ja, das sehe ich. Aber warum?«

»Wenn du vorhast, dein Vermögen zu verjubeln, mach Geschäfte mit der Verwandtschaft«, sagte sie kryptisch.

Christian legte die Stirn in Falten, und einen Augenblick lang herrschte betretenes Schweigen. Er trank von seinem Tee und entschied sich dann dafür, das Thema zu wechseln.

»Wie geht es dir eigentlich? Ich meine gesundheitlich.«

Anna, die gerade ebenfalls einen Schluck trinken wollte, verschluckte sich bei der Frage beinahe. »Wunderbar, wieso fragst du? Meine Liebe zum Triathlon habe ich mittlerweile zwar aufgegeben, aber dafür entdecke ich gerade meine Begeisterung für Extremsportarten.«

»Sehr witzig.« Christian schaute seine Großmutter beleidigt an.

»Fand ich schon.« Anna schmunzelte.

»Ich wollte wirklich wissen, wie es dir geht. Ich mache mir Sorgen um dich.«

»Ach, dazu gibt es keinen Grund. Mein Ärztestab sieht mich noch lange nicht unter der Erde.«

Christian wunderte sich über diese Aussage. Das passte überhaupt nicht zu dem, was Oskar ihm im Vertrauen erzählt hatte. Aber vielleicht war Anna auch nur zu stolz, um ihm die Wahrheit zu sagen. Das konnte er sich bei seiner Großmutter gut vorstellen, denn gesundheitliche Probleme hatte sie schon immer gern für sich behalten, um niemanden zu beunruhigen. Er traute Anna sogar zu, dass sie tatsächlich noch mit dem Gedanken spielte, Fallschirm zu springen, surfen zu gehen oder sich mit einem Bungeeseil eine Brücke hinunterzustürzen. In seiner Familie kursierten die wildesten Geschichten über seine starrsinnige Großmutter, die sogar mit verstauchtem Knöchel den Dachstuhl ihres Hauses repariert hatte. Christian konnte sich lebhaft vorstellen, wie Anna damals oben auf dem Balken gesessen und eine ganze

Armee von Arbeitern unter sich angeleitet hatte. Bei diesem Gedanken sah er seine Großmutter mit einem wehmütigen Lächeln an. Vielleicht wusste sie ja auch noch gar nichts von den Untersuchungsergebnissen und war völlig ahnungslos, was ihren Gesundheitszustand anging. Das war eine Vorstellung, die ihm wirklich Unbehagen bereitete, denn auch wenn sie in den letzten Jahren weniger Kontakt gehabt hatten, war Anna ihm doch sehr wichtig. Sie war seine Familie.

»Und wie läuft es hier im Laden?«, schlug er ein unverbindlicheres Thema an, doch noch ehe Anna antworten konnte, hörte er ein metallisches Scheppern, das von draußen zu kommen schien, gefolgt von dem herzzerreißenden Weinen eines Kindes. Christian sprang auf und lief an das Schaufenster, um zu sehen, was passiert war. Vor dem Laden war ein Mädchen mit seinem Tretroller auf dem Gehweg gestürzt.

»Oh, verdammter Mist!«, rief Christian, und im nächsten Moment riss er die Ladentür auf und stürzte hinaus.

»Mein Eis, mein Eis!«, schluchzte das Mädchen, und dicke Tränen rannen über seine Wangen.

»Mein Wagen!«, rief Christian und fuhr mit seinen Fingerspitzen prüfend über die Motorhaube, die nun von einer Eiswaffel und einem rosaroten Fleck gekrönt wurde, sodass das Auto fast ein bisschen wie ein Einhorn aus einer Kleinmädchenfantasie aussah. Unter der schmierigen Pfütze zeichnete sich ein unschöner Kratzer ab. Vermutlich war das Mädchen mit seinem Roller gestürzt, und der Lenker hatte dabei den Lack beschädigt.

»Ist das Ihr Ernst?«, hörte er plötzlich eine aufgebrachte Frauenstimme hinter sich. »Hier ist gerade ein Kind gestürzt und hat sich wehgetan, und Sie machen sich Sorgen um Ihren Wagen?«

Als Christian sich umdrehte, sah er eine Frau mit honigblonden lockigen Haaren, die sich besorgt über das Mädchen beugte. Sie trug ein leichtes Sommerkleid und flache Schuhe dazu und machte darin eine ausgesprochen gute Figur. Um ihre Taille hatte sie sich eine weiße Spitzenschürze gebunden, vermutlich arbeitete sie hier als Bedienung.

»Ist dir was passiert, meine Kleine?«, fragte die Frau besorgt.

»Ich hab … mein Eis …«, brachte das Mädchen unter mehreren Schluchzern hervor. »Mein … Taschen… geld …«

Die Frau streichelte dem Mädchen behutsam übers Haar. »Das macht doch nichts. Du kannst ein neues Eis haben«, versprach sie.

»Und was ist mit meinem Wagen?«, wollte Christian wissen.

»Den ersetze ich Ihnen ganz sicher nicht, und wenn Sie nicht mitten auf dem Gehweg geparkt hätten, dann wäre das hier vermutlich alles gar nicht passiert. Abgesehen davon ist Ihr Wagen ja wohl nicht wichtiger als ein Kind, oder?«

Christian wollte etwas erwidern, doch ihm fehlten tatsächlich für einen Augenblick die Worte.

Mittlerweile hatten auch die Cafébesucher neugierig ihre Köpfe in seine Richtung gereckt.

»Das kann nicht Ihr Ernst sein!«, brachte er schließlich hervor.

»Also schön«, entgegnete die Frau mit erzwungener Geduld, während sie dem Mädchen beim Aufstehen half und den Dreck von seiner Hose abklopfte. »Ist Ihrem Auto etwas passiert?«

»Ist meinem … Ob meinem Auto etwas passiert ist?« Christian konnte das Verhalten dieser Frau kaum fassen und stieß abfällig die Luft aus. »Das ist ja wohl die Höhe! Haben Sie überhaupt hingesehen? Ich habe einen Kratzer im Lack!«

»Oh, wie tragisch«, konterte die Frau, und Christian sah, dass ein Funkeln in ihren Augen aufblitzte.

»Ja, das ist tragisch.« Er fragte sich, wie er Oskar erklären sollte, dass der neu geleaste Wagen innerhalb einer Woche die erste Macke abbekommen hatte. »Ich gehe davon aus, dass Sie die Waschanlage und die Reparaturkosten bezahlen!« Christian wusste, dass er sich gerade vollkommen lächerlich machte, doch er zog sein Smartphone aus seiner Hosentasche und sah die Frau herausfordernd an. »Wie ist Ihr Name? An wen darf ich die Rechnung schicken? Ist das Ihr Kind? Vermutlich, bei dem Auftritt, den Sie hier an den Tag legen …«

Die blonde Frau schnaubte energisch, warf ihre Locken in den Nacken und stemmte die Hände angriffslustig in die Hüften.

Christian wollte eigentlich mit seiner Schimpftirade fortfahren, doch im selben Moment wandte sich die Frau an einen älteren Herrn, der an einem der Cafétische saß.

»Sie entschuldigen?«, fragte sie höflich und griff nach seinem Teekännchen. »Sie bekommen auf Kosten des Hauses selbstverständlich einen neuen.« Dann schüttete sie den kompletten Inhalt über die Motorhaube. »Bitte schön! Frisch gewaschen! Und was den Kratzer angeht: Sie stehen mit ihrem blöden Wagen mitten im Halteverbot und blockieren den Gehsteig. Aber da ich kein Unmensch bin wie Sie, werde ich keine Anzeige erstatten.« Die Frau lächelte Christian triumphierend an, nahm das Mädchen an die Hand und stolzierte ins Eiscafé zurück.

Christian sah ihr sprachlos hinterher. Er konnte nicht glauben, was gerade passiert war. Diese Frau musste von allen guten Geistern verlassen sein. Angesichts der Leute, die im Café saßen, und einiger Passanten, die stehen geblieben waren und das Geschehen interessiert verfolgt hatten, fühlte er sich schrecklich bloßgestellt. Er zerrte sein Einstecktuch aus der Brusttasche seines Jacketts, tupfte damit erst über seinen Anzug, der ein paar Spritzer von dem Tee abbekommen hatte, und dann über die Motorhaube.

»Geisteskrank«, murmelte er mit bebender Stimme. »Völlig geisteskrank!« Nach Unterstützung heischend, sah er sich um, aber die meisten Leute schienen von der Dreistigkeit der Frau tatsächlich auch noch belustigt zu sein.

»Dann parken Sie eben nicht so ungeschickt«, mischte sich einer der Passanten ein und ging mit einem lächelnden Kopfschütteln weiter.

»Genau«, stimmte ein anderer zu, und weiteres zustimmendes Gemurmel folgte. »Mitten auf dem Gehweg. Da hat man es ja nicht anders verdient.«

Wortlos stieg Christian in seinen Wagen und fuhr mit quietschenden Reifen davon.

6.

Am Abend kam Florence bei Pauline zum Essen vorbei. Es war ein Montag, der Tag, an dem der Eishimmel etwas früher schloss und die beiden Frauen ihr Wochenende nachholen konnten.

»Dieser Idiot hat sich überhaupt nicht für das Mädchen interessiert!«, sagte Pauline, und das feine Porzellangeschirr mit dem Goldrand, das sie gerade aus dem Schrank geholt hatte, landete scheppernd auf dem Küchentisch. »Der Kleinen hätte sonst was passiert sein können!«

Florence nickte. »Und dann steht er auch noch im Halteverbot und tut die ganze Zeit so, als ob er völlig im Recht wäre. Was für eine Pfeife!«

»Solche Menschen gibt es leider überall. Die denken, sie wären absolut unfehlbar, dabei machen sie den größten Blödsinn.« Pauline nahm gegenüber von Florence Platz und verfütterte eine Scheibe Putenbrust an Coco. »Ich bin mal gespannt, ob er wegen des Kratzers eine Rechnung schickt.«

»Das glaube ich nicht.« Florence schnitt ein Brötchen auf und griff zu dem Frischkäse, den Pauline mit ein paar Kräutern verfeinert hatte. »Er weiß, dass er im Unrecht war, da wird er die Sache einfach auf sich beruhen lassen, ansonsten müsste er erklären, wieso er im Halteverbot geparkt hat.

Sollte er trotzdem eine Rechnung schicken, übernehme ich den Betrag persönlich für dich, weil du einfach großartig reagiert hast. Und jetzt hör auf, dir über diesen Macho Gedanken zu machen. Das war einfach ein Idiot.«

Pauline wünschte sich, sie könnte die Sache so locker sehen wie ihre Freundin, aber irgendwie bekam sie diesen Typen nicht aus ihrem Kopf. Sie fand sein Verhalten einfach unfassbar. Hoffentlich sah sie ihn nicht wieder.

Nachdem sich Coco auch eine zweite Scheibe Wurst schmecken lassen hatte, zog sie sich auf ihren Platz auf dem Sofa zurück und putzte sich ausgiebig.

»Wie ist eigentlich das Gespräch bei der Bank gelaufen?«, fragte Florence.

Wie zur Antwort spießte Pauline eine Kirschtomate mit der Gabel auf. »Angenehm war es nicht gerade, aber ich konnte den Berater davon überzeugen, die Rate noch einmal einen Monat auszusetzen, da die Saison jetzt erst begonnen hat. Erfreut war er darüber natürlich nicht.«

»Das kann ich mir vorstellen.« Florence verzog den Mund. »Konntest du auch über die Höhe verhandeln oder eine Lösung für die Rückzahlungsabstände erreichen?«

»Was die Höhe angeht, konnte er leider nichts mehr machen. Die Rückzahlung läuft bereits mit der niedrigsten Rate. Aber ich konnte den Zahlungszeitraum von vier auf sechs Wochen verlängern.«

»Das ist doch etwas.« Florence schenkte ihr ein aufmunterndes Lächeln. »Das bekommen wir schon hin.«

»Ich hoffe es.« Pauline war nicht so zuversichtlich.

»Ganz bestimmt. Wie du schon sagtest, die Saison hat erst begonnen, aber sobald die Leute wieder auf den Geschmack gekommen sind, werden sie uns das Eis aus den Händen reißen.«

»Das wäre schön. Dieses Jahr bin ich wirklich darauf angewiesen. Es war so dumm, mir damals diesen Kredit aufzuhalsen.«

»Ach was, denk nicht mehr darüber nach. Geschehen ist geschehen, und wir können jetzt nichts mehr daran ändern. Erzähl mir lieber, was für neue Eissorten du im Kopf hast.«

Pauline musste lächeln, denn sie durchschaute die Ablenkungsversuche ihrer Freundin ganz genau. Trotzdem ging sie dankbar darauf ein. »Ich habe mir überlegt, Karamelleis ins Sortiment aufzunehmen«, sagte sie jetzt deutlich entspannter. »Aber ich bin nicht sicher, ob das nicht zu langweilig ist. Ich bin noch auf der Suche nach Zutaten, mit denen ich es kombinieren könnte.«

Florence dachte einen Augenblick nach. »Wie wäre es mit Sesam? Oder, wenn du es nicht so süß haben willst, mit Fleur de Sel?«

Pauline versuchte, sich vorzustellen, wie die unterschiedlichen Zutaten miteinander harmonieren würden. Mit Sesam würde das Karamell zu einem geheimnisvollen Märchen aus *Tausendundeiner Nacht* werden. Es würde an klebrige Süßigkeiten erinnern, die in arabischen Caféhäusern gereicht wurden, zusammen mit einem Glas heißem Schwarztee. Sofort kam ihr die Idee, dass man das Eis mit etwas Honig und einem Schuss Zitronensaft verfeinern könnte, sodass durch den süßen Honig die Schwere der Mittagshitze und die mit Gold verzierten Ornamente der Paläste mitschwangen, während die Zitrone auf die Frische einer Oase anspielte.

Ganz anders würde es schmecken, wenn man das Karamell mit dem Fleur de Sel kombinieren würde, das an die magisch glitzernden Salzfelder von Guérande denken ließ, die bei Sonnenaufgang in herrlichem Blau oder Türkisgrün schillerten, an die rauen Stadtmauern der mittelalterlichen Befestigungsanlage, an die salzig schmeckende Meeresluft und an die verführerisch duftenden Crêpes, deren Zucker karamellisierte.

»Das klingt beides gut«, sagte Pauline schließlich. »Vielleicht werde ich erst einmal eine Grundmasse für Karamelleis herstellen und sie teilen. Dann kann ich beide Sorten ausprobieren und unseren Gästen zum Testen anbieten. Ich bin schon gespannt, was ihnen besser schmecken wird.« Jetzt war sie ganz in ihrem Element. »Wir brauchen dafür unbedingt mehr von der Biosahne und der echten Vanille. Und einen ganz besonderen Zucker. Ich wollte schon immer den brasilianischen Rohrzucker von der kleinen Ökoplantage aus dem Feinkostladen für ein Rezept verwenden, du weißt schon, den champagnerfarbenen.«

»Meinst du, dass er andere Eigenschaften beim Karamellisieren hat?«, fragte Florence interessiert.

»Das kann ich nicht genau sagen. Geschmacklich ist er auf jeden Fall anders, deshalb denke ich, dass er auch karamellisiert anders schmecken wird als der Zucker, den wir bisher genommen haben. Aber um das herauszufinden, gibt es nur eine Möglichkeit: Ich muss es ausprobieren.«

7.

»Christian! Ein Glück, dass du da bist!« Anna schlurfte mit kleinen Schritten über den feuchten Boden, auf dem überall Frotteetücher in unterschiedlichen Größen und Farben lagen. Es sah aus, als hätte sie den kompletten Inhalt ihres Badezimmerregals auf dem Fußboden des Antiquitätenladens ausgebreitet. Dazwischen standen mehrere Putzeimer, die teilweise mit Wasser gefüllt waren.

»Was ist denn hier los?« Christian sah sich verwundert um. Einen solchen Anblick hatte er überhaupt nicht erwartet. Dann fiel ihm auf, dass der karierte Faltenrock seiner Großmutter im Bereich der Knie und Schienbeine ebenfalls nass war. »Hast du versucht, den Boden zu wischen?«, fragte er besorgt.

»Schlimmer, Christian! Es ist ein Unglück!« Annas Stimme zitterte. »Ich habe einen Wasserschaden! Ein Rohr ist kaputt, wahrscheinlich ist es durchgerostet. Schon letztes Mal, als der Klempner da war, hat er vermutet, dass das einmal passieren könnte. Das Leitungssystem ist so alt und marode, dass ich es schon längst hätte ersetzen lassen müssen. Wahrscheinlich hat es die ganze Nacht durch die Decke getropft.«

Christian ging auf seine Großmutter zu und legte ihr beruhigend seine Hände auf die Schultern. Sein Blick war fest, als er ihr jetzt in die Augen sah. »Hast du das Wasser schon abgestellt?«, fragte er mit sanfter Stimme.

Anna schüttelte den Kopf, und ihre Augen füllten sich mit Tränen. »Nein, ich finde den richtigen Hahn nicht.«

Christian drehte sich abrupt um und lief auf die Kellertür zu. »Mach dir keine Sorgen, ich stelle erst einmal den Haupthahn im Keller ab!«, rief er ihr über die Schulter zu, während er den Schlüssel in dem rostigen Schloss herumdrehte und versuchte, die Feuerschutztür aufzuziehen. »Dieses verdammte Ding klemmt!« Er rüttelte fester an der Tür. Endlich gab sie nach, und er konnte die schwere Tür unter deren quietschendem Protest aufziehen. Ein muffiger Geruch, vermischt mit Staub und feuchten Wänden, schlug ihm entgegen. Christian schaltete das Kellerlicht mit einem leisen Klacken ein, und plötzlich fühlte er sich in seine Kindheit zurückversetzt. Er erinnerte sich an die Wohnung über dem Laden, den hellen Altbau mit Stuck verzierten Decken, den Holzdielen und Drehlichtschaltern. Auf dicken, schweren Perserteppichen mit orientalischen Mustern hatte er damals stundenlang mit seinen Blechtraktoren gespielt. Er hatte sogar einen Kippanhänger mit beweglicher Klappe gehabt, in dem er immer die Lakritzbonbons seines Vaters transportiert hatte, und einen Heuwender, dessen Gabeln sich durch Zahnräder bewegt und den Teppichflor gekämmt hatten.

Mit einem energischen Kopfschütteln versuchte er die Erinnerung loszuwerden. Seit knapp dreißig Jahren wohnte er nun nicht mehr hier. Er musste fünf oder sechs Jahre alt gewesen sein, als sie damals in die neu gebaute Stadtrandsiedlung gezogen waren, allerdings ohne seinen Vater und ohne seine Blechtraktoren. Doch das waren Gedanken, die Christian ebenfalls lieber beiseiteschob.

Die Kellerlampe verbreitete ein dumpfes Licht, das den Raum nur spärlich erhellte. Seine Augen mussten sich erst an die fahle Beleuchtung gewöhnen, ehe Christian die Treppe, die in einen mit Kisten und Möbeln vollgestellten Raum führte, vollständig vor sich ausmachen konnte. Er setzte einen Schritt nach dem anderen auf die unebene Holztreppe und verhedderte sich in einer Spinnwebe. »Igitt«, murmelte er und wischte sich mit seinem Hemdsärmel übers Gesicht. Anna musste schon eine Ewigkeit nicht mehr hier unten gewesen sein. Ihm graute davor, wenn er darüber nachdachte, dass er nicht nur das Gerümpel oben, sondern auch hier unten entsorgen musste. Aber nun musste er erst einmal den Haupthahn für die Wasserleitung finden. Er stieg die knarzende Treppe weiter hinunter und ließ seine Hand dabei über ein ehemals weiß gestrichenes Metallgeländer gleiten, von dem die Farbe fast vollständig abgeblättert war.

»Hast du ihn gefunden?«, hörte er Annas Stimme von oben.

Christian drehte sich um, doch in dem hellen Rechteck der Tür konnte er nur Annas rundliche Gestalt ausmachen.

»Noch nicht!«, rief er zurück, wobei er sich gleich darauf an einer alten Truhe das Knie anstieß. »Au, verdammt!«

»Ist alles in Ordnung?«, fragte seine Großmutter besorgt.

»Ja, alles okay!« Christian rieb sich über sein schmerzendes Knie.

»Brauchst du eine Lampe?«

»Nein, es geht schon. Ich bin gleich beim Heizungskeller.« Christian steuerte zielsicher auf eine Holztür zu, die nur angelehnt war. Er drückte die Tür auf und blinzelte in den kleinen Raum hinein, der ihm vor Hitze fast die Luft zum Atmen nahm. Hier drin war das Surren des Heizkessels unerträglich laut, aber die Anlage blinkte regelmäßig und schien, zu seiner Verwunderung, noch immer zuverlässig ihre Dienste zu tun. Christian musste von der stickigen Luft husten. Er nahm mehrere tiefe Atemzüge und betrat dann den Raum, dessen Wände beinahe komplett mit Rohren und Kabeln überzogen waren. Nach kurzer Orientierung drehte er einen dunkelblauen Hahn an der größten Leitung zu. Dann ging er wieder zu Anna nach oben.

»So, jetzt sollte es erst einmal nicht mehr tropfen«, sagte er, während er sich Staub und Spinnweben von seinem Hemd und der schwarzen Anzughose abklopfte. »Hast du schon einen Klempner angerufen?«

Anna nickte. »Aber der kann frühestens morgen Nachmittag vorbeikommen, hat er gesagt.« Jetzt schien sie wieder den Tränen nahe zu sein. Sie nestelte an ihrem Faltenrock und zog ein Stofftaschentuch mit Häkelspitze hervor, mit dem sie sich über die Augen tupfte. »Meine ganzen Antiquitäten! Die alten Möbel, die Bücher, die kostbaren Teppiche … Das alles darf doch nicht nass werden«, jammerte sie, während sie sich in ihr Taschentuch schnäuzte. »Bis ich da jeden einzelnen Schaden bei der Versicherung gemeldet habe, brauche ich eine Ewigkeit! Und wahrscheinlich wollen sie dann ohnehin nur einen mickrigen Betrag zahlen, mit dem ich das alles niemals restauriert bekomme. Ganz abgesehen davon, dass das alles Einzelstücke sind, die niemand ersetzen kann.«

Als Christian seine Großmutter so verzweifelt sah, fasste er sich ein Herz.

»Komm, ich helfe dir dabei, alles zusammenzuräumen«, sagte er.

Dabei kam ihm plötzlich der Gedanke, dass er die Dinge möglicherweise gar nicht mehr auspacken musste. Wenn er Anna in einem geschickten Moment erwischte, konnte er ihr vielleicht nahelegen, dass sie das Geschäft aufgab. Der Wasserrohrbruch war die perfekte Gelegenheit, um ihr deutlich zu machen, dass es so nicht weitergehen konnte. Selbstverständlich musste er dabei sehr sensibel vorgehen, wenn er seine Großmutter nicht verletzen wollte, doch es war nicht zu übersehen, dass sie vollkommen überfordert war.

»Jetzt lass uns erst einmal einen Tee trinken«, schlug er vor.

Anna verzog unglücklich das Gesicht. »Wie denn, wenn du das Wasser abgestellt hast?«

Natürlich. Darauf hätte er auch selbst kommen können.

»Hast du nicht etwas anderes zu trinken im Laden?«

»Nur noch eine Flasche Apfelsaft. Oder wir gehen rüber zu Pauline und trinken dort einen Eiskaffee.«

»Apfelsaft ist völlig in Ordnung!«, stimmte Christian sofort zu. Er wollte nämlich auf gar keinen Fall noch einmal in der Eisdiele auf diese unfreundliche Bedienung treffen.

Er ließ seinen Blick durch den Laden schweifen und griff nach den nächstbesten Gläsern, die er finden konnte. Es waren zwei Sektkelche aus schwerem Bleikristall, die in einer Glasvitrine mit Beleuchtung gestanden hatten. Christian folgte seiner Großmutter über die nassen Frotteetücher in die Küche. Dort nahm Anna die letzte Saftflasche aus dem Vorratsschrank, schenkte den Apfelsaft in die Gläser und gab eines davon an Christian zurück.

»Na ja, wenigstens hast du Geschmack, Junge«, sagte sie, als sie das andere Glas in die Hand nahm und den Saft darin betrachtete. »Das ist eine Handarbeit aus Böhmen. Einzigartiger Schliff, wie er heute nur noch selten hergestellt wird. Der Rand besteht übrigens aus vierundzwanzig Karat Gold. Ich habe sie damals für hundertfünfzig Euro gekauft, ein echtes Schnäppchen.«

Christian verschluckte sich an seinem Saft. »Wie bitte?«, fragte er hustend. »Pro Glas oder als Set?«

»Pro Glas natürlich. Vielen Dingen hier im Laden sieht man nicht an, was sie wert sind. Das ist fast ein bisschen wie im richtigen Leben, wenn man einem Menschen begegnet, dessen wahren Wert man auf Anhieb nicht erkennt. Aber irgendwann wird es einem klar, und dann fällt es schwer, sich zu trennen.«

»Hast du deshalb so viele Sachen hier im Laden herumstehen, weil du dich nicht von ihnen trennen kannst?«

Anna winkte ab. »Nein, daran liegt es nicht. Ich möchte nur, dass sie in die richtigen Hände kommen, und das ist manchmal gar nicht so leicht. Es ist fast so, als ob jeder Gegenstand seine eigene Geschichte, sein eigenes Leben hat. Er hat vorher zu jemandem gehört, und jetzt sucht er einen neuen Wegbegleiter, dem er etwas bedeutet und den er inspirieren kann.«

Christian durchlief ein kühler Schauer. Wusste Anna etwa, dass er diesen eigenartigen Zettel gefunden hatte? Hatte sie ihn vielleicht selbst geschrieben? Nein, das war ausgeschlossen. Er kannte die Handschrift seiner Großmutter, eine alte Schrift mit spitzen Buchstaben. Die Schrift auf dem Zettel war eher rund und geschwungen.

»Und jetzt soll ich all diese Dinge in Kisten packen und irgendwo in eine Ecke stellen.« Anna presste die Lippen aufeinander. Das musste eine grauenhafte Vorstellung für sie sein.

»Es ist ja nicht für immer«, sagte Christian, aber er fühlte sich furchtbar bei seinen Worten. »Am besten wir überlegen gemeinsam, womit wir anfangen.«

Und während sie beratschlagten, welche Dinge sie sinnvollerweise zuerst verpackten und wohin sie die verschiedenen Möbel und Kisten stellen wollten, kam sich Christian wie ein schrecklicher Verräter vor.

8.

Die letzten Tage hatte Pauline beinahe ununterbrochen damit verbracht, ein Rezept für Karamelleis auszuarbeiten. Sie hatte sich dafür entschieden, ein Vanilleeisrezept abzuwandeln und den Zucker vorab zu karamellisieren. Doch das hatte seine Tücken, wie sie feststellen musste. Die ersten beiden Male war ihr der Zucker verbrannt, und herausgekommen war eine schwarzbraune zähe Masse mit bitterem Geschmack. Pauline warf frustriert die Pfannen ins Spülbecken. Sie vermisste Toni, die ihr bei neuen Rezepten immer zur Seite gestanden und sie aufgemuntert hatte, wenn ihre Kreationen nicht gleich auf Anhieb gelungen waren. Sie hatte immer genau gewusst, was zu tun war.

Pauline erinnerte sich daran, wie sie mit ihrer Oma in ihrer Kindheit Karamellbonbons hergestellt hatte. Sie musste damals etwa neun oder zehn Jahre alt gewesen sein. Sie hatte neben Toni am Herd gestanden und ihr dabei zugesehen, wie sie den Zucker in der Pfanne zergehen ließ. »Du musst immer rühren«, hörte sie Toni in ihrer Erinnerung sagen. »Auch wenn der Zucker beim Karamellisieren Klumpen bildet, das ist normal, und du darfst dann auf keinen Fall mit dem Rühren aufhören.« Pauline trommelte mit ihren Fingern auf die Arbeitsplatte. Das hatte sie getan, daran konnte es nicht liegen. Aber da war noch etwas. Sie schloss die Augen und ging in Gedanken noch einmal die Szene durch. Links von ihr stand ihre Oma mit der grünen Schürze. Auf dem Herd blubberte der Zucker in der gusseisernen Pfanne, und Toni rührte bedächtig mit dem Holzkochlöffel in der Masse. »Du musst gut aufpassen, Pauline«, hallte die Stimme ihrer Großmutter durch ihre Erinnerung, und dann war da wieder die Realität.

Pauline seufzte und öffnete die Augen. »So wird das nichts«, murmelte sie. Was auch immer Toni ihr damals gesagt hatte, es war weg. Sie gab etwas Spülmittel auf einen Schwamm und tauchte ihre Hände ins warme Seifenwasser. Während sie die Pfannen schrubbte, versuchte sie, auf andere Gedanken zu kommen, aber es gelang ihr nicht. Der Duft des Zitronenspülmittels mischte sich mit dem von angebranntem Karamell, und plötzlich hörte sie in Gedanken Kinderlachen, eine Gartentür, die im Wind aufflog, das Klirren von Eiswürfeln in einem Glas. Vor ihrem inneren Auge sah sie vier Henkelgläser mit rot-weiß gedrehten Strohhalmen, Zitronenscheiben, Pfefferminzblättern und sprudelndem Mineralwasser. Sie roch den intensiven Duft der Limonade und der Minze und plötzlich etwas Süßes, Köstliches. »Pauline«, hörte sie Tonis Stimme, doch jetzt war sie viel heller und weicher, als sie sie in Erinnerung hatte. »Komm, es ist gleich so weit.« Sie sah sich selbst als Mädchen barfuß in die Küche rennen, ihr Kleid hatte Grasflecken vom Spielen im Garten. »Sei vorsichtig, die Pfanne ist sehr heiß«, mahnte Toni. »Gleich hat sich der Zucker vollständig mit der Butter vermischt. Du musst dabei immer kräftig rühren, das ist wichtig. Und jetzt musst du höllisch aufpassen, denn sonst verpasst du den Punkt, an dem der Zucker zu karamellisieren beginnt. Das ist sehr wichtig, ansonsten kannst du das Ergebnis wegwerfen. Du musst gut aufpassen, Pauline.«

»Das ist es!«, flüsterte Pauline und ließ die Pfanne zurück ins Spülwasser gleiten. »Ich habe den Punkt verpasst.« Sie wischte sich die Hände an ihrer Schürze ab, nahm eine neue Pfanne aus dem Schrank und gab Zucker hinein. Dieses Mal achtete sie jedoch ganz genau darauf, wann der Zucker goldbraun wurde und zu karamellisieren begann. Als gleich darauf ein köstlicher Duft durchs Eislabor zog, nahm sie die Pfanne vom Herd.

»Ich hab's!«, rief sie glücklich, als sie das Karamell vor sich ansah. »Ich hab's geschafft! Oh, danke, Toni!«, hauchte sie und nahm sich gleich das Rezept, um sich zu notieren, dass Zucker ab einem bestimmten Punkt sehr schnell braun wurde. Dann stellte sie die Pfanne wieder zurück, goss vorsichtig etwas Milch und Sahne dazu und löste die Karamellmasse darin wieder auf. So hatte es Toni auch immer bei den Bonbons gemacht. Es blubberte und brodelte dabei wie in einem Hexenkessel, und Pauline musste achtgeben, dass sie sich nicht verbrannte. Als sich alles zu einer glatten Masse verbunden hatte, gab sie die Sahne-Karamell-Mischung zu ihrer übrigen Eismasse und füllte den Mix anschließend in das Reifegerät.

Es fiel Pauline dieses Mal ganz besonders schwer zu warten, denn sie wollte unbedingt wissen, wie ihre Kreation geworden war. Sie lächelte, als sie sich daran erinnerte, dass sie Tonis Karamellbonbons auch nicht sofort hatte probieren dürfen, weil sie viel zu heiß gewesen waren. Auch damals hatte sie sich gedulden müssen.

Als sie den Karamellmix endlich weiterverarbeiten konnte, prüfte sie mit dem Kochlöffel zunächst die Konsistenz. Dann gab sie die Masse in die Eismaschine, und als das Eis gefroren war, füllte sie die erste Hälfte mit schwungvollen Bewegungen in eine Edelstahlwanne und mischte Sesamkrokant darunter. Zu der anderen Hälfte gab sie Fleur de Sel. Sie nahm einen Teigschaber und formte damit gleichförmige Wellen an der Oberfläche, sodass das Eis jetzt an ein kleines Karamellmeer aus dem Schlaraffenland erinnerte. Zufrieden betrachtete Pauline die Wellengipfel. Wenn das Eis auch nur halb so gut schmeckte, wie es aussah, war es mit Sicherheit ein Erfolg.

Sie nahm einen Portionierer und zwei Dessertschalen aus einer Schublade und formte zuerst zwei kleine Kugeln aus dem salzigen und anschließend zwei Kugeln aus dem süßen Karamelleis, die sie in die Schalen gab. Aus einer anderen Schublade nahm sie einen Kaffeelöffel und kratzte eine winzige Portion Eis von einer der beiden Kugeln. Diesen Moment hatte Pauline am liebsten. Jetzt zeigte sich, ob sie alle Zutaten richtig berechnet und das Rezept gut ausgetüftelt hatte.

Als das salzige Karamelleis ihre Zungenspitze berührte, war es für sie, als ob ein kleines Feuerwerk in ihrem Mund explodierte: Auf die erwartete Süße folgte gleich darauf eine neue Geschmacksnuance wie eine andere schillernde Farbe, was Pauline durch das Fleur de Sel erreicht hatte. Sie war sehr zufrieden. Die salzige Variante war ihr perfekt gelungen. Das süße Karamell und die ausgefallenen Salzkristalle harmonierten im Einklang, während der Widerspruch gleichzeitig auch den Gaumen reizte. Es war ganz genau, wie sie es sich vorgestellt hatte. In ihrem Kopf sah sie sofort die französische Halbinsel Guérande vor sich, hörte das Meeresrauschen, schmeckte die salzige Brise und sah sich umgeben von den schillernden Salzgärten.

Danach kostete Pauline eine winzige Portion von dem süßen Eis, wobei sie darauf achtete, dass sie auch etwas von den kleinen Sesamkrokantstücken auf dem Löffel hatte. Sobald sich der Geschmack in ihrem Mund entfaltete, fühlte sie sich, als ob sie in eine warme Badewanne aus Milch und Honig glitt. Anders als bei der salzigen Variante fügten sich die beiden süßen Komponenten zu einer samtigen Einheit zusammen, die keine Wünsche offenließ. Sie kam sich wie eine orientalische Prinzessin in einem kostbaren Palast mit filigranen Steinschnitzereien am Fenster vor, die von den besonderen Leckereien auf den goldenen Tabletts kosten durfte.

Pauline war mit ihren Kreationen sehr zufrieden, die Arbeit und das Herumprobieren hatten sich gelohnt. Sie nahm die beiden Metallwannen, trug sie nach vorne ins Café und setzte sie in die Eisvitrine ein. Jetzt war es an der Zeit, die Meinungen ihrer Kunden zu hören.

»Oh, das sieht aber lecker aus!«, stellte Florence entzückt fest.

»Warte, bis du es probiert hast.« Pauline lächelte geheimnisvoll und verschwand wieder im Eislabor. Gleich darauf kam sie mit den beiden Dessertschalen zurück und überreichte eine davon ihrer Freundin.

»Eine meiner liebsten Aufgaben.« Florence lachte. Sie nahm erst einen halben Löffel von dem süßen Eis und schloss genießerisch die Augen. »Wunderbar!«, schwärmte sie. Dann probierte sie von der salzigen Variante und nickte anerkennend. »Auch nicht schlecht. Auf jeden Fall etwas anderes. Ich kann gar nicht sagen, was ich lieber mag.«

»Geht mir auch so«, gab Pauline zu.

»Ich finde, sie sind beide auf ihre jeweilige Art perfekt.« Florence nahm eine Vorratsdose aus Keramik aus dem Apothekerschrank, holte zwei Waffeln heraus und steckte sie in die Dessertschalen. »So schmeckt mir Eis immer noch am besten!«

»Ja, mir auch.« Pauline kratzte mit der Waffel abwechselnd Eis von den beiden Kugeln. Als sie dann den Rest aus der Schale löffelte, hörte man es plötzlich aus dem Nachbarhaus entsetzlich brummen. Kurz darauf folgte ein regelmäßiges Hämmern.

»Was ist das denn?«, fragte Florence erschrocken.

»Das muss drüben bei Anna sein«, sagte Pauline. »Ich denke, ich sehe mal nach. Dann kann ich ihr auch gleich eine Kostprobe von meinen neuen Eissorten vorbeibringen. Ist das okay für dich?«

»Kein Problem.« Florence ließ ihren Blick über die einzelnen Tische schweifen. Viele Gäste waren an diesem Nachmittag nicht mehr im Eishimmel. Lediglich eine Familie mit Kind und ein älterer Herr, der in einer Zeitung las, saßen noch an ihren Tischen. »Aber bleib besser nicht zu lange weg, sonst habe ich vermutlich dein ganzes Karamelleis aufgegessen.« Sie zwinkerte Pauline zu.

Pauline lachte und spritzte eine kleine Rose aus frisch aufgeschlagener Sahne neben das Eis, nachdem sie zwei Kugeln ihrer neuesten Kreationen für Anna in einen Becher gegeben hatte. Dann gab sie etwas Karamellsoße darüber, steckte ein Waffelherz hinein und machte sich auf den Weg ins Antiquitätengeschäft.

9.

Als Pauline Annas Laden betrat, blieb sie überrascht stehen. Statt wie sonst einen gemütlichen Verkaufsraum vorzufinden, schien jetzt alles wild durcheinander zu sein. In der einen Ecke waren Möbel zu einem seltsamen Gebilde aufgetürmt, während sich in der anderen mehrere Umzugskisten stapelten. Sie hörte, wie jemand im angrenzenden Nachbarzimmer ein schweres Möbelstück verrückte. Pauline erschrak fürchterlich, als plötzlich von irgendwo über ihr erneut ein brummendes Dröhnen zu vernehmen war. Sie vermutete, dass es sich um eine Bohrmaschine oder etwas Ähnliches handeln musste. Was war hier nur los?

»Anna?«, fragte sie mit unsicherer Stimme in die Geräuschkulisse hinein. »Bist du da?«

»Pauline, Schätzchen! Wie schön, dich zu sehen!« Annas Kopf tauchte hinter einer Wand aus Umzugskisten und Kartons auf.

»Was, um alles in der Welt, tust du hier? Räumst du den kompletten Laden aus?«

»Aber nein.« Anna verschwand wieder hinter der Kistenwand, sodass nur noch ihre silbergrauen Löckchen zu sehen waren. »Ich renoviere.«

»Aber wieso? Es war doch alles in bester Ordnung.«

»Das dachte ich auch«, gab der Kistenstapel zur Antwort. »Leider hat mein Wasserrohr das etwas anders gesehen.«

»Oh Gott!« Bei Pauline war der Groschen gefallen. »Du hast einen Rohrbruch? Aber warum hast du mir denn nichts gesagt? Ich hätte dir doch geholfen.«

Jetzt kam Anna hinter den aufgetürmten Umzugskisten hervor und sah Pauline lächelnd an. »Liebes, du hast selbst einen Laden, um den du dich kümmern musst. Und außerdem habe ich großartige Unterstützung von meinem Enkel.«

»Von diesem Christian, der neulich angerufen hat?«, platzte es aus Pauline heraus.

»Ja, genau.« Die ältere Dame strahlte übers ganze Gesicht. »Ihr werdet euch sicher mögen. Gerade ist er oben und beaufsichtigt die Handwerker. Aber du bist doch bestimmt nicht hergekommen, um mit mir über Christian zu reden, oder?«

»Nein«, gab Pauline lächelnd zu. »Eigentlich wollte ich dir ein Eis vorbeibringen.«

Annas Augen leuchteten auf. »Mein geliebtes Basilikumeis?«

»Leider nicht, das ist erst nächste Woche an der Reihe, wenn die Temperaturen noch etwas gestiegen sind. Meistens kaufen die Leute Basilikumeis erst, wenn es richtig heiß und sommerlich ist. Das hier sind zwei neue Sorten.« Pauline überreichte Anna den Eisbecher. »Genauer gesagt ist es eine Sorte, die ich ein bisschen abgewandelt habe, und jetzt möchte ich gerne wissen, welche dir besser schmeckt.«

Anna nahm erwartungsvoll den Eisbecher entgegen. Sie ging in die Küche und kam gleich darauf mit einem Eislöffel zurück. Mit einem wohligen Seufzen machte sie es sich in einem Schaukelstuhl bequem und kostete.

»Pauline, das ist wie immer schwer zu sagen, was da besser schmeckt«, sagte sie nach reiflicher Überlegung, denn wie auch Florence nahm Anna ihre Aufgabe als Testesserin sehr ernst. »Ich glaube, das eine ist etwas für süße Genießer und das andere für alle, die es etwas herzhafter mögen. Ich weiß nicht, was mir besser schmeckt. Ich glaube, wenn ich du wäre, würde ich beide Sorten abwechselnd anbieten, je nachdem, was du sonst noch in der Auslage hast.«

Pauline nickte nachdenklich. »Das ist gar keine schlechte Idee. Wenn beide Sorten bei den Kunden so gut ankommen wie bei dir und Florence, werde ich das auf jeden Fall machen.«

»Siehst du, und genau das unterscheidet dein Café von anderen Eisdielen. Du kreierst ausgefallene Sorten und hast immer Abwechslung in deinem Sortiment.«

»Wenn nur die Kunden etwas zahlreicher und ein bisschen experimentierfreudiger wären.« Pauline seufzte. »Seit Saisonbeginn hat sich leider nicht sehr viel getan.«

»Mach dir nicht so viele Gedanken.« Anna genoss wieder einen Löffel von ihrem Eis. »Das wird sich alles fügen. Besonders, wenn du weiterhin so leckere Sorten herstellst.«

Pauline lächelte. Sie war gern bei Anna, denn bei ihr konnte sie neue Kraft tanken, egal, wie schlecht es ihr ging. Sie mochte die ältere Dame, der es immer wieder gelang, sie aufzuheitern, und seit Toni gestorben war, war Anna fast so etwas wie ihre Ersatzoma geworden. Toni und Anna hatte bis zu Tonis Tod eine innige Freundschaft verbunden, und umso wichtiger schien es nun, dass Anna und Pauline füreinander da waren. Bei diesen Gedanken bekam Pauline mit einem Mal Lust, wieder eines ihrer Briefchen zu verstecken.

»Darf ich mich noch ein bisschen umsehen? Vielleicht kann ich dir ja noch ein Teeservice für mein Café abkaufen, bevor alles in Kisten verschwindet.«

»Aber natürlich. Ich bin ja bestens versorgt.« Anna hob noch einmal anerkennend den Eisbecher in die Höhe, ehe sie die Waffel in die Sahne tauchte.

Pauline schlenderte durch die Räume, die sie immer wieder aufs Neue faszinierten. Wann immer sie das Antiquitätengeschäft betrat, hatte sie das Gefühl, als würde Annas Laden nicht nur alte, verwaiste Dinge beherbergen, sondern in gewisser Weise auch den Abdruck und die Spur jener Menschen, die diese Sachen geliebt hatten. Sie stellte sich vor, dass ihr jeder Gegenstand Schicht um Schicht seine Bedeutung zuraunte, die er für einen Menschen einst gehabt hatte.

Pauline spürte, wie eine starke Sehnsucht und Melancholie in ihr aufstieg. Sie dachte an Pascal, mit dem sie fast fünf Jahre zusammen gewesen war, mit dem sie so viele Träume und Hoffnungen verbunden hatte und der sie dann doch so bitter enttäuscht hatte. Sie strich mit den Fingerspitzen über Holz, Glas und Porzellan und hing ihren Gedanken nach. Schließlich blieb sie vor einem Schreibtisch stehen, der mit einem alten Telefon mit Wählscheibe, der Rollkartei aus Aluminium und einem hölzernen Globus aussah wie ein historischer Schauplatz aus einem Edgar-Wallace-Roman. Sie fuhr mit ihrem Zeigefinger vom Nordpol über den goldenen Meridian bis zum Südpol hinunter und ließ ihre Hand einen Augenblick lang auf dem Standfuß liegen. Es war ein tröstliches Gefühl, das sie plötzlich wie eine warme Decke umhüllte und beschützte. Sie nahm einen Füller und ein Blatt Papier aus dem Schreibtischsekretär, setzte sich an den Tisch und verfasste ihr nächstes Briefchen:

Ich erinnere mich noch gut daran, wie ich damals voller Neugierde die Welt entdecken wollte. Ich glaubte, den richtigen Menschen an meiner Seite gefunden zu haben und mit ihm gemeinsam die Abenteuer des Lebens bestreiten zu können. Ich hatte das Gefühl, dass uns alle Türen offen standen. Doch schon nach kurzer Zeit befanden wir uns an einer unausweichlichen Weggabelung und mussten uns schließlich voneinander trennen.
Auch wenn das damals für mich eine schlimme Erfahrung war, bin ich doch froh, wie sich alles entwickelt hat. Vielleicht ist es gut, dass wir manchmal nicht wissen, wie unser Weg verlaufen wird und wohin unsere Reise führt …

Pauline faltete das Papier zusammen und steckte es zwischen den Meridian und den Südpol. Dann schlenderte sie weiter durch den Laden. Sie blieb vor der Jane-Austen-Sammlung stehen, konnte nicht widerstehen und nahm sich *Mansfield Park* vom Bücherregal. Immer wenn sie ein Buch ihrer Lieblingsschriftstellerin aus dem Regal zog, wollte sie es eigentlich überhaupt nicht mehr aus der Hand legen. Sie schlug es auf und steckte sich das Briefchen, das sie schon vor einiger Zeit darin platziert hatte, zwischen die Finger, so hatte sie gleich ein Lesezeichen. Sie wollte unbedingt auch noch eines in *Stolz und Vorurteil* legen, ihr absolutes Lieblingsbuch, nur hatte sie bis jetzt noch keine Idee gehabt, was sie schreiben könnte. Pauline wollte es sich gerade in einem Sessel gemütlich machen, als sie hörte, wie jemand die Treppe herunterkam.

»Sie!«, dröhnte gleich darauf eine markante Männerstimme durch den Antiquitätenladen.

Pauline zuckte so sehr zusammen, dass sie beinahe das Buch fallen gelassen hätte. Rasch steckte sie das Briefchen zwischen die Seiten und drehte sich um, doch als sie sah, wer vor ihr stand, funkelte sie ihr Gegenüber böse an. Es war der Mann, der vor Kurzem mitten im Halteverbot vor dem Eishimmel geparkt hatte. »Das darf doch nicht wahr sein! Sie?«

»Das hätte ich mir ja denken können, dass ausgerechnet Sie irgendwann hier auftauchen müssen!«, blaffte der Mann sie an.

»Ich tauche auf, wann immer ich will und wo es mir passt!«, giftete Pauline zurück.

»Eine Eigenschaft, die Sie besser David Copperfield überlassen sollten!«

»Wenn Sie wüssten, welche Zaubertricks ich sonst noch auf Lager habe!«

»Ach, ihr kennt euch?«, mischte sich Anna ein, die nun in der Tür stand.

»Allerdings!« Christian verschränkte die Arme vor der Brust. »Diese *Person* hier hat meinen Wagen ruiniert!«

»Also bitte! Ruiniert? Das ist ja wohl die Höhe! Ich habe ihm lediglich die Wäsche verpasst, um die Sie mich gebeten haben!«

»Diese Frau ist völlig verrückt! Ein Wunder, dass so jemand in einem Eiscafé bedienen darf. Wenn ich Ihr Chef wäre, dann würden Sie bei mir nicht mal mehr die Tische abwischen dürfen!«

»Wenn Sie mein Chef wären, hätte ich schneller gekündigt, als Sie mir auch nur einen Putzlappen in die Hand gedrückt hätten! Mal ganz abgesehen davon, dass Sie wahrscheinlich nicht einmal wissen, wie ein Putzlappen überhaupt aussieht!«

»Kinder, bitte.« Anna atmete tief durch. »Das verträgt mein altes Nervenkostüm heute nicht. Was soll denn dieses alberne Gezanke? Seid nett zueinander. Vielleicht hilft es, wenn ihr einfach noch mal ganz von vorne anfangt. Christian, das ist Pauline, die nette Eiscafébesitzerin von nebenan, Pauline, das ist mein Enkel Christian, von dem ich dir erzählt habe.« Sie lächelte die beiden so freundlich an, dass Pauline ein schlechtes Gewissen bekam. Was sollte Anna denn jetzt nur von ihr denken, nachdem sie wie ein tollwütiger Wachhund auf ihren Enkel losgegangen war?

»Christian, was hat denn der Klempner nun gesagt?«, fragte Anna, als ob sie sich eben lediglich über das etwas bewölkte Frühlingswetter unterhalten hätten. »Bekommt er das Wasserrohr wieder hin?«

Christian wich Paulines Blick aus und räusperte sich. »Ähm, ja. Ich soll im Heizungskeller probehalber mal das Wasser aufdrehen.«

Anna nickte zufrieden. »Na, dann mach das. Wenn du schon gehst, kannst du vielleicht auch gleich eine der schweren Bücherkisten mit hinunternehmen? Oder vielleicht gleich alle, nach und nach? Die würden hier ohnehin nur im Weg herumstehen.«

Christian schien widersprechen zu wollen, überlegte es sich nach einem kurzen Blick in Paulines Richtung dann aber doch anders und nickte nur. Ohne ein weiteres Wort griff er nach einer der Kisten und verschwand damit im Keller.

Pauline sah ihm kopfschüttelnd hinterher.

»Er ist nicht immer so«, nahm Anna ihren Enkel in Schutz. »Gerade steht er beruflich sehr unter Druck.« Sie bückte sich zu einer der Kisten, fasste sich jedoch gleich darauf mit schmerzverzerrtem Gesicht an ihren Rücken.

»Soll ich dir helfen?«, fragte Pauline sofort und lief eilig zu Anna, um sie zu stützen.

»Danke, Liebes, es geht schon. Meine alten Knochen knarzen eben manchmal wie der Holzboden hier. Das Problem ist nur, dass man die Knochen nicht so leicht ausbessern lassen kann wie die Dielen.« Anna sah sich mit einem unglücklichen Blick in ihrem Laden um. »Wenn ich nur daran denke, was das für eine Arbeit wird. Diesen Wasserschaden hätte ich nun wirklich nicht gebraucht. Jetzt muss ich das ganze Zimmer hier ausräumen, damit die Handwerker sich um die Decke kümmern können, und im Anschluss muss ich gucken, wer mir die kaputten Möbel restauriert. Mit Wasserflecken wird sie sicherlich niemand kaufen wollen.«

»Wir finden schon eine Lösung.« Pauline lächelte zuversichtlich.

»Ich hoffe es. Zum Glück habe ich meinen Christian. Ich wäre ganz schön aufgeschmissen, wenn ich das alles alleine leer räumen müsste.« Anna legte eine Pause ein, als Christian wiederkam, um die nächste Kiste zu holen. Erst als er wieder außer Hörweite war, sprach sie mit gesenkter Stimme weiter:

»Er ist ja ein lieber Junge, und ich bin ihm für seine Hilfe wirklich dankbar, wenn er nur manchmal nicht so temperamentvoll wäre.«

»Da sagst du was«, murmelte Pauline, die sich nur zu gut an ihre erste Begegnung erinnern konnte.

»Die großen Möbel kann er mit den Handwerkern ja verrücken, aber weißt du, bei den Glassachen und den anderen kostbaren Dingen muss man schon vorsichtig sein. Ich habe alles gut verpackt, aber wenn er mit den Kisten nicht aufpasst, dann hilft das auch nichts. Nicht auszudenken, wenn eine von den Barockfiguren kaputtginge. Die ganze Sammlung würde an Wert verlieren.«

Pauline mochte die kleinen Porzellanfiguren, die tanzten oder Instrumente spielten oder einfach nur auf einer Gartenbank saßen und sich zu unterhalten schienen.

»Wenn du willst, kann ich die Kisten in den Keller tragen«, bot sie an. »Ich bin vorsichtig.«

In Annas Augen glitzerte es seltsam, als Pauline das sagte. Die ältere Dame sah eher verschmitzt als dankbar aus, wie Pauline fand, aber sie musste sich irren, es war auch wirklich nicht besonders gut beleuchtet hier.

»Ach, Pauline, das wäre wirklich nett, aber ich kann dich nicht dauernd für meine Belange einspannen.«

»Es macht mir ehrlich nichts aus«, versicherte Pauline.

Anna nickte dankbar und drückte ihre Hand. »Also gut, dann nehme ich deine Hilfe gerne an.«

»Okay, wo soll ich anfangen?«

Anna deutete auf mehrere Kisten, die mit der Aufschrift »Zerbrechlich« gekennzeichnet waren. »Die sind schon fertig gepackt und können nach unten in den Keller. Stell sie am besten in irgendeine Ecke, wo niemand drüberfällt. Na, du wirst schon einen Platz finden.«

Pauline nickte und nahm die erste Kiste. Sie war ziemlich schwer, aber Pauline konnte sie gerade so alleine tragen. Sie machte sich auf den Weg zum Keller, doch gerade als sie die Treppe betreten wollte, kam Christian ihr entgegen.

»Darf ich mal?«, murrte er unhöflich.

»Freundlichkeit ist bei Ihnen wohl auch ein Fremdwort.«

»Dann haben wir ja zumindest eine Gemeinsamkeit.« Christian drückte sich an ihr vorbei und achtete peinlich genau darauf, dass er sie nicht streifte.

Pauline verdrehte die Augen. Es war nicht zu fassen. Wie konnte jemand, der so unhöflich war wie dieser Christian, mit einem so herzensguten und freundlichen Menschen wie Anna verwandt sein? Wahrscheinlich war Christian adoptiert, und Anna vergötterte ihn nur deshalb so sehr, um es ihn nicht merken zu lassen.

Pauline stieg die Kellertreppe hinunter und stellte die Kiste in den hintersten Winkel, den sie finden konnte. Hier sollte sie vor Christian sicher sein. Dann ging sie wieder nach oben, holte die nächste und stapelte sie obendrauf. Sie entschied sich dafür, einen alten Tisch etwas zur Seite zu rücken, um mehr Platz zu haben, während Christian eine Bücherkiste nach der anderen schweigend in den Keller trug und ihr dabei zusah, wie sie sich alleine mit dem Tisch abmühte.

»Hilfsbereitschaft liegt wohl auch nicht in seiner Natur«, murmelte Pauline und schob den Tisch noch ein kleines Stückchen zur Seite. Im selben Moment hörte sie Annas Stimme von oben.

»Christian, der Klempner hat gerade gerufen, dass du doch

bitte das Wasser abstellen sollst. Er will noch mal am Rohr arbeiten.«

»Alles klar!« Christian erschien gleich darauf mit der nächsten Bücherkiste im Keller. Es polterte, als er die Kiste auf den anderen beiden abstellte, und Pauline zuckte erschrocken zusammen.

»Passen Sie doch auf!«, beschwerte sie sich.

»Entschuldigung, das war keine Absicht.« Christian wischte sich die Hände an seiner Jeans ab. »Ich hatte nicht damit gerechnet, dass die Kiste so schwer ist.«

Pauline verzog den Mund und musterte ihn. Diesmal schien er es ehrlich zu meinen, und prompt fühlte sie sich unwohl, weil sie Christian schon wieder angefahren hatte. »Ich meine ja nur, es könnten schließlich zerbrechliche Dinge darin sein«, brachte sie zerknirscht heraus.

»Bücher zerbrechen eher selten.«

Sie wollte gerade etwas erwidern, als auf einmal mit heftigem Donnern die Feuerschutztür ins Schloss fiel.

»Scheiße!«, entfuhr es Pauline. »Die Kellertür ist zugefallen!«

Christian sprintete, zwei Stufen auf einmal nehmend, die Treppe nach oben. »So ein Quatsch. Die Tür ist viel zu schwer und klemmt. Die fällt nicht einfach zu.« Er rüttelte mehrfach am Griff, aber die Tür bewegte sich keinen Millimeter.

Pauline war inzwischen ebenfalls auf dem oberen Treppenabsatz angekommen. »Aber offensichtlich ist sie zu.«

»Ja, das sehe ich«, entgegnete Christian betont langsam. »Trotzdem fällt so eine Tür nicht einfach ins Schloss.« Mit der flachen Hand hämmerte er mehrfach gegen die Tür. »Anna! Anna, verdammt! Mach sofort wieder auf!«

Pauline sah ihn verwundert an. »Wieso denken Sie denn, dass Anna etwas damit zu tun hat? Sie weiß doch, dass wir hier unten sind. Da macht sie doch nicht die Tür zu.«

»Glauben Sie mir, ich kenne meine Großmutter schon ein paar Jahre länger, und Anna hatte immer mal wieder ziemlich verrückte Einfälle.« Christian schlug weiter gegen die Tür.

»Na ja, vielleicht war es ja auch der Klempner«, überlegte Pauline, für die außer Frage stand, dass Anna etwas mit dem Vorfall zu tun haben könnte. »Oder es gab einen Windzug.«

Christian hielt inne und sah sie spöttisch an.

»Was denn? Das kann doch sein.«

»Hier unten gibt es kein einziges Fenster. Wie soll denn da, bitte schön, ein Windzug entstehen? Haben Sie in der Schule nicht aufgepasst?«

Das hatte gesessen. Grimmig sah Pauline in eine andere Richtung.

»Tut mir leid, so war das nicht gemeint.«

Pauline spürte ein Kribbeln in ihrem Körper aufsteigen, das sie an die winzigen Bläschen in frischer Limonade erinnerte. Das war jetzt schon das zweite Mal, dass Christian sich heute bei ihr entschuldigte.

»Aber so haben Sie es gesagt«, entgegnete sie ausweichend, denn er sollte auf keinen Fall ihre Nervosität bemerken.

»Herrje, können wir vielleicht mit der Haarspalterei aufhören?« Christian atmete tief durch und erstarrte plötzlich in seiner Bewegung. »Das ist es! Haare!«

Jetzt verstand Pauline überhaupt nichts mehr.

»Darf ich mal?«, fragte er, und ohne ihr Einverständnis abzuwarten, näherte sich seine Hand auf einmal ihrem Gesicht.

Pauline wagte kaum noch zu atmen. Hatte er etwa vor, sie zu berühren? Ihr Puls beschleunigte sich, als sie jetzt sein herbes Aftershave wahrnahm, und für einen kurzen Augenblick schloss sie die Augen. Doch statt ihre Wange zu streicheln, griff Christian in ihre Steckfrisur und zog eine Haarnadel heraus. Im selben Moment fiel Pauline eine ihrer honigblonden Locken ins Gesicht.

»Sagen Sie mal, geht's noch?«, fauchte sie, um ihre Unsicherheit zu überspielen. Christian hatte doch hoffentlich nicht bemerkt, dass sie einen Wimpernschlag lang schwach geworden war.

»Wollen Sie hier raus, oder ziehen Sie es vor, noch länger mit mir gemeinsam festzusitzen?«, fragte er mit gleichgültiger Stimme. Seiner Reaktion nach zu urteilen, war ihm glücklicherweise nichts aufgefallen.

Pauline atmete erleichtert auf, doch Christian schien das falsch zu deuten.

»Na, sehen Sie. Dann beschweren Sie sich auch nicht, wenn ich zu Ihrer Rettung beitrage.« Er bog die Haarnadel zurecht und stocherte damit im Schloss herum. Nichts tat sich.

Pauline beugte sich über ihn, um etwas zu sehen, allerdings achtete jetzt sie peinlichst genau darauf, ihn nicht zu berühren. Das, was Christian da versuchte, sah jedoch nicht gerade professionell aus.

»Das läuft ja wunderbar«, sagte sie, als sich nach einer gefühlten Ewigkeit immer noch nichts voranbewegte.

»Ich kann nichts dafür, dass ich kein erfahrener Einbrecher bin«, murrte Christian. »Außerdem könnte ich viel besser arbeiten, wenn ich ein bisschen mehr Platz hätte.« Er musterte Pauline böse, die ihm inzwischen beinahe schon auf dem

Rücken lag. »Ich kann mich so ja kaum einen Millimeter bewegen.«

Besänftigend hob Pauline die Hände. »Verzeihung, wenn ich den Meister bei seiner Arbeit störe.« Sie ging ein paar Stufen nach unten, um ihm etwas Platz zu machen.

»Prima!«, sagte Christian patzig. »So stehen Sie mir im Licht!«

»Ihnen kann man auch nichts recht machen. Dann lasse ich Sie mal allein, das mit dem Schloss wird wohl ohnehin noch eine ganze Weile dauern.« Sie strich sich die gelöste Locke hinters Ohr und ging die Treppe hinunter. »Vielleicht finde ich irgendwo hier unten eine Taschenlampe, damit Sie das Schloss besser sehen können.«

»Endlich mal eine gute Idee«, brummte Christian.

Pauline schnalzte ärgerlich mit der Zunge. »Was das Komplimentemachen angeht, haben Sie ja wirklich ein Händchen. Wenn Sie beim Schlösserknacken genauso begabt sind, werden wir hier drin vermutlich versauern.«

»Das ist nicht gerade hilfreich!«

»Ich sage ja schon gar nichts mehr«, entschied Pauline, während sie in diversen Kommodenschubladen, Schachteln und Kisten nach einer Taschenlampe suchte.

»Da bin ich mal gespannt«, flüsterte Christian.

»Das habe ich gehört!«

»Ich dachte, Sie wollten nichts mehr sagen?«

Pauline warf ihm einen verächtlichen Blick zu. »Vielleicht habe ich mich ja umentschieden?«

»Sind Sie immer so sprunghaft, was Ihre Entscheidungen angeht?«

»Nein, nur wenn ich mit jemandem wie Ihnen in einem

Keller eingesperrt bin. Dann schaltet mein Körper nämlich automatisch auf Überlebensmodus und entscheidet spontan, was das Beste ist«, gab Pauline zurück und suchte weiter. »Hier ist nichts«, seufzte sie schließlich und ließ sich entmutigt auf die Holztruhe sinken, die in der Nähe der Kellertreppe stand. »Das Einzige, was ich gefunden habe, sind eine alte Gartenlaterne und ein paar noch nicht ganz heruntergebrannte Kerzen in einer Schachtel.« Sie sah zu Christian, der immer noch versuchte, das Schloss zu knacken. Auch wenn er sicherlich bis an sein Lebensende damit prahlen würde, wünschte sie ihm in diesem Moment tatsächlich einen Erfolg.

Irgendwann gab Christian auf, warf die Haarnadel auf den Boden und trat gegen die Tür. »Au, verflucht!«

Pauline konnte sich ein Kichern nicht verkneifen.

»Jaja, sehr witzig.« Er wandte sich wieder der Tür zu und hämmerte mit beiden Fäusten dagegen. »Anna! Anna! Mach sofort auf!« Als sich noch immer nichts tat, nahm er auf dem oberen Treppenabsatz Anlauf und warf sich mit voller Wucht, die Schulter voran, gegen die Feuerschutztür.

»Was soll denn das bringen?«, fragte Pauline nach seinem dritten Versuch. »Wenn Anna die Tür wirklich verschlossen hat, wie Sie sagen, wird sie sie vermutlich so schnell nicht wieder öffnen. Und falls sie nicht dafür verantwortlich ist, wird sie mit Sicherheit früher oder später bemerken, dass wir nicht mehr im Laden sind. Außerdem ist ja auch noch der Klempner im Haus. Vielleicht muss der ja irgendwann noch mal an die Hauptleitung. Dann wird er uns bestimmt befreien.«

Christian gab sich geschlagen. Er humpelte ein Stück die Treppe hinunter und setzte sich auf den Rand einer Stufe, wobei er für einen kurzen Moment das Gesicht verzog und an seine Schulter griff. Als Pauline ihn ansah, richtete er sich jedoch gleich wieder auf und legte die Hände in den Schoß.

Jetzt hörte man nur noch die Heizung gleichmäßig von weiter hinten surren.

»Tut Ihre Schulter sehr weh?«, brach Pauline nach einiger Zeit das Schweigen.

»Wie kommen Sie darauf, dass meine Schulter wehtut?«

Pauline schmunzelte. »Na ja, gerade haben Sie kurz so ausgesehen, als ob Sie Schmerzen hätten, also gehe ich davon aus, dass es nicht gerade angenehm ist, sich mit der Schulter voran gegen eine Feuerschutztür zu werfen.«

Christian sah sie mit einem verwunderten Gesichtsausdruck an. »Sie haben ein geschultes Auge für Details, Mr. Holmes.«

»Danke, Dr. Watson.«

Als sich ihre Blicke jetzt trafen, lächelten sie beide, doch dann wurde Christian wieder ernst, und der Moment war vorüber.

»Aber um Ihre Frage zu beantworten, es geht schon wieder, trotzdem vielen Dank.«

Pauline nickte. Dann herrschte wieder Schweigen zwischen ihnen. Fröstelnd rieb sie sich über ihre nackten Oberarme. Ihr hellblaues Sommerkleid mit den dünnen Trägern war zwar in der Frühlingswärme angenehm zu tragen, hier unten im Keller allerdings eindeutig das falsche Kleidungsstück.

»Frierst du?«, erkundigte sich Christian, dem ihr Frösteln anscheinend nicht entgangen war.

Pauline sah überrascht auf.

»Ich meine …«, setzte er an, da er wohl eben selbst bemerkt haben musste, dass er sie geduzt hatte.

»Du ist schon in Ordnung«, sagte Pauline schnell. »Pauline.« Sie reichte ihm die Hand.

»Christian.« Er nahm ihre Hand und schüttelte sie. »Angenehm.«

»Das war doch glatt gelogen«, enttarnte Pauline seine Floskel.

Christian seufzte. »Du machst es einem wirklich nicht leicht. Und ganz kalt bist du auch. Hoffentlich wirst du nicht krank.«

»Nein, ach was, es geht schon«, wehrte sie rasch ab, verunsichert durch seine plötzliche Fürsorge.

»Also gut.« Christian klopfte sich einmal kurz auf die Schenkel und stand dann auf. »Solange wir hier unten eingesperrt sind, können wir die Zeit ja auch sinnvoll nutzen.« Er sah sich um und begann damit, die Bücherkisten an eine andere Stelle zu stapeln.

Nachdem Pauline ihm eine Weile zugesehen hatte, beschloss sie, ebenfalls weiterzuarbeiten, vielleicht wurde ihr dann auch ein bisschen wärmer. Sie versuchte, eine Sitzgruppe anders hinzustellen, sodass Christian mehr Platz hatte. Dabei stand sie ihm jedoch nur im Weg herum, weshalb sie sich dafür entschied, die Möbel komplett neu anzuordnen. Das hatte zur Folge, dass Christian bei seinem nächsten Gang zu den Kisten über einen Nachttisch stolperte, den Pauline in den Durchgang gestellt hatte. Als sie dann eine alte Kommode verrücken wollte und dabei an das Regal stieß, das Christian gerade mit den Kisten befüllte, brach dieses unter lautem Poltern zusammen.

»Oh Gott, Entschuldigung!«, rief Pauline bestürzt.

»Du treibst mich noch in den Wahnsinn!«, fuhr Christian sie im selben Moment an. »Kannst du nicht irgendwo anders Ordnung machen?«

Pauline zuckte zusammen. Seine Worte trafen sie mehr, als sie zugeben wollte. »Das würde ich ja gerne, aber ich komme hier leider genauso wenig weg wie du! Denkst du, ich bin freiwillig in diesem dreckigen, dunklen Keller?«

Christian wollte etwas erwidern, doch Pauline bückte sich bereits, um eine der Kisten wieder aufzuheben, die aus dem Bücherregal gefallen war. Sie verkniff sich ein paar wütende Tränen über ihre eigene Blödheit und versuchte, ihre Verwirrung zu verbergen. In einem Moment war Christian nett und fürsorglich und im nächsten wieder aufgebracht und abweisend. Sie konnte ihn einfach nicht einschätzen.

10.

Christian warf einen Stapel Bücher in die Kiste vor ihm auf dem Boden. Was für ein fürchterlicher Nachmittag mit dieser schrecklich ungeschickten Frau! Doch trotz allem tat ihm Pauline auch leid, wie sie in ihrem dünnen Sommerkleid und den völlig ungeeigneten Pumps tapfer weiter vor sich hin räumte, während alles, was sie anfasste, auseinanderzufallen schien. Sie hatte es ja wirklich nur gut gemeint. Und irgendwie sah sie auch ein bisschen süß aus, wie sie so hilflos und schuldbewusst vor ihm stand. Trotzdem ärgerte er sich über ihre Ungeschicklichkeit.

Bei dem Gedanken daran schloss Christian mit energischen Bewegungen die Kiste. Anna hatte einfach zu viel alten Plunder. Es würde eine Katastrophe werden, den Laden samt Keller eines Tages räumen zu müssen. Vermutlich würde er einen riesigen Container brauchen, um den ganzen Sperrmüll zu beseitigen, und am besten mietete er sich gleich noch eine Entrümpelungsfirma mit dazu. Während er darüber nachdachte, kamen ihm allerdings auch Zweifel an der Idee seines Onkels. Anna hing sehr an ihrem Antiquitätengeschäft, sonst wäre sie wegen des Wasserschadens nicht so aufgelöst gewesen. Irgendwie hatte er sich das alles doch etwas einfacher vorgestellt.

Er wollte gerade den nächsten Stapel Bücher in eine Kiste packen, als Pauline ein triumphierendes »Ha!« ausstieß.

»Was ist los? Hast du einen Ersatzschlüssel für die Kellertür gefunden?«

»Das nicht, aber ein komplettes Regal mit Quittenmarmelade«, verkündete sie. »Und hier ist noch eine ganze Dose voll mit Keksen.«

Christian hörte das Klappern eines Blechdeckels.

»Mmh, Butterkekse!«, schwärmte Pauline. »Und wie herrlich die duften!« Und schon hatte sie in einen davon hineingebissen.

»Bist du sicher, dass du die essen willst? Wer weiß, wie lange die schon hier unten stehen.« Mit skeptischem Gesichtsausdruck beobachtete er Pauline dabei, wie sie kauend in weitere Kisten guckte.

»Wunderbar! Hier ist ein Teeservice!« Pauline zog einen Teller zwischen zerknülltem Zeitungspapier hervor. Sie schüttete sich einige Kekse darauf, nahm ein Glas Marmelade aus dem Regal und bahnte sich staksend auf ihren Pumps einen Weg durch das Chaos zu einem dunkelbraunen Sessel. Dort setzte sie sich hin, stellte den Teller auf ihrem Schoß ab, zog das blau-weiß gepunktete Stück Stoff vom Deckel des Einmachglases und ließ den Verschluss klacken. Sie beugte sich über das Glas und roch daran. »Herrlich! Riecht noch genau wie bei Anna in der Küche.« Jetzt tunkte sie sogar einen der Kekse in die Marmelade und schob ihn sich gleich darauf in den Mund. »Das solltest du probieren!«, rief sie ihm mit vollem Mund zu. »Einfach himmlisch!« Sie verdrehte genießerisch die Augen.

»Verstehst du das unter ›etwas Sinnvolles tun‹?« Christian

stemmte die Hände in die Seiten und musterte Pauline. Das war jetzt nicht ihr Ernst! Anstatt ihm zu helfen, saß sie in aller Seelenruhe da und aß Kekse mit Marmelade. Wollte sie ihn endgültig zur Weißglut bringen? Anscheinend war sie völlig übergeschnappt.

Zu seiner Verwunderung zuckte Pauline nur mit den Schultern. »Da ich dir ja ohnehin nicht helfen kann und diese alten Möbel für mich wirklich viel zu schwer sind, bleibt mir wohl nichts anderes übrig, als mich hier hinzusetzen, abzuwarten und mich mit Keksen und Quittenmarmelade zu trösten. Willst du nicht doch mal versuchen?« Sie streckte ihm die Marmelade entgegen.

Christian schüttelte den Kopf. »Ganz bestimmt nicht. Ich bin schließlich nicht lebensmüde.«

»Oh, das war jetzt wirklich charmant.« Pauline tauchte, ohne mit der Wimper zu zucken, den nächsten Keks in die leuchtend orangefarbene Masse. »Wusstest du übrigens, dass Süßes glücklich macht? Vermutlich nicht, sonst wärst du wahrscheinlich nicht so grummelig. Dabei sind die Sinne unser Tor zu Welt, warum sollte man sich dem verschließen?« Sie biss in den nächsten Keks und stöhnte genussvoll.

Christian schlug den Blick zur Decke und wünschte Pauline in diesem Moment auf den Mond. Was hatte er nur verbrochen, dass er ausgerechnet mit ihr hier unten eingesperrt war? Er beschloss, sie zu ignorieren und sich wieder den Büchern zuzuwenden.

Als er ein Exemplar von *Salz auf unserer Haut* aufhob, fiel ihm ein kleiner gelber Zettel entgegen. Erst nachdem er sich vergewissert hatte, dass Pauline noch immer mit ihren Keksen beschäftigt war, drehte er ihr den Rücken zu, faltete das

Papier auseinander und erkannte dieselbe Schrift wie auf dem Briefchen in der Zuckerdose. Im fahlen Licht der Kellerlampe las er neugierig die Botschaft darauf:

Nimm mich mit. Nimm mich mit an einen Ort, an dem ich noch nie gewesen bin. Nimm mich mit zu Deinem Lieblingsplatz. Lies in mir, ich bin ein offenes Buch. Erzähl mir Deine Geheimnisse, denn ich kenne sie nicht. Lass mich Dein Vertrauter sein, Dein Wegbegleiter, Dein Seelenverwandter. Noch heute höre ich Deine Stimme, mit der Du mir damals vorgelesen hast, aber schon längst berühren mich fremde Hände, streichen über meine Haut und können mir doch nicht geben, was ich bei Dir gespürt habe. So oft denke ich ans Meer, an die Sonne, die auf uns niederbrannte, und den Wind, der mit unseren Haaren spielte. Ich wünschte, wir könnten dorthin zurück. Dort war ich glücklich.
Wo bist Du nur?

Christian starrte auf die Worte, dann sah er verstohlen in Paulines Richtung. Er hatte sie vorhin dabei beobachtet, wie sie einen Zettel in einem anderen Buch hatte verschwinden lassen. Hatte sie etwa diese Zeilen geschrieben? Und war das Briefchen aus der Zuckerdose etwa auch von ihr? Seine Gedanken überschlugen sich geradezu. Wenn das stimmte, hatte er mit dieser Nachricht etwas sehr Persönliches von ihr gelesen, fast so, als ob er in ihrem Tagebuch herumgeschnüffelt hätte. Er zögerte einen Augenblick und überlegte, ob er das Briefchen einstecken sollte, aber dann entschied er sich anders und legte es zwischen die Buchseiten zurück. Er wollte nicht in etwas herumwühlen, was ihn nichts anging.

Plötzlich wurde es dunkel.

»Bist du an den Lichtschalter gekommen?«, hörte er Paulines Stimme.

»Nein, ich dachte, du warst das.«

»Sei nicht albern und mach das Licht wieder an. Am Ende habe ich sonst noch einen Marmeladenfleck auf meinem Kleid.«

Christian legte das Buch beiseite und tastete sich langsam zwischen dem Gerümpel in Richtung Tür.

»Okay, ich bin jetzt an der Treppe«, ließ er Pauline wissen. Vorsichtig stieg er die alten Holzstufen nach oben, wobei ihm in der Dunkelheit das Knarren jeder Stufe noch lauter vorkam. Die abblätternde Farbe des Treppengeländers kratzte an seinen Handflächen. So musste sich der Protagonist eines Horrorfilms fühlen, dachte er, und fast rechnete er damit, dass ihn gleich jemand aus der Dunkelheit anspringen und zu Boden werfen würde.

»Ich bin jetzt oben«, rief er in Paulines Richtung.

»Wunderbar. Dann kann es ja nicht mehr lange dauern!«

Christian glaubte, Ungeduld in ihrer Stimme zu hören. Hatte sie etwa Angst im Dunkeln? Dieser Gedanke amüsierte ihn.

»Sekunde, hier müsste irgendwo der Lichtschalter sein …« Christian tastete mit seinen Händen die raue Sandsteinwand ab. »Ah, ich habe ihn. Achtung, es werde Licht!«

Es blieb so dunkel wie bisher.

»Du musst den Schalter dabei auch bedienen, sonst funktioniert das nicht«, rief Pauline.

»Sehr witzig!« Er drehte mehrfach an dem Schalter, aber es tat sich nach wie vor nichts. »Vielleicht ist die Lampe durchgebrannt.«

»Oder die Sicherung ist draußen«, überlegte Pauline. »Möglicherweise hat der Klempner eine Stromleitung erwischt. Gibt es einen Sicherungskasten hier unten, um das zu prüfen?«

»Nein, der ist oben im Laden.«

Pauline stieß einen tiefen Seufzer aus. »Na großartig. Das hat mir grade noch gefehlt.«

»Wieso? Ist doch ganz gemütlich hier, findest du nicht?«, neckte er sie.

»Stimmt. In anderer Gesellschaft könnte ich es mir sogar richtig romantisch vorstellen.«

Über Christians Gesicht huschte ein Lächeln. Pauline gab anscheinend nur selten klein bei, und er musste sich eingestehen, dass ihm ihre schlagfertigen Antworten gefielen.

Einen Augenblick war es still, doch dann rumpelte es bedrohlich, und es klang, als ob etwas Großes umgefallen wäre.

»Pauline, ist alles okay bei dir?«, rief Christian besorgt. Schnell lief er die knarzende Treppe hinunter, doch dann blieb ihm nichts anderes übrig, als sich mit schlurfenden Minischritten und ausgestreckten Armen durch die Dunkelheit zu tasten.

»Ja, alles bestens!«, antwortete Pauline erst nach einigen Sekunden. Es klang so, als sei sie nicht weit von ihm entfernt.

Christian atmete erleichtert auf. »Ich hatte schon Sorge, dass ich am Ende des Tages wegen Mordes angeklagt werde.«

»Keine Angst, in diesem Fall wärst wohl eher du das Opfer!«

»Meinst du nicht, dass ich mit Notwehr durchkomme?«, scherzte er, doch dann schepperte wieder etwas, dieses Mal klang es metallisch. Er vermutete, dass es sich um Pfannen oder Kochtöpfe handeln musste. »Was, um Himmels willen, machst du denn?«, fragte er irritiert in die Dunkelheit.

»Na, was wohl? Ich versuche, Licht zu machen!«

»Wie soll das denn gehen? Hast du Zauberkräfte, von denen ich noch nichts weiß, oder starrst du jetzt einen Holztisch so lange böse an, bis er Feuer fängt?«

»Wahnsinnig lustig«, entgegnete Pauline. »Wenn es dir recht ist, versuche ich es mal auf die konventionelle Art. Ich habe doch vorhin in einer alten Schachtel ein paar noch nicht ganz heruntergebrannte Kerzen gefunden, und in der Gartenlaterne lag noch ein Päckchen Streichhölzer. Erinnerst du dich an das Küchenbüfett mit der gekachelten Wand?«

»Ja, aber was soll ich denn jetzt mit dem Küchenbüfett?« So langsam zweifelte Christian daran, dass die Kekse und die Marmelade wirklich noch gut gewesen waren.

»Gar nichts.« Pauline stieß hörbar die Luft aus. »Kannst du dich erinnern, wo das ungefähr stand?«

Jetzt klackerte etwas Holzähnliches, dann war alles ruhig.

»Pauline?«, fragte Christian besorgt.

»Ja?«, kam es gedämpfter aus der Dunkelheit.

»Geht es dir gut?«

»Mhm. Mir sind gerade nur die Gartengeräte auf den Kopf gefallen.«

Christian atmete auf. Ohne es sich erklären zu können, spürte er ein Gefühl der Erleichterung. Warum machte er sich eigentlich Sorgen um Pauline?

»Also, erinnerst du dich nun oder nicht?«, hörte er ihre ungeduldige Stimme.

Ihren Worten nach zu urteilen, schien ihr wenigstens nichts Ernstes passiert zu sein.

»Ja, ich erinnere mich. Wieso?«

»Links daneben steht die Gartenlaterne. Kannst du dort hingehen und die Streichhölzer suchen?«

»Okay.« Christian bahnte sich einen Weg durch die Dunkelheit, wobei auch er mehrfach an irgendwelche Gegenstände stieß. Es war gar nicht so einfach, sich in einer fremden Umgebung blind zurechtzufinden. Er tastete sich mit den Händen an der Wand entlang, bis er mit den Fingern etwas berührte, was ihm bekannt vorkam.

»Ich habe die Kerzen gefunden!«, rief Pauline nach einiger Zeit, wobei ihre Stimme jetzt aus einer anderen Richtung des Kellers kam. »Wie klappt es mit den Streichhölzern?«

»Bin gleich dort. Das Büfett habe ich schon mal erreicht.«

»Alles klar. Wir treffen uns an der Treppe, wenn du noch weißt, wo das ist.«

Christian verdrehte die Augen. Diesen bissigen Kommentar hätte sie sich wirklich sparen können.

»Ich leide nicht an Amnesie, nur weil ich gerade auf mein Sehvermögen verzichten muss.«

»Hätte ja sein können, dass du mittlerweile die Orientierung verloren hast.«

Christian musste schmunzeln. Diese Frau ließ sich wirklich nicht so schnell aus der Fassung bringen. Nachdem er die Laterne gefunden hatte, machte er sich damit auf den Rückweg. Dabei tastete er mit seiner anderen Hand immer wieder vorsichtig um sich, um nirgendwo dagegen zu laufen, bis seine Fingerspitzen schließlich über Paulines kühle Schulter fuhren.

Pauline drehte sich ruckartig zu ihm um, was er daran merkte, dass sie plötzlich mit ihrem gesamten Körper gegen seinen prallte. Ihre Brüste drückten weich gegen seinen Oberkörper, und für einen Moment schien sie das Gleichgewicht zu verlieren. Christian hörte sie erschrocken nach Luft schnappen, sodass er automatisch seinen Arm um ihre Hüften legte und sie an sich zog, damit sie nicht fiel. Der Raum war plötzlich wie elektrisch aufgeladen, und auf seinen Armen stellten sich die Härchen auf, als er ihre weiche Haut und ihren kühlen Körper unter dem dünnen Stoff ihres Sommerkleides spürte. Sie waren sich so nahe, dass er sogar fühlte, wie sich ihre Brust beim Einatmen gegen seine presste, und wenn Pauline ausatmete, strich ihr Atem warm über seinen Hals und ließ ihn wohlig erschauern. Kaum einen Wimpernschlag später ließ Christian sie wieder los, und im nächsten Moment war Pauline auch schon einen Schritt zurückgetreten. Einen winzigen Augenblick lang empfand er das Verschwinden ihres Körpers von seinem fast als spürbaren Verlust. Er hätte sie gern einen Moment länger festgehalten, sie an sich gezogen und seine Arme um ihre Schultern gelegt.

»Du hast mich angelogen«, stellte er fest, als er sich wieder gefangen hatte. »Du frierst ja doch.«

»Gerade haben wir Wichtigeres zu tun, als uns über die kühlenden Eigenschaften eines Kellers zu unterhalten.«

Christian bemerkte, dass ihre Stimme eine Spur zu fest klang. »Hast du die Streichhölzer?«

»Natürlich.« Er stellte die Laterne klappernd auf den Boden, holte ein Streichholz aus der Schachtel und zündete es an. Für einen kurzen Augenblick flackerte die Flamme auf, und sie konnten in dem zuckenden Licht wieder etwas erkennen.

Pauline streckte ihm die Kerze entgegen und hielt den Docht an das Streichholz.

»Na bitte.« Er nickte anerkennend, und Pauline musste lächeln. »Darf ich?«

Sie reichte ihm die Kerze, und Christian klebte sie mit einigen Wachstropfen in der Gartenlaterne fest.

»So, das hätten wir.«

Er hob die Laterne an, um Pauline in die Augen sehen zu können. Einzelne Haarsträhnen hatten sich aus ihrer Frisur gelöst und hingen in großzügigen Locken ungeordnet herunter, und auf ihrer rechten Wange befand sich ein schwarzer Schmutzstreifen. In dem weichen Licht waren ihre Gesichtszüge viel freundlicher, und Christian stellte fest, dass sie hinreißend aussah, wie eine erschöpfte Abenteurerin auf einer geheimnisvollen Expedition.

Schnell schob er diesen Gedanken beiseite und rief sich zur Vernunft.

»Und was machen wir jetzt?«, fragte Pauline zögernd.

»Ach, ich bin da für alles offen«, neckte er sie zwinkernd.

»Bestimmt nicht!« Sie verschränkte die Arme vor der Brust. »Aber du könntest dich ja noch mal am Schloss versuchen.«

Von diesem Vorschlag war Christian weniger begeistert. Er hatte sich nicht wirklich als Panzerknacker erwiesen und wollte sich ungern ein weiteres Mal vor ihr blamieren. Außerdem fand er inzwischen irgendwie auch Gefallen an ihrer misslichen Situation.

»Vielleicht willst du dein Glück auch mal probieren?«, schlug er vor, denn so musste er sich wenigstens nicht noch einmal die Blöße geben.

»Also schön, warum nicht? Wesentlich ungeschickter kann ich mich ja auch nicht anstellen, und wenn das bedeutet, dass ich dann schneller hier rauskomme …«

»Danke schön, wie nett!«

Mit ihren Worten hatte Pauline ihm gerade eine schallende Ohrfeige verpasst und ihn auf den Boden der Tatsachen zurückgeholt.

»Mit dir Zeit zu verbringen, macht wirklich Freude.«

»Keine Sorge, das kommt so schnell bestimmt nicht wieder vor.« Pauline drückte sich an ihm vorbei und ging die Treppe nach oben.

»Ja, bitte, nach dir.« Christian presste die Zähne zusammen, nahm die Laterne auf und folgte ihr. Er hätte nicht gedacht, dass ihre schlagfertige Art, die ihm vorhin noch gefallen hatte, ihn plötzlich so treffen konnte.

Oben angekommen, kniete sich Pauline vor das Schloss und probierte ihr Glück mit der Haarnadel. Christian versuchte, ihr dabei so gut wie möglich mit der Laterne zu leuchten. Er wollte ihr nicht zu nahe kommen, aber dennoch stieg ihm ihr Parfüm in die Nase, und er musste sich beherrschen, ihr nicht eine ihrer blonden Locken aus ihrem Nacken zu streichen. Pauline schien davon nichts zu bemerken. Sie probierte eifrig, das Schloss zu knacken, doch nach einer Weile gab auch sie auf.

»Das ist sinnlos«, seufzte sie und ließ sich mit dem Rücken gegen die schwere Feuerschutztür sinken.

Christian setzte sich neben sie, wobei sein Oberarm ihre nackte Haut berührte, und er musste zugeben, dass diese Berührung nicht ganz zufällig war.

»Du frierst«, stellte er besorgt fest. »Ich spüre sogar durch mein Hemd, dass du ganz kühl bist.«

»Tja, das kann schon sein. Aber warmrubbeln lasse ich mich deshalb von dir trotzdem nicht.«

»Ich könnte dir eine Decke holen, wenn du meine Dienste nicht in Anspruch nehmen willst«, schlug er vor, nahm die Laterne und lief die Treppe wieder hinunter. Im fahlen Lichtschein der Kerze konnte er nicht viel erkennen, aber er erinnerte sich, vorhin eine Wolldecke in einer der Kisten gesehen zu haben. Er beeilte sich, weil er Pauline nicht zu lange im Dunkeln auf der Treppe sitzen lassen wollte, und wenige Augenblicke später kehrte er mit seinem Fundstück zu ihr zurück. »Hier.« Christian stellte die Laterne ab und legte vorsichtig die Decke um ihre Schultern. »Besser?«

Pauline zog den Stoff vor ihrer Brust zusammen und nickte. Für einen winzigen Augenblick verfingen sich ihre Blicke ineinander, doch dann schüttelte sie schwach den Kopf und sah zur Seite.

Christian hätte zu gerne gewusst, woran sie gedacht hatte, aber er wagte nicht, sie danach zu fragen. Vermutlich hätte er ohnehin nur eine Abfuhr von ihr erhalten.

»In Filmen sieht das immer so einfach aus«, sagte sie halblaut.

»Stimmt.«

Pauline lehnte sich mit dem Hinterkopf wieder gegen die

Tür und schloss die Augen. »Anna wird uns doch nicht ewig hier unten lassen, oder?«, fragte sie nach einer Weile, und Christian merkte, dass ihre Stimme verunsichert klang.

»Ich denke nicht. Aber wirklich sicher kann man sich bei ihr nie sein.« Er beobachtete die Flamme, die jetzt ruhig hinter dem Glas der Laterne brannte, und es kam ihm so vor, als ob eine Ewigkeit verstrich.

»Wenn ich mich nur erinnern könnte«, murmelte Pauline.

»Woran denn? Oder ist das jetzt auch eine überflüssige Frage, weil du dich ja nicht mehr daran erinnerst?«

Sie schmunzelte. Im fahlen Licht der Kerze sah sie jetzt viel versöhnlicher aus. »Nein, die Frage ist berechtigt. Eine Freundin hat mir mal gezeigt, wie man ein Schloss knackt.«

»Ehrlich?« Christian setzte sich auf und sah Pauline überrascht an. »Warum?«

»Sie ist Meisterdiebin und bricht üblicherweise in Museen und andere Kunstsammlungen ein, weil sie die Eintrittspreise zu teuer findet. Gelegentlich lässt sie auch was mitgehen, wenn es ihr gefällt.«

»Jetzt nimmst du mich auf den Arm.« Er sah sie skeptisch an, aber ganz sicher war er sich bei Pauline nicht.

»Stimmt.« Pauline lächelte, und Christian spürte das sehnsüchtige Verlangen, ihre Lippen zu berühren. Das musste an dem pseudoromantischen Kerzenschein liegen, anders konnte er sich das nicht erklären. »In Wahrheit hat sie einen Schlüsseldienst. Sie hat mir mal gezeigt, wie man ein Schloss mit einem Draht öffnet, falls ich mich zu Hause aussperren sollte.«

»Sollen wir sie anrufen?«, schlug er halbherzig vor, denn tatsächlich wollte er lieber noch ein bisschen Zeit mit Pauline hier allein im Keller verbringen.

»Mein Smartphone liegt im Eishimmel. Ich wollte ja nur kurz zu Anna rübergehen. Hast du eines dabei?«

Christian schüttelte den Kopf. »Meines hängt zwei Stockwerke höher am Ladekabel.«

Pauline kicherte. »Wenigstens ist darauf Verlass, dass man kein Handy bei sich hat, wenn man eines braucht.«

»Wahrscheinlich hätten wir hier unten sowieso kein Netz.«

»Stimmt auch wieder.« Sie lehnte sich erneut gegen die Feuerschutztür und schloss die Augen.

Christian spürte sie jetzt ganz deutlich an seinem Arm. Er wagte nicht, sich zu bewegen, denn er hatte Angst, dass Pauline dann ein Stückchen von ihm wegrücken könnte.

»Zuerst hat sie einen geraden Draht genommen und ihn in das Schloss gesteckt, damit sie die Stifte aus dem Weg schieben konnte«, sagte sie sich halblaut vor.

»Das haben wir ja probiert.« Er hob die Nadel auf, die neben ihm auf dem Boden lag, und drehte sie zwischen seinen Fingern hin und her. Wieso steckten sich Frauen so etwas in die Haare?

»Und dann hat sie einen zweiten Draht genommen und ihn wie einen Hebel eingesetzt, um die Stifte oben zu halten und das Schloss zu drehen.« Pauline schlug die Augen auf. »Das war unser Fehler! Wir haben es nur mit einer Haarnadel versucht.« Sie griff in ihre Steckfrisur und zog eine weitere Nadel heraus, die sie etwas verbog. Um die Locke, die ihr dadurch ins Gesicht gefallen war, kümmerte sie sich überhaupt nicht.

Christian musste sich beherrschen, um sie ihr nicht mit einer sanften Bewegung hinters Ohr zu stecken.

Pauline kniete sich vor das Schloss, schob erst die eine und schließlich die andere Nadel hinein und versuchte sich dann daran, die einzelnen Stifte nach oben zu schieben.

Christian hatte sich ebenfalls aufgerichtet und sah ihr mit angehaltenem Atem zu. Sie arbeitete hoch konzentriert, das konnte er an der kleinen Falte erkennen, die sich auf ihrer Stirn gebildet hatte. »Da!«, flüsterte er, als er ein leises Knacken hörte. »Das müsste passen.«

Pauline konnte den Hebel tatsächlich wenige Millimeter drehen.

Christian nahm die Laterne und hielt sie so dicht wie möglich an das Schloss, damit Pauline besser sehen konnte, was sie tat. Er beobachtete, wie sie ganz vorsichtig mit den einfachen Haarnadeln im Schloss herumtastete und dabei immer wieder ein Ohr an die Tür legte wie die Bösewichte in Filmen, kurz bevor sie ihren großen Coup landeten.

Stückchenweise schien sie sich vorzutasten, und schließlich gelang es ihr, den Hebel vollständig zu drehen. Mit einem leisen Knacken sprang die Tür auf. Triumphierend blickte Pauline zu ihm, und etwas blitzte in ihren Augen auf, was er schon lange nicht mehr bei einer Frau gesehen hatte.

»Geschafft«, flüsterte sie.

Einen winzigen Moment lächelten sie sich an, und Christian fühlte sich, als seien sie Komplizen bei einer abenteuerlichen Straftat.

Er stand auf und reichte ihr die Hand, um ihr aufzuhelfen, und tatsächlich nahm Pauline seine Hilfe an. Noch immer waren ihre Finger kühl, aber es fühlte sich gut an, ihre schmale Hand in seiner zu spüren, und er fand, dass Pauline sie viel zu schnell wieder zurückzog.

Als sie die Tür weiter aufschob und sie vom Licht draußen

getroffen wurden, mussten sie beide blinzeln. Christian blies die Kerze aus und stellte die Laterne oben auf dem Treppenabsatz in eine Ecke.

»Tja, vielen Dank«, sagte er und vergrub dann seine Hände in den Taschen, um seine Verlegenheit zu überspielen.

»Keine Ursache«, entgegnete Pauline lächelnd. Sie wirkte sehr froh darüber, den Keller und ihn hinter sich lassen zu können.

Christian war fast ein wenig enttäuscht darüber. Irgendwie hatte er das Gefühl gehabt, dass auch Pauline die gemeinsame Zeit mit ihm wenigstens ein ganz kleines bisschen genossen hatte. Aber wahrscheinlich hatte er sich das nur eingebildet.

»Ich mache mich dann mal wieder auf den Weg in den Eishimmel, bevor meine Freundin eine Vermisstenanzeige aufgibt«, sagte sie, und Christian war sich nicht sicher, ob er sie aufhalten sollte.

»Okay«, entgegnete er deshalb mit belegter Stimme. »Und ich werde mit meiner Großmutter mal ein ernstes Wort reden.«

»Eine gute Idee.« Pauline versuchte, mit ein paar Handgriffen ihre Frisur wieder zu ordnen, was ihr jedoch mehr schlecht als recht gelang. Dann drehte sie sich um und verließ mit raschen Schritten den Laden.

Mit gemischten Gefühlen sah Christian ihr hinterher. Vielleicht hätte er ihr sagen sollen, dass sie einen Schmutzstreifen auf der Wange hatte, aber irgendwie hatte er bei ihrem Anblick keinen Ton mehr herausgebracht.

11.

»Wo kommst du denn her?«, fragte Florence überrascht, als Pauline den Eishimmel betrat.

»Aus Annas Keller und nein, frag besser nicht.«

»Okay.« Florence wollte wohl noch etwas sagen, schien es sich dann jedoch anders zu überlegen. Sie wischte über den letzten Marmortisch und versenkte den Lappen anschließend wieder im Putzwasser, dann begann sie damit, die Stühle aufzustellen. »Du siehst furchtbar aus«, stellte sie fest, als Pauline ihr zu Hilfe kam.

»Na, vielen Dank.« Pauline wirkte nicht gerade glücklich. »Ich hatte ja auch das Vergnügen, ungefähr … Wie spät ist es eigentlich?«

»Kurz nach sechs.«

»Wirklich?« Sie drehte sich überrascht zu der großen Uhr über der Tür zum Eislabor um. »Dann saß ich geschlagene zwei Stunden in Annas Keller fest!«

»Wieso denn das? Hat die Tür geklemmt?«

»So ähnlich. Christian vermutet, dass Anna uns eingesperrt hat.«

Florence schüttelte den Kopf. Sie schien Pauline nicht ganz folgen zu können. »Wieso sollte Anna euch eingesperrt haben? Und wer ist Christian?«

»Oh, das wirst du mir nicht glauben, dabei ist es das Beste an der ganzen Geschichte.« Pauline nahm den Mopp, den Florence bereitgestellt hatte, und tauchte ihn in das Putzwasser. »Christian ist Annas Enkel.«

»Aha«, entgegnete Florence, die mit dieser Information offensichtlich genauso wenig anfangen konnte wie mit den vorherigen. »Ich wusste nicht mal, dass sie einen Enkel hat.«

»Erinnerst du dich an den Idioten, der neulich vor dem Café im Halteverbot geparkt hat?«

»Klar, wieso?«

»Das ist Christian«, sagte Pauline trocken.

»Ist nicht dein Ernst!« Florence sah sie mit großen Augen an. »Und mit dem hast du zwei Stunden in einem Keller festgesessen?«

Pauline nickte.

»Wieso hast du mich denn nicht angerufen? Ich hätte dich doch sofort rausgeholt.«

»Weil ich mein Smartphone hiergelassen habe.«

»Oh Gott, du Arme. Wenn ich das geahnt hätte, wäre ich rübergekommen. Ich dachte wirklich, dass du dich einfach mit Anna verplaudert hast.«

»Ach, so schlimm war es gar nicht.« Pauline wischte jetzt mit dem Mopp über den Boden.

»Ich weiß nicht, ob mich das beruhigt.« Florence stellte die Stühle an den Tischen wieder herunter, um die sie bereits gewischt hatte. »Immerhin muss ich gerade verarbeiten, dass Anna, die nicht mal eine Stubenfliege erschlägt, meine beste Freundin mit einem Psychopathen in ihren Keller gesperrt hat.«

»Du übertreibst. Außerdem meinte Christian, dass sie öfter

solche Anwandlungen hat, wenn sie sich etwas in den Kopf gesetzt hat.«

»Und was sollte sie sich in den Kopf gesetzt haben?« Florence legte ihre Stirn in Falten. »Dass ihr innerhalb von einem halben Tag gemeinsam ihren Keller entrümpelt?«

»Keine Ahnung. Christian will sie auf jeden Fall zur Rede stellen, aber ich glaube nicht, dass wir ihren Keller entrümpeln sollten. Aktuell hat sie nämlich einen Wasserschaden im Laden. Es ist das reinste Chaos.«

»Oje, die Arme.« Florence seufzte. »Das erklärt, warum wir es vorhin Brummen und Klopfen gehört haben. Trotzdem ist das keine Begründung, dich im Keller einzusperren.«

»Florence, es ist wirklich okay. Christian und ich haben ihr geholfen, die Sachen runterzutragen, und dann ist eben die Tür zugefallen.«

»Ist dir eigentlich schon mal aufgefallen, dass fast jeder Satz von dir mit ›Christian‹ beginnt?«

»Was?« Pauline sah ihre Freundin erschrocken an, und ihre Stimme rutschte eine Oktave höher, als sie jetzt weitersprach. »Das bildest du dir ein.«

»Äh, nein, irgendwie nicht. Christian hat dies … Christian will das … Christian und ich …«

»Du spinnst ja!« Pauline tauchte den Mopp so heftig in den Putzeimer, dass Florence vor den Wasserspritzern in Deckung gehen musste.

»Okay, okay! Entschuldigung.« Als Friedensangebot winkte sie mit einer weißen Tischdecke, die sie eigentlich gerade auf einen der Tische hatte legen wollen. »Es ist mir nur aufgefallen.«

»So toll war es mit ihm im Keller jetzt auch wieder nicht.«

Den Moment, als sie in der Dunkelheit gegen Christian geprallt und ihm plötzlich so nahe gewesen war, dass sie sogar seinen Herzschlag gespürt hatte, ließ Pauline sicherheitshalber lieber unerwähnt. »Gelegentlich ist er ein richtiges Ekel.«

»Gelegentlich?«, wiederholte Florence, doch als Pauline sie jetzt verärgert ansah, hob sie nur besänftigend die Hände. »Schon gut, ich habe nichts gesagt.«

»Florence, du bist meine Freundin! Ich war gerade zwei Stunden mit einem echt schrägen Typen in einem Keller eingesperrt, und du nimmst mich ins Kreuzverhör, anstatt mich zu bemitleiden.«

»Du hast doch selbst gesagt, dass es nicht so schlimm war.«

Sie warf Florence einen bösen Blick zu, doch dieses Mal zuckte ihre Freundin nur entschuldigend mit den Schultern.

Pauline wusch den Mopp im Putzeimer aus und schüttete das Wasser in die Toilette. Dabei sah sie sich das erste Mal nach der Kellereskapade im Spiegel und bekam einen Schreck. Ihre Haare standen völlig wirr in alle Richtungen ab, und sie hatte einen breiten Schmutzstreifen auf der rechten Wange. Auch das noch! Christian musste sie für eine Furie gehalten haben. Aber was interessierte sie überhaupt, was er von ihr dachte? Sie wusch sich das Gesicht mit heißem Wasser und Seife und brachte ihre Haare danach, so gut es ging, wieder in Ordnung.

»Warum hast du mir nicht gesagt, dass ich aussehe wie eine Tropenforscherin nach einer dreimonatigen Expedition durch den Amazonas?«, fragte sie Florence, als sie wieder zurückkam.

»Ich hatte den Eindruck, dass dich das nur noch weiter

auf die Palme bringt, und ich bin ja schließlich nicht lebensmüde.«

»Entschuldige, ich hatte heute wirklich einen verrückten Nachmittag.«

»Ist schon in Ordnung.« Florence drückte sanft ihren Oberarm. »Solche Tage gibt es manchmal.«

Pauline nickte. Sie war sehr froh, dass ihre Freundin nicht besonders nachtragend war.

»Hast du schon den Tresen abgewischt?«, fragte sie schließlich, um sich auf andere Gedanken zu bringen.

»Ja, hier ist alles erledigt, nur das Eislabor fehlt noch. Soll ich dir dabei helfen?«

»Nein, lass, ich mach das schon. Sieh lieber zu, dass du nach Hause zu Nicolas und Elodie kommst. Die beiden warten bestimmt schon auf dich.«

»Nicolas holt mich nachher mit der Kleinen hier am Café ab.«

Pauline verspürte einen winzigen Stich in ihrem Inneren, der sich mit knackenden Rissen wie eine zerbrechende Eisfläche durch ihr Herz zog, aber sie lächelte tapfer dagegen an. »Wenn doch nur alle Männer so wären wie dein Ehemann.«

»Dann wäre die Welt sicherlich schrecklich langweilig«, widersprach Florence.

»Ach, das ist doch egal.« Pauline seufzte wehmütig. »Manchmal bin ich ja schon ein kleines bisschen neidisch auf dein Glück.«

Florence lachte aus tiefstem Herzen. »Keine Sorge, wir streiten uns auch manchmal, aber wir tun das nur, wenn wir zu Hause sind und es die anderen nicht mitbekommen.«

»Eine weise Entscheidung. Davon könnte sich Christian eine Scheibe abschneiden.«

»Sag bloß, es war doch nicht so schön mit ihm im Keller?«

Pauline verzog spöttisch den Mund. »Na ja, er hätte schon ein bisschen einfühlsamer sein können, immerhin war es ja nicht meine Schuld, dass wir dort unten eingesperrt waren. Aber wahrscheinlich erwarte ich wieder zu viel. Echte Männer sind eben nicht wie Romanhelden oder Kavaliere aus alten Hollywoodfilmen.«

»Keine Sorge, du findest auch noch deinen Mr. Right.« Florence warf einen Blick auf die Uhr. »So, Nicolas und Elodie sollten gleich hier sein. Lass den Kopf nicht hängen, ma chère. Und nimm nächstes Mal dein Smartphone mit, wenn du zu Anna gehst.«

»Sehr lustig«, entgegnete Pauline, aber sie konnte ihrer Freundin nur schwer böse sein. Sie umarmte Florence zum Abschied. »Mach's gut.«

»Au revoir.« Florence hauchte Pauline auf jede Wange ein Küsschen und verließ das Eiscafé. Draußen tauchte im selben Moment Nicolas auf. Elodie, die er an der Hand gehalten hatte, machte sich los und rannte auf ihre Mutter zu. Florence ging in die Knie, und ihre Tochter fiel ihr stürmisch um den Hals, dann hob sie die Kleine hoch, wirbelte sie durch die Luft, sodass das Mädchen laut lachte, und küsste Nicolas zur Begrüßung.

Bei diesem Bild von harmonischem Familienglück wurde Paulines Herz erneut schwer. Sie freute sich sehr für ihre Freundin, aber in solchen Momenten spürte sie auch, wie einsam sie war. Sie wurde von niemandem aus dem Eishimmel abgeholt, und es gab auch niemanden, der sie vermisste, wenn sie nicht nach Hause kam – außer Coco natürlich.

Mit einem tiefen Seufzen drehte sie sich um und machte sich auf den Weg ins Eislabor. Sie nahm sich eine Dessertschale aus einer Schublade und lief damit zum Gefrierschrank, formte zwei Kugeln Himbeereis, spritzte sich eine kleine Rose aus ihrer selbst gemachten Vanillesahne daneben und streute eine Handvoll frische Beeren darüber. In die Mitte steckte sie ein Waffelherz. So ein Eis tat ihrer wunden Seele gut. Mit ihrer Eisschale ging Pauline wieder zurück in den Laden. Dort nahm sie eine braune Rundschulterflasche von einem der Regale, streute ein paar weiße Schokostreusel über die Sahne und holte aus einer der unzähligen Schubladen des Apothekerschranks einen langstieligen Eislöffel. Sie entschied sich dafür, sich auf das beerenfarbene Sofa ihrer Salongarnitur aus dem Wiener Barock zu setzen, die sich in der hinteren Ecke des Eiscafés befand. Dort wollte sie ihren Eisbecher nach der Aufregung heute in aller Ruhe genießen. Früher hatte die Garnitur einmal Toni gehört, und Pauline fand, dass es keinen besseren Platz gab, um ihrer Oma nahe zu sein, denn ihre Großmutter hätte jetzt bestimmt einen Rat für sie gehabt.

Ach, Toni, dachte Pauline und warf dem Bild ihrer Oma über der Theke einen langen Blick zu. Das war ein Tag.

Dass sie ausgerechnet mit Christian in Annas Keller eingesperrt gewesen war … Pauline schüttelte nachdenklich den Kopf und nahm einen großen Löffel Himbeereis mit Sahne. Christian sah schon ziemlich gut aus, das musste sie zugeben. Sein hellbraunes Haar fiel ihm beinahe verwegen in die Stirn, und seine dunkelbraunen Augen, in die sie im Kerzenschein geblickt hatte, hatten etwas Warmes, Anziehendes. Ihr gefiel außerdem sein Kleidungsstil. Er schien Geschmack zu haben, das war ihr schon beim letzten Mal aufgefallen. Und als sie einen kurzen Augenblick lang gegen ihn gestolpert war und er sie aufgefangen hatte, hatte sich sein Körper warm und fest an ihrem angefühlt. Pauline löffelte gedankenverloren ihr Eis. Sie hätte einfach ihren Kopf an seine Brust schmiegen und die Welt für einen Moment vergessen können.

Aber Geschmack und gutes Aussehen sind nun mal nicht alles, rief sie sich zur Ordnung, als ihr Herz bei diesem Gedanken stolperte. Was sollte denn jetzt dieses verräterische Klopfen in ihrer Brust? Der Charakter eines Menschen musste schließlich auch stimmen.

Schluss jetzt!, ermahnte sie sich. So ein Typ stand einfach nicht auf so jemanden wie sie. Was auch immer sie da im Keller gemeint hatte, zwischen ihnen zu spüren, sie hatte es sich eingebildet.

MAI

12.

In den letzten Tagen waren die Temperaturen immer weiter nach oben geklettert, und auch heute versprach der malerisch blaue Himmel wieder einen sonnigen Nachmittag. Die Wärme lockte die Menschen nach draußen, und besonders begehrt war ein schattiges Plätzchen im Freibad oder im Stadtpark unter den alten Bäumen. Pauline hatte von dem herrlichen Morgen allerdings kaum etwas mitbekommen und stattdessen den gesamten Vormittag in dem kühlen Büro ihres Steuerberaters verbracht. Gemeinsam hatten sie versucht, ihre Buchhaltung in Ordnung zu bringen. Nach diesem Vormittag brummte es in ihrem Kopf wie in einem Bienenstock. Zum Glück konnte sie sich wenigstens darauf verlassen, dass Florence sich in der Zwischenzeit gut um den Eishimmel kümmerte. Pauline hatte mit ihr ausgemacht, dass sie erst am Nachmittag wieder zurück sein würde, und so wollte sie die Zeit bis dahin nutzen, um auf andere Gedanken zu kommen.

Träge trat sie in die Pedale, während sie mit ihrem Fahrrad über die gepflasterte Straße zum Park fuhr. Dort stieg sie ab und schob ihr Rad auf einem der verschlungenen Wege im Schatten der Bäume entlang. Als sie den silbrig glitzernden Stadtbach sah, der sich durch die ungemähte Parkwiese schlängelte, überkam sie plötzlich das Bedürfnis, sich abzukühlen. Sie lehnte ihr Rad an einen Baum, zog ihre Sandalen aus und lief die wenigen Schritte über das weiche Gras, das sie an ihren Waden kitzelte. Als sie den Fuß ins Wasser hielt, zuckte sie kurz zusammen. Der Bach war trotz des warmen Mittags angenehm kühl und frisch. Pauline raffte ihren Rock zusammen und stieg mit beiden Füßen hinein. Sie brauchte einen Moment, bis sie sich an die Temperatur gewöhnt hatte und einige Schritte auf den runden Steinen gehen konnte, die angenehm ihre Fußsohlen massierten. Ein Fisch flitzte zwischen ihren Beinen hindurch und verschwand im nächsten Schatten. Pauline setzte sich an den Rand der Wiese und planschte mit den Füßen. Sie dachte über den Vormittag nach und ärgerte sich über ihren Steuerberater. Letztlich hatte er ihr bei ihren Problemen kaum weiterhelfen können. Sie musste sich dringend jemanden suchen, der kompetenter war. Wenn sie nur wüsste, wen sie fragen sollte.

Seufzend lehnte sie sich zurück, sog die herrliche Luft tief in ihre Lungen und schloss die Augen. Es tat so gut, die wärmenden Sonnenstrahlen auf der Haut zu spüren und einfach nur hier am Bach zu sitzen. Das war ihre kleine Pause vom Alltag! Sie hörte dem sanften Rauschen des Stadtbachs zu, spürte den Wind in ihrem Haar und genoss es, für einen kurzen Moment einfach innezuhalten. Das Wichtigste war, dass sie die Hoffnung nicht aufgab. Irgendwie würde sie es schon schaffen. Sie *musste* es schaffen.

Als ihre Füße angenehm abgekühlt waren, stieg Pauline wieder aus dem Bach. Sie schob ihr Rad zum Eishimmel, grüßte freundlich ihre Gäste und ging zu Florence hinter den Tresen. Auch heute war das Café nicht sehr gut besucht.

»Das ist jetzt schon der fünfte sonnige Tag in Folge, an dem es hier so leer ist«, raunte Florence.

Pauline nickte schwach. »Ich weiß. Ich kann es mir auch nicht erklären. Das Wetter müsste die Leute doch in Scharen zu uns treiben.«

Ein älterer Herr mit grauem Vollbart faltete seine Zeitung zusammen und setzte sich seinen Hut auf den Kopf. Florence und Pauline kannten ihn, er kam öfter her, um seinen Cappuccino zu trinken. Er war immer gleich gekleidet und stets höflich. Meist war er mittwochnachmittags im Eishimmel, denn dann wartete er darauf, dass seine Enkeltöchter Schulschluss hatten, um sie abzuholen. Der Mann stand schwerfällig auf, kam, auf seinen Gehstock gestützt, zum Tresen, legte ein paar Münzen in die Geldschale und hob seinen Hut.

»Stimmt so«, sagte er wie jedes Mal. Er wollte sich gerade zum Gehen wenden, drehte sich dann jedoch noch einmal um und schob ihnen seine Zeitung zu. »Ach, jetzt hätte ich es fast vergessen. Das sollten Sie lesen.« Er tippte auf einen Artikel und verließ das Café.

Florence und Pauline beugten sich über das Papier.

»›Leckeres Eis endlich auch in unserer Stadt‹«, las Pauline die Überschrift. »Das ist ja die Höhe! Haben die unser Eis etwa noch nie probiert?«

»Anscheinend hat eine neue Eisdiele aufgemacht«, stellte Florence fest, als sie den Artikel überflogen hatte. »Sie gehört zu den Frozen-&-Friends-Filialen. Deswegen bleibt es bei uns so leer!«

»Aber das Eis dort schmeckt grauenhaft. Es ist matschig, weil es viel zu viel Zucker hat, und beim Essen hat man wegen der Emulgatoren jedes Mal einen Fettfilm am Gaumen.«

»Mir brauchst du das nicht zu sagen. Ich weiß, dass dein Eis perfekt ist.«

»Aber wissen das auch unsere Kunden?«, fragte Pauline entmutigt. »Die meisten schauen doch nur auf den Preis, und bei einer Filiale, die ihre Produkte von einem Großkonzern bezieht, können wir nicht mithalten.«

»Unsere Stammkunden halten uns nach wie vor die Treue und schätzen unsere Qualität. Da sind sie auch gerne bereit, etwas mehr zu zahlen, wenn sie dafür ein besseres Produkt bekommen. Und die anderen Kunden probieren die neue Filiale vielleicht ein- oder zweimal aus und werden feststellen, dass das Eis im Eishimmel viel besser ist.«

»Das hoffe ich.« Pauline seufzte. »Von den Stammkunden allein können wir nämlich nicht leben.«

»Ganz bestimmt wird es wieder besser.« Florence streichelte ihr beruhigend über den Rücken.

»Und dann auch noch ausgerechnet in der Fußgängerzone«, murmelte Pauline, die den Artikel jetzt ebenfalls zu Ende gelesen hatte. »Einen besseren Ort gibt es nicht. Was denkst du, wie viele Kunden sich da entscheiden, nach einem Einkaufsbummel spontan noch ein Eis zu essen?«

»Hey, unsere Lage am Stadtpark ist auch nicht schlecht«, widersprach Florence. »Wir liegen zwar am Rand der Innenstadt, haben dafür aber den viel schöneren Blick in den Park, und unsere Miete ist um einiges preiswerter.«

Pauline brummte nur ärgerlich. Die niedrigere Miete half ihr nicht, wenn sie nicht genügend Einnahmen hatte, um sie zu bezahlen.

»Wir müssen nur unter Beweis stellen, dass wir den längeren Atem haben«, sagte Florence mit eindringlicher Stimme.

»Und genau da sehe ich das Problem«, flüsterte Pauline. »Bei mir stapeln sich mittlerweile die Rechnungen, und ich muss unbedingt die Miete überweisen und die nächste Kreditrate zahlen, ansonsten wird es bald keinen Eishimmel mehr geben.«

Zwei Frauen, die an einem der Tische draußen saßen, sahen durch die gläserne Fensterfront ins Café, und als sie bemerkten, dass Pauline in ihre Richtung blickte, hob eine die Hand, um anzuzeigen, dass sie zahlen wollten.

»Ich mach das schon«, sagte Florence, nahm den dicken Ledergeldbeutel und ging nach draußen.

Pauline sah sich das Foto des Zeitungsartikels genauer an. Es zeigte einen grinsenden Teenager, der einen Pappbecher mit Fruchtaufdruck in die Kamera hielt. In einem wässrig aussehenden Eis, das von einer Haube aus Sprühsahne gekrönt wurde, steckte ein durchsichtiger neonfarbener Plastiklöffel.

»Grauenhaft«, murmelte Pauline. »Hoffentlich bekommst du von dem gefrorenen Zuckerwasser Zahnschmerzen!«

»Der Junge kann auch nichts dafür, dass er fürs Foto abgelichtet wurde«, sagte Florence mit sanfter Stimme. Sie hatte inzwischen die beiden Frauen abkassiert und war mit den leeren Eisbechern zurückgekommen. »Ich soll dir übrigens ausrichten, dass alles wie immer ganz fabelhaft war. Besonders lecker fanden sie das Piña-Colada-Eis und dein neues Rhabarbersorbet.«

»Wenigstens etwas.« Pauline nahm Florence die Eisbecher ab und stellte sie in die Spülmaschine.

»Hey, jetzt zieh doch nicht so ein Gesicht wie drei Tage Regenwetter. Ich würde mich über so ein Kompliment wahnsinnig freuen.«

»Tue ich ja auch«, entgegnete Pauline grantig.

»Ah ja, gut, dass du es sagst. Um ein Haar hätte ich deinen freudigen Gesichtsausdruck nämlich gar nicht erkannt.« Florence knuffte sie in die Seite.

Jetzt konnte sich Pauline ein Lächeln doch nicht mehr verkneifen.

»Na, siehst du, das wird schon. Vom Schwarzmalen ändert sich nämlich auch nichts. Da können wir genauso gut auch optimistisch bleiben und uns über unsere Erfolge freuen.«

»Du hast recht.« Pauline faltete die Zeitung zusammen und warf sie ins Altpapier.

»Genau die Einstellung brauchen wir!« Florence schlug auf den Tresen. »Das ist ein Schritt in die richtige Richtung! Jetzt fehlt nur noch ein Lottogewinn und Mr. Right.«

»Hör mir bloß damit auf. Nach den zwei Stunden mit Christian im Keller habe ich erst einmal wieder genug von Männern.«

»Apropos, was ist eigentlich aus ihm geworden? Erst hast du einen halben Tag lang fast ununterbrochen von ihm geredet und dann schlagartig überhaupt nicht mehr. Das letzte Mal hast du dich so bei Oliver verhalten, und zwar kurz bevor ihr im Bett gelandet seid.«

Pauline wurde rot. War sie so leicht zu durchschauen? Ein bisschen hatte sie es schon genossen, sich mit Christian unten im Keller zu streiten, und sie hatte seitdem sogar ab und zu auch noch an ihn gedacht, vielleicht sogar auch ein bisschen mehr, als sie sich eingestehen wollte.

»Also, falls es dich beruhigt, wir sind nicht im Bett gelandet, denn genau genommen habe ich überhaupt nichts mehr von ihm gehört.«

»Aha, verstehe. Na, dann lass besser die Finger von ihm. Wenn er wirklich Interesse hätte, wäre er sicherlich mal *zufällig* vorbeigekommen.«

»Ja, das habe ich mir auch gedacht.« Pauline wischte mit einem Lappen über den Marmortresen, in dem man sich auch vorher schon hatte spiegeln können. Sie selbst war in den letzten Tagen auch nicht mehr oft bei Anna gewesen, denn sie wollte Christian nicht den Eindruck vermitteln, dass sie ihm hinterherlief. »Vor allem weil er Anna aktuell wohl noch beim Renovieren hilft.«

»Schon komisch, dass ihr euch da nicht über den Weg gelaufen seid«, überlegte Florence. »Man könnte fast meinen, dass er dir ausweicht.«

»Anna sagte, dass er beruflich ziemlich eingespannt ist. Das soll jetzt natürlich keine Ausrede dafür sein, warum er sich nicht gemeldet hat«, setzte Pauline sofort hinzu, nicht, dass ihr das Wissen darüber gleich als vermeintliches Interesse ausgelegt wurde.

»Oh, was macht er denn?«

»Keine Ahnung, ich glaube, irgendwas mit Immobilien und Finanzen oder so. Er ist da wohl gerade an einem neuen Projekt dran. So genau wusste sie darüber auch nicht Bescheid.«

»Hm. Hat Anna eigentlich noch mal was zu der Sache mit der Kellertür gesagt?«, fragte Florence.

»Nein, dazu schweigt sie eisern.« Pauline hob die Schultern und ließ sie wieder sinken. »Als ich das Thema angesprochen habe, ist sie mir ausgewichen. Ich weiß nicht, was ich davon halten soll.«

»Das ist schon komisch. Hast du dir mal überlegt, was dieser Christian darüber denkt?«

»Ehrlich gesagt habe ich gerade andere Sorgen«, entgegnete Pauline, auch wenn das nur so halb stimmte. Natürlich hatte sie sich gefragt, was Christian wohl über diese ganze Sache dachte, aber da er es nicht für nötig befunden hatte, sich nach ihrem unfreiwilligen Nachmittag im Keller noch einmal bei ihr zu melden, wollte auch sie sich lieber auf etwas anderes konzentrieren. Sie hatte keine Lust, sich falschen Hoffnungen hinzugeben, nur weil sie die Situation vielleicht missverstanden und in irgendeinen Satz oder eine nette Geste wieder einmal zu viel hineininterpretiert hatte.

13.

Es klingelte. Pauline sah noch einmal prüfend auf den Wohnzimmertisch, auf dem Gläser und Getränke bereitstanden. Sie hatte auch überlegt, ob sie Knabbereien dazustellen sollte, aber in Anbetracht des Themas, das sie mit ihren Eltern besprechen wollte, hielt sie das dann doch für unangebracht.

Coco, die zusammengerollt auf einem Sessel lag, lugte unter halb verschlossenen Augen hervor und beobachtete Pauline dabei, wie sie zur Wohnungstür ging.

Als Pauline öffnete, wurde sie sofort von ihrer Mutter umarmt.

»Hallo, Große!«, begrüßte Mathilde sie.

»Hallo, Mama. Hallo, Papa.« Pauline versuchte zu lächeln. »Schön, dass ihr gekommen seid. Kommt doch rein.«

»Wenn du sagst, dass du etwas Wichtiges mit uns besprechen möchtest, sind wir natürlich sofort zur Stelle«, versicherte Richard.

Pauline wartete, bis sich ihre Eltern im Wohnzimmer aufs Sofa gesetzt hatten und nahm dann in einem Sessel ihnen gegenüber Platz.

»Also, was gibt es?«, fragte Mathilde, und Pauline konnte sehen, dass ihre Mutter mindestens genauso nervös war wie sie selbst.

»Wollt ihr etwas trinken?«, fragte sie und stand sofort wieder auf, um ihren Eltern etwas einzuschenken.

»Pauline«, ermahnte ihr Vater sie sanft. »Das hat doch Zeit bis später. Jetzt spann uns nicht so lange auf die Folter und sag uns lieber, was los ist. Hast du Probleme?«

Pauline hielt für einen Augenblick in ihrer Bewegung inne. Das traf es ziemlich genau. Sie setzte sich in ihren Sessel und verschränkte die Finger, um sie gleich darauf wieder zu lösen und die Fingerspitzen aneinanderzulegen.

»Du kannst mit uns über alles reden«, versicherte Mathilde. »Ganz egal, was es ist.«

Also dann, auf in den Kampf, dachte Pauline, doch ihre Worte waren nur halb so schnell wie ihre Gedanken. Fast hatte sie das Gefühl, als ob sie sich so zähflüssig wie Sirup verhielten.

»Es geht um Pascal«, brachte sie schließlich heraus.

»Hat er sich gemeldet?«, wollte ihr Vater sofort wissen.

»Bist du wieder mit ihm zusammen?«, fragte ihre Mutter gleichzeitig.

»Nein!«, rief Pauline. »Nein, zum Glück beides nicht.« Sie sah ihre Eltern erschrocken an.

»Was ist dann?«, hakte Mathilde nach. »Bist du von ihm schwanger?«

»Mama, ich bin schon seit über einem Jahr nicht mehr mit ihm zusammen!«

»Ach ja, aber es hätte doch zwischendurch noch was passiert sein können«, versuchte sich Mathilde zu verteidigen.

»Also wirklich!« Pauline schnaubte. Was, um alles in der Welt, war nur mit ihren Eltern los? »Nein, es geht um den Kredit, den ich aufgenommen habe. Da steht wieder eine

Rate an, die ich nicht begleichen kann. Und jetzt wollte ich euch um Hilfe bitten. Habt ihr vielleicht eine Idee, wie es weitergehen soll?«

»Ich hatte von Anfang an kein gutes Gefühl bei dieser Sache!«, sagte Mathilde sofort. »Ich habe dir gleich gesagt, dass du die Finger davon lassen sollst. Aber du hast ja unbedingt auf Pascal hören müssen. Ich mochte diesen Kerl vom ersten Moment an nicht.«

Pauline zählte in Gedanken langsam bis zehn, wobei sie das Gefühl hatte, dass sie vielleicht besser bis hundert zählen sollte. In ihrer Erinnerung hatte ihre Mutter Pascal am Anfang nämlich ganz wunderbar gefunden, aber natürlich vertrat Mathilde seit Paulines Trennung einen ganz anderen Standpunkt.

Richard legte beruhigend einen Arm um seine Frau. »Leider ist es zu spät für gut gemeinte Ratschläge in dieser Sache, Liebes. Jetzt ist das Kind schon in den Brunnen gefallen, und wir müssen sehen, wie wir unserer Großen aus dieser Situation wieder heraushelfen können.«

Dankbar lächelte Pauline ihren Vater an. Wenigstens er schien einen kühlen Kopf zu behalten.

»Also, um welchen Betrag geht es denn?«, fragte Richard, und Pauline hörte, dass er sich bemühte, mit ruhiger Stimme zu sprechen.

Sie schob ihm den Brief von der Bank über den Tisch zu, und Richard las das Schreiben. Auch Mathilde, die sich an ihren Mann gelehnt hatte, überflog die Zeilen. Dann stieß Richard einen Pfiff aus.

»Das ist ja eine ganz schöne Summe«, stellte er überrascht fest. »Und die zahlst du jeden Monat?«

Pauline nickte.

»So ein Halsabschneider!«, rief Mathilde. Richard streichelte seiner Frau besänftigend über den Oberarm, aber es half nichts. »Wenn mir der noch mal begegnet, dann habe ich ihm aber gehörig was zu sagen, darauf kann er sich gefasst machen! Und dass du ihn dann ausgerechnet mit Lena im Bett erwischt hast, ist wirklich die Höhe. Und noch dazu in deinem eigenen!« Mathilde hielt aufgebracht die Luft an. »Dieser Mistkerl hatte dich nie verdient, mein Schatz«, sagte sie schließlich etwas ruhiger, streckte ihre Arme über den Tisch aus und drückte Paulines Hände.

»Danke, Mama«, gab Pauline kleinlaut von sich. Sie wusste, dass ihre Mutter loyal auf ihrer Seite stand, doch den Fehler mit Pascal hatte sie selbst zu verantworten. Dafür musste sie geradestehen, und da half auch kein Mitleid.

Richard seufzte tief. »Warst du denn schon bei der Bank und hast mit denen geredet?«

Pauline nickte. »Da ist leider nichts mehr zu machen, das ist schon der niedrigste Ratensatz, den sie mir anbieten können, und was die Zahlungszeiträume angeht, können sie mir auch nicht mehr entgegenkommen. Ich habe für die Rückzahlungen den Zeitraum bereits von vier auf sechs Wochen verlängern lassen.«

»Wie laufen denn die Einnahmen im Eishimmel?«, erkundigte sich Mathilde.

»Ehrlich gesagt, nicht so gut«, gab Pauline zu. »Zuerst hatte ich Anlaufschwierigkeiten, und jetzt hat eine neue Eisdiele in der Fußgängerzone aufgemacht, die natürlich alle ausprobieren wollen.«

»Ach, diese Frozen-&-Friends-Filiale.« Richard nickte.

»Ich habe davon in der Zeitung gelesen, und in der Firma sprechen auch alle davon.«

»Meine Freundin Luise sagte, dass es da immer brechend voll ist, wenn sie dort vorbeiläuft.« Mathilde sah ihre Tochter mitfühlend an. »Aber sie meinte, dass das Eis lange nicht so gut ist wie bei dir, und sie hat mir sogar versichert, dass sie sich mit all ihren Freundinnen nur bei dir verabreden wird. Ich habe übrigens überlegt, ob wir unser Dienstagskränzchen zu dir verlegen sollen, dann hättest du etwas mehr Einnahmen.«

»Das ist lieb, Mama.« Pauline lächelte. »Ich fürchte nur, dass das bei der Summe nicht reichen wird.«

»Da gebe ich dir recht.« Mathildes Lippen wurden schmal. »Aktuell hilft dir vermutlich nur, schnell an Geld zu kommen, und die Bank wird dir wahrscheinlich keines mehr zur Verfügung stellen.«

Pauline nickte betreten. In Anbetracht ihrer aktuellen Situation konnte sie das den Bankberatern nicht mal verübeln.

»Und wenn wir beide dort vorsprechen und einen Kredit aufnehmen?«, schlug Richard spontan vor. »Wir haben das Haus als Sicherheit.«

»Nein, Papa, das will ich nicht. Ich möchte nicht, dass ihr euch meinetwegen verschuldet.«

»Das wird wahrscheinlich auch gar nicht so einfach«, sagte Mathilde nachdenklich. »Die Bank weiß, dass wir das Haus noch nicht ganz abbezahlt haben, und unsere Stadt ist klein. Die Berater kennen Pauline und wissen, dass sie mit ihrem Eiscafé in finanziellen Schwierigkeiten steckt. Da werden sie einen Kredit vermutlich nicht so einfach bewilligen.«

»Und wenn ich einen Kredit auf meine Elektroinstallationsfirma aufnehme?«, meinte Richard nachdenklich.

»Nein, das finde ich auch nicht gut«, sagte Pauline schnell. »Am Ende sind beide Geschäfte weg.«

»Ich könnte wieder mehr arbeiten«, überlegte Mathilde. »Erst neulich hat mir Luise erzählt, dass sie im Gutshaus noch eine Köchin suchen.«

Von dieser Idee war Pauline auch nicht begeistert. »Und was ist mit deiner Gesundheit?«, fragte sie besorgt.

»Na ja, ein paar Monate wird es sicherlich gehen.«

»Das ist wirklich lieb gemeint, aber wir brauchen eine andere Lösung. Ich muss mir etwas einfallen lassen, wie ich mehr Umsätze generieren kann.«

»Da hast du recht«, stimmte Richard zu. »Aber hast du denn eine Idee, wie du das anstellen könntest?«

»Mir sind da schon ein paar Sachen eingefallen, aber auch dafür bräuchte ich erst einmal wieder Geld, um zu investieren.«

»Was denn zum Beispiel?«, fragte Mathilde.

»Ich habe mir überlegt, dass ich Eis am Stiel ins Sortiment aufnehmen könnte. Vielleicht könnte man auch Eistörtchen und Eisbomben für Familienfeiern und Firmenevents anbieten.« In Paulines ganzem Körper kribbelte es auf einmal, als ob sie eine neue Eissorte kreierte. »Und ich fände es toll, wenn wir im Sommer einen Eiswagen durch die Stadt und an den See schicken könnten, der dort unser Eis verkauft. Nicolas will sich demnächst einen neuen Lieferwagen anschaffen, sodass wir seinen alten himmelblauen Wagen haben könnten. Den müsste man natürlich innen erst noch umbauen und mit einer Kühltruhe ausstatten, aber ich sehe es schon richtig vor mir. Den Wagen kennt man, und er ist ein echter Hingucker. Bestimmt würde sich das rechnen, allerdings bräuchte ich dann auch jemanden, der ihn fährt und das Eis verkauft, aber eine weitere Arbeitskraft einzustellen, kann ich mir aktuell nicht leisten.« Jetzt war Paulines Tatendrang wieder erloschen.

Richard sah seine Frau an, und Mathilde lächelte zurück. Sie beide waren unglaublich stolz auf ihre Tochter, das konnte Pauline sehen.

»Pauline«, sagte Richard mit fester Stimme. »Du sprühst nur so vor Ideen. Das Einzige, was dir im Moment fehlt, ist ein bisschen Startkapital.«

»Nimm unseren Notgroschen«, sagte Mathilde entschieden.

Pauline wusste einen Moment lang nicht, was sie sagen sollte. »Nein, Mama, das kann ich nicht annehmen! Das Geld habt ihr doch zurückgelegt, weil ihr davon irgendwann mal nach Norwegen fahren wolltet.«

»Es ist eine Rücklage, Pauline«, erklärte ihr Vater. »Wir haben es angespart, falls irgendwann einmal etwas sein sollte, und falls nicht, hätten wir es für einen Urlaub verwendet. Aber jetzt brauchst du es dringender.«

»Das geht nicht! Das ist euer Geld. Was, wenn mit dem Haus etwas ist?«

»Darüber machen wir uns Gedanken, wenn es so weit sein sollte«, sagte Mathilde. »Du hast uns doch eingeladen, weil du uns um Hilfe bitten wolltest, also nimm sie jetzt auch an.«

»Ich weiß nicht.« Pauline rutschte auf ihrem Sessel nach vorne. »Ich will nicht, dass ihr meinetwegen in Schwierigkeiten kommt, und ihr könnt nicht euer ganzes Geld investieren, nur um mich zu unterstützen. In meinem Alter sollte ich auf eigenen Beinen stehen können.«

»Wenn es dir so unangenehm ist, das Geld zu nehmen, dann lass es uns doch an dich verleihen«, schlug Richard vor. »So hast du es trotzdem, und wann immer etwas übrig bleibt, kannst du es an uns zurückzahlen.«

Pauline betrachtete ihre Eltern nachdenklich. »Das ist wirklich lieb von euch, aber ich weiß nicht, ob ich das annehmen kann. Was, wenn ich es nicht schaffe, den Eishimmel zu retten, und das Geld dann weg ist?«

»Ein Risiko ist immer dabei. Das ist wie beim Roulette, und wir setzen jetzt eben alles auf Rot.« Mathilde zwinkerte ihrer Tochter zu. »Falls es nicht klappt, haben wir wenigstens als Familie zusammengehalten und alles versucht, um dir zu helfen.«

Pauline lächelte. Es berührte sie, dass ihre Eltern so hinter ihr standen und bereit waren, sie zu unterstützen. Mit diesem Geld musste es jetzt endlich klappen. Sie durfte ihre Eltern auf keinen Fall enttäuschen, und sie würde alles tun, um den Eishimmel zu retten.

14.

Pauline war völlig darin versunken, eine Sonne-des-Südens-Eiskomposition anzurichten. Durch das Geld ihrer Eltern hatte sie noch einmal eine Chance bekommen, den Eishimmel zu retten. Jetzt wollte sie alles dafür tun, dass ihre Gäste zufrieden waren und sich ihr Umsatz verbesserte. Der Frozen-&-Friends-Filiale würde sie das Feld jedenfalls nicht kampflos überlassen, das hatte sie sich geschworen. Mit dem Eisportionierer formte sie mehrere Kugeln aus den Geschmacksrichtungen Rosmarin-Lavendelblüte, Blutorange und Zitronenlimette, die sie in der Mitte einer Schieferplatte arrangierte. Sie hatte den Eisbecher damals an der Côte d'Azur komponiert, als sie Florence bei einem Besuch zu ihrer Familie begleitet hatte. Endlos wirkende Gewürzfelder, entspannte Nachmittage mit ihrer Freundin an einem saphirblauen Meer und das Zitronenfest in Menton hatten sie damals dazu inspiriert, die Eindrücke ihrer Reise auf ihre ganz eigene Art festzuhalten. Sie wollte die Skulpturen und Teppiche aus Zitrusfrüchten, das französische Flair der kleinen Küstenstädte und den Duft der Gewürze, der überall in der Luft hing, für sich vereint in Erinnerung behalten. Pauline steckte frisch aufgeschnittene Orangenscheiben, Ananasschnitze und spitz geschnittene Bananen, in deren Mitte sie leuchtend rote Johannisbeeren mit einem Tupfen Marzipanrohmasse festklebte, zwischen die Eiskugeln, streute eine Handvoll kandierte Zitronenschalen darüber und verzierte die Platte mit einem Rand aus gespritzter Mandarinensahne. Als optischen Kontrast gab sie eine Orangen- und eine Johannisbeervariegato darüber, streute gerösteten Mandelkrokant und eine Prise Thymian über ihr Kunstwerk und steckte zum Abschluss zwei runde Waffeltaler mit eingeprägtem Rautenmuster in die Mitte. Die Eiskreation war fertig, jetzt konnte Pauline die Platte servieren.

Schwungvoll drehte sie sich um und wäre im nächsten Moment beinahe mit Christian zusammengestoßen, der neben dem Tresen stand und ihr vermutlich schon eine ganze Weile bei der Zubereitung zugesehen hatte. Vor Schreck ließ Pauline beinahe das Eis fallen.

»Was machst du denn hier?«

»Ich hätte gerne einen Kaffee.« Christian lächelte freundlich.

Paulines Herz setzte einen Schlag aus, um gleich darauf wie ein durchgegangenes Pferd davonzugaloppieren.

»Moment, ich bin gleich bei dir.«

Sie atmete tief durch, richtete sich auf und ging mit ruhigen Schritten zwischen den Marmortischen hindurch zu der jungen Frau, die das Eis bestellt hatte. Mit einem Lächeln stellte Pauline die Schieferplatte vor ihr ab.

»Darf es sonst noch etwas sein?«, erkundigte sie sich und hoffte auf eine endlos lange Bestellung, damit sie nicht wieder an den Tresen zurückmusste, aber leider tat ihr die Frau den Gefallen nicht, und so blieb Pauline nichts anderes übrig, als wieder hinter ihren Marmortresen und somit zu Christian zurückzukehren. Auf dem Weg dorthin wischte sie sich unauffällig ihre Hände an der Schürze ab.

Christian sah sich währenddessen die Kunstdrucke von Edgar Degas' Balletttänzerinnen an, die die eine Wand des Eiscafés schmückten und mit dem Apothekerschrank und den Marmortischen den Zauber eines vergangenen Jahrhunderts lebendig werden ließen.

»Verzeihung, was hattest du bestellt?«, fragte Pauline, als sie wieder bei ihm war. Sie konnte sich beim besten Willen nicht daran erinnern, denn alle Gedanken in ihrem Kopf hatten einer einzigen Frage Platz gemacht: Warum war Christian auf einmal hier im Eishimmel, nachdem er ihr so lange aus dem Weg gegangen war?

Um seinen Mund zuckte ein amüsiertes Lächeln. »Einen Kaffee, am besten zum Mitnehmen.«

»Das gibt es hier nicht«, erklärte Pauline knapp. »Ich fürchte, da wirst du dir schon die Zeit nehmen und dich hinsetzen müssen.«

»Das soll wohl ein Scherz sein. An jeder Tankstelle gibt es inzwischen einen Coffee-to-go.«

»Das hier ist aber keine Tankstelle«, widersprach Pauline, und sie musste sich stark beherrschen, um nicht allzu barsch zu klingen. »Du kannst dich also entweder setzen und ein wenig deiner kostbaren Zeit investieren, um einen köstlichen Siebträger-Kaffee zu genießen, oder du gehst zu einer x-beliebigen Tankstelle und kippst dir dort irgendein Spülwasser hinunter.«

»Okay.« Christian hob besänftigend die Hände. »Schon gut. Ich nehme einen einfachen schwarzen Kaffee, wenn es keine Umstände macht, gerne mit etwas Zucker. Und ohne, dass du mir reinspuckst, wenn das möglich ist«, setzte er dann hinzu.

Pauline warf ihm einen vernichtenden Blick zu. Was bildete sich dieser Kerl eigentlich ein? Erst hatte er sich wie der größte Idiot auf der ganzen Welt benommen, im Keller war er dann zeitweise nett zu ihr gewesen, danach hatte sie ihn gar nicht gesehen, und jetzt tauchte er hier auf und tat so, als ob nichts gewesen sei? Das könnte ihm so passen.

Sie wandte sich um und befüllte, ohne ein weiteres Wort, den Siebträger mit frisch gemahlenem Kaffee. Dabei stampfte sie das Pulver so fest mit dem Tamper zusammen, dass beinahe die doppelte Menge darin Platz fand, und setzte den Siebträger wieder in die Espressomaschine ein. Mit trommelnden Fingern wartete Pauline darauf, dass der heiße Dampf durch die Maschine gesickert war und sich eine ausreichende Menge Kaffee in der Tasse befand. Sie schleuderte einen Keks und einen Löffel auf ein Tablett, nahm die Tasse und stellte alles klirrend vor Christian ab, der sich mittlerweile einen Platz direkt neben der Theke gesucht hatte.

»Hier, bitte, schwarz wie deine Seele!«

»Hoppla.« Christian zuckte zusammen und sah von der Karte hoch, die er gerade studiert hatte. Vorsichtig nahm er den Henkel zwischen Daumen und Zeigefinger, hob die Tasse an und schwenkte den Kaffee langsam darin hin und her. Da er wohl nichts Ungewöhnliches erkennen konnte, bedankte er sich zaghaft. »Könnte ich vielleicht noch etwas Zucker bekommen?«

Pauline rauschte ab, verschwand kurz hinter dem Tresen und stellte ihm gleich darauf scheppernd eine bauchige Zuckerdose vor die Nase.

»Umwerfend!« Christian sah zu ihr auf. »Vielleicht zahle ich am besten gleich, bevor ich es mir bei der freundlichen Bedienung anders überlege.«

»Macht fünf zwanzig«, sagte Pauline kühl.

»Wie bitte?« Seine Augen weiteten sich ungläubig. »In der Karte steht aber …«

»Die Preise sind gerade gestiegen. Angebot und Nachfrage«, entgegnete sie und hielt ihm ihre offene Hand hin.

Christian sah sich um. Das Café war beinahe leer. Irritiert gab er ihr einen Zehneuroschein.

Pauline verschwand hinter dem Tresen und kam gleich darauf mit dem Wechselgeld, einer Visitenkarte und einem Stempel zurück. Scheppernd zählte sie die Münzen auf dem Tisch ab. »Hier, dein Wechselgeld«, sagte sie, knallte gleich darauf eine Karte auf den Tisch und donnerte den Stempel so heftig darauf, dass Christians Tasse klirrend in die Höhe hüpfte und etwas Kaffee über den Rand schwappte. »Treuekärtchen«, erklärte Pauline.

»Sehr schön.« Christian hob das Kärtchen an. »Bei den Preisen muss ich ja nur noch viermal vorbeikommen.«

»Du kannst ja ein Eis dazu bestellen, dann geht's schneller.«

»Ich mag aber kein Eis«, widersprach er. »Ich bin mehr so der Typ für Salziges.«

»Aber Zucker im Kaffee«, brummte Pauline. »Das nenne ich mal konsequent.«

»Müssen sich hier eigentlich alle Kunden für ihre kulinarischen Vorlieben rechtfertigen?«

»Nein, die meisten kommen in den Eishimmel, weil sie das Eis hier zu schätzen wissen.«

Christian lehnte sich zurück und ließ seinen Blick durch

das Café schweifen. »Das sehe ich. Es muss umwerfend sein.«

Pauline stieß gekränkt die Luft aus. »Lass es einfach bleiben. Solange du es nicht probiert hast, weißt du auch nicht, wovon du redest.« Sie wollte sich gerade zum Gehen wenden, doch seine Stimme hielt sie zurück.

»Was kannst du denn empfehlen? Wenn das Eis hier so gut ist, wie du behauptest, müsste es ja auch einen Nichtfan wie mich überzeugen können, oder?«

Jetzt war Paulines Ehrgeiz geweckt. »Du magst Salziges?«, fragte sie, und Christian nickte. »Dann habe ich genau das Richtige für dich. Ich habe neulich eine ganz neue Sorte kreiert.«

»Du machst das Eis hier selbst?« Er sah sie verwundert an.

Über Paulines Lippen huschte ein spöttisches Lächeln. »Selbstverständlich. Und ich bin mir sicher, dass ich sogar dich von meinem Eis überzeugen kann, schließlich ist es das beste Eis der Stadt. Also, was ist jetzt? Traust du dich, eine Kugel zu probieren?«

»Na schön«, lenkte Christian ein. »Eine Kugel. Und dann sehen wir ja, wer recht hat.«

Pauline ging wieder hinter ihren Marmortresen und holte ein Whiskyglas aus der Kühltruhe, das sofort in der Wärme des Cafés beschlug. Sie nahm zwei Untertassen von einem Regal aus dem Apothekerschrank, füllte eine mit Wasser, gab in die andere etwas Zucker aus einer der Keramikdosen und stellte einen schmalen Zuckerrand am Glas her. Wenn sie Christian schon überzeugen wollte, dann musste das Gesamtkonzept stimmen. Das wäre doch gelacht, wenn sie ihn nicht von seinem hohen Ross herunterholen könnte. Die

Genugtuung, recht zu behalten, wollte sie ihm keinesfalls gönnen. Während der Rand trocknete, formte sie mit dem Portionierer eine ebenmäßige Eiskugel, die sie geschickt in das Glas fallen ließ. Sie verzierte sie mit einer Sahnehaube und einem Rahm-Karamell-Topping und streute eine Handvoll Karamellstückchen darüber. Pauline stellte das Glas auf ein Holzbrett, legte einen Löffel daneben und brachte es zu Christian an den Tisch. Dieses Mal stellte sie seine Bestellung jedoch weitaus vorsichtiger vor ihm ab.

Christian nahm den Löffel und kostete das Eis. Er schien sich den sahnigen Karamellgeschmack auf der Zunge zergehen zu lassen, und Pauline wusste, dass gleich darauf eine salzige Note seinen Gaumen kitzeln würde.

»Gar nicht so schlecht«, sagte er und nickte.

»Ach, komm schon, es ist brillant.«

»Nicht schlecht«, wiederholte Christian. »Für ein Eis. Aber begeistert bin ich noch nicht.«

Sie verdrehte die Augen. »Du willst ja bloß nicht zugeben, dass du unrecht hattest.«

Christian löffelte sein Eis, ließ sich jedoch nicht anmerken, ob es ihm tatsächlich schmeckte. Es war zum Verrücktwerden! Pauline stemmte die Hände in die Hüften und versuchte in seinem Gesichtsausdruck zu lesen, ob er ihr verheimlichte, dass es ihn doch überzeugt hatte. Aber da war nichts in seiner Mimik zu erkennen, als er die Sahne beiseiteschob und kurz zu Pauline aufblickte, außer ein schelmisches Vergnügen in seinen Augen, wie bei einem Jungen, der gerade unbeobachtet in einen Süßwarenladen eingestiegen war. Als das Glas bis auf die Sahne leer war, legte er den Löffel beiseite und lehnte sich zurück.

»Es war ganz in Ordnung«, sagte Christian mit gönnerhafter Miene. »Aber von einer Kugel Eis lässt sich natürlich nicht sagen, ob das ganze Sortiment da mithalten kann.«

»Also schön, dann versuch noch eine Sorte«, schlug Pauline vor.

»Einverstanden.«

Sie ging wieder hinter ihre Vitrine und machte sich daran, das nächste Eis anzurichten. Aus den Augenwinkeln bemerkte sie, wie Christian sich nach vorne beugte und ihr dabei zusah. Jeder ihrer Handgriffe saß perfekt, als sie eine Feige zerteilte und auf einem rechteckigen weißen Teller arrangierte. Pauline öffnete die Schiebetür der Eisvitrine und formte schnell mit einem Portionierer eine Kugel. Sie verzichtete diesmal auf die Sahne, griff zu einer Topping-Flasche und verzierte mit schwungvoller Geste den Teller. Gleich darauf stellte sie das Eis vor Christian ab.

Dieses Mal erwartete ihn eine Feigenblume. Pauline hatte dafür die Frucht in acht gleichgroße Stücke zerteilt, sie aufgeklappt und die dunkle Haut zur Hälfte von dem reifen Fruchtfleisch gezogen, sodass die Blume dadurch noch mehr Plastizität erhielt. Mitten in dem rötlichen Fruchtfleisch lag eine Kugel Eis, die von einem winzigen Klecks Soße bedeckt war.

»Ist das Schokolade?«, fragte er interessiert und tauchte seine Löffelspitze hinein.

Pauline schüttelte den Kopf. »Das ist Balsamicocreme.«

»Wirklich?« Christian sah sie ungläubig an. »Zu Eis?«

»Zu Feigen-Dattel-Balsamico-Eis«, verbesserte Pauline ihn.

»Das habe ich noch nie gehört.«

Mit diebischer Freude beobachtete sie, wie Christian neugierig kostete. Der Geschmack musste einfach auch für ihn überwältigend sein. Pauline wusste ganz genau, was für feine Aromen sich gerade in seinem Mund ausbreiteten. Dieses Eis erinnerte einen beim Essen an einen heißen Sommernachmittag in Italien, nach einem erschöpfenden Bummel über den Markt voller Früchte und Weinsorten, wenn eine kühle Brise vom Meer her wehte.

»Lecker«, sagte Christian, und diesmal konnte er die Begeisterung in seiner Stimme nicht vor ihr verbergen. »Und sehr ausgefallen. Woher hast du die Ideen für solche Kreationen?«

»Berufsgeheimnis«, entgegnete Pauline und lächelte, als ob sie ihm gerade ein sehr spannendes Buch vor der Nase zugeschlagen hätte.

»Aber ganz genau das Richtige ist es für mich auch nicht.«

Pauline wollte etwas erwidern, als die Frau am anderen Tisch nach ihr rief.

»Einen Moment, ich bin gleich wieder da«, sagte sie zu Christian, ging zu ihrer Kundin, wechselte ein paar Sätze mit ihr und räumte die Schieferplatte ab. Mit ihrem dicken Ledergeldbeutel ging sie an den Tisch zurück und überreichte die Rechnung. Sie kassierte, und die Frau verabschiedete sich. Pauline stellte den Holzstuhl wieder ordentlich hin und rückte das Polster darauf zurecht. Dann ging sie zu Christian zurück, um seinen Teller abzuräumen.

»Hat es doch geschmeckt?«, fragte sie mit süffisantem Lächeln, da er bis auf die Feigenschale nichts übrig gelassen hatte.

»Leider ja. Ich muss mich wohl geschlagen geben. Es war wirklich ausgezeichnet – für ein Eis.«

Pauline freute sich über sein Kompliment. Sie spürte, dass Christian es ehrlich meinte, auch wenn er seine Worte gleich wieder eingeschränkt hatte. So ganz nachgeben konnte er wohl doch nicht.

»Hast du denn auch eine etwas weniger ausgefallene Sorte? Vielleicht passt das ja besser zu mir.«

»Was möchtest du denn probieren? Stracciatella, Haselnuss oder Joghurt?«

»Nein, nicht ganz so gewöhnlich.« Christian schien fast ein wenig enttäuscht zu sein. »Hast du nichts dazwischen? Sag bloß, ich habe deine Schwachstelle entdeckt.«

»Bestimmt nicht.« Pauline ging wieder hinter ihren Tresen, um einen neuen Eisbecher für ihn zu zaubern. Es wäre doch verhext, wenn sie nicht genau das Richtige für ihn finden würde. Immerhin waren aller guten Dinge drei.

Die nächste Sorte brachte sie ihm in einem langstieligen, schlanken Sektglas. Es war ein dunkelrotes Eis, garniert mit einem Pfefferminzblatt und einer Rispe schwarzer Johannisbeeren.

Christian kostete auch diese Portion mit unübersehbarer Neugier.

Pauline zog den Stuhl ihm gegenüber zurück und setzte sich. Gespannt sah sie ihn an. »Und?«, fragte sie, obwohl sie genau wusste, was nun passieren sollte. Anders als die beiden vorherigen Sorten war dieses Eis leichter, fruchtiger und säuerlicher, und zur Überraschung der Gäste fing es nach einem Augenblick im Mund zu prickeln und zu bitzeln an. Das Ganze sollte wirklich ein bisschen wie ein Feuerwerk für die Sinne sein, so hatte Pauline es sich zumindest gedacht.

»Was ist das?«, wollte Christian wissen und probierte gleich darauf noch einmal. »Das ist ja verrückt! Es prickelt und kribbelt bei jedem Löffel an meinem Gaumen.«

Pauline musste lachen. »Das ist Cassis-Prosecco-Eis mit meinem persönlichen Bitzel-Geheimrezept.«

»Deshalb also die schwarzen Johannisbeeren und das Sektglas.« Er nickte anerkennend. »Nicht schlecht, aber ein bisschen zu süß und cremig für mich im Nachgeschmack. Wie bekommst du eigentlich dieses Kribbeln hin? Oder fällt das wirklich unter das Berufsgeheimnis?«

»Natürlich tut es das, aber wenn du noch ein weiteres Eis probierst, dann verrate ich es dir.« Pauline wollte nicht lockerlassen. Sie musste einfach herausfinden, welches Eis genau Christians Geschmack traf, mit welcher Sorte sie ihn sprachlos machen konnte. Insgeheim glaubte sie sogar, anhand des Lieblingseises auch auf die Persönlichkeit des jeweiligen Menschen schließen zu können, und bei Christian interessierte sie ein Blick auf seinen Charakter ganz besonders.

»Also gut«, willigte er ein. »Eines noch. Aber zuerst das Geheimnis.«

»Es ist Brausepulver«, sagte Pauline mit einem Zwinkern.

»Das ist genial.« Christian schien ehrlich erstaunt zu sein. »Chapeau!«

»Vielen Dank.« Pauline verneigte sich gespielt, und sofort fühlte sie sich an den Moment im Keller erinnert, als er sie Mr. Holmes und sie ihn Dr. Watson genannt hatte. Sie glaubte einen Augenblick lang, wieder diese Verbundenheit zwischen ihnen zu spüren. Pauline schüttelte kaum merklich den Kopf. Sie sollte aufhören, sich solche Gedanken zu machen. »Willst du also wirklich noch eine Sorte probieren? Dieses

Mal bin ich sicher, dass ich genau das Richtige für dich finde.«

Christian löffelte sein Sektglas bis auf das letzte bisschen aus. »Na schön, aber nur noch eine Sorte. Ich glaube, sonst platze ich. So viel Eis habe ich in meinem ganzen Leben noch nicht gegessen.«

»Das kann ich mir überhaupt nicht vorstellen. Jeder mag Eis.«

»Du kannst mir glauben, nicht einmal als Kind habe ich gerne Eis gegessen. Dafür waren Chips und Salzstangen vor mir niemals in Sicherheit. Aber ich vermute, wenn man mir Cassis-Prosecco-Eis mit Bitzel-Geheimrezept angeboten hätte, hätte sich meine Meinung vielleicht geändert.«

Jetzt lachte Pauline. »Dann werde ich dir jetzt das Eis bringen, das dich als Erwachsener endlich davon überzeugen wird, dass du all die Jahre eine Menge verpasst hast. Soll es geschmacklich in eine bestimmte Richtung gehen?«

»Nein, das ist mir ganz egal. Überrasch mich einfach.«

Pauline freute sich, dass Christian ihr keine Vorgaben gemacht hatte. In gewisser Weise hatte sie so das Gefühl, dass er ihr vertraute und sie ganz ihrem Instinkt folgen konnte, um das perfekte Eis für ihn zu finden. Ein Eis, das für ihn so sein sollte wie das Gefühl an einem zarten Herbstmorgen, an dem die bunten Blätter mit erstem Frost überzogen waren, an dem man nach dem Brötchenkaufen mit kalten Händen in die warme Wohnung zurückkam, Kaffeeduft aus der Küche strömte, und man rief: »Schatz, ich bin wieder da!«

Eine leise Welle von Melancholie floss durch Paulines Herz, und sie fragte sich, ob es wohl so jemanden in Christians Leben gab, den er Schatz nannte und zu dem er nach

Hause kam. Doch sie verdrängte den Gedanken rasch wieder, denn er tat ihr mehr weh, als ihr lieb war. Sie trat an die Eisvitrine und begutachtete die Auslage. Was sollte sie nehmen? Welche Sorte würde am besten zu Christian passen? Welches Eis würde seine Geschmacksknospen auf die genau richtige Art und Weise ansprechen und ihr seinen Charakter preisgeben? Trüffel-Crisp, weil etwas in seinen Augen genauso sanft und zart war wie der Sahneschmelz und so herb und ungewöhnlich wie die dunkle Schokolade darin? Cognac, dessen scharfe Würze auf Christians starke Hände und sein raues Temperament hinwies? Oder Omas-Apfelkuchen-Eis, weil es ihn an seine Kindheitsbesuche bei Anna erinnerte?

Nach kurzem Zögern wählte Pauline Brownie-Eis aus, doch dann entschied sie sich spontan um. Nein, das Eis, das ihm vermutlich am besten schmecken würde, war ein anderes.

Sie nahm eine Cappuccino-Tasse aus der Kühltruhe und stellte sie auf den dazugehörigen Untersetzer. Dann schob sie die Glastür der Vitrine beiseite und formte aus einer hellen Eissorte eine ebenmäßige Kugel, die sie vorsichtig in die Tasse setzte. Mit dem Spritzbeutel garnierte sie eine winzige runde Sahnekugel von ihrer speziellen, fast ungesüßten Haselnusssahne daneben, in die sie eine einzelne Kaffeebohne aus Schokolade fallen ließ. Sie raspelte große Flocken weiße Schokolade darüber, legte einen Kaffeelöffel neben die Tasse und brachte das Eis zu Christian an den Tisch. Gespannt hielt sie die Luft an, als er zum Löffel griff und kostete.

Er ließ das Eis wirken, fast so, als würde er einen teuren Wein probieren. Dann nahm er noch einen Löffel und schloss die Augen, um sich besser konzentrieren zu können. Paulines Nerven waren zum Zerreißen gespannt. Sie wagte kaum zu atmen. Hatte sie sich für die falsche Sorte entschieden? Mochte Christian das Eis vielleicht doch nicht?

»Ich komme nicht darauf, was es ist«, sagte er nach einer gefühlten Ewigkeit und sah Pauline jetzt wieder direkt in die Augen. »Ich kenne den Geschmack, aber trotzdem kann ich ihn nicht benennen. Es schmeckt ganz milchig-cremig mit einer herben Kaffeenote. Und dann sind da noch irgendwelche Gewürze und etwas Fruchtiges zwischendrin, was man erst gar nicht erwartet. Eine Mischung aus einem Hauch Orange und einer ganz leicht würzig, süßlich-scharfen Note.«

»Soll ich es dir sagen?«, fragte Pauline.

»Nein, lass mich noch ein bisschen überlegen.«

Christian nahm einen dritten Löffel und versuchte, dem Geschmack auf den Grund zu kommen.

»Cappuccino!«, rief er schließlich, doch Pauline schüttelte lächelnd den Kopf.

»Nicht ganz, aber nah dran.«

»Okay, dann weiß ich es nicht. Sagst du mir, was das für eine Sorte ist?«

»Ich nenne sie ›Weißer Kaffee‹«, flüsterte sie verschwörerisch und beugte sich dabei zu Christian vor.

»Da war ich aber wirklich nah dran«, flüsterte er zurück und beugte sich ihr ebenso entgegen. »Und was genau ist da drin?«

»Ein Schuss Orangenblütenwasser, mit dem ich das Grundrezept verfeinert habe, in dem Espressobohnen in Milch aufgekocht werden. Und das andere Gewürz, das du herausschmeckst, ist Kardamom. Das soll die Verdauung und den Appetit anregen. In manchen Ländern ist es übrigens auch ein altbekanntes Aphrodisiakum.«

Plötzlich waren ihre Gesichter nur noch wenige Zentimeter voneinander entfernt, und Pauline konnte sich nicht entscheiden, ob sie lieber in Christians kaffeebraunen Augen versinken oder seine vollen Lippen betrachten wollte. Sie entschied sich für seine Augen und sah darin ein verheißungsvolles Glitzern. Gerade wollte sie die letzten Zentimeter zu seinen Lippen überbrücken, als er sich abrupt zurücklehnte und den Blickkontakt abbrach. Pauline richtete sich verwirrt auf. Was, zum Teufel, tat sie da?

Im selben Augenblick kam eine Gruppe lachender und scherzender Oberstufenschüler herein. Pauline sah kurz auf und war fast ein wenig enttäuscht. Sie hatte das Gefühl, dass die neuen Gäste einen ganz besonderen Moment zerstört hatten.

»Wie kommt es eigentlich, dass hier so wenig los ist?«, riss Christian sie aus ihren Gedanken. »Bei deinen Kreationen müssten die Leute hier doch Schlange stehen.«

Paulines Miene verhärtete sich. Jetzt spielte kein freundlicher Zug mehr um ihre Mundwinkel.

»Geschmäcker sind nun mal verschieden«, sagte sie knapp. »Und jetzt entschuldige mich bitte, ich muss mich um meine anderen Gäste kümmern.«

Sie wandte sich von ihm ab und setzte ihr professionelles Lächeln auf, das sie immer trug, wenn sie ihre Gäste bediente und hinter dem sie schon oft ihren Herzschmerz und ihren Kummer hatte verstecken können. Wie schaffte er es nur, ihr in einem Moment so nahe zu sein, nur um ihr dann im nächsten mit seinen schroffen Aussagen wehzutun? Spielte er absichtlich mit ihr? Pauline kam sich wie ein verliebter Teenager vor, der das eine Mal von seinem Schwarm beachtet und das andere Mal von ihm ausgelacht wurde. Da, sie hatte es gedacht! *Verliebt!*

Sie presste die Lippen aufeinander. Es war wohl besser, wenn sie sich zukünftig von Christian fernhielt, damit er ihr nicht noch das Herz brach.

15.

Christian sah Pauline überrascht nach. Einen kurzen Augenblick waren sie sich so nahe gewesen, er hätte sie fast berühren und endlich ihre vollen himbeerroten Lippen kosten können … Und dann hatte er natürlich wieder an Sophie gedacht und kalte Füße bekommen. Pauline war plötzlich auch so seltsam gewesen. Hatte er sie etwa mit dem, was er gesagt hatte, gekränkt? Er hatte doch nur nett sein und ihr ein Kompliment machen wollen, um seinen Rückzieher zu kaschieren. Und es stimmte, in ihrem Eiscafé war für diese Jahreszeit wirklich wenig los. Seufzend wandte er sich wieder seinem Kaffee-Eis zu und aß es auf. Dann packte er seine Sachen zusammen und stand auf. Im Gehen warf er Pauline noch einen kurzen Blick zu, doch sie konzentrierte sich darauf, die bestellten Eisbecher zuzubereiten.

Christian schlenderte die Straße entlang und sah sich die Auslagen der anderen Läden an. Zwischen den Geschäften befanden sich immer wieder hübsche alte Häuser mit bunten Fensterläden, die an den historischen Stadtkern erinnerten. Manche der Häuser waren mit Schnitzereien verziert, bei anderen rankte wilder Wein an den Wänden empor. Vor einem Haus, dessen Tür mit einem Blumenkranz geschmückt war, hatten sich zwei Leute zum Plaudern auf einer Bank niedergelassen. Als Christian an ihnen vorbeiging, grüßten sie freundlich, als ob sie ihn kennen würden. So viel Offenheit war er von seiner Zeit in London nicht mehr gewohnt. Dort hatten die meisten Menschen ihre Köpfe zwischen die Schultern gezogen und waren durch den Nieselregen zur nächsten U-Bahn-Station gehuscht. Hier schien das ganz anders zu sein. Obwohl er in London unter viel mehr Menschen gewesen war, hatte er sich dort wesentlich einsamer gefühlt.

Christian beschloss, an seinem freien Tag draußen im Park zu entspannen. Er betrat den mit Kies bestreuten Weg und freute sich auf ein paar Stunden Ruhe. Spaziergänger führten ihre Hunde in der Allee aus, andere waren mit der Familie zum Picknick hergekommen und hatten es sich im Gras auf karierten Decken im Halbschatten bequem gemacht. Weiter hinten sah er eine Gruppe Männer bei einer Partie Boule. In der anderen Richtung lag ein Spielplatz, auf dem einige Kinder herumtollten. Sie spielten Fangen auf dem Rasen, erklommen das Klettergerüst oder backten Sandkuchen, während die Eltern auf Bänken am Rand saßen und sich unterhielten. Wenn alles so gelaufen wäre, wie er es sich gedacht hatte, hätte er inzwischen vielleicht auch Kinder, die er aufs Klettergerüst setzen könnte. Aber alles war ganz anders gekommen, und sobald Christian darüber nachdachte, senkte sich eine dunkle Wolke über seine Erinnerungen. Hastig ging er weiter, doch seine Gedanken wanderten immer wieder zu dem Moment zurück, als er Sophie im Hydepark den Heiratsantrag gemacht hatte.

Beim romantischen Picknick hatte er den Ring in ihre Hand gelegt und sie gefragt, ob sie ihn heiraten und mit ihm ihre Zukunft verbringen wollte. Sophie nahm den Antrag glücklich an, und wenige Wochen später bekam Christian in der Firma, in der er und Sophie arbeiteten, eine Stelle als Junior Consultant angeboten. Damals schien alles perfekt zu sein. Sophie und er hätten so glücklich werden können, doch er hatte unterschätzt, wie wichtig es für sie war, Karriere zu machen. Sophie wollte nämlich unbedingt befördert werden und machte sich dafür systematisch an den stellvertretenden Geschäftsführer heran. Christian hatte das alles erst im Nachhinein verstanden, weil er damals so konzentriert darauf gewesen war, seinen Teamleiter zu beeindrucken. Seine Beförderung zum Consultant war zum Greifen nah, doch was er nicht wusste, war, dass auch Sophie auf diese Stelle scharf war. Auf der jährlichen Firmenfeier platzte dann die Bombe. Sophie erhielt die Beförderung, die Christian sich für sich selbst erhofft hatte, und löste noch am selben Tag vor allen Kollegen die Verlobung mit ihm.

Es schmerzte ihn noch immer, wenn er an diese Demütigung dachte. Christian hatte viele lange Telefonate mit seiner guten Freundin Mareike geführt, die ihn schließlich darin bestärkt hatte, in Deutschland neu anzufangen. Jetzt war er froh, dass er wieder hier war. Er seufzte tief und bog auf den Weg in Richtung See ab. Auf einer Brücke blieb er stehen und sah in das klare Wasser hinunter. Dann ging er weiter und suchte sich eine Bank unter einer dicken Eiche aus. Im Schatten war es angenehm, und Christian lauschte eine Weile dem Zwitschern der Vögel, dem Kinderlachen und den einzelnen Wortfetzen, die der Wind zu ihm herübertrug. Das Rauschen der Blätter über ihm beruhigte ihn ein wenig. Er ließ seinen Blick über den Park gleiten und sog die frische, klare Luft ein. Das war auch ganz anders als in London. Hier hatte er das Gefühl, endlich wieder frei atmen zu können. Am anderen Ende des Parks erkannte er in der Ferne über den Baumkronen einige Dächer der Stadt, die mit ihren roten Ziegeln hinter den saftig grünen Blättern hervorschauten. Dazwischen ragte ein Kirchturm wie eine spitze Nadel weit in den wolkenlosen Himmel. Das musste die Stadtkirche sein, die er vor einigen Tagen mit Anna besucht hatte. Ihm fiel ein, dass ihm seine Großmutter heute Vormittag ein Buch aus ihrem Laden ans Herz gelegt oder, genauer gesagt, gegen die Brust gedrückt hatte. Er suchte in seiner Aktentasche danach und zog es heraus. Es war eine alte verstaubte Ausgabe von *Stolz und Vorurteil*. Christian war sich sicher, dass seine Großmutter ihm dieses Buch nicht ohne Grund gegeben hatte, und er fragte sich, was sie ihm damit wohl hatte sagen wollen. Er schlug es auf und begann zu lesen.

Bald war er vollkommen in den Roman vertieft, bis ihm beim Umblättern der Seiten plötzlich ein kleiner Zettel auf den Schoß segelte. Christian sah überrascht auf das Papier und faltete es auseinander. Es war dieselbe feine Handschrift wie auf den anderen beiden Briefchen, die er gefunden hatte.

Ich kannte einmal jemanden, der war schrecklich stolz. Auf alle hat er nur herabgesehen und sich selbst für unfehlbar gehalten. Er hatte stets nur Spott für jeden übrig und sich nie Gedanken darüber gemacht, was andere über ihn dachten oder ob er sie mit seinen Worten verletzte. Er hat mich kaum beachtet, mich nicht einmal *eines Blickes gewürdigt, und seine Eitelkeit war wie Gift in seinem Herzen. Ich wüsste zu gerne, ob er diese überhebliche Art eines Tages abgelegt hat, aber unsere Wege trennten sich, bevor ich es herausfinden konnte …*

Christian sah auf. Diese Schrift hatte er heute doch schon einmal gesehen! Er holte seinen Geldbeutel heraus und zog die Treuekarte, die ihm Pauline vorhin auf den Tisch geknallt hatte, aus einem der Kartenfächer hervor. Nun bestand kein Zweifel mehr, Pauline musste diese Briefchen geschrieben haben.

Christians Gedanken überschlugen sich. Es war seltsam, aber diese geheimnisvolle persönliche Botschaft, die er gerade gefunden hatte, berührte ihn tief. Zum ersten Mal hatte er das Gefühl, dass jemand direkt in seine Seele geblickt hatte. In London hatten ihn alle immer nur mit einer distanzierten Freundlichkeit behandelt, es hatte sie nicht interessiert, wie er sich in Wahrheit fühlte. Zugegeben, er hatte es auch stets zu verbergen gewusst, da er niemandem zeigen wollte, wie früh er hatte lernen müssen, Verantwortung für sich und seine Mutter zu übernehmen. Nicht einmal Sophie ahnte, wie es an manchen Tagen wirklich in ihm aussah, und Pauline hatte sicher auch das Bild vom toughen Geschäftsmann vor Augen, wenn sie an ihn dachte.

Aber diese Zeilen … Es war, als ob sie wie durch einen glasklaren See mitten auf den Grund seiner Seele geblickt hätte, und die Botschaft hier in dem Buch traf ihn besonders hart, als ob Pauline sie speziell für ihn geschrieben hätte. Hatte sie beim Schreiben vielleicht wirklich an ihn gedacht?

Christian sah noch einmal auf die geschwungene Handschrift und fühlte sich in diesem Moment auf eine ganz eigenartige Weise mit Pauline verbunden. Plötzlich verspürte er das dringende Bedürfnis, mit ihr darüber zu sprechen. Er musste das richtigstellen, schließlich war er doch eigentlich gar nicht so überheblich, sondern hatte nur Angst davor, wieder verletzt zu werden. Und ging es ihr, die diese Briefchen schrieb, nicht genauso? Doch wie sollte er das anstellen? Er konnte schließlich schlecht einfach zu ihr gehen und ihr sagen, dass er ihre Nachrichten gefunden und sie als Urheberin enttarnt hatte. Nein, das war zu direkt und wurde diesen schönen Botschaften auch gar nicht gerecht. Aber wie wäre es, wenn er in Annas Antiquitätengeschäft ebenfalls einen Brief für sie versteckte? Ja, das war die Idee! Allerdings musste er sicherstellen, dass Pauline ihn auch fand. Bestimmt sah sie ab und zu nach, ob ihre Briefchen noch in ihren Verstecken lagen oder von jemandem gefunden worden waren. Wenn er also seine Antwort einfach auf die Rückseite schreiben würde, bestand zumindest eine kleine Chance, dass Pauline sie lesen würde.

Zögernd holte Christian einen Kugelschreiber aus seiner Aktentasche und drehte das Papier um. Mit den Fingerspitzen fuhr er über das Blatt, das auch Pauline berührt haben musste, spannte den leicht zerknitterten Brief zwischen Daumen und Zeigefinger und begann zu schreiben. Er überlegte sich jeden Satz sorgfältig, bis er ihn richtig formuliert hatte und schließlich zu Papier brachte. Als er fertig war, las er noch einmal seine Zeilen. Er war zufrieden. Jetzt fehlte nur noch eine Unterschrift, doch wie sollte er sich nennen? Christian? C.? Nein, er brauchte etwas, was nicht ganz so offensichtlich war, aber doch ein bisschen mit ihm in Verbindung stand. Nachdenklich drückte er sich seinen Kugelschreiber ans Kinn. Dann fiel ihm etwas ein, und mit einem amüsierten Lächeln unterschrieb er.

16.

Die Sonne stand noch recht tief über der Stadt und suchte sich einen Weg an den Häuserfassaden entlang in die Straßen, die sie mit ihrem goldenen Licht flutete. Die meisten Fensterläden der Fachwerkhäuser waren bereits geöffnet, und in den Straßen erwachte nach und nach das Leben. Christian genoss den Blick aus Oskars Büro. Auf dem Marktplatz um den Brunnen hatten die Händler ihre Obst- und Gemüsestände aufgebaut, und am Rand der Stadt konnte man sogar den Park sehen, der ringsum von einer Allee gesäumt war. Mittendrin lag der See, der im morgendlichen Sonnenlicht wie ein Spiegel aussah. Ungefähr an der Stelle, an der die Kirchturmspitze über den roten Ziegeldächern der Innenstadt zu erkennen war, mussten sich am Rand des Parks Annas und Paulines Läden befinden.

Christian konnte sich nicht vorstellen, wie das Einkaufscenter, das Oskar plante, hier hineinpassen sollte. Er versuchte sich auszumalen, wie inmitten dieser kleinen Altbauhäuser, direkt neben dem Park, ein mehrstöckiges Gebäude emporragte und das Stadtbild dominierte. Oskar hatte das Center zwar nicht so hoch geplant wie seinen eigenen Büroturm, aber vermutlich würde es in das Stadtbild passen wie ein gestrandeter Wal zum Badeufer. Christian mochte solche schlichten gläsernen Gebäude eigentlich sehr, aber hier in die fränkische Kleinstadt mit den hübschen Gässchen passte so ein Bau nicht. Noch unerträglicher fand er allerdings den Gedanken, dass der Park möglicherweise einem Parkplatz weichen sollte. Seiner Meinung nach brauchte jede Stadt Grünflächen und Rückzugsorte, damit die Menschen dort durchatmen konnten.

»Guten Morgen, Christian. Schön, dich zu sehen.« Oskar betrat sein Büro und schloss die Tür hinter sich. »Entschuldige, dass du warten musstest, ich hatte eben noch ein Telefonat mit dem Stadtrat. Dort war man übrigens sehr angetan von dem Gutachten, das du für den Bau des Centers eingeholt hast. Insgesamt läuft also alles nach Plan. Allerdings wäre es gut, wenn du auch den Bürgern hier erklären könntest, was für Vorteile ihnen ein Center bringt. Dr. Wieland hat nämlich ein Bürgerbeteiligungsverfahren angekündigt, bei dem die Stadtbewohner genau über den geplanten Bau informiert werden und später abstimmen, ob es überhaupt gebaut wird.«

»Nach aktuellem Stand sehe ich da keine Schwierigkeiten«, sagte Christian. »Es spricht vieles für das Center. Wir könnten alle Informationen zu unserem Vorhaben auf einer Homepage zugänglich machen, sodass die Bürger ganz genau wissen, wie die einzelnen Schritte aussehen und was wir planen.«

»Sehr schön.« Oskar war zufrieden. »Und wie kommst du mit unserem Familienprojekt voran?«

Christian atmete durch. »Ehrlich gesagt wollte ich genau darüber mit dir sprechen, Oskar.«

»Nur zu.«

»Anna hatte doch den Wasserschaden, von dem ich dir erzählt habe. Ich habe ihr unter dem Vorwand, ihren Laden zu renovieren, geholfen, die Antiquitäten auszuräumen.«

»Ein cleverer Schachzug«, sagte sein Onkel anerkennend. »Ich wusste doch, dass ich mich auf dich verlassen kann. Das Rohr kaputt zu machen, war wirklich genial.«

»Aber das ist doch von selbst gerissen!«, widersprach Christian. »Zu solchen Methoden würde ich niemals greifen. Wie dem auch sei, inzwischen glaube ich, dass es nicht gut ist, Anna aus ihrem Laden zu werfen.«

»Wieso?« Die Wendung, die das Gespräch nahm, schien Oskar gar nicht zu gefallen. Er richtete sich auf. »Hast du mit ihr darüber gesprochen?«

»Nein, noch nicht. Das Geschäft läuft tatsächlich nicht so gut, wie es könnte, aber Anna liebt ihren Beruf, und ich habe den Eindruck, dass sie eine Aufgabe im Leben braucht.«

»Dann soll sie Tomaten züchten oder Kinder hüten oder einen Strickkurs anbieten«, entfuhr es seinem Onkel. »Sofern sie das gesundheitlich schafft«, setzte er dann wesentlich sanfter hinzu.

»Auf mich macht sie gar keinen so gebrechlichen Eindruck. Im Gegenteil, sie wirkt für ihr Alter eigentlich noch ziemlich … rüstig.«

»Ach, Christian, lass dich nicht täuschen. Anna würde vor dir mit Sicherheit nicht zugeben, dass sie nicht mehr so kann wie früher. Bestimmt ist ihr das unangenehm.«

»Aber ich bin wirklich nicht mehr sicher, ob das gut ist, was wir da machen. Anna hängt an ihrem Laden. Sie lebt für das Antiquitätengeschäft. Ich finde, wir sollten ihr das nicht wegnehmen.«

»Das sind Sentimentalitäten, Christian!«, fuhr Oskar auf. »Mit diesem Gerümpel schreibt sie seit Jahren nur noch rote Zahlen. So treibt sie sich selbst in den Ruin und wirft die wenigen Rücklagen, die sie noch hat, mit vollen Händen zum Fenster raus.«

Christian schwieg. Er fand die rücksichtslose Vorgehensweise seines Onkels falsch, doch er war sich nicht sicher, wie er ihm das klarmachen sollte. Seufzend blätterte er die Unterlagen für das Bauprojekt durch, die zwischen ihnen auf dem Glasschreibtisch lagen.

»Was ist mit den anderen Läden?«, fragte er schließlich. »Bist du da vorangekommen?«

Oskar wiegte den Kopf hin und her. »Die Inhaberin der Gärtnerei Sommergrün ist noch etwas zurückhaltend, aber ich denke mit der richtigen Summe ist es nur noch eine Frage der Zeit, bis sie einem Verkauf zustimmen wird. Im Moment bereitet mir diese Eisdiele mehr Kopfzerbrechen.«

»Wieso?« Christian sah überrascht auf.

»Der Hausbesitzer ist grundsätzlich an einem Verkauf interessiert. Gelegentlich kommt es nämlich zu Zahlungsverzögerungen bei der Miete. Ich hatte ihn sogar fast so weit, dass er den Vertrag zum Verkauf unterschrieben hätte, nur hat dummerweise diese Pauline Brahms dann doch noch ihre Miete auftreiben können. Der Himmel weiß, wie sie das gemacht hat.«

Christian zuckte bei Paulines Namen wie unter einem Stromschlag zusammen. Ohne dass er wusste, warum, traf ihn der Bericht über sie und ihre Situation mehr, als er angenommen hätte. Natürlich, der Bau des Centers betraf sie ja auch.

»Wie ich gehört habe, soll sie auch noch einen Bankkredit

bedienen müssen. Deshalb ist es mir noch unerklärlicher, wie sie das Geld zusammenbekommen hat.«

»Einen Bankkredit?«, erkundigte sich Christian vorsichtig.

»Ja, keine Ahnung, worum es da genau geht. Ich glaube, es handelt sich um irgendeine ältere Bürgschaft oder etwas in der Art. Die Dame in der Bankfiliale war leider nicht sehr gesprächsbereit, wenn du verstehst, was ich meine.« Oskar zeigte ein breites Grinsen.

Christian verstand durchaus. Die Art, wie sein Onkel Geschäfte machte, war auch etwas, was ihn beunruhigte. Zugegeben, Oskar bekam häufig, was er sich in den Kopf gesetzt hatte, aber auf welche Weise er zu seinem Ziel gelangte, fand Christian oftmals mehr als zweifelhaft. Für ihn stand fest, dass er seine Geschäftsbeziehungen anders pflegen und seine Abschlüsse auf anderem Weg erreichen wollte, so wie er es sonst auch immer gehalten hatte.

»Vielleicht kann man ja doch die Unterlagen einsehen und herausfinden, worum es da genau geht. Dann hätten wir etwas gegen diese Brahms in der Hand.«

»Oskar, ich finde, du gehst zu weit«, widersprach Christian heftiger als beabsichtigt. »Meinetwegen können wir noch mal mit dem Hausbesitzer sprechen, aber das Ganze in einer rechtlichen Grauzone auf irgendeinem Weg zu ergaunern, halte ich nicht für richtig.« Zumal sich auch seit seinem Besuch im Eishimmel etwas in ihm sträubte, Pauline das Eiscafé wegzunehmen. Er dachte einen Augenblick an das Glitzern in ihren Augen, als sie versucht hatte, ihn von ihrem Eis zu überzeugen. Und mit einem leisen Lächeln musste er zugeben, dass sie es tatsächlich auch geschafft hatte.

»Sei doch nicht so sentimental.« Oskar lächelte amüsiert.

»Was bringt es, wenn wir hier aufgeben? Dann übernimmt ein anderes Architekturbüro unseren Job.«

»Ich finde es nur einfach nicht in Ordnung, dass du mindestens zwei Existenzen zerstörst«, widersprach Christian. »Und bei Anna geht es immerhin um deine Mutter.«

»Mein Gott, Christian, dann soll sie ihren Krimskrams eben im Center verkaufen, solange sie es noch kann. Da hat sie wenigstens eine Klimaanlage.«

Christian schwieg einen Moment lang und dachte über die Worte seines Onkels nach. »So schlecht finde ich die Idee gar nicht«, sagte er nach einer Weile. »Anna könnte für die paar Jahre, in denen sie noch ein bisschen arbeiten möchte, einen Laden im Center beziehen.«

»Du hast recht.« In Oskars Augen blitzte einen winzigen Moment lang etwas auf. »Dadurch hätte sie weiterhin den Kontakt zu ihren Stammkunden und gewinnt sicherlich auch noch ein paar neue dazu. Das würde ihr bestimmt gefallen. Ich werde sehen, dass ich ihr ein gutes Geschäft dort anbieten kann. Erdgeschoss, beste Lage, Laufkundschaft …«

»Sofern sie sich das alles überhaupt vorstellen kann«, schränkte Christian ein.

»Könntest du das denn vorsichtig bei Anna in Erfahrung bringen? Vielleicht ist das ja auch gar nichts für sie, und wir planen da etwas, was sie überhaupt nicht will.«

»Ich werde mit ihr sprechen«, sagte Christian. Er überlegte, ob es machbar war, vielleicht auch Pauline ein Café im Center zu ermöglichen, allerdings musste er sich nach kurzem Nachdenken eingestehen, dass er sich weder Annas altmodische Möbel noch Paulines charmantes Eiscafé in dem nüchternen Stahl- und Glaskomplex vorstellen konnte.

17.

»Bitte, es ist wirklich wichtig, Oskar, sonst würde ich dich nicht fragen«, hörte Christian seine Großmutter gerade sagen, als er wieder aus dem Keller kam. Er warf einen kurzen Blick in den Nachbarraum, in dem Anna hinter ihrem großen Schreibtisch saß und telefonierte. »Ich weiß, aber ich brauche das Geld jetzt zurück … Oder wenigstens einen Teil der Summe, die ich dir damals überwiesen habe. Die Versicherungen lassen sich wirklich ewig Zeit mit der Prüfung des Wasserschadens …«

Christian war es unangenehm zu lauschen, deshalb entschloss er sich dazu, einen Schaukelstuhl, den Anna nicht mehr im Laden haben wollte, in den Keller zu tragen. Um welches Geld es da wohl ging? Er konnte sich keinen Reim darauf machen. Als er bald darauf wieder nach oben kam, beendete Anna gerade das Telefonat. Sie klang nicht so, als ob sie erfolgreich gewesen wäre. Christian schlenderte durch den Verkaufsraum nebenan, denn er wollte ihr noch ein bisschen Zeit für sich lassen. Sie sollte nicht das Gefühl haben, dass er gelauscht hatte. Nachdenklich sah er sich um. Vielleicht fand er ja noch einen von Paulines Briefchen. Aber leider hatte er heute weniger Glück, und seine Suche blieb erfolglos.

Nachdem etwas Zeit verstrichen war, ging er zu Anna in

den Nachbarraum. Auch dort hielt er sich erst einmal etwas zurück und untersuchte die Antiquitäten. Seine Großmutter ließ sich jedoch nichts von ihrem Telefonat anmerken. Stattdessen räumte sie eifrig einige Vasen beiseite. Christian überlegte, ob er sie darauf ansprechen sollte, entschied sich dann aber dagegen.

»Christian, fass mal mit an!«, sagte Anna, die jetzt gerade dabei war, eine Jugendstilkommode von der Wand abzurücken.

Er sah von einem Spinnrad auf, das er gerade begutachtet hatte, und war ein bisschen enttäuscht, weil er auch dort keine Nachricht von Pauline gefunden hatte, obwohl er sich ganz sicher gewesen war, dass er sie vor ein paar Tagen hier in diesem Bereich des Ladens gesehen hatte.

»Ja klar.« Christian kam seiner Großmutter zu Hilfe. Noch immer hatte er es nicht übers Herz gebracht, Anna zu erzählen, dass er vorhatte, an der Stelle ihres Ladens ein Einkaufscenter zu bauen. Stattdessen hatte er sein schlechtes Gewissen damit beruhigt, sie bei der Neugestaltung des Antiquitätengeschäfts zu unterstützen. »Ist das die letzte Wand, die noch keine neue Tapete hat?«

»Ja, dann sind wir durch.« Anna stemmte die Hände in die Hüften und sah sich in dem renovierten Raum um. »Vielleicht war der Wasserschaden gar nicht so schlecht«, meinte sie nachdenklich. »So bin ich wenigstens mal dazu gekommen, alles abzustauben und neu zu machen. Von alleine hätte ich den ersten Schritt sicherlich nicht gewagt.«

Auch Christian musste zugeben, dass die Entrümpelung dem Laden wirklich gutgetan hatte. Die Wände hier zierte nun eine dunkelbraune Tapete, die mit Goldfäden durchwirkt war und dem Raum dadurch eine stilvolle Eleganz verlieh. Der Dielenboden war abgeschliffen und gewachst, die Teppiche gereinigt und ein Großteil der Möbel im Keller gelagert worden, sodass jetzt alles viel luftiger und heller wirkte.

»Soll ich die ersten Bilder schon mal an die Wand hängen?«, bot Christian an.

»Ja, das wäre nett. Wenn ich oben auf der Leiter stehe und mit beiden Händen ein Bild halte, wird mir ganz schwindlig. Das ist nichts mehr für mich.«

Christian lächelte, denn er konnte gut verstehen, dass seine Großmutter das anstrengte, sie war schließlich wirklich nicht mehr die Jüngste. Er stellte die Leiter an die richtige Position und wartete, dass Anna entschied, welches Bild sie als Erstes aufhängen wollte.

»Die Portraits sollen hier ihren Platz haben«, beschloss sie. »Ich habe heute Morgen auch schon all ihre Rahmen abgestaubt und die Gläser geputzt. Das war fast ein bisschen, als ob ich einer Kinderschar Hals und Ohren wasche.«

»Gab es denn auch wasserscheue?«, fragte Christian amüsiert.

Anna nickte. »Diesen Otto hättest du mal sehen sollen.« Sie reichte Christian ein Bild von Otto von Bismarck. »Und was der für dreckige Ohren hatte!« Anna zwinkerte ihrem Enkel zu.

Christian wurde eigenartig warm ums Herz. Er konnte sich gut vorstellen, wie Anna heute früh bei ihrem Großputz mit ihren Portraits gesprochen hatte. Er schlug einen Nagel in die Wand, nahm dann das Bild entgegen und tastete am Rahmen entlang, um die Öse zum Aufhängen zu finden.

Die Rückseite fühlte sich glatt an, und seine Finger spürten nur die Klammern, die die Rückwandpappe hielten. Ein wenig hatte er gehofft, vielleicht hier eine Botschaft von Pauline zu finden, aber da war nichts. Etwas enttäuscht hängte er das Gemälde an den Nagel und nahm das nächste entgegen. Auch bei diesem ertappte er sich dabei, wie er einmal den kompletten Rahmen abtastete. Nichts.

»Ah«, sagte Anna, als sie das Portrait einer jungen Frau aufhob. »Das ist eine Kopie aus der Schönheitengalerie Ludwigs I. von Schloss Nymphenburg. Diese junge Dame hier ist Lola Montez, eine irische Tänzerin. Mit richtigem Namen heißt sie Elizabeth Rosanna Gilbert. Wusstest du, dass sie die Geliebte von Ludwig I. war? Er hat den Maler Joseph Karl Stieler mehrmals darum bitten müssen, sie zu malen. Man sagt übrigens von ihr, dass sie letzten Endes auch der Grund war, warum Ludwig I. schließlich abgedankt hat.«

»Du weißt sehr viel über deine Schätze hier«, stellte Christian fest.

»Na, hör mal, ich will die Sachen ja auch verkaufen. Da muss ich schon eine gute Geschichte parat haben. Sinnlosen Trödel können die Leute auf jedem Flohmarkt erwerben, wo einem die Händler bestenfalls erzählen können, dass das gute Stück über der Wäschekommode ihrer Urgroßmutter gehangen hat.«

Christian nahm das Bild entgegen und betrachtete die Frau in schwarzem Samt andächtig, dann drehte er das Gemälde um und sah sich die Rückseite genauer an. Es konnte doch nicht sein, dass Pauline zu einer solchen Persönlichkeit nichts zu sagen hatte.

»Was machst du denn da?«, fragte Anna überrascht. »Das ist

ein Portrait, keine echte Frau. Du wirst die Schönheit ihres Rückens nicht auf der Rückseite dieser Leinwand finden.«

»Schon gut«, entgegnete er und fühlte sich ertappt. »So weit habe ich schon verstanden, wie ein Bild funktioniert.«

»Na dann, rauf mit ihr!«

Christian hängte Lola Montez an den nächsten freien Nagel. Auch bei den anderen Bildern hatte er kein Glück. Nirgendwo war ein Briefchen von Pauline. Enttäuscht stieg er die Leiter wieder hinunter und sah zu den Portraits hinauf.

»Das sieht doch fabelhaft aus«, freute sich Anna und betrachtete ihr gemeinsames Werk.

»Ja, absolut.« Christian lehnte sich gegen ein Klavier, wobei er sofort wieder damit beschäftigt war, das Musikinstrument mit den Augen nach einem Stück Papier abzusuchen.

»Sag mal, was ist denn los mit dir? Du bist heute so seltsam. Ist alles in Ordnung? Ist es wegen Sophie?«

»Nein, daran liegt es nicht«, gab Christian zögernd zu, und wie er erstaunt feststellte, hatte er es tatsächlich geschafft, länger als vierundzwanzig Stunden nicht an Sophie zu denken. Eigentlich hätte ihn das aufmuntern sollen, aber stattdessen ließ er sich bedrückt auf dem Klavierhocker nieder. Seine Großmutter hatte schon immer ein Gespür dafür gehabt, wenn ihm etwas auf dem Herzen lag. »Es ist wegen Pauline«, begann er schließlich.

Anna setzte sich ihm gegenüber in einen cognacfarbenen Schalensitz mit Lederbezug und wartete geduldig.

»Ich habe gehört, dass sie verschuldet ist.«

Anna sah Christian überrascht an. »Hat sie dir das erzählt?«, fragte sie mit rauer Stimme.

»Nein. Ich habe es nur zufällig mitbekommen.«

»Hm.« Sie schob mit dem Zeigefinger ihre Brille ein Stück höher. »Und weiter?«, hakte sie nach, als von Christian nichts mehr kam.

»Ach, ich weiß auch nicht.« Christian stand auf, sortierte die Noten auf dem Klavierdeckel und setzte sich gleich darauf mit einem noch frustrierteren Gesichtsausdruck wieder hin. Er warf seiner Großmutter einen Seitenblick zu, und sie musste sich sehr offensichtlich ein Schmunzeln verkneifen. »Ich … Es ist nur …« Er seufzte. »Wie kann es sein, dass sie verschuldet ist? Sie hat auf mich im Keller einen so rationalen und besonnenen Eindruck gemacht – wenn sie mal nicht gerade ihre Schlagfertigkeit unter Beweis stellt. Ich kann mir bei ihr einfach nicht vorstellen, dass sie derart unüberlegt investiert hat. Und ihr Eis ist wirklich umwerfend. Das Café müsste eigentlich völlig überlaufen sein. Wieso sind die Tische bei ihr leer, obwohl die Sonne scheint?«

»Christian, manchmal kann man nichts dafür, dass die Dinge nicht so sind, wie man sie gerne hätte«, begann Anna sanft. »Pauline hat nicht falsch spekuliert oder eine Fehlinvestition gemacht.«

Christian hob überrascht den Blick. »Du weißt, warum sie Geldsorgen hat?«

Anna nickte. »Sie hat es mir mal erzählt.«

»Meinst du, du darfst es mir sagen?«, fragte er leise. »Es würde mich wirklich interessieren. Ich finde, sie hat es verdient, Erfolg zu haben und mit ihrem Café solide dazustehen. Sie macht ihre Sache wirklich gut.«

Anna lächelte ihren Enkel warm an. »Pauline lebt für das, was sie tut, das ist dir ja schon aufgefallen, und an sich würde sie mit dem Geld, das sie einnimmt, gut über die Runden kommen. Natürlich fehlen ihr momentan die Einnahmen, die die neue Eisdiele in der Fußgängerzone erwirtschaftet, aber ich bin mir sicher, dass die Kunden schon sehr bald den Unterschied in der Qualität schmecken werden. Es ist also nur eine Frage der Zeit, bis Pauline wieder mehr Gäste hat. Das Problem ist nur, dass sie jetzt einen langen Atem braucht – und den hat sie nicht.«

»Warum?«, fragte Christian besorgt.

Seine Großmutter wollte gerade mit ihrer Erzählung fortfahren, als ein Paar den Antiquitätenladen betrat. Sie stand auf und ging ihrer Kundschaft entgegen.

»Guten Tag, Frau Bergmann«, sagte die Frau und reichte Anna die Hand. »Wie geht es Ihnen?«

»Ich kann nicht klagen«, erwiderte Anna, die gleich darauf auch dem Mann die Hand schüttelte. »Und Ihnen? Wie gefällt es Ihrer Nichte in Amerika?«

»Wunderbar!«, antwortete der Mann strahlend. »Sie hat uns schon mehrere Mails mit Fotos geschickt.«

Christian verfolgte das Gespräch nur mit halbem Ohr. Anna musste das Paar gut kennen, denn die drei unterhielten sich sehr vertraut. Er schloss daraus, dass die beiden öfter hier im Laden waren.

»Wie Sie sehen, renoviere ich gerade ein bisschen, aber lassen Sie sich davon nicht stören. Schauen Sie sich in aller Ruhe um.«

»Ehrlich gesagt wissen wir schon, was wir wollen«, sagte der Mann. »Sie haben im Schaufenster so einen schönen Granatschmuck liegen. Dürfen wir uns den einmal genauer ansehen?«

»Selbstverständlich.« Anna ging zum Schaufenster, holte

die Büste, die den Schmuck trug, aus dem Fenster und stellte sie auf den antiken Schreibtisch. Sie tauschte ihre Gleitsichtbrille gegen die Lesebrille aus und reichte der Frau die Kette. »Das Collier ist den Diamantsternen aus der Steckfrisur von Kaiserin Sissi nachempfunden. Sie können es sich gerne einmal umlegen.« Sie rückte den Standspiegel auf dem Schreibtisch zurecht.

Das tat die Frau, und sie bewunderte begeistert das Schmuckstück im Spiegel.

»Der Rosenschliff der passenden Ohrringe ist übrigens ein Markenzeichen der Edelsteinschleifer aus Böhmen.«

»Wunderschön«, sagte der Mann anerkennend. »Gefallen sie dir, Liebling?«

»Oh ja, und wie!«

»Gut, dann nehmen wir sie.«

Christian beobachtete, wie seine Großmutter sorgsam die Fäden durchschnitt, an denen die von Hand beschrifteten Preisschilder hingen, und das Collier und die Ohrringe in eine wattierte Schachtel mit Samtbezug legte. Sie band eine Schleife darum, steckte die Schmuckschachtel in einen Stoffbeutel und reichte sie über den Schreibtisch. Dann rechnete sie auf einem Block per Hand den Preis zusammen und nahm von dem Mann das Geld entgegen. Anna bedankte sich, legte das Geld in eine Holzkiste in der Schreibtischschublade und brachte ihre Kunden zur Tür.

»Bis bald, und grüßen Sie Ihre Nichte«, sagte Anna und schloss die Tür hinter dem Paar.

Christian kamen auf einmal neue Zweifel an den Plänen seines Onkels. Passte ein anonymes Einkaufscenter wirklich hierher? Natürlich, man könnte sich auch dort in den diversen Läden noch treffen oder in einem Café zusammensitzen, aber der warmherzige Kundenkontakt und die Atmosphäre der einzelnen kleinen Geschäfte würden durch ein solches Center verloren gehen.

»Ist alles in Ordnung, mein Junge?«, fragte Anna.

»Ja, alles okay.« Christian lächelte matt. »Ich habe nur gerade noch einmal über Paulines Situation nachgedacht. Du sagtest vorhin, dass sie einen langen Atem braucht und dass das schwierig für sie wird.«

Seine Großmutter nickte. »Leider. Vor einigen Jahren, als Pauline den Eishimmel gerade erst eröffnet hatte, hat ihr damaliger Freund sie übers Ohr gehauen. Er war ein ziemlicher Windhund, und irgendwann hat er sich dafür entschieden, dass er ein Autohaus eröffnen will. Dafür hat er natürlich Geld gebraucht. Pauline war damals so dumm, für ihn eine Bürgschaft zu übernehmen. Sie hat die Einrichtung ihres Eishimmels, die ganzen teuren Maschinen ihres Eislabors und ihre kleine Eigentumswohnung als Sicherheit eingesetzt, weil sie diesem Pascal vertraut hat. Aber natürlich ging das Autohaus pleite und die Beziehung zwischen den beiden auseinander. Pascal hat damals bei den Verträgen so getrickst, dass ausschließlich Pauline als Bürgin haftbar gemacht werden kann. Und jetzt sitzt sie auf einem Berg von Schulden und einem Kredit, den sie nicht mal für sich selbst aufgenommen hat.«

»So ein Mistkerl!«, murmelte Christian.

Anna zuckte traurig mit den Schultern. »So ist das leider manchmal.«

»Kann man denn gar nichts machen?«

»Was den Kredit und die Schulden angeht, nicht. Da ist

leider alles wasserdicht. Eins muss man diesem Pascal lassen: Das, was er da eingefädelt hat, hat wirklich Hand und Fuß.«

»Und jetzt leidet Pauline unter der Situation, nur weil sie in der Vergangenheit einen Fehler gemacht hat«, folgerte Christian.

Seine Großmutter nickte. »Aber ich wüsste nicht, wie man ihr helfen könnte.«

»Vielleicht kann ich mal einen Blick in ihre Buchhaltung werfen und schauen, ob sie irgendwo etwas einsparen kann«, überlegte er. »Oder ob es sonst irgendeine Möglichkeit gibt, sie finanziell ein wenig zu entlasten.«

»Das ist lieb von dir, aber ich glaube nicht, dass Pauline sich helfen lässt, nachdem sie schon einmal so eine schlechte Erfahrung gemacht hat.«

»Stimmt auch wieder.« Christian seufzte nachdenklich. »Außerdem, so, wie ich sie bisher kennengelernt habe, lässt sie sich grundsätzlich nur ungern etwas sagen, und von mir schon gar nicht.«

»Da hast du recht.« Anna lächelte versonnen. »Versprechen kann ich nichts, aber wenn du willst, kann ich trotzdem versuchen, für dich ein gutes Wort bei ihr einzulegen. Vielleicht lässt sich da ja doch etwas machen.«

18.

Pauline hatte sich den Nachmittag freigenommen, um einige Besorgungen in der Stadt zu erledigen. Sie war gerade auf dem Rückweg durch die belebte Fußgängerzone, als die neue Filiale von Frozen & Friends in Sichtweite kam. Nahezu alle Tische im Außenbereich waren besetzt, und als sie durch das große Fenster einen Blick ins Innere warf, konnte sie sehen, dass auch dort kaum noch ein freier Platz zu finden war. Pauline wurde das Herz schwer. Was würde sie dafür geben, wenn es endlich auch bei ihr wieder mehr Gäste gäbe. Wenn sich nicht bald etwas änderte, würde sie den Eishimmel schließen müssen. Aber so schnell wollte sie nicht aufgeben. Zuerst einmal wollte sie herausfinden, womit sie es überhaupt zu tun hatte. Vielleicht tat sie der Frozen-&-Friends-Filiale ja unrecht, und das Sortiment war inzwischen wirklich so gut, dass alle lieber dort ihr Eis aßen.

Pauline straffte die Schultern und reihte sich am Ende der Schlange ein, um ein Eis zum Mitnehmen zu bestellen. Ein Straßenverkauf war auch so etwas, was ihr fehlte. Schon lange wünschte sie sich ein offenes Schaufenster für die Laufkundschaft. Sie träumte von einer hellgrünen Markise mit Schriftzug und von einer langen Schlange an Kunden, die es kaum erwarten konnten, ihre Eiskreationen zu probieren. Und dann war da ja noch die Idee mit dem Eiswagen …

Als sie jetzt dicht genug an der Vitrine stand, ließ sie einen prüfenden Blick über die Auslage schweifen. Es wurde das übliche Sortiment angeboten, die einzigen beiden ausgefallenen Sorten, die sie entdeckte, waren Schoko-Cookie und Schlumpf-Eis, doch schon die grelle Farbe schreckte sie ab. Dass die meisten Sorten noch den Hinweis »Geschmack« im Namen trugen, war für sie ein klares Indiz dafür, dass die Frozen-&-Friends-Filialen an Zutaten sparten. Pauline war das unbegreiflich. Wie konnte man die herrlich aromatische und einzigartige Note echter Bourbonvanille gegen einen zusammengepanschten Aromazusatz eintauschen?

Vorsichtig drehte sie sich wieder zu den Gästen im Außenbereich um und beobachtete sie verstohlen. Merkten sie wirklich nicht, wie schlecht die Qualität hier war? Wenn das tatsächlich so war, konnte sie ihr Café schließen.

»Und was bekommen Sie?«, fragte die Verkäuferin.

»Eine Kugel Himbeereis«, sagte Pauline. »Also, ich meine *Himbeergeschmack*.«

Die Verkäuferin sah sie irritiert an.

»Da drüben.« Pauline deutete auf eine Schale mit dem leuchtend rosafarbenen Eis.

Die Verkäuferin griff zu einem mit Früchten bedruckten Pappbecher.

»Nein, in der Waffel bitte«, sagte Pauline schnell, auch wenn sie vermutete, dass die Waffel genauso schmecken würde wie die Pappe. An die selbst gebackenen Hörnchen von Florence reichte sowieso nur schwer etwas heran. Sie sah der Verkäuferin dabei zu, wie sie sich abmühte, mit dem Eisportionierer eine halbwegs gleichmäßige Kugel zu formen. Am liebsten hätte Pauline ihr den Portionierer aus der Hand genommen und es selbst gemacht. Dabei war das Eis schon weich wie Pudding. Vermutlich gelang es ihr deshalb nicht, ging es Pauline durch den Kopf. Wie sollte man in so ein Eis eine Form bekommen, das einem ja schon davonlief, wenn man es nur anschaute?

»Das macht dann einen Euro, bitte.«

Pauline zahlte und nahm ihre Portion entgegen. Dann ging sie einige Schritte weiter und probierte vorsichtig.

»Bah, igitt!«, entfuhr es ihr gleich darauf. Das Eis war viel zu süß und schmeckte nur nach billigem Himbeeraroma. Pauline testete die Konsistenz mit der Zungenspitze an ihrem Gaumen und verzog das Gesicht. Es hatte sich ein ekliger Fettfilm dort gebildet. »Emulgatoren«, murmelte sie angewidert. Auch die Waffel war eine Enttäuschung, sie schmeckte tatsächlich wie Pappe.

»Da gehe ich lieber mit wehenden Fahnen unter, als so etwas Grauenhaftes zu produzieren«, murmelte sie und warf das Eis samt Waffelhörnchen in den nächsten Mülleimer.

Nach diesem Schock musste sie sich erst einmal bei Anna trösten. Sie wollte bei ihr einen Moment Ruhe finden, bevor sie in den Eishimmel zurückkehrte, um dort wenigstens alles zu tun, was in ihrer Macht stand, um die Würde der Eismacher zu retten.

»Hallo, Pauline«, grüßte Anna sie, als sie die schwere Glastür öffnete. »Na, wie geht es dir?«

»Hallo, Anna.« Pauline lächelte matt. »Ehrlich gesagt, nicht so gut. Ich war gerade in der neuen Frozen-&-Friends-Filiale. Denen rennen sie dort fast die Bude ein.«

Die ältere Dame sah Pauline mitfühlend an. »Das tut mir wirklich leid. Dieses Zeug kann man doch nicht essen.«

»Ja, das habe ich auch gemerkt!«, stimmte Pauline zu. Sie setzte sich in ihren Lieblingssessel und ließ die Schultern hängen.

»Pauline, Liebes, mach dir nichts draus. Dein Eis ist um Längen besser, und das wissen die Kunden.«

»Aber das hilft mir nicht, wenn sie trotzdem bei Frozen & Friends kaufen. Dank denen und Pascal werde ich vermutlich mein Café verlieren, wenn das so weitergeht.« Sie schluckte und schaute betreten zu Boden. »Und weißt du, was das Schlimmste ist? Dass ich diesen Idioten manchmal tatsächlich auch noch vermisse. An manchen Tagen denke ich mir, dass es doch alles gar nicht so verkehrt war mit ihm, dass er ja auch seine guten Seiten hatte und für mich da war.«

Anna setzte sich ihr gegenüber. »Trauerst du wirklich Pascal nach oder eher dem Gefühl des Verliebtseins?«, fragte sie behutsam.

Pauline überlegte einen Augenblick. »Du hast wahrscheinlich recht. Ich vermisse einfach jemanden an meiner Seite, der zu mir hält. Warum ist es denn so schwierig, jemanden zu finden, auf den man sich verlassen kann? Es muss doch einen Menschen geben, der sich vorstellen könnte, mit mir zusammen zu sein. Oder bin ich so schrecklich?«

»Jetzt übertreibst du, meine Liebe, aber ich kann gut verstehen, wie du dich fühlst. Glaub mir, auch du begegnest bald dem Richtigen, davon bin ich überzeugt. Nur manchmal muss man auf den einen besonderen Menschen in seinem Leben eben etwas länger warten. Das ist wie mit meinen Antiquitäten, manche Kunden kommen auch öfter in den Laden, bis sie sich dann ganz plötzlich in ein bestimmtes Tischchen oder eine Lampe verlieben.«

»Ich will mich aber nicht in ein Tischchen oder eine Lampe verlieben«, protestierte Pauline. »Mein letzter Freund war ein Armleuchter! Jetzt will ich endlich einen vernünftigen und liebevollen Mann.« Pauline sah zu Anna, die amüsiert lächelte. »Entschuldige, aber ich habe das ständige Alleinsein einfach satt.«

»Das wird sich schon noch ändern.« Anna legte ihr tröstend eine Hand auf die Schulter und nickte ihr aufmunternd zu. »So, und jetzt lasse ich dich mal mit meinen Schätzen alleine. Vielleicht hilft es dir ja, einen Blick in eines deiner Lieblingsbücher zu werfen. Da sind die Heldinnen schließlich auch nie von Anfang an glücklich, sondern müssen sich ihr Happy End hart erkämpfen. Ich bin nebenan und kümmere mich um das japanische Teeservice, das ich letzte Woche im Internet ersteigert habe. Wenn etwas ist, ruf mich ruhig.«

»Du nimmst an Internetauktionen teil?«, wunderte sich Pauline.

»Ich nicht, aber Christian hat mir gezeigt, wie das geht. Gerade ist er übrigens im Keller und versucht, eine Kommode davon zu überzeugen, ihre eine Schublade wieder zu öffnen. Sie klemmt leider, und ich wollte sie nicht mit Gewalt herauszerren. Ich bin gespannt, ob er es hinbekommt.«

Anna ging in den Nebenraum, und Pauline blieb allein zurück. Als sie sich umsah, stellte sie fest, dass Anna die Portraits und Landschaftsbilder an der einen Wand neu arrangiert hatte. Sie kamen jetzt viel besser zur Geltung. Auch sonst wirkte der Laden luftiger und geräumiger. Pauline bemerkte, dass ein paar der alten Möbel fehlten, aber die einzelnen Stücke dadurch nur gewonnen hatten. Jetzt war es hier um einiges gemütlicher.

Sie schlenderte durch den Verkaufsraum, aber wirkliche Lust, einen ihrer Briefchen zu schreiben, hatte sie nicht. Ob Anna mit der Staubschicht auch all die vielen Geschichten weggewischt hatte?, überlegte sie, aber sicherlich bildete sie sich das im Moment nur ein, denn sie fühlte sich dumpf, ausgelaugt und leer wie ein einsames Blatt, das der Wind vor sich hertrieb. Mit ihren Fingerspitzen fuhr sie über ein Silbertablett, auf dem ein Whiskeydekanter mit dazugehörigen Gläsern stand. Bestimmt machte er sich in einer Hausbar wie der von Jay Gatsby besonders schön, vorausgesetzt, man konnte sich so etwas leisten.

Pauline ging weiter und blieb vor dem schmalen Bücherregal an der Wand stehen. Vielleicht hatte Anna recht, und ein Blick in eines ihrer Lieblingsbücher heiterte sie wirklich ein wenig auf. Auf einem dicken roten Einband war mit schwarzen Buchstaben *Leo N. Tolstoi – Krieg und Frieden* eingeprägt. Auf einem etwas kleineren Buch daneben stand mit goldener Schrift *Buddenbrooks* auf dem Buchrücken aus hellbraunem Leder. Pauline wollte gerade eine Jubiläumsausgabe des *Trotzkopfs* mit einer besonders schönen Farbtafel herausziehen, als ihr Blick auf die Jane-Austen-Sammlung fiel. Seltsamerweise steckte *Stolz und Vorurteil* verkehrt herum im Regal, die Buchstaben des Titels standen auf dem Kopf, und das Bild, das auf den Buchrücken der Sammelausgabe eine Zeichnung der Autorin darstellte, war unterbrochen.

Pauline zog das Buch heraus und wollte es richtig herum wieder an seinen Platz stellen, aber als sie es jetzt in der Hand hatte, wollte sie gerne noch einmal ihre Lieblingsszene daraus lesen. Sie schlug die Ausgabe auf, und zu ihrer Überraschung fiel ihr das Briefchen entgegen, das sie vor einiger Zeit geschrieben hatte. Seltsam, sie hatte es doch zwischen die Seiten in der Mitte des Buchs geklemmt, aber jetzt hatte es direkt hinter dem Buchdeckel gelegen. Pauline wollte es gerade wieder zurückstecken, als sie bemerkte, dass jemand etwas auf die Rückseite geschrieben hatte:

> *Vielleicht war Ihr Bekannter gar nicht stolz, sondern einfach nur unsicher. Ich kann mir kaum vorstellen, dass er Sie nicht beachtet oder gesehen hat. Vielleicht hat ihn irgendetwas davon abgehalten, auf Sie zuzugehen. Möglicherweise waren es sogar Ihre Vorurteile gegen ihn, die ihn zögern ließen, den ersten Schritt zu wagen. Aber, wie ich festgestellt habe, ist es nie zu spät, sein Leben zu ändern, noch einmal neu anzufangen oder um etwas zu kämpfen, was einem wirklich wichtig ist. Also, wenn Sie tatsächlich wissen möchten, was mit Ihrem ›stolzen Bekannten‹ geschehen ist, dann finden Sie es heraus …*
>
> *Gezeichnet D. W.*

Pauline sah verwundert von dem Briefchen auf. Sie konnte nicht glauben, dass ihr tatsächlich jemand geantwortet hatte. Und dann auch noch solche direkten Zeilen! Wer mochte das gewesen sein? Und was bedeutete D.W.? Erlaubte sich jemand etwa einen Spaß mit ihr? Verstohlen sah sie sich im Laden um, aber natürlich war niemand zu sehen. Nur Anna räumte im Nebenzimmer lautstark um.

Pauline prüfte die Schrift, um vielleicht aus den Buchstaben etwas über den Verfasser oder die Verfasserin schließen zu können. Annas Handschrift war das jedenfalls nicht, da war sie sich sicher. Es war keine besonders akkurate, saubere Schrift, aber sie hatte doch etwas Markantes, was Pauline schön fand. Mit ihren Fingerspitzen fuhr sie über das Papier. Dort, wo die Buchstaben standen, war es leicht eingedrückt.

»Hallo, Pauline, wie schön, dich hier zu sehen!«

Pauline drehte sich erschrocken um und klappte das Buch mit einem dumpfen Knall zu. Eine Ecke ihres Zettels spitzte noch zwischen den Seiten hervor, und sie versteckte es schnell hinter ihrem Rücken.

Vor ihr stand Christian, der sie freundlich ansah. »Interessierst du dich dafür?«, fragte er und deutete auf das Buch hinter ihrem Rücken.

Beschämt über ihren erfolglosen Versuch, es zu verstecken, nahm Pauline es wieder vor sich.

»Äh, ja.«

Sie sah auf die Seiten herunter, zwischen denen das kleine Stück Papier hervorlugte. So unauffällig sie konnte, fuhr sie mit ihrem Finger darüber, um das Briefchen wieder in das Buch zurückzuschieben.

»Ich nehme es«, sagte sie spontan, da sie keine Ahnung hatte, wie sie den Antwortbrief sonst unauffällig aus dem Laden schmuggeln sollte, ohne dass Christian darauf aufmerksam wurde. Seinen bissigen Kommentar dazu wollte sie sich nämlich lieber ersparen.

»Eine gute Wahl«, sagte er mit einem seltsamen Lächeln.

»Findest du?«

»Ja, ich mag es.«

Paulines Augen wurden groß. »Du hast *Stolz und Vorurteil* gelesen?«, fragte sie verwundert.

»Was? Nein. Ich habe den Film gesehen«, sagte Christian schnell. »Hauptsächlich natürlich wegen Keira Knightley.«

»Also ich finde die BBC-Verfilmung deutlich besser, weil sie die damalige Zeit viel eindrucksvoller vermittelt.«

»Da habe ich es wohl mit geballtem Fachwissen zu tun«, neckte Christian sie.

»Kann schon sein.« Pauline war es peinlich, ihn gleich mit ihren Gedanken überrollt zu haben. »*Stolz und Vorurteil* gehört ja auch zu meinen Lieblingsbüchern«, sagte sie deshalb etwas leiser.

Einen Moment lang sahen sie sich nur an, aber es war nicht unangenehm, dass keiner von ihnen etwas sagte.

»Wenn du das Buch haben möchtest, müsstest du es mir kurz geben, damit ich nachsehen kann, was es kostet«, sagte Christian, und seine Stimme war dabei so sanft wie ein warmer Sommerregen.

»Dreiundzwanzig fünfundsiebzig«, kam es von Pauline wie aus der Pistole geschossen.

»Donnerwetter.« Christian nickte anerkennend. »Du musst diese Ausgabe ja wirklich sehr mögen.«

Pauline drückte das Buch an ihre Brust, und ihre Fingerspitzen fuhren über den dunkelgrünen Leineneinband.

»Das tue ich«, gab sie zu. Sie legte das Buch jetzt doch kurz beiseite, um den Geldbeutel aus ihrer Lederhandtasche zu holen und es zu bezahlen.

Christian nahm das Geld entgegen. »Was liest du denn sonst noch?«, erkundigte er sich. »Vielleicht haben wir ja noch etwas hier im Laden, was für dich infrage kommt.«

»Ach, alles Mögliche«, antwortete sie vage, denn unter dem Blick seiner kaffeebraunen Augen fühlte sich der Boden unter ihren Füßen auf einmal an wie auf einem schwankenden Schiff. »Mal Klassiker, mal Neuerscheinungen, aber überwiegend Liebesromane. Mit Happy End«, setzte sie hinzu.

»Verstehe.« Christian sah wieder auf das Buch. »Soll ich es einpacken?«

Pauline schüttelte den Kopf. »Das ist nicht nötig, ich habe es ja nicht weit.«

»Stimmt, du bist ja gleich nebenan. Wenn es sich ergibt, komme ich gerne noch mal auf ein Eis vorbei.«

»Ach, dann hat es dir also doch geschmeckt«, sagte Pauline und merkte, wie ihr Herz plötzlich aufgeregt flatterte.

»Ja, ich muss ehrlich zugeben, das hat es.« Christian lächelte.

»Das freut mich. Dann bis bald, Christian.«

Pauline wollte sich an ihm vorbeischieben, bevor die Gefühle in ihrem Inneren noch verwirrender wurden, doch genau in diesem Moment wich Christian in dieselbe Richtung aus, um ihr Platz zu machen.

»Entschuldigung«, sagte er und machte jetzt einen Schritt zur anderen Seite, doch auch Pauline hatte diesen Plan gehabt.

Jetzt standen sie sich wieder gegenüber, und Christian versperrte ihr unbeabsichtigt den Weg. Es sah aus, als ob sie einen seltsamen Tanz aufführten, für den nur sie beide die Schritte kannten.

Pauline lächelte verlegen. Sie drückte das Buch noch etwas fester an sich, und als sie jetzt erneut versuchte, an Christian vorbei nach draußen zu gelangen, prallte sie unbeabsichtigt mit ihm zusammen und ließ das Buch fallen.

»Verzeihung!« Christian bückte sich sofort, doch auch Pauline wollte es aufheben, und so stießen sie mit den Köpfen aneinander.

»Au!« Pauline rieb sich über die Stirn.

»Tut mir leid.« Christian fasste sie am Arm, und als sie jetzt ihren Blick hob, hatte sie das Gefühl, tief in seine schokoladenbraunen Augen zu fallen. Es war wie ein Sog, hypnotisch süß und bitter zugleich.

Ja, dachte Pauline, sein Eis ist ganz sicher Weißer Kaffee. Die temperamentvolle Leidenschaft und die Fürsorglichkeit und Stärke, die von ihm ausgingen, entsprachen genau dem Gefühl, das der aromatische Kaffee in ihr weckte. Und dann war da natürlich noch die prickelnde Anziehung, die Pauline empfand, wenn sie Christian sah: versteckt und süß wie der Schuss Orangenblütenwasser, aber gleichzeitig auch so atemberaubend wie das würzige, süßlich-scharfe Aroma der winzigen Prise Kardamom. Es war, als ob alles, was sie mit Christian verband, sich in diesem Eis widerspiegelte.

Pauline atmete seinen Duft ein, der etwas in ihr zum Vibrieren brachte, und als Christian jetzt beide Hände auf ihre Schultern legte, näherte sie sich seinen vollen Lippen. Sie schloss die Augen. Gleich würde sie seine Lippen auf ihren spüren …

»Ach, Christian, kannst du mir vielleicht sagen, was das hier für eine Buchung ist?« Anna stand plötzlich in der Tür, im Arm einen dicken Aktenordner.

Sofort fuhren Christian und Pauline auseinander. Anna musterte die beiden interessiert über den Rand ihrer Brille hinweg.

Pauline strich sich verlegen eine Haarsträhne hinters Ohr und nahm das Buch, das Christian ihr reichte, dankbar entgegen.

Christian beugte sich über das Blatt, das seine Großmutter ihm hinhielt, fuhr sich mit einer Hand über den Nacken und überflog die Zeilen.

»Das müssten Transportkosten sein, denke ich. So wie es aussieht, ist das hier irgendeine Pauschale. Nichts Unübliches.«

»Ach so, danke. Christian hat nämlich Business Administration studiert und war Junior Consultant im Finanzbereich einer Baufirma«, erklärte Anna mit wichtiger Miene in Paulines Richtung.

»Dann kennst du dich mit Buchhaltung aus?«, fragte Pauline interessiert.

»Kann man so sagen. Wenn ich nicht gerade eine wichtige Firma vor der Finanzpleite rette und Milliardentransaktionen an der Börse mache, prüfe ich auch mal die Bücher meiner Großmutter«, sagte er mit einem Zwinkern.

Pauline zögerte.

»Ich suche gerade jemanden für meine Buchhaltung«, begann sie vorsichtig. »Ich meine, ich komme schon zurecht, aber mit meinem Steuerberater bin ich leider wirklich unzufrieden, und jetzt überlege ich, ob ich die Unterlagen nicht besser an jemand anderen übergebe.«

»Also, wenn du möchtest, kann ich das gerne übernehmen.«

»Aber ich will dir da wirklich keine Umstände machen«, sagte Pauline rasch. »Bei mir ist alles ein bisschen kompliziert.«

»Das tust du nicht. Ich kann es mir ja ganz unverbindlich einmal ansehen, und vielleicht finden wir eine Lösung.«

Pauline war überrascht, dass Christian ihr einfach so seine Hilfe anbot. Sie wartete noch auf irgendeine Spitze von ihm wie damals im Keller, aber es kam nichts. Möglicherweise war er ja doch viel netter, als sie bei ihrer ersten Begegnung angenommen hatte. Sie erinnerte sich an das Briefchen, das sie gefunden hatte. Vielleicht hatte Christian ja auch eine zweite Chance verdient, und sicherlich wäre es von Vorteil, wenn er als Fachmann sich einmal ein Bild von ihrer finanziellen Situation machte. Außerdem konnte es ja auch nicht schaden, ihn noch etwas in der Nähe zu haben, um herauszufinden, ob seine Augen jetzt kaffee- oder schokoladenbraun waren … Also nur, um wirklich sicherzugehen.

»Okay.« Pauline schmunzelte. »Ich werde mich dafür mit dem perfekten Eis bei dir revanchieren, einem Eis, von dem du noch gar nicht wusstest, dass du dein ganzes Leben davon geträumt hast.«

Christian erwiderte ihr Lächeln, und in seinen Augen glänzte es geheimnisvoll. »Na, in dem Fall zieh dich besser warm an. Vermutlich wirst du eine lange Zeit in deiner Eisküche verbringen müssen, bevor du das Eis zauberst, dem ich ganz und gar verfalle.«

19.

Als Pauline wenig später gut gelaunt den Eishimmel betrat, füllte Florence gerade eine Keramikdose mit frisch gebackenen Schokoladenwaffeln auf, und ein herrlicher Duft schwebte durch das Eiscafé.

»Mhm, das riecht ja verführerisch!« Pauline griff in die Dose, nahm sich eine Waffel heraus und knabberte ein Stückchen davon ab.

»Iss nicht zu viele«, sagte Florence lachend. »Gleich kommen unsere kleinen Gäste, und die lieben unsere Schokowaffeln.«

»Das kann ich gut verstehen.« Pauline warf einen kurzen Blick in das Reservierungsbuch. »Acht Personen«, las sie vor. »Sollen wir die Tische schon herrichten?«

»Ja, dann haben wir das erledigt, bevor unsere Gäste kommen.«

Gemeinsam schoben sie zwei runde Marmortische zusammen, stellten Blumen in die Mitte und schmückten alles mit Luftschlangen.

»Ich schneide noch ein bisschen Obst«, sagte Pauline zu ihrer Freundin und verschwand gleich darauf im Eislabor, um Kiwis, eine Ananas und eine Honigmelone vorzubereiten, die sie später für die Dekoration der Eisbecher brauchte.

Als sie die fertigen Schalen bald darauf herausbrachte, kamen gerade die Kinder zusammen mit zwei Erwachsenen lachend und lärmend herein. Zwei Mädchen trugen Prinzessinnenkleider, ein anderes hatte ein Spidermankostüm an. Ein Junge mit einem Piratenoutfit trug stolz eine Krone aus gelbem Bastelkarton auf dem Kopf, die mit Muscheln und bunter Folie beklebt war.

»Hallo und herzlich willkommen«, grüßte Pauline ihre Gäste.

»Sieh mal, Papa, da sind sogar Luftschlangen auf dem Tisch!«, rief der Junge im Piratenkostüm und kletterte auf einen der Stühle.

»Na klar, das ist ja schließlich eine Geburtstagsparty.« Pauline lächelte. »Und du bist bestimmt das Geburtstagskind, oder?«

Der kleine Pirat nickte eifrig. »Schau mal, was ich heute bekommen habe!« Er zog einen Plastiksäbel, der an seinem Gürtel hing.

»Donnerwetter!« Pauline nickte beeindruckt. »Mit dem kannst du sicherlich Herrscher über alle sieben Weltmeere werden.«

Der Junge strahlte über das ganze Gesicht.

»Gibt's denn hier auch Eis?«, fragte eine der Prinzessinnen.

»Aber natürlich.« Pauline teilte die Kinderkarten aus. Sie hatte für ihre kleinen Gäste extra eine eigene Karte angefertigt, in der auf jeder Seite jeweils ein großes Foto von den unterschiedlichen Eisbechern abgebildet war. Sofort blätterten die Kinder darin und steckten tuschelnd ihre Köpfe zusammen. »Darf ich Ihnen schon etwas bringen?«, erkundigte sich Pauline und sah zu den beiden Erwachsenen.

»Zwei Cappuccino, bitte«, bestellte der Mann, dem deutlich anzusehen war, dass er die Atempause genoss.

»Gern. Lassen Sie den Kindern ruhig Zeit zum Entscheiden, ich komme gleich noch mal wieder.« Pauline kehrte hinter den Marmortresen zurück und nahm die beiden Cappuccino, die ihre Freundin gerade zubereitet hatte.

»Halt!«, rief Florence, als Pauline die Tassen schon an den Tisch tragen wollte, und legte auf jeden Tellerrand zwei von ihren mit Johannisbeergelee gefüllten Walnusskeksen.

»Das sieht ja schön aus!«, freute sich die Frau, als Pauline ihnen jetzt die Tassen brachte. »Und wie herrlich es riecht!« Sie schloss genießerisch die Augen und sog den Duft des frisch gebrühten Espressos ein. »Bei Ihnen gibt es nicht nur das beste Eis weit und breit, sondern auch den besten Kaffee.«

Pauline freute sich über das Kompliment. »Wollt ihr auch schon etwas bestellen?«, fragte sie die Kinder, und unter einstimmigem Jubel zog sie ihren Schreibblock und einen Kugelschreiber aus ihrer Schürzentasche. Sie notierte einen Einhornzauber, ein Hotdog-Eis, eine Piratenkanone, ein Raupeneis, einen Prinzessinnentraum und einen Ufobecher. Die Erwachsenen bestellten eine Brownie-Schale und eine Beerengazpacho.

Pauline machte sich an die Arbeit. Der Prinzessinnentraum bestand aus Himbeer- und Vanilleeis, war mit bunten Zuckersternen bestreut und sollte ein bisschen aussehen wie die Türme eines Disney-Schlosses. Den Hotdog stellte Florence in einer Pommesschale aus Keramik nach, indem sie drei kleine Kugeln Erdbeereis zwischen zwei Löffelbiskuits setzte und alles mit Krokant und einer Himbeervariegato als

Ketchup verzierte. Florence war bei einem Ausflug mit ihrer Familie während einer Pause an einem Imbissstand auf die Idee gekommen, dass man neben Spaghetti- und Pizza-Eis auch andere herzhafte Gerichte darstellen könnte. Bei den Kunden kam die Idee sehr gut an, denn sie waren immer neugierig darauf, was sich hinter einem so herzhaft anmutenden Eisbecher tatsächlich verbarg.

Währenddessen kümmerte sich Pauline um den Ufobecher, Elodies Lieblingsbecher, den das Mädchen an einem regnerischen Nachmittag gemeinsam mit ihr erfunden hatte. In eine Cappuccinotasse gab sie für den Außerirdischen zwei Kugeln Waldmeistereis und zauberte mit einem Schnitz Kiwi einen Mund, mit zwei grünen Schokolinsen die Augen und mit einem gedrittelten Waffelröllchen eine Nase und zwei Antennen am Kopf. Um die Tasse spritzte sie eine Wolke aus Erdbeersahne, die Elodie besonders gern mochte. Jeder Handgriff der beiden Freundinnen saß perfekt, die Schubladen des Apothekerschranks wurden auf- und wieder zugeschoben, Besteck klapperte, die Keramikdosen, in denen Pauline bunte Schokostreusel und kleine Marshmallows aufbewahrte, wanderten aus dem alten Schrank und wieder zurück, Soße kleckste auf den Marmortresen, und von den Rundschulterflaschen, in denen Pauline Puderzucker und Safranfäden verwahrte, wurden vorsichtig die Stopfen abgenommen und mit leisem Klirren wieder aufgesteckt.

Nachdem die Meute versorgt war und alle zufrieden ihr Eis löffelten, atmeten Pauline und Florence erleichtert durch. Florence hatte bereits zwei Gläser vorbereitet und goss selbst gemachte Zitronenlimonade ein. Eine Pause hatten sie sich nach diesem Eiskreationen-Marathon wirklich verdient.

»Ah, das tut gut«, seufzte Pauline nach einem großen Schluck, und während sie weiter an ihrer Limonade nippte, überlegte sie, wie sie diese herrlich frische Zitrus-Minz-Note in ein Eis verwandeln konnte. Besonders für die heißen Tage oder als Nachtisch nach einem mehrgängigen Menü würde diese Sorte sicherlich ihre Liebhaber finden. Die spritzige Zitronennote, die sie mit dem säuerlichen Geschmack an hitzefrei in der Schule, Ausflüge ins Schwimmbad und Tonis frisch gepresste Limonade aus Kindertagen erinnerte, passte perfekt zu der scharfen, kühlenden Minze, die dem Ganzen eine herbere Note verlieh und aus der nostalgischen Erinnerung eine neue Erfahrung machte. Die Kombination ließ einen sofort an einen Minztee in einem türkischen Kaffeehaus denken und an betörende Gesänge aus fremden Ländern. Pauline holte ihr Notizbuch aus dem Apothekerschrank und begann, an den Zutaten für diese Eiskreation zu feilen. So wichtig wie das Zusammenspiel der zwei Hauptzutaten waren ihr auch die Elemente selbst. Vor ihrem inneren Auge sah sie die sizilianischen Zitronenhaine mit den dunkelgrünen Blättern, den reifen, sonnengelben Früchten und die duftenden Pfefferminzfelder vor sich, die unter einem endlos wirkenden, strahlend blauen Himmel bis zum Horizont reichten. Wie gerne würde sie diese Orte besuchen, von denen sie beim Eismachen träumte und von denen sie in ihrem Leben bisher nur wenige mit eigenen Augen gesehen hatte. Seit sie ihr erstes Eis in Erinnerung an den Sommerabend bei ihrer Familie auf der Terrasse kreiert hatte, reiste sie mit jeder neuen Sorte an einen anderen fremden und aufregenden Ort. Doch auch wenn jede Kugel wie ein kleiner Hauch einer anderen Welt war, wurde Paulines

Fernweh nicht gestillt, im Gegenteil, mit jedem Löffel Lavendeleis wurde der Wunsch stärker, einmal mit der Hand über eines der blühenden Lavendelfelder der Provence zu streichen, und mit jeder Kugel Basilikumeis ihre Idee stärker, einen Kochkurs in Neapel bei einer alten Italienerin zu besuchen. Aber mit den Schulden, die Pascal ihr hinterlassen hatte, war Paulines Traum vom Reisen vorerst ausgeträumt. Ihr blieb nur das Eismachen, das sie für wenige Augenblicke auf sanften Schwingen davontrug. Es sollte ein Eis gegen das Fernweh geben, dachte Pauline.

»Das ist es!«, rief Florence in ihre Gedanken hinein.

Pauline sah sie verwirrt an. Hatte sie etwa laut über ihre Kreation nachgedacht? Aber als Florence ihr aufgeregt eine Seite aus der Zeitung zuschob, war sie sich sicher, dass es sich um etwas anderes handeln musste.

»Hier, schau!« Florence tippte mit dem Finger auf einen Artikel, der sich zwischen unzähligen Kleinanzeigen versteckte. »Das ist unsere Chance!«

Pauline zog die Zeitung ein Stückchen näher zu sich heran, um besser lesen zu können.

EISLIEBHABER AUFGEPASST

Auch in diesem Jahr wird wieder das beste Eis des Landes gesucht. Teilnehmen dürfen alle, die sich für Eis begeistern und mit ihrer eigenen Kreation antreten wollen. Unsere Fachjury, bestehend aus der renommierten Sterneköchin Miriam Johansen, dem Gelatokünstler Sergio Lombardo und Frauke Hochried, der Besitzerin der Eismanufaktur Kronenhof, wird sich auch in diesem Jahr wieder durch ausgefallene und einzigartige Sorten testen. Dem Gewinner winkt ein Preisgeld in Höhe von zehntausend Euro, außerdem wird seine Eiskreation mit einem ausführlichen Artikel in der Zeitschrift Genuss und Lecker *gewürdigt. Auf die Zuschauer warten jede Menge ausgefallene Eissorten zum Probieren.*

»Stell dir mal die Werbung vor.« Florence' Augen begannen zu leuchten. »So viele Leute könnten vom Eishimmel lesen und würden sicherlich darauf brennen, dich kennenzulernen und dein Eis zu probieren.«

»Meinst du, ich hätte bei so etwas überhaupt eine Chance?« Pauline spielte unsicher an ihrer Halskette herum. »Da treten bestimmt auch richtige Profiköche und Konditoren an, und ich habe mir das Eismachen ja mehr oder weniger selbst beigebracht.«

»Na klar hättest du die! Du bist doch schon lange so gut wie ein Profi. Stell dir mal vor, wenn ein Restaurantbesitzer dein Eis probiert, dann will er es vielleicht auf seine Speisekarte setzen. Das wäre doch der Wahnsinn! Überleg mal, was das bedeutet: Wir hätten einen ganz neuen Kundenkreis. Natürlich dürfen wir nur kleine Mengen rausgeben, damit es etwas Besonderes bleibt und wir das vom Aufwand her überhaupt leisten können, aber trotzdem. Pauline, die würden hier Schlange stehen! Da können die von Frozen & Friends gucken, wo ihre Kunden bleiben.«

Pauline lächelte. »Florence, damit das passiert, muss ich erst einmal gewinnen.«

»Ja, aber das wirst du, glaub mir! Kein Eis ist so lecker wie deines, darauf kannst du Gift nehmen! Du brauchst nur ein bisschen Hilfe, damit auch andere auf den Geschmack kommen.«

»Da hast du leider recht.« Pauline dachte einen Augenblick nach. Vielleicht war das wirklich ihre Chance. Mit dem Preisgeld könnte sie endlich einen Teil ihrer Schulden tilgen und vielleicht sogar ein paar Ideen für den Eishimmel verwirklichen. Der himmelblaue Lieferwagen zum Beispiel, den sie für den Sommer flottmachen könnte, um ihr Eis an den Badesee zu bringen. Vielleicht würde sie sich sogar ein Schaufenster mit Markise für den Straßenverkauf leisten können. Das hier war ihre Gelegenheit, den Eishimmel zu retten.

Pauline ließ ihren Blick über die Eisauslage schweifen. »Was meinst du, welche Sorte könnten die Preisrichter mögen? Denkst du, ich sollte ihnen etwas Fruchtiges wie zum Beispiel Weintraubeneis oder lieber etwas ganz Ausgefallenes wie meine neue Kreation mit Popcorngeschmack präsentieren? Oder ist vielleicht doch etwas klassisch Schlichtes wie Zartbitterschokolade am besten? Ich könnte Brownie-Stückchen oder weiße Raspelschokolade einarbeiten oder vielleicht Chiliflocken, sodass es etwas aufregender wird. Und wir brauchen für die Präsentation natürlich deine selbst gemachten Waffelröllchen.« Pauline bremste sich, als sie den Blick ihrer Freundin bemerkte.

»Ich wusste, dass du dabei bist!« Florence strahlte über das ganze Gesicht. »Du kannst mit deiner Liebe zum Eismachen einer solchen Herausforderung einfach nicht widerstehen! Was hältst du davon, wenn ich Waffelkörbchen mit einem neuen Muster herstelle, in denen du das Eis servieren kannst? Oder wie findest du zum Beispiel Schiffchen? Da könntest du mit Sahne und den unterschiedlichen Variegati einen See oder ein Meer auf den Teller zaubern, und in dem Schiff liegt die Eissorte, die du präsentieren willst.«

Pauline drückte glücklich die Hand ihrer Freundin. Genau wie sie selbst sprudelte Florence nur so vor Ideen, und während die beiden immer neue Pläne diskutierten, warnte eine kleine Stimme in Paulines Hinterkopf sie davor, sich nicht zu sehr in etwas hineinzuträumen, was so unsicher war wie ein Wettbewerb. Aber mit jedem Satz wurde diese Stimme leiser, während Pauline in ihrer Vorstellung beim Zubereiten einer neuen Sorte durch ihr Eislabor tanzte, um mit ihrer Kreativität und ihrer Liebe zum Eismachen die Gourmetwelt zu erobern. Sie war fest entschlossen, nichts unversucht zu lassen, um ihr Eiscafé zu retten, und vielleicht würde sich dann ja doch noch alles zum Guten wenden.

JUNI

20.

Die letzten Wochen waren ziemlich aufregend gewesen. Pauline hatte mit Florence mehrere Möglichkeiten für eine neue Eissorte und deren Präsentation besprochen und sich gleich daran gemacht, verschiedene Rezepte auszuprobieren. Sie überlegte, ob sie nun mit Blutorange-Ingwer, dem Mandelmilch-Eis oder vielleicht doch einer abgewandelten Variante Zartbitterschokolade antreten sollte. Doch bevor sie die endgültige Entscheidung treffen würde, stand noch ein weiterer wichtiger Termin an: das Treffen mit Christian.

Pauline verschwand im Badezimmer und begann sich die Zähne zu putzen, während sie ihrer Katze mit viel Zahnpastaschaum vor dem Mund erzählte, wie sie mit ihren Eiskreationen für den Wettbewerb vorankam. »Und gleich hilft mir Christian bei der Buchhaltung, dann kann ich vielleicht noch irgendwo ein bisschen was sparen«, sagte sie, doch Coco schien davon wenig beeindruckt zu sein.

Die Katze saß auf der Badezimmerkommode neben dem Farn und putzte sich gelangweilt, während Pauline in Unterwäsche vor dem Spiegel auf und ab marschierte.

Pauline spuckte den minzigen Schaum ins Waschbecken und gurgelte mit etwas Wasser nach. Mit der trockenen Hand zerzauste sie Cocos Fell auf dem Kopf und verschwand dann im Schlafzimmer. Nachdem mehrere Kleider auf dem Bett gelandet waren, entschied sie sich für eine Jeans und einen leichten Pullover. Sie hatte schließlich nicht vor, Christian zu gefallen, sondern wollte Ordnung in ihre Finanzen bringen. Trotzdem legte sie etwas Make-up auf, denn sich ein wenig hübsch zu machen, war schließlich nicht verboten, fand sie. Christian sollte ja nicht denken, dass er sich mit einer Vogelscheuche traf. Dann wirbelte sie mit dem Staubsauger einmal durch die komplette Wohnung, versteckte ihr Chaos in einigen Schubladen und Schränken und klaubte einzelne Katzenhaare vom Sofapolster und vom Couchtisch.

»Erklär mir mal, wie deine Haare ständig auf den Tisch kommen«, sagte Pauline und schaute Coco mit einem tadelnden Blick hinterher, als diese durchs Wohnzimmer stolzierte und in der Küche verschwand.

Pauline schüttelte seufzend den Kopf. Manchmal war es mit ihrer Katze wirklich zum Verrücktwerden. Sie hoffte sehr, dass Coco wenigstens heute einen guten Tag hatte und sich Christian gegenüber halbwegs anständig benahm. Sie überlegte, ob sie noch etwas vorbereiten sollte, doch im selben Moment klingelte es auch schon an ihrer Tür. Paulines Herz begann, aufgeregt zu schlagen.

»Es geht nur um die Buchhaltung«, sagte sie sich zur Beruhigung, aber irgendwie hoffte sie insgeheim darauf, dass es vielleicht doch ein nicht ganz so trockener Abend wurde.

Christian konnte sich nicht erklären, warum er so nervös war. Er war bereits viel früher losgefahren, als notwendig gewesen wäre, und hatte die letzten zehn Minuten wartend im Auto verbracht, während aus dem Radio leise Musik von

Jamie Cullum erklang. Es hatte einige Zeit gedauert, bis er und Pauline endlich einen Termin gefunden hatten. Pauline hatte die letzten Wochen nämlich fast ausschließlich im Eislabor verbracht und an einer neuen Sorte getüftelt, und er selbst war so in das Center-Projekt eingespannt gewesen, dass er ebenfalls kaum Zeit für ein Treffen gefunden hatte. Jetzt fühlte er sich fast wie vor einem wichtigen Meeting, dabei wollte er Pauline doch nur bei der Buchhaltung helfen. Es kam ihm beinahe ein bisschen so vor, als ob er ein Date mit ihr hatte, dabei war ihm klar, dass sie sich vermutlich überwiegend über Liquiditätspläne, Kostenkalkulationen und Schuldentilgung unterhalten würden. Themen, die ihn an sich zwar brennend interessierten, die ihm jetzt aber so gähnend langweilig vorkamen wie die endlos wirkenden Vorlesungen über internationales Businessrecht in seinem Studium. In seine Gedanken hinein klingelte sein Smartphone.

Gute Arbeit, Christian, der Bürgermeister will das Projekt hier in der Stadt realisieren und hat uns seine Unterstützung für den Bau des Centers zugesichert. Ich freue mich schon auf die Verhandlung mit der Stadtspitze und dem Auftraggeber über die Rahmenbedingungen. Jetzt fehlen nur noch die Grundstücke, aber da sind wir ja ebenfalls auf einem guten Weg. Grüße Oskar

Christian ließ sein Smartphone sinken. Dann war es also beschlossene Sache. Aber was sollte nun aus Anna und Pauline werden? Im Grunde war es völlig egal, wie sehr sich Pauline anstrengte, wenn das Center gebaut wurde, musste sie ihren

Eishimmel schließen. Christian schob den Gedanken beiseite und stieg aus dem Wagen.

Er klingelte. Schon wenige Sekunden darauf wurde die Tür aufgerissen, und Pauline stand vor ihm. Sie trug Jeans, dazu einen schlichten Pullover und sah einfach umwerfend aus. Sie hatte eine gute Figur mit ein paar Kurven an den richtigen Stellen, dazu ein schön geschnittenes Gesicht, tiefgraue, von dichten Wimpern umrandete Augen und ebenmäßige Haut. Am Anfang war ihm das wegen ihrer Streitereien vermutlich gar nicht so aufgefallen, aber jetzt stellte Christian mehr und mehr fest, dass Pauline wirklich toll aussah, und er spürte das Verlangen, sie an sich zu ziehen und zu küssen.

»Hallo«, sagte er ein wenig verlegen, da er bemerkte, dass er sie vielleicht einen Moment zu lange angestarrt hatte.

»Hallo«, entgegnete Pauline lächelnd. »Komm doch rein.«

Christian kam der Aufforderung nach und sah sich neugierig in ihrer Wohnung um. Wie in ihrem Café war auch hier alles perfekt aufeinander abgestimmt. Bis auf einen taubenblauen Ohrensessel mit floralem Muster, der in einer Ecke stand und von dem Christian vermutete, dass er aus Annas Laden kam, war die ganze Wohnung in hellen Naturtönen gehalten.

»Danke, dass du mir bei der Buchhaltung hilfst.« Pauline verschränkte ihre Finger ineinander. War sie nervös?

»Für mich ist das wirklich keine große Sache.« Seine Kehle fühlte sich jetzt seltsam trocken an.

»Sollen wir gleich ins Wohnzimmer gehen? Ich habe dort schon alles bereitgelegt.«

»Ja, gern.«

Christian sah sich auch in diesem Zimmer interessiert um.

Pauline schien natürliche Materialien zu mögen, überall entdeckte er einzelne Dekorationsgegenstände aus Holz und cremefarbene Kerzen. Auf dem Boden vor dem Fernseher lag ein flauschiger Hochflorteppich, und über dem Sofa hingen zwei Kunstdrucke von Émile Vernon.

»Setz dich doch.« Pauline deutete mit einer Handbewegung aufs Sofa, und Christian nahm Platz.

Auf dem Couchtisch stand aufgeklappt ihr Laptop, daneben lagen mehrere Stapel Papier. Das sah nach einem arbeitsreichen Abend aus, aber umso mehr Zeit konnte er mit Pauline verbringen. Christian legte die Stirn leicht in Falten. Wo kam denn dieser Gedanke her?

Jetzt sah Pauline ihn mit in die Höhe gezogenen Brauen an.

Oh Gott, hoffentlich hatte er das gerade nicht laut ausgesprochen …

Pauline schien auf eine Antwort zu warten.

»Äh, wie bitte? Entschuldige, ich war in Gedanken.«

Das fing ja wunderbar an. Christian hätte sich am liebsten geohrfeigt. So hatte er sich ja nicht einmal mit fünfzehn in der Nähe von Vanessa Vong, dem schönsten Mädchen seiner Schule, verhalten.

»Ich habe dich gefragt, ob du etwas trinken möchtest«, sagte Pauline.

»Ach so. Ähm, ja, gerne.«

Wenn er sich bei diesem Treffen nicht komplett zum Deppen machen wollte, musste er sich jetzt wirklich zusammenreißen.

Sie verließ das Zimmer, und kurz darauf hörte er, wie mehrere Schranktüren geöffnet und wieder geschlossen wurden. Flüchtig sah er sich die Unterlagen auf dem Schreibtisch an, als er eine Bewegung aus den Augenwinkeln wahrnahm. Er hob den Kopf und sah zur Tür, in der zu seiner Überraschung nicht Pauline, sondern eine schlanke getigerte Katze stand.

»Hallo, wer bist du denn?«, fragte er leise, doch die Katze gab ihm natürlich keine Antwort.

Stattdessen ließ sie sich majestätisch auf der Türschwelle nieder, ohne ihn dabei aus den Augen zu lassen. Dort thronte sie, als ob sie der Mittelpunkt der Welt wäre.

»Du bist ja eine Hübsche«, murmelte Christian weiter. »So wie deine Besitzerin.«

Die Katze ließ sich davon nicht beeindrucken und behielt ihn weiterhin fest im Blick.

»Aber das bleibt unter uns«, fügte er hinzu und schnippte leise mit den Fingerkuppen, um die Aufmerksamkeit der Katze zu erregen.

Auch das schien diese nicht zu interessieren. Sie gähnte, erhob sich schließlich und rieb mehrmals ihr Kinn am Türrahmen, wobei sie Christian nach wie vor nicht aus den Augen ließ.

»Schon gut, es ist dein Reich«, entgegnete er amüsiert. »Ich hab's verstanden.«

Die Katze schmiegte jetzt ihren ganzen Körper an das Holz, ehe sie schließlich doch auf Christian zukam, aber anstatt sich von ihm streicheln zu lassen, duckte sie sich unter seiner Hand weg und stolzierte an ihm vorbei. Mit einem eleganten Satz sprang sie auf den freien Platz neben ihm aufs Sofa.

Christian wollte gerade die Hand nach ihr ausstrecken, als sein Smartphone klingelte. »Mareike« stand auf dem Display.

»Hallo«, nahm er das Gespräch an. »Mit deinem Anruf habe ich gar nicht gerechnet.«

»Christian! Da bist du endlich wieder in Deutschland, und dann meldest du dich nicht bei mir?«

Er lächelte. Genau so kannte er seine Sandkastenfreundin. »Es tut mir wirklich leid, Mareike, aber ich hab es einfach noch nicht geschafft. Ich wollte dich ja anrufen, ehrlich, aber …«

»Jaja, spar dir die Ausreden«, unterbrach sie ihn lachend. »Also, wann hast du Zeit? Wie wäre es mit gleich?«

»Jetzt ist gerade schlecht, ich bin mitten in einem Meeting und kann nicht lange sprechen, aber was hältst du von Freitagabend? Dann erkläre ich dir alles in Ruhe.«

»Freitag ist super. So um acht? Ich schicke dir nachher die Adresse von einer tollen Bar, die gerade erst eröffnet hat.«

»Ja, gut. Du, ich muss Schluss machen.«

»Wer weiß, wo du dich wieder rumtreibst, so kurz angebunden, wie du bist. Aber das kannst du mir ja alles am Freitag erzählen. Ich freu mich schon darauf, dich zu sehen!«

»Ich freu mich auch auf dich.« Christian legte auf.

Im selben Moment kam Pauline mit einem Tablett herein.

»Was ist *das*?« Christian deutete auf einen der beiden Kaffeebecher, der vorne ein Katzengesicht aufgedruckt hatte, am Rand standen zwei Ohren aus Keramik ab, und der Henkel war als buschiger Katzenschwanz geformt.

»Niedlich, oder?« Pauline bedachte den Becher mit einem zärtlichen Blick. »Wenn man sie hochhebt, miaut sie sogar.«

Christian zog die Brauen in die Höhe. »Nicht dein Ernst!«

»Doch.« Pauline hob zum Beweis den Becher in die Höhe, der sogleich ein elektronisch verzerrtes Miauen ertönen ließ, das wie aus diesen furchtbaren Glückwunschkarten klang.

»Das ist ja schrecklich«, sagte Christian, der sich vorzustellen versuchte, so ein animiertes Miauen jeden Morgen verschlafen am Küchentisch ertragen zu müssen. »Gibt diese Becherkatze wie echte Katzen Ruhe, wenn sie mit Wasser in Berührung kommt? Ich könnte sie probehalber mal in die Spülmaschine stellen.«

Pauline schien gekränkt zu sein. »Die hat mir meine Oma geschenkt. Wir haben sie damals auf einem Flohmarkt entdeckt. Das ist mein Lieblingskaffeebecher.«

»Das letzte Mal, als ich einen Lieblingskaffeebecher hatte, war ich ungefähr fünf«, entgegnete er trocken.

Pauline stellte scheppernd das Tablett auf das letzte freie Eck des Couchtischs, streichelte ihrer Katze kurz über den Kopf, die ihre Berührung sichtlich zu genießen schien, und setzte sich dann auf den freien Platz zwischen sie und Christian aufs Sofa, wobei sie genau darauf zu achten schien, ihm nicht zu nahe zu kommen.

War Pauline jetzt distanzierter als bei ihrer Begrüßung, oder bildete er sich das nur ein? Hatte er sie etwa mit seiner Kritik an ihrem Lieblingsbecher gekränkt? Oder wusste sie vielleicht von dem Center? Christian fühlte sich unwohl. Nein, dann hätte sie ihn vermutlich nicht einmal mehr empfangen. Aber vielleicht wäre jetzt ein guter Zeitpunkt, um ihr davon zu erzählen, überlegte er weiter, doch da hatte Pauline sich schon einen Papierstapel vom Tisch genommen.

»Sollen wir anfangen?«

Christian nickte.

»Weißt du, der Eishimmel ist mein Ein und Alles. Ich habe ihn damals mit meiner Oma eröffnet. Es ist mir wirklich wichtig, dass ich ihn behalten kann.«

Okay, jetzt war definitiv nicht der richtige Zeitpunkt, um es ihr zu sagen. Christians Unbehagen wuchs.

»Also, das sind die Belege des letzten Jahres, jedenfalls alle, die ich noch hatte oder noch mal beschaffen konnte.« Pauline reichte ihm den Papierstapel.

Christian nahm die Unterlagen entgegen und blätterte sie durch. Es war alles durcheinander. »Das wird ein hartes Stück Arbeit, aber das bekommen wir schon hin.« Er lächelte Pauline aufmunternd an, doch sie nickte nur.

Irritiert machte er sich daran, die Belege erst einmal nach Datum zu sortieren, allerdings konnte er sich nicht darauf konzentrieren, da Pauline so dicht neben ihm saß. Ihre Zurückhaltung beschäftigte sein Gehirn zu zwei Dritteln, während das verbleibende Drittel wie ein Computerprogramm die Zahlungen scannte, analysierte und in die richtige Reihenfolge brachte. Vielleicht hatte Pauline ja doch schon von dem Center-Bau erfahren. Aber woher? Der Stadtrat hatte sich bis zur endgültigen Entscheidung Geheimhaltung erbeten, und die Homepage mit der Bürgerinformation war ja noch gar nicht online. Sie konnte also gar nichts wissen. Vielleicht war sie ja auch einfach so nervös wie er selbst, grübelte er und ging weiter die Unterlagen durch.

»Was ist das?«, fragte er bei einem ziemlich zerknitterten Beleg, der mit Bleistift und von Hand auf einen Notizzettel mit Apothekenwerbung geschrieben war.

Pauline beugte sich über den Zettel, und sofort stieg Christian ihr ganz eigener Duft nach Kokos und frischer Ananas in die Nase mit einer Spur von etwas Süßem, Verheißungsvollem, was er nicht zuordnen konnte.

»Das ist die Rechnung vom Biobauern für die Sahne. Er hatte da gerade keinen anderen Zettel zur Hand.«

»Das sieht aus, als ob du darauf geschlafen hättest!«, entfuhr es ihm. »Kann der Mann dir keinen Ausdruck zusenden? Das kannst du so doch nicht beim Finanzamt einreichen!«

»Wieso denn nicht? Es steht alles drauf, was wichtig ist. Das wäre auf einem Computerausdruck auch nicht anders.«

»Aber lesbar«, brummte Christian.

»Karl-Heinz ist achtundsiebzig, es ist okay, wenn er keinen PC bedienen kann. Außerdem hat er da gerade zwei Zehnliterkannen Sahne für mich zum Auto getragen, da darf die Schrift schon mal ein bisschen verwackelt sein. Dafür kann er sehr gut mit seinen Kühen, die alle ausschließlich Bio-Weidehaltung genießen. Das schmeckt man übrigens dann auch bei meinem Eis. Wenn du das nächste Mal im Café bist, musst du unbedingt eine Kugel von meiner Knusperwölkchen-Kreation versuchen – das wird dich umhauen!«

Christian schüttelte den Kopf und blätterte weiter. Es gab Momente, da machte ihn Pauline tatsächlich wahnsinnig, und das gleich aus mehreren Gründen. »Und das?«, fragte er bei einem Zettel, über den quer mit rotem Lippenstift eine Telefonnummer notiert war.

»Das ist die Nummer eines Gewürzlieferanten. Ich war da gerade im Auto unterwegs und hatte nichts zu schreiben dabei, als mich sein Kollege angerufen hat.«

»Du weißt aber schon, dass man die Nummer während des Telefonats auch im Telefonbuch speichern kann, oder?«

»Das habe ich probiert.« Pauline schaute zerknirscht. »Er hat mich gleich darauf netterweise noch mal angerufen …«

»Er hätte dir eine Nachricht mit der Nummer schicken können!«, rief Christian.

»Herrje, bist du hier, um mir zu helfen oder um mich für geschäftsunfähig zu erklären?«

»Entschuldige.«

Christian sah sie von der Seite an, und als auch sie sich zu ihm drehte, verfingen sich ihre Blicke ineinander. Wie schön sie war. Ihre honigblonden Haare fielen in großzügigen Wellen über ihren Rücken, und eine der Locken hatte sich aus ihrem nachlässig zusammengebundenen Zopf gelöst und tanzte nun vorwitzig um ihre Wange. Er hätte am liebsten die Hand gehoben, um sie ihr hinters Ohr zurückzustreichen, aber er beherrschte sich.

»Okay, machen wir weiter.« Christian legte den Stapel beiseite und wollte den nächsten nehmen, den Pauline ihm reichte, als sich ihre Hände berührten. Es durchzuckte ihn wie ein Stromschlag, als er Paulines samtig weiche Haut an seiner spürte. Christian sah in ihre grauen Augen, die funkelten wie flüssiges Silber, und das Sprühen in ihrem Blick ließ ihn innerlich taumeln.

Für einen kurzen Moment schien die Welt stillzustehen. Das erste Mal war ihm Pauline bei Kerzenschein im Keller so verheißungsvoll nahe gewesen und dann im Antiquitätenladen, bevor Anna sie gestört hatte. Langsam näherte sich Pauline jetzt seinem Gesicht, und schlagartig wurde ihm klar, wie sehr er sich danach sehnte, sie einfach wieder in seine Arme zu schließen. Aber was, wenn sie herausfand, dass er sie die ganze Zeit belogen hatte? Es war besser, wenn er sich von ihr fernhielt.

Er räusperte sich. »Tut mir leid, ich kann das gerade nicht.« Christian presste einen kurzen Augenblick die Lippen zusammen, damit er der Versuchung nicht nachgab. »Mich beschäftigt gerade einfach zu viel anderes, und ich muss erst noch etwas regeln, bevor ich den Kopf dafür frei habe.«

Pauline hielt die Luft an, dann nickte sie zögernd. »Klar«, sagte sie, aber ihre Stimme zitterte. Sie reichte ihm den nächsten Stapel.

Christian tat es leid, dass er sie so forsch abgewiesen hatte, aber es war besser für sie beide. Er wollte Pauline nicht verletzen. Sie hatte es nicht verdient, dass er ihr das Herz brach, obwohl er es besser wusste. Dennoch, er konnte sich ihrem Anblick nicht entziehen. Noch nie war ihm jemand so energisch und stark und gleichzeitig so weich und geheimnisvoll vorgekommen wie diese Frau, die ihn gerade ansah.

Mit Mühe widmete er sich wieder den Belegen. »Will ich wissen, warum diese Rechnung einen Kaffeefleck hat?«, fragte er und hob mit spitzen Fingern ein welliges Blatt Papier in die Höhe, auf dem sich ein dunkelbrauner Abdruck vom Rand eines Tassenbodens befand. »Dafür gibt es Untersetzer, Pauline.«

»Zeig mal …« Pauline nahm das Blatt, strich ein paarmal mit der Hand darüber und versuchte, es dadurch erfolglos zu glätten. »Ach das. Da war ich in einer Kaffeerösterei und habe mehrere neue Bohnensorten probiert. Da muss die Rechnung wohl unter die Tassen geraten sein. Wenigstens ist sie gedruckt, darauf legst du doch so viel Wert.«

Pauline hob ihren Becher an, der miaute wie eine Katze in einem Gameboy-Spiel, und trank einen Schluck Cappuccino. Der Milchschaumbart, den sie jetzt hatte, ließ sie unglaublich süß aussehen.

Christian konnte sich nicht mehr länger beherrschen. Zärtlich legte er eine Hand an ihre Wange und strich mit dem Daumen den Milchschaum weg. Pauline entzog sich ihm nicht. Ihre Haut war weich wie Seide, und als er sich jetzt ihren vollen himbeerroten Lippen näherte, schloss sie blinzelnd die Augen. Er rückte zu ihr, überbrückte so die letzten wenigen Zentimeter, die sie noch voneinander trennten, und legte seine Lippen auf ihre. Ein heißes Gefühl durchfuhr ihn, als er sie jetzt so dicht bei sich spürte, und alles in seinem Körper fühlte sich an wie das Bitzeln in ihrem Cassis-Prosecco-Eis. Er schmeckte einen Hauch von Sahne und Schokolade, und dazwischen war Pauline mit ihren weichen, zarten Lippen, die immer mehr von ihm verlangten.

Ihr Kuss wurde fordernder, und Pauline schlang jetzt ihre Arme um seinen Nacken und zog ihn noch ein Stückchen näher zu sich, und Christian war gerne bereit, ihr entgegenzukommen. Seine eine Hand wanderte auf ihren Rücken, um sie zu halten, wenn er sie gleich behutsam nach hinten auf das Sofa gleiten ließ. Er spürte, wie Pauline unter seinem sanften Drängen nachgab und leicht nach hinten sank. Christian hob seinen freien Arm, um sich neben ihr auf dem Sofa abzustützen, als plötzlich ein heißer Schmerz seine Hand durchzuckte und sich messerscharfe Krallen in sein Fleisch bohrten.

Die Katze fauchte, Christian sog mit einem scharfen Laut die Luft ein, und Pauline und er fuhren erschrocken auseinander. Fünf feine rote Linien zogen sich quer über seinen Handrücken, und bei manchen bildeten sich bereits kleine Blutstropfen.

»Oh Gott, was ist denn passiert?«, fragte Pauline atemlos, als sie sich aufrichtete.

»Es tut mir so leid! Ich glaube, ich habe mich auf deine Katze gestützt.« Christian sah Pauline schuldbewusst an.

Pauline warf einen Blick auf ihre Katze, die knurrend

einen Buckel machte. »Keine Sorge, ich glaube ihr ist nichts passiert.« Sie sah wieder zu ihm. »Ganz im Gegensatz zu deiner Hand, wie es aussieht. Warte, ich hole dir ein Desinfektionsspray und ein Pflaster.«

»Nein, das brauchst du nicht. Ich verschwinde einfach kurz ins Bad und wasche das Blut ab.« Er stand auf, und sofort wich die Katze mit zuckendem Schwanz vor ihm zurück. »Schon gut, ich tu dir nichts«, sagte Christian, als er an ihr vorbeigehen wollte, aber die Katze sprang mit mehreren geschickten Sätzen vor ihm weg und lief in die Küche.

»Einfach geradeaus!«, rief Pauline hinter ihm her, und Christian öffnete die Tür, hinter der sich das Badezimmer befand. Er ließ etwas Wasser über seine Hand laufen, was im ersten Moment leicht brannte, aber schnell seine kühlende Wirkung entfaltete. Oh Gott, was war da gerade zwischen ihnen passiert?

Als er ins Wohnzimmer zurückkam, kniete Pauline auf dem Boden vor einem Regal und schnitt über einer Kiste ein Pflaster zurecht. Damit kam sie zu ihm ans Sofa zurück.

»Es geht wirklich«, sagte Christian. »Ich brauche auch ganz bestimmt keinen Notarzt.«

Aber Pauline ließ sich nicht von ihrem Vorhaben abbringen. »Ich möchte nicht, dass es sich entzündet. Es ist besser, wenn du es wenigstens für den Anfang zuklebst.«

Sie zog die Schutzseite des Pflasters ab und nahm seine Hand in ihre.

Christian erschauerte leicht unter ihrer Berührung. Bildete er sich das nur ein, oder hatte auch Pauline Mühe, sich zu konzentrieren? Am liebsten hätte er sie jetzt an ihrer Schulter berührt, wäre der zarten Kuhle ihrer Halsbeuge mit seiner

Fingerspitze gefolgt, hätte sie wieder in seine Arme geschlossen und ihre Nähe gespürt, ihre Brust an seiner, ihr Herzschlag im Takt mit seinem eigenen, das zu galoppieren schien.

»Ist es in Ordnung so?«, fragte sie und weckte ihn damit aus seinem elektrisierenden Tagtraum.

»Alles okay«, sagte Christian mit beherrschter Stimme, und ein kleines Lächeln legte sich auf seine Lippen.

»Entschuldige bitte, dass das passiert ist.« Pauline sah zu ihrer Katze, die mittlerweile wieder ins Wohnzimmer zurückgekommen war und zusammengerollt oben auf dem Schrank das Geschehen unter halb geschlossenen Augenlidern beobachtete. »Manchmal ist sie wirklich eine kleine Diva.«

»Das macht nichts. Es war ja nicht deine Schuld, sondern meine. Ich hätte besser aufpassen müssen.« Christian sah Pauline aufmunternd an. »Wie heißt deine Katze eigentlich?«

»Coco.«

»Wie Batida de Côco?«, fragte er überrascht.

»Nein, wie Coco Chanel.«

»Oh, das erklärt ihren eigensinnigen Charakter.«

Pauline lachte laut auf. Ihr Lachen war so warm und unverstellt. Christian spürte, wie er in diesem Augenblick endgültig sein Herz an sie verlor.

21.

»Was ist denn los mit dir?« Florence war ins Eislabor gekommen und verschränkte die Arme vor der Brust. »Du hast dich heute den ganzen Tag hier drin verschanzt und keinen einzigen Gast bedient. Das ist doch nicht normal. Gibt es etwas, was ich wissen sollte?«

»Nein, alles okay«, murmelte Pauline, die gerade dabei war, mit einem Teigschaber die Oberfläche ihrer neuen Eissorte zu bearbeiten. Weil es ihr jedoch nicht so recht gelingen wollte, streute sie eine Handvoll Rosenblätter in einem kräftigen Rosaton auf die Wellen, um die Kraterlandschaft darunter zu verbergen. Sie drückte sich an Florence vorbei und trug die Wanne ins Eiscafé. Dort formte sie eine Kugel von ihrem Rosenblütenparfait, doch diese zerfiel ihr sofort, als sie sie in einen Champagnerkelch fallen lassen wollte, und landete stattdessen mit einem platschenden Geräusch auf dem Tresen. »Verdammt.« Pauline griff zu einem Lappen, um den Eismatsch wegzuwischen.

Jetzt kam ihr Florence zu Hilfe, formte zwei Kugeln, gab sie in die Kelche und garnierte sie anschließend mit einer fruchtig-herben Himbeervariegato, einem Klecks Joghurtcreme und einer Waffel in Blätterform. »Hier«, sagte sie und gab Pauline einen der beiden Kelche.

»Danke.« Paulines Lippen wurden schmal. Nicht einmal mehr einen Eisbecher konnte sie zubereiten.

Florence schien darüber hinwegzugehen und probierte neugierig die neue Kreation. »Lecker«, stellte sie mit anerkennendem Nicken fest, nachdem sie sich das Eis auf der Zunge hatte zergehen lassen. »Wobei ich vermutlich noch einen Schuss mehr Rosenwasser nehmen würde.«

Pauline führte selbst einen kleinen Löffel zum Mund und spürte den unterschiedlichen Geschmacksrichtungen nach. Da war der Spritzer Zitrone, der sie an einen warmen Junitag erinnerte, der kühle, schattige Platz unter einer Weide am Teich – eindeutig herauszuschmecken durch ihre Kombination von Crème fraîche und Joghurt. Sie sah sich durch einen duftenden Kräutergarten schlendern – hier kam sehr gut die Messerspitze echter Vanille und die Prise Oregano heraus –, vorbei an saftig grünem Farn, kleinem dunkellila blühendem Immergrün und … Ja, hier sollten eigentlich die duftenden englischen Bauerngartenrosen zu schmecken sein, doch da war eher ein kläglicher, abgeblühter Dornenbusch in ihrem Mund.

Man konnte Pauline die Enttäuschung ansehen, als sie sich ihre Erkenntnis auf dem Rezept notierte. »Schade, als ich den ungefrorenen Eismix probiert habe, dachte ich, dass der selbst gemachte Rosensirup zusammen mit dem Rosenwasser ausreichend ist. Aber dann habe ich es mit den anderen Zutaten wohl ein bisschen übertrieben.«

»Vielleicht ist einfach deine Fantasie mit dir durchgegangen«, versuchte Florence, sie zu trösten. »Nimm einfach das nächste Mal einen Schuss mehr Romantik.« Sie zwinkerte. »Aber das wäre doch ein gutes Eis für den Wettbewerb, auf jeden Fall könntest du hier mit einer außergewöhnlichen Präsentation punkten. Stell dir mal vor, wenn du das Eis wirklich wie eine Rosenblüte arrangieren würdest.«

»Dazu müsste es um einige Grad kälter sein, damit es das lange genug aushält, und das könnte auf Kosten des Geschmacks gehen«, meinte Pauline nachdenklich. »Wenn es zu kalt ist, kommen manche Nuancen vielleicht nicht mehr richtig zur Geltung. Ich könnte allerdings noch ein bisschen am Grundrezept feilen.«

»Dafür ist dir dieses Mal die Farbe wirklich ausgezeichnet gelungen. Mit den anderthalb Teelöffeln Rote-Bete-Pulver mehr finde ich es deutlich ansprechender, und ich hätte nicht gedacht, dass das Pulver tatsächlich geschmacksneutral ist, wie du gesagt hast.«

»Wenigstens etwas«, bemerkte Pauline seufzend.

»Hey, lass den Kopf nicht hängen!« Florence legte beide Hände auf ihre Schultern und sah ihr mit festem Blick in die Augen. »Wir werden das schaffen, da bin ich mir ganz sicher. Das Mandeleis, das wir unseren Kunden letzte Woche angeboten haben, war ein voller Erfolg! Ich werde noch immer danach gefragt. Du solltest wirklich überlegen, ob du es nicht dauerhaft ins Sortiment aufnehmen möchtest.«

Pauline malte mit ihrem Löffel kleine Kreise auf die Oberfläche ihrer Eiskugel. »Das kann schon sein, aber reicht es auch für die Preisrichter? Wir haben nur diesen einen Versuch, Florence, und wenn wir es nicht schaffen …«

»Denk nicht mal daran!«, unterbrach ihre Freundin sie sofort, doch dann wurde ihre Stimme wieder weicher. »Was hältst du davon, wenn du Anna deine neue Sorte präsentierst? Sie ist sicherlich schon gespannt, was du wieder gezaubert hast. Und nimm ihr auf jeden Fall etwas von dem Basilikumeis mit. Sie macht mich sonst noch ganz verrückt deswegen.«

Jetzt huschte über Paulines Gesicht wieder ein Lächeln. »Stimmt, mich hat sie auch schon so oft danach gefragt.«

»Na, siehst du. Und vielleicht ist ja auch dein Buchhaltungs-Held dort.«

»Mein *was*?« Pauline sah ihre Freundin erschrocken an.

»Pauline, ich bin nicht auf den Kopf gefallen. Seit du dich gestern mit Christian getroffen hast, läufst du herum wie ein Zombie – als ob man dich versehentlich mehrere Tage in der Kühlkammer eingeschlossen hätte, und gleichzeitig hast du eine Eissorte erfunden, die mit ihrem Rosen-Grundthema geradezu nach Hochzeitsglocken und Blüten streuenden Blumenmädchen schreit.«

»Na, wenn du meinst.«

Florence seufzte. »Ich weiß ja nicht, was zwischen euch passiert ist, aber …«

»Gar nichts!«, sagte Pauline härter als beabsichtigt.

Florence schwieg einen Moment. »Okay, tut mir leid, ich wollte dir nicht zu nahe treten.« Sie nahm die Champagnerkelche und versenkte sie im Spülwasser. Das Schweigen, das jetzt zwischen ihnen herrschte, dröhnte beinahe in Paulines Ohren.

»Tut mir leid«, murmelte sie. »Ich bin völlig durcheinander. Ich weiß einfach nicht, wie ich Christians Verhalten einordnen soll. Da lag die ganze Zeit so eine Spannung zwischen uns in der Luft, und gleichzeitig war er eigenartig abweisend, und dann haben wir uns schließlich doch geküsst.«

»Moment, was?« Florence sah sie irritiert an. »Ihr habt euch geküsst? Aber das ist doch wunderbar! Es ist doch wunderbar, oder etwa nicht?«

Pauline hob seufzend die Schultern. »Ich weiß es nicht. Er war irgendwie so … so eigenartig … Und dann hat er noch gesagt, dass er das nicht kann, weil ihm gerade andere Sachen im Kopf herumgehen und er erst noch etwas regeln muss.«

»Puh, okay. Das sind ja mal Neuigkeiten.« Florence lehnte sich mit dem Rücken gegen den Tresen. »Hast du denn eine Idee, was er damit gemeint haben könnte?«

»Ich habe eine Vermutung.« Pauline biss sich auf die Lippe, denn sie fühlte sich nicht wohl damit, Christian belauscht zu haben. »Ich habe zufällig ein Telefonat von ihm mitgehört. Also, das war keine Absicht, ich war in der Küche und habe uns Cappuccino gemacht, da muss wohl sein Smartphone geklingelt haben. Als ich wieder zurück ins Wohnzimmer wollte, habe ich gehört, dass er mit einer Mareike gesprochen hat, und da bin ich an der Türschwelle stehen geblieben und habe zugehört.«

»Na ja, aber nur weil er mit jemandem telefoniert hat, heißt das doch noch lange nicht, dass da auch was läuft.«

»Er wirkte sehr kurz angebunden und hat unser Treffen nur als Meeting bezeichnet. Als Meeting!« Pauline war deutlich anzusehen, dass sie verletzt war. »Und dann hat er sich mit ihr verabredet und sich dafür entschuldigt, dass er sich so lange nicht bei ihr gemeldet hat. Und er wollte ihr alles in Ruhe erklären.«

Florence dachte nach. »Aber vielleicht ist sie ja auch nur eine gute Freundin.«

Pauline stieß die Luft aus. »Ja, oder er will doch etwas von ihr. Weshalb sonst hätte er am Ende des Telefonats extra noch sagen sollen, wie sehr er sich auf sie freut.«

»Oh.« Florence sah Pauline mitfühlend an. »Bist du dir wirklich sicher? Ich meine, das sagt man doch häufiger mal am Telefon. Andererseits wäre ich da an deiner Stelle wahrscheinlich auch vorsichtig. Vielleicht hat er ja wirklich etwas mit ihr am Laufen. Wobei das sehr schade wäre, irgendwie hatte ich fast ein bisschen die Hoffnung, dass da vielleicht doch mehr zwischen euch sein könnte.«

»Hm«, war alles, was Pauline antwortete.

Sie musterte ihre Eisauslage. Sah ihre Freundin da vielleicht etwas, was ihr selbst bislang entgangen war? Nein, da war nichts zwischen ihr und Christian, auch wenn Florence sich das noch so sehr gewünscht hatte. Sie hatten sich zwar geküsst, aber das hatte nichts zu bedeuten. Es war nur ein Kuss, nichts weiter. Wenn sich Christian wirklich für sie interessiert hätte, wäre er ihr gegenüber doch wohl etwas direkter gewesen, oder nicht? Er hätte sie beispielsweise auch auf einen Kaffee oder zum Essen einladen können, anstatt weiter mit ihr über Finanzplanung zu sprechen. Nein, Christian hatte sich lediglich wegen Anna bereit erklärt, ihr zu helfen. Eine nette Geste unter Nachbarn, mehr war das nicht. Trotzdem ertappte sich Pauline dabei, wie sie sich auch jetzt wieder fragte, ob er heute bei Anna im Laden war. Irgendwie hätte sie Christian schon gerne wiedergesehen, auch wenn sie sich nicht sicher war, ob es dann zu einem Schlagabtausch, einem Gespräch über Schuldentilgung oder einem intensiv knisternden Moment zwischen ihnen kommen würde. Bei ihm wusste sie nie, woran sie war. Seine Augen wechselten von Haselnussbraun zu Kaffeefarben, genau wie seine schwankende Stimmung, und gaben ihr Rätsel auf. Aber für so etwas hatte sie jetzt wirklich keine Zeit, sie musste sich auf den Wettbewerb konzentrieren, anstatt einem Mann mit dunkelbraunen Augen hinterherzuträumen, der sich nicht für sie interessierte und noch dazu mit einer anderen flirtete.

»Willst du Anna auch ein paar von meinen Zimtwaffeln mitbringen?«, fragte Florence, und Pauline wusste, dass das wieder einer von ihren netten Versuchen war, um sie auf andere Gedanken zu bringen. Zimtwaffeln machte Florence nämlich nur äußerst selten, und das, obwohl diese heiß begehrt waren.

»Gerne. Vorausgesetzt, ich bekomme auch eine davon ab.«

Florence lachte. »Selbstverständlich, aber du musst mir versprechen, dass du Anna welche übrig lässt.«

Pauline gab sich geschlagen. Jetzt breitete sich ein echtes Lächeln auf ihren Lippen aus. Sie gab die Kugeln der beiden Eissorten für Anna in einen Eisbecher, während Florence eine Keramikdose mit ihren Waffeln füllte. Sie dufteten köstlich nach Zimt und einem Hauch Vanille.

»Ich wusste gar nicht, dass du wieder Nachschub gebacken hast«, sagte Pauline.

Sie nahm sich eine Waffel, knabberte daran und seufzte glücklich. Sofort sah sie sich vor ihrem inneren Auge in einem leichten braunen Mantel vor einem Crêpes-Stand am Eiffelturm, der Duft von Teig und Zimt wehte ihr um die Nase, und der eisige Winterwind zerzauste ihr Haar und spielte mit ihrem breitkrempigen Hut, der sie très française aussehen ließ.

»Das sind einfach die besten Seelentröster, wenn Eis nicht mehr hilft«, murmelte sie, während sie das Bild mit leiser

Wehmut erfüllte. Pascal hatte ihr die Reise nach Paris lange versprochen, und als sie schließlich gefahren waren, hatten sie sich doch nur gestritten. Dabei war es das erste und einzige Mal gewesen, dass Pauline in der Stadt der Liebe gewesen war.

»Ich hatte gestern ein bisschen Zeit. Die Kleine war ausnahmsweise mal früh im Bett.«

»Sehr gut«, antwortete Pauline lächelnd und aß den Rest von ihrer Waffel auf. »Zu schade, dass wir die nicht öfter anbieten können, aber im Sommer ist Zimt leider nicht so gefragt.«

»Vielleicht sollten wir noch mal überlegen, ob wir das Café nicht doch auch im Winter wieder öffnen können«, gab Florence zu bedenken.

»Dazu bräuchten wir erst einmal diesen Sommer genügend Gäste, sonst gibt es den Eishimmel bald überhaupt nicht mehr.« Pauline nahm die Dose und den Eisbecher von der glänzenden Marmortheke. »Aber jetzt werde ich erst einmal unserer liebsten Testesserin einen Besuch abstatten und ihr unsere Kreation präsentieren.«

Sie ging zwischen den Sitzgruppen hindurch und nickte den Besuchern freundlich zu. Auch draußen waren mehrere Tische besetzt, und Pauline seufzte innerlich. Wenn es doch nur jeden Tag so wäre. Als sie die wenigen Schritte zu Annas Laden hinüberlief, merkte sie auf einmal, dass sie furchtbar nervös war. Es flatterte richtig in ihrer Magengegend. Fast fühlte es sich so an, als hätte sie tausend Schmetterlinge im Bauch.

22.

»Hallo, Anna!«, rief Pauline in den Laden hinein. »Bist du da?« Sie sah sich in dem Verkaufsraum um, doch sie entdeckte nur eine Frau etwa in ihrem Alter, die in der Nähe des Schreibtischs stand. Pauline kniff die Augen zusammen. Hatte die Frau etwa gerade den hölzernen Globus genauer angesehen? Vielleicht hatte sie ihr Briefchen dort bemerkt. Möglicherweise war sie ja die Unbekannte, die ihr geantwortet hatte und die gerade nach einer weiteren Nachricht suchte. Aber dann wandte sich die Frau davon ab und schien sich jetzt für das Tintenfass mit Feder zu interessieren. Pauline seufzte.

»Hallo, meine Liebe, wie schön, dass du vorbeischaust.« Anna kam aus dem Nebenraum auf sie zu. »Mit dir habe ich gar nicht gerechnet.« .

Ihre Schritte wirkten heute beschwerlicher als sonst, und sie ging ein wenig gebückter.

»Ich habe dir etwas mitgebracht.« Pauline hob den Eisbecher und die Keramikdose ein Stück in die Höhe.

»Endlich!« Anna warf die Hände theatralisch in die Luft. »Mein geliebtes Basilikumeis!«

»Und es wird noch besser«, sagte Pauline. »Florence schickt dir …«

»Zimtwaffeln!«, ergänzte Anna strahlend und nahm die Dose und den Eisbecher entgegen.

»Ich wusste gar nicht, dass du auch hellseherische Fähigkeiten hast.«

»Wenn es um mein Basilikumeis und Zimtwaffeln geht, kann ich mich auf meinen sechsten Sinn voll und ganz verlassen.«

Sie machte sich sofort auf den Weg in die kleine Teeküche. Jetzt wirkte sie deutlich beschwingter als zuvor, auch wenn sie noch immer mit leicht gekrümmtem Rücken ging.

»Übrigens funktioniert er auch bei Wetterumschwüngen und guten Nachrichten in allen Lebenslagen.«

»Aha.« Pauline sah ihr verwundert hinterher. »Und was soll das jetzt wieder heißen?«

»Nichts.« Anna holte einen Löffel aus einer der Schubladen, setzte sich an den Klapptisch in der Ecke und beugte sich über den Eisbecher. »Oh, wie ich sehe, hast du auch eine neue Sorte gemacht.«

»Manchmal klingst du wie ein griechisches Orakel.« Pauline, die im Türrahmen lehnte, hob die Augenbrauen. »Und gerade werde ich das Gefühl nicht los, dass du vom Thema ablenkst.«

»Unsinn«, meinte Anna und probierte den ersten Löffel von der neuen Eissorte. »Mhm, spannend!« Sie schmatzte leicht und nahm noch einen weiteren Löffel Eis. »Was ist das? Halt! Verrate es mir noch nicht. Da kommt am Ende ja noch ein ganz kleines bisschen Oregano raus. In Kombination mit der Zitrone sehr aufregend, nur die Basisnote geht ein wenig unter. Was hast du da verarbeitet? Milde Hagebutte? Blasse Erdbeeren? Ich komm nicht drauf …«

»Rosenblüten.« Pauline knirschte mit den Zähnen. »Es hätte ein Rosenblütenparfait werden sollen.«

»Wie romantisch«, seufzte Anna und tätschelte ihre Hand.

Pauline zog ihre Hand weg und verschränkte die Arme. »Was ist denn heute los mit euch? Florence war vorhin auch schon so komisch.«

»Vielleicht liegt es ja an deinem Eis«, meinte Anna und schob sich, wie um ihre These zu untermauern, dieses Mal einen großen Löffel Basilikumeis in den Mund.

»Eigentlich hat mir Florence geraten, dass ich etwas mehr Rosenwasser nehmen soll, aber wenn es jetzt schon eine solche Wirkung hat, sollte ich vielleicht lieber ganz auf Alkohol verzichten.«

»Papperlapapp.« Anna winkte ab. »Das war ja nur meine Assoziation bei dieser zuckersüßen Farbe in Kombination mit den wundervollen Rosenblüten. Weißt du, Rosen gibt es im echten Leben schon so wenige, warum damit im Eis sparen?«

»Anna …« Pauline legte eine besorgte Pause ein. »Hast du getrunken?«

»Nicht mehr als sonst auch«, entgegnete die ältere Dame und schaufelte sich seelenruhig den nächsten Löffel Eis in den Mund. »Für mich liegt eben immer ein Hauch Liebe in der Luft, wenn ich Rosenduft rieche. Zwei glücklich verliebte Seelen, die nichts und niemand auf der Welt mehr trennen kann. *La vie en rose*, wenn du so willst.«

»Jetzt geht das schon wieder los.« Pauline verdrehte die Augen. »Bevor es zu irgendwelchen Missverständnissen kommt: Ich bin nicht verliebt!«

»Das habe ich auch gar nicht behauptet«, brummte Anna. »Es muss ja schließlich nicht immer um dich gehen.«

»Und um wen geht es dann? Hast du etwa jemanden kennengelernt?«

»Also wirklich, das hätte ich dir schon längst erzählt. Außerdem ist die Liebe in meinem Alter weniger rosa und viel mehr Arthritis und gemeinsame Arztbesuche«, entgegnete Anna trocken und biss in eine Waffel.

Pauline musste lachen. »Als du letztes Jahr mit Herrn Ulbrich ausgegangen bist, der immer diesen eleganten Spazierstock bei sich hatte, hat sich das aber noch ganz anders angehört.«

»Bis er dann leider seine Leidenschaft für Rum und Glücksspiel offenbart hat.« Anna zwinkerte ihr zu. »Aber genug davon, diesmal geht es auch nicht um mich. Es geht um Christian. Ich glaube, nach all den Enttäuschungen, die er in den letzten Monaten erlebt hat, steht ihm endlich ein Neuanfang bevor.«

Pauline spürte, wie ihr das Lächeln aus dem Gesicht rutschte. Für einen Moment wusste sie nicht, was sie sagen sollte. Empfand Christian etwa mehr für sie? Hatte ihr Kuss gestern Abend doch etwas zu bedeuten? Oder hatte Anna damit Mareike gemeint, mit der er sich kurz vor ihrem Kuss verabredet hatte? Das wäre allerdings ziemlich geschmacklos. Aber bei Pascal hatte sie es damals ja auch nicht für möglich gehalten, dass er sie betrog, noch dazu mit ihrer Freundin. War das der Grund gewesen, wieso Christian sie anfangs zurückgewiesen hatte? Hatte er vielleicht doch Gefühle für eine andere Frau? Pauline war zutiefst verunsichert, und bei dem Gedanken, dass Christian wie Pascal ebenfalls kein Gewissen hatte, fühlte sich ihr Herz an, als läge es in einer Tiefkühltruhe. Vielleicht war sie ja doch noch nicht bereit für etwas Neues. Mit Mühe würgte sie den Kloß, der sich plötzlich in ihrem Hals gebildet hatte, herunter.

»Wie schön für ihn«, gab sie patziger als beabsichtigt zurück. »Wenn du nichts dagegen hast, sehe ich mich jetzt ein bisschen im Laden um. Ich brauche noch einen neuen Hocker für die Küche.«

Eine lähmende Enttäuschung breitete sich in ihr aus. Ihre ganze Leichtigkeit, die sie die letzten Tage noch gespürt hatte, war wie weggewischt und machte einer schlammigen Leere Platz. Sie schritt zwischen den alten Möbelstücken umher, warf einen Blick durch die rückwärtige große Fensterfront in den verwilderten Garten hinter dem Laden, und auf einmal glaubte sie, dass ihr Herz seit ihrer Trennung von genauso verwilderten Dornen umgeben war und es vielleicht niemals jemand unter all dem Gestrüpp finden würde.

Sie erinnerte sich an die Antwort auf ihrem Briefchen, die sie in ihrer Ausgabe von *Stolz und Vorurteil* gefunden hatte. Es war schwer, jemandem eine zweite Chance zu geben, und vielleicht spürten andere, dass sie noch nicht bereit dafür war. Plötzlich überkam Pauline das Gefühl, dass sie der oder dem Unbekannten eine Nachricht schreiben musste. Sie musste widersprechen und erklären, dass das falsch war, dass man eben doch nicht immer eine zweite Chance im Leben bekam, sie selbst war ja das beste Beispiel dafür. Mittlerweile kannte sie jedes einzelne Wort, das auf der Rückseite stand, sie benutzte das Blatt als Lesezeichen für das Buch, das auf ihrem Nachttisch lag. Sie hatte noch lange über die Zeilen nachgedacht und auch die Handschrift ausführlich betrachtet, um herauszufinden, ob sie irgendetwas über die Identität des Schreibers verriet. Pauline fand, dass die Schrift eher männlich aussah, aber das war auch schon alles, was sie festgestellt hatte.

Sie ließ sich durch den Laden treiben und bemerkte jetzt einen Herrn im Alter ihres Vaters, der ein englisches Teeservice begutachtete. Gerade hob er eine Tasse an und hielt sie prüfend gegen das Licht. Pauline beobachtete ihn aus den Augenwinkeln. Ob er vielleicht der geheimnisvolle Verfasser der Antwort war? Immerhin schien er, wie sie auch, Annas Antiquitäten zu schätzen, und er verhielt sich schon ziemlich auffällig, als er jetzt Teller für Teller vom Stapel nahm und jeden ganz genau betrachtete. Pauline ließ die Schultern sinken. Irgendwie hatte sie sich den Unbekannten ganz anders vorgestellt, ein bisschen jünger und, ja, auch ein bisschen attraktiver, doch der andere Mann mit dem Rucksack auf dem Rücken, der sich ebenfalls noch im Laden befand und die Klaviernoten durchsah, war auch nicht die Person, die sie vor ihrem geistigen Auge gehabt hatte. Allerdings zog der Mann nun ein Blatt Papier und einen Stift aus seiner leichten Sommerjacke und notierte etwas auf dem Klavierdeckel. Angespannt hielt Pauline die Luft an. Als er den Zettel von seinem Notizblock riss, klopfte ihr Herz aufgeregt in ihrer Brust. Doch zu ihrer Enttäuschung steckte er ihn in seine Hosentasche, nahm ein paar Klaviernoten und ging damit zu Anna.

Pauline schlenderte weiter, bewunderte das Schachspiel mit den griechischen und römischen Figuren auf der verspiegelten Platte, die wohl jemand abgestaubt haben musste, und blieb schließlich vor einem goldenen Teleskop stehen, das in vorderster Reihe im Schaufenster stand. Bisher war ihr dieses alte Fernrohr noch nie aufgefallen. Vielleicht hatte Anna es ja neu gekauft?

Das Teleskop war aus Messing und stand auf einem dreibeinigen Stativ aus Mahagoni, das man durch einzelne Rädchen den Bodengegebenheiten anpassen konnte. Pauline nahm den Deckel vorne am Teleskop ab, schloss ein Auge und schaute mit dem anderen durch das kleine Sucherfernrohr. Vorsichtig bewegte sie die Achsen des Teleskops, bis sie etwas Rötliches entdeckte. Sie holte es in die Mitte des Fadenkreuzes, stellte es mit den einzelnen Stellschrauben scharf und erkannte, dass es ein gemauerter Schornstein war. Dann suchte sie den Himmel ab, entdeckte ein paar weiße Wolkenfetzen auf dem kräftigen Blau, etwas Schwarzes huschte vorbei, vermutlich ein Vogel, und schließlich blieb sie an etwas Glänzendem hängen. Sie stellte das Objekt scharf und erkannte den Wetterhahn auf der Kirchturmspitze, der die Sonne reflektierte. Der Hahn reckte den Hals in den blauen Himmel und schien vor Stolz zu platzen, während sein stummer Schrei nie zu hören sein würde. Ähnlich wie ihre Briefchen, von denen viele wahrscheinlich auch niemals entdeckt und wahrgenommen wurden – bis auf den einen.

Bestimmt war es besonders schön, das Teleskop in der Nacht zu benutzen und damit den Mond und die unzähligen Sterne zu betrachten, die Lichtjahre entfernt und so unerreichbar weit weg waren, aber durch die Linse plötzlich doch zum Greifen nah zu sein schienen, dachte Pauline, und auf einmal wusste sie ganz genau, was sie dem Unbekannten antworten wollte. Sie ging zu dem antiken Schreibtisch, nahm sich einen Bogen Papier, drehte den alten Füller auf und begann zu schreiben.

Als sie fertig war, faltete sie das Papier zusammen und ging wieder zum Fernrohr. Sie steckte ihr Briefchen an die Wiege des Teleskops, sodass man es bei genauerem Hinsehen leicht entdecken konnte, denn sie wollte sichergehen, dass es auch gefunden wurde. Vielleicht erhielt sie ja tatsächlich noch einmal eine Antwort.

»Ein schönes Instrument, nicht wahr?«

Pauline drehte sich erschrocken um. In der Tür entdeckte sie Christian, der sie mit einem seltsamen Lächeln musterte. Wie lange stand er schon dort?

»Ich habe es in Annas Keller gefunden und generalüberholt«, sagte er, und Pauline jagte beim Klang seiner Stimme ein wohliger Schauer über den Rücken.

Sie nickte schwach. »Es ist wirklich schön.« Für einen Moment hielt sie den Atem an, als Christian jetzt direkt auf sie zukam. Plötzlich lag eine unbeschreibliche Spannung zwischen ihnen in der Luft, wie an einem heißen Sommertag kurz vor einem Gewitter, und als er jetzt seine Hand hob, schloss sie für einen kurzen Moment die Augen. Sie erwartete seine Berührung an ihrem Arm, an der Beuge ihres Halses, an ihrer Wange, doch als sie die Augen wieder öffnete, strich er zu ihrer Enttäuschung nicht über ihre Haut, sondern über das blank geputzte Metall des Fernrohrs.

Plötzlich blieb Pauline fast das Herz stehen. Was, wenn er ihr Briefchen dort entdeckte? Hatte er etwa gesehen, wie sie es geschrieben und anschließend versteckt hatte? Die Zeilen waren doch für jemand anderen bestimmt! Würde er sich darüber lustig machen? Paulines Herz begann, nach dem Aussetzer wie wild zu schlagen, als ob sie vier Tassen türkischen Mokka getrunken hätte.

»Als ich klein war, hatte mein Vater so ein ähnliches«, sagte Christian. »Es stand oben auf dem Dachboden vor einem

Fenster. Die Sterne zu beobachten, war seine größte Leidenschaft. Einmal hat er mich mitgenommen, ich war damals ungefähr vier oder fünf Jahre alt. Ich weiß noch, dass meine Mutter getobt hat, weil er mich dafür mitten in der Nacht wecken musste.« Er lachte leise. »Dabei hatte er es mir doch versprochen. Ich wollte nämlich unbedingt die Mondfinsternis sehen, die sie im Radio angekündigt hatten. Den Rest der Nacht habe ich wegen ihres Streits dann nicht mehr geschlafen, und am Morgen war ich wirklich todmüde, wie meine Mutter es meinem Vater prophezeit hatte. Sie hat drei Tage lang nicht mehr mit ihm gesprochen.«

Pauline war überrascht, dass er mit so gemischten Gefühlen auf seine Kindheit zurückblickte. Sie hatte automatisch angenommen, dass er die perfekten Eltern gehabt haben musste, von denen er alles bekommen hatte, was er sich nur wünschen konnte. Sie wartete, ob Christian weiterreden würde, aber er schien ganz in seinen Gedanken versunken zu sein.

»Und?«, fragte sie schließlich leise. »Hast du die Mondfinsternis gesehen?«

Christian nickte und schenkte ihr ein melancholisches Lächeln. »Ja, und sie war es wert. Mein Vater ist zwei Jahre darauf gestorben, damals habe ich oft an unsere Nacht oben auf dem Dachboden denken müssen. Wir haben dort Tee aus einer Thermoskanne getrunken, und es war eisig kalt, das weiß ich noch. Es muss irgendwann im Winter gewesen sein, und ich dachte damals, mir frieren die Zehen ab.«

Paulines Herz wurde von einer Welle von Mitgefühl davongespült, und als sich ihre Blicke in diesem Moment trafen, stand ihr ganzer Körper plötzlich in Flammen. Sie fühlte sich unwiderstehlich stark zu Christian hingezogen, wollte ihn noch einmal küssen und damit zum Lächeln bringen. Wie gerne wäre sie ihm jetzt ganz nah gewesen, denn sie spürte, dass da noch mehr in ihm sein musste, was ihn umtrieb wie ein schaukelndes Boot auf offener See. Aber dann kamen ihr wieder Zweifel. Galten seine Gefühle, von denen Anna gesprochen hatte, wirklich ihr? Dafür war er gestern viel zu abweisend gewesen, und warum hätte er sich auch anders verhalten sollen? Sie selbst hatte ja auch keinen Schritt auf ihn zugemacht oder zu erkennen gegeben, was sie tatsächlich für ihn empfand. Im Gegenteil, auch jetzt versuchte sie wieder, ihr wild pochendes Herz unter Kontrolle zu bekommen. Sie durfte sich nicht noch einmal leichtfertig verlieben. Ein Mann, der abwechselnd so heiß und kalt wie Christian war, sollte nicht wieder ihr Herz brechen. Das hatte sie bereits mit Pascal erlebt, und ein zweites Mal würde sie sich davon nicht mehr erholen können.

Pauline trat einen Schritt aus seiner unmittelbaren Nähe zurück und sah zu Boden, um seinem fordernden Blick zu entgehen.

Christian wandte sich von dem Teleskop ab und vergrub seine Hände in den Taschen. »Entschuldige, ich will dich nicht mit alten Geschichten langweilen. Suchst du denn etwas Bestimmtes, oder hast du einfach nur Anna besucht?«

Sie atmete erleichtert auf. Christian schien weder ihren kurzen Moment der Schwäche noch ihr Briefchen bemerkt zu haben.

»Ich habe Anna eine neue Eissorte vorbeigebracht, aber sie ist leider nicht so geworden, wie ich mir das vorgestellt habe.«

»Warum nicht?«

Pauline hob die Schultern und ließ sie wieder sinken. »Das Mischverhältnis war wohl nicht das richtige. Da kann man nichts machen.« Manchmal stimmt die Chemie einfach nicht, setzte sie in Gedanken bitter hinzu.

»Versuchst du es noch einmal, oder denkst du dir eine andere Sorte für die Preisrichter aus?«

Pauline sah ihn überrascht an und erkannte in seinem Blick ehrliches Interesse. »Woher weißt du von dem Wettbewerb?«

»Meine Großmutter hat mir davon erzählt«, sagte Christian lächelnd. »Sie meinte, dass du ihr sonst nie so viel Eis zum Probieren vorbeibringst wie in der letzten Woche.«

Jetzt lächelte auch Pauline. »Sie ist eben eine meiner kritischsten Testesserinnen.«

»Hat ihr denn schon eine Sorte besonders gut geschmeckt?«

»Abgesehen von ihrem geliebten Basilikumeis?«, fragte Pauline, und Christian musste lachen.

»Jedes Mal, wenn ich sie frage, sagt sie mir, dass sie alle deine Sorten mag und dass du eine einzigartige Forscherin und Entdeckerin auf dem Kontinent des guten Eisgeschmacks bist.«

»Das sieht ihr ähnlich.« Pauline schmunzelte, doch dann wurde sie schlagartig wieder ernst. »Wenn es doch nur allen so schmecken würde.«

»Hey …« Christian streichelte sanft über ihren Arm. »Mach dir keine Sorgen, wir bekommen das schon hin.«

Paulines Haut brannte an der Stelle, die er berührt hatte, und die feinen Härchen auf ihrem Arm richteten sich auf. Sie sah in seine Augen, verfing sich in seinem Lächeln, seinen Lippen, die wohl einer anderen Frau gehörten, und stieß rückwärts taumelnd gegen die alte Wäschekommode.

»Ich … ich muss jetzt gehen …«, würgte sie mit belegter Stimme hervor. »Mach's gut.« Sie stolperte an ihm vorbei und verließ beinahe fluchtartig den Laden.

Mit einer heftigen Bewegung zog sie die Tür hinter sich ins Schloss. Sie war vollkommen durcheinander, und ihre Gedanken wirbelten durch ihren Kopf wie Herbstlaub im Wind.

23.

Was war nur mit Pauline los? Christian konnte sich nicht erklären, warum sie vorhin so fluchtartig den Laden verlassen hatte. Wusste sie doch mehr, als sie vorgab? Er hatte nur etwas Nettes sagen wollen, aber irgendwie ging das bei ihr jedes Mal nach hinten los. Wenn es um ihre Kreationen und den Eishimmel ging, dann sprühte Pauline dagegen immer vor Enthusiasmus. Ob sie wusste, dass ihre Augen dabei immer strahlten, nein, dass *sie* strahlte? Doch eins war klar, wenn sie vom Bau des Einkaufszentrums erfuhr, würde dieses Strahlen erst einmal bis auf Weiteres erlöschen.

Krampfhaft überlegte Christian, ob es vielleicht möglich war, Pauline zu helfen. Er könnte versuchen, den Betreiber des Centers zu überreden, ihr zu besonders guten Konditionen ein Eiscafé zu ermöglichen. Denn aktuell überstieg die Miete dort eindeutig ihr Budget. Er kam sich wie ein schrecklicher Verräter vor. Hatte Pauline nicht selbst gesagt, dass der Eishimmel ihr Leben war? Und er plante, ihre Eisdiele dem Erdboden gleichzumachen, und lächelte ihr dabei auch noch nett ins Gesicht. Schlimmer noch, er hatte sie geküsst, obwohl er wusste, dass es falsch war, aber er hatte der Versuchung einfach nicht widerstehen können. Das hatte er sich selbst eingebrockt, und jetzt musste er zusehen, dass er Pauline schnellstmöglich mit der Wahrheit konfrontierte, bevor alles noch schlimmer wurde. Doch was sollte er ihr sagen?

Christian ließ die Schultern sinken. Zumindest einer Sache konnte er sich sicher sein: Pauline würde ihn hassen. Wenn er ihr nicht das Herz brechen wollte, musste er sich von ihr fernhalten, denn früher oder später würde er sie verletzen, wenn sie von seinem falschen Spiel erfuhr, das war klar. Wenn sie es ihm nur nicht so schwer machen würde.

»So, genug für heute«, entschied Anna und rekelte sich genüsslich. »Für eine alte Frau wie mich wird es Zeit, Feierabend zu machen.«

»Ja, ich höre jetzt auch auf.« Christian klappte seinen Laptop zu, über dem er bis eben gebrütet hatte, und stand auf. »Soll ich den Laden für dich abschließen?«

»Gern.« Seine Großmutter zählte die Einnahmen, während er die Tür verriegelte und das Schild mit der Aufschrift »Geöffnet« umdrehte. Auf dem Rückweg lief er an dem alten Teleskop vorbei, an dem Pauline vorhin so lange gestanden hatte. Selbst wenn er sie nicht haben konnte, so wollte er sich ihr wenigstens über ihre Worte nahe fühlen – ein kleiner kostbarer Ersatz, der ihm eine diebische Freude bereitete. Er schraubte den Deckel ab, doch zu seiner Enttäuschung fiel ihm kein Zettel entgegen. Vielleicht hatte Pauline dieses Mal ja gar keine Nachricht hinterlassen. Trotzdem suchte er das Fernrohr gründlich ab, tastete vorsichtig über das Holzgestell, und da, an der Wiege, entdeckte er schließlich ein zusammengefaltetes Stück Papier. Er zog das Briefchen vorsichtig heraus und ließ es in seiner Hosentasche verschwinden.

»Ich finde es schön, dass du deine Homeoffice-Tage hier

bei mir im Laden verbringst«, sagte Anna, als er wieder bei ihr war. Mit einem prüfenden Blick schaute sie ihn über den Rand ihrer Brille hinweg an und legte dabei die Einnahmen aus der Kasse in eine Geldkassette.

Sofort meldete sich wieder Christians schlechtes Gewissen, allerdings hatte er die letzten Tage auch immer wieder beobachtet, wie schwer seiner Großmutter die Arbeit mittlerweile von der Hand ging.

»Ich finde es auch schön«, stimmte er zu, aber er musste sich eingestehen, dass er nicht nur ihretwegen kam, sondern vor allem auch wegen Pauline. »Morgen muss ich leider ins Büro. Ich werde mit Oskar noch einige Details besprechen.«

Christian wurde wieder bewusst, dass er Anna endlich vom Bau des Centers erzählen musste. Schon allein bei dem Gedanken daran wurde ihm schlecht. Ihm war das Antiquitätengeschäft ans Herz gewachsen, und seine Großmutter war mit all diesen alten Möbeln untrennbar verbunden. Anna und der Laden, das war eine Symbiose, ein Kosmos, der nach seinen eigenen Regeln funktionierte. Und er war mit dafür verantwortlich, dass das alles zerstört wurde.

»Kommst du noch mit nach oben?«

»Nein, heute nicht. Ich wollte noch ein bisschen frische Luft schnappen und bei Pauline vorbeischauen, um ihr einen ihrer Ordner zurückzugeben. Ein anderes Mal gerne.«

Anna klopfte ihm auf die Schulter. »Dann genießt den Abend«, sagte sie und ging die Treppe zu ihrer Wohnung nach oben.

Christian sah ihr nach und überlegte, ob es nicht doch eine andere Möglichkeit gab, den beiden zu helfen. Was wäre zum Beispiel, wenn man die Gebäude erhalten würde und die alten Fassaden in den Neubau integrierte? So etwas hatte er schon einmal bei einem Besuch in Tel Aviv gesehen, ein altes Haus, das quasi vom Glas eines Neubaus umgeben war. Modern und alt in einer außergewöhnlichen Mischung vereint. Der Gedanke traf ihn wie ein Blitz. Er musste seinem Onkel die Idee präsentieren, vielleicht war das die Lösung!

Sofort setzte er sich an die Pläne des Neubaus, um sie durch eine Skizze zu ergänzen. Gleichzeitig rief er auf seinem Laptop die Beispiele der Bauten in Tel Aviv auf. Er war zwar kein Architekt, aber er hatte schon immer ein Händchen fürs Zeichnen gehabt. Schließlich betrachtete er nach einiger Zeit zufrieden seine neue Skizze und reckte sich in seinem Sessel. Dabei knisterte es, und Christian erinnerte sich an das Briefchen in seiner Hosentasche. Als er das Papier auseinanderfaltete, überkam ihn eine Mischung aus Nervosität und Vorfreude. Er war gespannt, was Pauline dieses Mal geschrieben hatte, und begann zu lesen:

Hallo D. W.,
wusstest Du, dass Menschen wie Sterne sind? Es gibt so viele von ihnen, und doch ist jeder einzigartig und besonders. Manchmal hat man die Möglichkeit, einem Menschen direkt in die Seele zu blicken, zum Beispiel, wenn man tief in seine Augen sieht und der andere den Blick mit Offenheit erwidert – fast so, als würde man mit einem Teleskop in den Himmel gucken und einen einzigen Stern betrachten. Für einen Moment scheint kein anderer Stern heller, keiner bedeut-

samer, obwohl er Lichtjahre entfernt ist. Aber dann dreht sich die Erde weiter, der Stern ist weg.
Du schreibst, dass jeder eine zweite Chance verdient hat, doch ich glaube nicht, dass das so einfach ist. Wahrscheinlich wird kein Zweiter diesen einen Stern je wieder mit dem gleichen Interesse ansehen, denn wie soll er ihn finden unter all dem Haufen blinkender Lichter dort oben? Das wäre doch ein sehr großer Zufall …
In Gedanken versunken am Himmel
Deine P.

Christian erinnerte sich sofort daran, wie sie sich auch vorhin wieder in die Augen gesehen hatten. Er hatte sich Pauline in diesem Moment so verbunden gefühlt. Konnte es sein, dass es ihr genauso ergangen war? Aber wieso war sie dann vor ihm zurückgewichen und hatte so plötzlich den Laden verlassen? War sie noch nicht bereit für eine neue Liebe, weil jemand sie in der Vergangenheit verletzt hatte?

Er sah auf das Briefchen, fuhr mit seinen Fingerspitzen über die feine Handschrift und fühlte sich Pauline plötzlich so nahe wie gestern bei ihr zu Hause auf dem Sofa. Es war, als ob ein feines Band zwischen ihnen bestand, ein Band, das niemand sah, das sie aber immer wieder zueinanderführte. Doch auch in diesen Zeilen schwangen wieder ihre Traurigkeit und ihre Zurückhaltung mit, die Christian bereits vorhin bei ihr bemerkt hatte und die ganz im Gegensatz zu ihrer offenen Art und ihren sprühenden Augen stand. Wie gern wollte er ihr sagen – nein, *musste* er ihr sagen –, dass sie die Hoffnung nicht aufgeben durfte.

Er packte seine Sachen zusammen, verließ das Antiquitätengeschäft durch den Hausflur und machte sich auf den Weg zum Eishimmel. Das Café war natürlich bereits geschlossen, aber als er durch das Schaufenster sah, bemerkte er Pauline hinter dem Tresen. Er klopfte leicht gegen die Scheibe, und als Pauline jetzt überrascht in seine Richtung blickte, hob er kurz die Hand zum Gruß.

»Was machst du denn noch hier?«, fragte sie, nachdem sie die Tür aufgeschlossen und ihn hereingelassen hatte.

»Ich wollte dir deine Unterlagen vorbeibringen.« Er deutete auf den Ordner.

»Dann bist du schon durch damit?« Sie hob verwundert die Brauen, und Christian nickte. »Setz dich doch, dann können wir alles in Ruhe durchsprechen. Ich mache uns zur Stärkung noch schnell einen Eiskaffee.«

Christian nahm an einem der Tische Platz und beobachtete Pauline fasziniert dabei, wie sie hinter dem Tresen zwei schlanke, hohe Gläser vor sich stellte und mehrere Kugeln Eis mit dem Eisportionierer hineinfallen ließ. Dann nahm sie eine Metallkanne aus dem Kühlschrank, goss den gekühlten Kaffee ein, griff zu einem Spritzbeutel und zauberte mit schwungvollen Bewegungen die Sahne obendrauf. Sie ging zu ihrem Apothekerschrank, nahm eine kleine braune Flasche und eine Keramikdose heraus und verzierte den Eiskaffee. Als sie zurück an den Tisch kam, meinte Christian in dem Glas ein wahres Kunstwerk vor sich zu haben, garniert mit frisch geraspelten Schokoladenflocken, einer Sahnehaube und einer Kaffeebohne darauf.

»Bei dir sieht das alles so spielend leicht aus«, sagte er und trank einen Schluck davon. »Und es schmeckt auch noch so lecker. Kannst du zaubern?« Er zwinkerte ihr zu. »Ich glaube, wenn ich versuchen würde, so etwas zu machen, dann käme nur eine hässliche Pampe dabei heraus, und die Küche sähe aus wie ein Schlachtfeld.«

Pauline lachte. »Das ist alles eine Frage der Übung. Schon als ich klein war, glich meine Puppenküche eher einer Hexenküche. Ich habe lauter Kräuter und Sträucher zusammengebunden und sie verkehrt herum an mein Hochbett gehängt, und meine Schlammsuppe mit Schneckenhäusern und Tannennadeln war ein echter Geheimtipp. Allerdings glaube ich nicht, dass sie meinen Gästen heute noch so gut schmecken würde wie damals.«

»Soso, dann frage ich mich doch, warum deine Zettelwirtschaft hier eher nach verrückter Wissenschaftlerin als nach Küchenfee aussieht.«

Pauline verzog das Gesicht. Das war wohl ein wenig zu hart gewesen. »Dafür gibt es dann ja ordentliche Rechenschieber wie dich, die mein Zauberchaos ordnen können«, konterte sie. »Schließlich willst du ja auch von irgendetwas leben.«

»Touché.« Christian schmunzelte.

Zugegebenermaßen war das Balancieren von Zahlen in Tabellen deutlich weniger kreativ als Paulines Arbeit, dafür konnte man sich am Ende des Jahres auf einem dicken finanziellen Polster ausruhen. Abgesehen davon hatten ihm ihre Finanzen wirklich Kopfzerbrechen bereitet, von der fehlenden Ordnung darin ganz zu schweigen. Christian zog den Ordner zu sich heran und blätterte darin.

»Sieh mal, ich habe hier eine Monatsübersicht deiner Umsätze und Ausgaben erstellt, damit du alles auf einen Blick hast.« Pauline setzte sich, und Christian schob den Ordner zu ihr hinüber. »So schlecht sieht es eigentlich gar nicht aus. Auf dieser Seite sind die Einnahmen, und die Ausgaben habe ich in die einzelnen Posten unterteilt, damit du gleich feststellen kannst, ob sich etwas verändert hat. Fixkosten wie Miete stehen hier, deine Ausgaben für die Herstellung deiner Eissorten sind hier in der Mitte, und dort unten findest du die monatlichen Raten des Bankkredits.«

Pauline hatte alles ganz genau verfolgt, doch als die Sprache auf den Kredit kam, verhärteten sich ihre sonst so weichen Züge.

»Ich will dich damit nicht entmutigen, sondern dir zeigen, dass der Eishimmel ohne die Schulden durchaus rentabel wäre.«

Sie wollte gerade etwas sagen, doch er stoppte sie.

»Ich habe mal einen groben Businessplan für dich erstellt. Natürlich müssen wir den noch einmal gemeinsam überarbeiten, bevor wir ihn der Bank vorlegen, aber ich denke, dass wir gute Chancen haben, neues Kapital für deine Ideen zu bekommen. Wenn die Zahlen stimmen und die Geschäfte so anlaufen, wie wir uns das denken, dann könnte sich zum Beispiel der Eiswagen schon nach nur einem Sommer rechnen.«

Pauline sah nachdenklich auf die Zahlenkalkulation. »Ja, und wenn nicht, dann habe ich noch einen größeren Berg Schulden.«

Christian hielt inne. Jetzt konnte, nein musste er ihr von dem geplanten Einkaufscenter erzählen, bevor sie einen weiteren Kredit aufnahm. Er hatte zwar vor, erst mit Oskar über eine mögliche Finanzierung für sie zu sprechen, aber vermutlich war es gut, wenn er schon einmal vorfühlte, wie sie generell dazu stand. »Könntest du dir vorstellen, den Eishimmel vielleicht in einem anderen Laden weiterzuführen?«

Pauline hob den Kopf und sah Christian direkt in die Augen. »Was meinst du damit?«, fragte sie angespannt.

»Möglicherweise würde ein anderes Umfeld mehr Kunden anlocken, und du hättest auch mehr Platz«, wich Christian aus.

Pauline sah sich in ihrem Café um. »Was stimmt denn mit dem Eishimmel nicht? Ich habe versucht, den Charme der alten Apotheke hier mit hineinzubringen, und ich dachte immer, dass meine Gäste diese Nostalgie mögen. Ich wollte keine anonyme, austauschbare Eisdiele wie die Frozen-&-Friends-Filialen, sondern ein Café mit Atmosphäre. Und die Lage hier am Stadtpark ist doch ziemlich gut. Klar, in der Fußgängerzone ist noch etwas mehr los, aber so hat man den Blick ins Grüne, und die Miete ist hier auch etwas preiswerter als direkt in der Innenstadt.«

Christian nickte müde. »Wahrscheinlich hast du recht, ein Eiscafé braucht keine große Geschäftsfläche. Es war nur so ein Gedanke.« Er lächelte sie aufmunternd an, doch Pauline erwiderte seinen Blick nur kurz. »Was macht denn eigentlich dein Eis für den Wettbewerb?«, fragte er deshalb, um sie auf andere Gedanken zu bringen.

Pauline seufzte tief. »Ich komme einfach nicht voran. Florence musste heute früher gehen, weil es ihrer Tochter nicht so gut ging, dabei hätte ich sie so dringend gebraucht. Wir wollten heute noch mal die Eissorten, die ich kreiert habe, durchgehen und überlegen, mit welcher ich morgen beim Wettbewerb antrete.«

»Vielleicht kann ich dir ja helfen«, bot Christian spontan an. »Wenn ich irgendetwas von meiner Großmutter geerbt habe, dann sicherlich ihren ausgezeichneten Geschmack und ihre untrügliche Urteilskraft, die mich zu einem unvergleichlichen Vorkoster machen.«

»Ha! Ich hab mich wohl verhört. Ich dachte, du magst kein Eis.«

»Tue ich ja auch nicht, und gerade deshalb bin ich genau der Richtige. Ich sage dir nicht aus Höflichkeit, dass alle Sorten lecker sind. Mich kannst du nicht einfach mit einem mittleren Ergebnis und einem bezaubernden Lächeln überzeugen, sondern nur mit einer perfekten Kreation.« Er lehnte sich provozierend vor. »So kannst du dich auch gleich auf eine kritische Jury einstellen.«

»Wahrscheinlich willst du dir nur auf meine Kosten den Bauch vollschlagen wie letztes Mal«, sagte sie ernst. »Aber meinetwegen, ich nehme die Herausforderung an, Mr. Selbsternannter-Vorkoster, der eine arme Eiscafébesitzerin hemmungslos ausnimmt und ihre Eisvorräte aufisst. Mir gelingt es schon noch, einen unverbesserlichen Eishasser wie dich eines Besseren zu belehren!« Sie lehnte sich zu ihm über den Tisch. »Und glaub ja nicht, dass das ein Zuckerschlecken wird. Zum Probieren gibt's nämlich nur winzige Portionen, und danach musst du eine zweiseitige Liste mit Fragen ausfüllen, welche Geschmacksrichtungen sich im Detail entfalten. Und unten gibt es ein Feld, in dem du mit mindestens zehn Sätzen beschreiben musst, woran du denkst, wenn du das jeweilige Eis isst. Bist du sicher, dass du das machen willst?«

»Das klingt eher nach Psychologiestudien als nach Verkosten«, murmelte Christian und beugte sich noch etwas mehr zu ihr nach vorne. »Lass mich raten, mit diesen Informationen findest du dann heraus, wer mein Traumpartner ist und in welcher Farbe ich meine Wohnzimmerwand streichen soll, was?«

Als auch Pauline ihm jetzt noch ein winziges bisschen mehr entgegenkam, stieg ihm ein Hauch ihres blumigen Parfüms in die Nase. »Mach dich auf die härteste Geschmacksprüfung deines Lebens gefasst«, flüsterte sie verschwörerisch.

»Okay.« Christian schmunzelte. »Keine Sorge, das bekomme ich hin.«

»Hmm, sei dir da mal lieber nicht zu sicher.« Das Lächeln auf Paulines Lippen wurde schelmisch. »Das werde ich nämlich nach allen Regeln der Kunst zu testen wissen.«

Bei ihrem Lächeln hätte er sie am liebsten auf ihre himbeerroten Lippen geküsst, doch Pauline richtete sich abrupt auf. Christian lief es heiß und kalt den Rücken hinunter. Diese Frau war nicht zu durchschauen. Immer wenn er dachte, sie einschätzen zu können, entdeckte er eine neue überraschende Seite an ihr.

»Das mit der zweiseitigen Liste war übrigens gelogen«, sagte sie zwinkernd und stand auf. Sie bedeutete ihm mit einer Handbewegung, ihr zu folgen. Wie hypnotisiert stand Christian auf und ging ihr nach.

»Warte hier bitte einen Moment.« Pauline verschwand in einem winzigen Umkleideraum, auf den er nur einen kurzen Blick erhaschen konnte. Sein Herz schlug schneller bei dem Gedanken, dass sie sich dort drinnen gerade umzog.

Im selben Augenblick ging die Tür wieder auf, und Pauline

war jetzt ganz anders gekleidet, als er erwartet hatte. Mit der blütenweißen Kochbluse, zugeknöpft bis zum Hals, und der schwarz-weiß karierten Hose hatte sie jetzt mehr Stoff an als vorher. Dazu trug sie ihre Haare zusammengeknotet unter einer Kochhaube.

Sie reichte ihm eine Kochjacke und eine Einweghaube. »Das ist Vorschrift«, erklärte sie mit süffisantem Lächeln. Pauline spielte wohl zu gerne mit ihm – und auch diese Runde ging an sie. Eines musste man ihr lassen: Sie machte es ihm wirklich nicht einfach.

Christian zog beides bereitwillig an, wobei er sich ein Schmunzeln nicht verkneifen konnte, und folgte ihr.

»Das ist das Herzstück des Eishimmels, mein Eislabor«, erklärte Pauline, und er erkannte deutlich das Leuchten in ihren Augen. »Hier nimmt alles seinen Anfang.«

Christian sah sich in dem hellen Raum um. Dort, wo früher die Apotheke ihr Labor gehabt hatte und die Arzneimittel hergestellt worden waren, glänzten nun Hightechgeräte in einer auf Hochglanz polierten Edelstahlküche mit großer Fensterfront.

»Respekt!«, entfuhr es ihm. »So hätte ich es mir hier ganz und gar nicht vorgestellt. Irgendwie hatte ich erwartet, dass alles viel nostalgischer ist und wie in einer normalen Küche aussieht.«

»Ehrlich gesagt, bin ich ganz froh, dass ich das Eis nicht von Hand rühren muss«, sagte Pauline mit einem verschmitzten Lächeln. »Sonst hätte ich inzwischen vermutlich Oberarme wie ein Weltmeister beim Ringen.«

Christian verdrehte die Augen. »Nein, das ist mir schon klar, dass du moderne Geräte nutzt, aber ich dachte einfach, dass das Eismachen viel mehr Handarbeit ist, also irgendwie eben nicht so wie in einer Weltraumküche.«

»Keine Sorge, ich muss trotzdem sehr viel selbst machen. Aber ich weiß sehr gut, was du meinst. Mir ging es damals ganz genauso, als ich zum ersten Mal ein Eislabor betreten habe. Ich hatte auch erwartet, eine gemütlich eingerichtete Landhausküche vorzufinden und kein Chemielabor mit Touchpads und Displays.«

»Wie bist du eigentlich zum Eismachen gekommen?«

»Ursprünglich wollte ich Patissière werden, aber es hat sich ziemlich schnell herausgestellt, dass ich mich nicht dazu eigne, warme Süßspeisen zuzubereiten. Mir sind ständig die Omeletts und Krapfen angebrannt, oder der Hefeteig für die Brioche war nur ein zäher Klumpen, mit dem man jemanden hätte erschlagen können. In dem Hotel, in dem ich gelernt habe, hat auch Florence gearbeitet, die in dem Bereich weitaus talentierter ist als ich. Sie hat meistens versucht, meine Missgeschicke wieder auszubügeln, und so habe ich mich dann überwiegend um die süßen Soßen und die kalten Süßspeisen wie Mousse, Quarkzubereitungen und Cremes gekümmert, und irgendwann habe ich dann das Eismachen für mich entdeckt.«

»Und jetzt hast du dein eigenes Café und denkst dir selbst Sorten aus«, fügte Christian hinzu.

»Genau. Aber meine Ideen für den Wettbewerb haben mich alle nicht so richtig überzeugt. Ich bin einfach nicht sicher, womit ich morgen antreten soll.«

»Welche Sorten stehen denn zur Auswahl?«, fragte er, und Pauline ging zu einem der surrenden Gefrierschränke und öffnete ihn.

»Ich habe ein neues Zartbitterschokoladeneis mit und ohne Chiliflocken, das Rosenblüteneis, das ich gerade noch etwas verfeinert habe, Ananas-Minze, Blutorange mit kandiertem Ingwer, Rosmarinparfait mit Hibiskusblüten, Kokosmilch-Limette und Sanddorn-Passionsfrucht-Sorbet. Du könntest mir helfen, indem du mir sagst, was du von all dem hältst.«

»Okay, dann fange ich einfach vorne an und teste mich durch«, entschied Christian. »Ich hoffe, du hast nicht heimlich eine Kreation gezaubert, die mich in einen Frosch verwandelt.«

Pauline lachte. »Keine Sorge, damit das funktioniert, müsstest du ein Prinz sein.«

Auch Christian schmunzelte und sah ihr dabei zu, wie sie mehrere Schalen aus einem der Schränke nahm, sie in einer Reihe aufstellte und in jede eine kleine Portion der einzelnen Eissorten gab, die sie dann an ihn reichte.

»Aber sag erst, was du denkst, nachdem du alle getestet hast, ja?« Pauline war die Aufregung deutlich anzusehen.

Christian probierte jede Sorte gewissenhaft. Als er schließlich auch von dem letzten Eis gekostet hatte, sah sie ihn gespannt an.

»Und? Meinst du, dass da eine Sorte dabei ist, mit der ich antreten kann?«

Er nahm noch einmal einen Löffel von dem Blutorangen-Ingwer-Eis und ließ es sich auf der Zunge zergehen. »Ich denke, dass du durchaus mit allen Sorten gute Chancen hast. Diese hier mag ich besonders gern.« Er deutete auf die jetzt leere Schale. »All diese Eissorten sind geschmacklich abgerundet, und man merkt, dass du an den Kreationen getüftelt hast, aber bei allen fehlt mir irgendwie das Besondere, das, was dich und dein Eis ausmacht. Ich weiß nicht, ob man das so sagen kann, aber ich vermisse irgendwie die Leidenschaft, die du sonst beim Eismachen an den Tag legst. Das klingt seltsam, oder?«

Pauline verzog den Mund und sah Christian schweigend an. In ihre Stirn hatten sich tiefe Furchen gegraben. »Nein, ich glaube, ich verstehe, was du meinst.« Sie seufzte. »Ich will eine einzigartige Komposition erfinden, aber ich mache mir so viele Gedanken, ob es den Preisrichtern gefällt, dass es einfach nicht so richtig klappen will, wie ich mir das vorstelle.«

»Ein Mangel an Liebe sozusagen, den man schmecken kann«, murmelte Christian.

Pauline sah ihm in die Augen. »Je näher der Wettbewerb rückt, desto mehr setze ich mich unter Druck.« In ihrer Stimme war jetzt deutlich ihre Verzweiflung zu hören. »Heute Abend ist meine letzte Chance, etwas Neues zu kreieren, aber ich weiß einfach nicht, wie!«

»Dann denk nicht an die Jury, an die Bewertung oder den Wettbewerb, und mach genau das, was du sonst auch machst, indem du dich auf das konzentrierst, was du liebst. Was ist deine Lieblingssorte?«

»Meine Lieblingssorte?« Sie schüttelte den Kopf. »Was soll das denn jetzt bringen, Christian? Ich muss etwas Neues schaffen, keine alten Rezepte ausgraben.«

Christian stand auf und nahm ihre Hände in seine, um sie zu beruhigen. »Doch, genau dafür solltest du dir jetzt Zeit nehmen. Vertrau mir. Welches Eis magst du am liebsten?«

»Himbeere«, sagte Pauline und sah ihn an, als wäre dies ein geheimes Losungswort und er die verschlossene Tür, die sich damit öffnen ließ. »Mit einem Spritzer erfrischender Zitrone, einem Hauch Minze und einer Prise echter Vanille.«

»Dann mach genau dieses Eis. Du solltest dich nicht darauf versteifen, etwas besonders Ausgefallenes zu kreieren, um die Jury zu überzeugen, sondern lieber eine Sorte herstellen, die du selbst liebst und die du besonders gut kannst. Und wenn Himbeere deine liebste Sorte ist, dann scheinst du die Zutaten dafür perfekt zusammengestellt zu haben.« Jetzt war er ganz nah an ihren Lippen, die selbst so verführerisch rot wie Himbeeren glänzten und von denen er den Blick nur abwenden konnte, um in Paulines schillernd graue Augen zu schauen.

Sie lächelte. »Vielleicht hast du recht«, sagte sie und kam ihm noch ein kleines Stückchen mehr entgegen. »Das habe ich die ganze Zeit übersehen.« Plötzlich zog sie ihre Hände aus seinen und drehte ihm den Rücken zu. »Also, dann lass uns Himbeereis machen«, sagte sie, und ihre Stimme klang dabei gezwungen euphorisch.

»Jetzt?« Christian versuchte, sich seine Enttäuschung nicht anmerken zu lassen. »Ich hätte viel lieber etwas anderes probiert«, murmelte er.

Pauline trommelte mit den Fingerkuppen auf die blank polierte Arbeitsfläche und musterte ihn mit funkelnden Augen. »Ach ja? Du naschst wohl gerne aus verschiedenen Töpfen, oder?« Damit wandte sie sich ab und ließ ihn irritiert stehen.

»Was soll denn das heißen?«, entfuhr es ihm scharf, doch dann dämmerte es ihm. Sie musste etwas von dem Einkaufscenter gehört haben. Oder sie ahnte es. »Pauline, ich …«, begann er, doch sie schien ihm gar nicht mehr zuzuhören.

Sie schaute bereits in einen der Kühlschränke. »Ich könnte

vielleicht … Also, wenn ich noch Himbeeren habe …«, überlegte sie laut. »Warte!«, rief sie plötzlich mit dem alten Enthusiasmus in der Stimme.

Sie öffnete einen der großen Gefrierschränke und stapelte mehrere Dosen von einer Seite auf die andere.

»Ha! Da sind noch welche!« Sie stieß mit dem Ellbogen die Tür wieder zu und kam zu ihm zurück. »Eine größere Menge Eismix herzustellen, dauert zu lange, aber ich kann dir zeigen, was ich mache, wenn ich plötzlich große Lust auf eine Kugel Himbeereis bekomme und keines mehr da ist.«

Die prickelnde Nähe zwischen ihnen war wieder verschwunden und ließ Christian mit einem Gefühl der Leere in seiner Brust zurück. Doch dann nahm er sich zusammen.

»Okay, ich bin gespannt«, sagte er und sah Pauline dabei zu, wie sie durch das Eislabor wirbelte. »Kann ich dir etwas helfen?«

»Ja.« Pauline holte eine Zitronenpresse aus einer Schublade und reichte sie ihm. »Die Zitronen sind da hinten.« Sie deutete auf ein Regal, in dem mehrere Vorräte lagerten. »Gut, dass Florence vor ein paar Tagen Zutaten für ihre Limonade gekauft hat. Eine Zitrone reicht«, sagte sie und legte Schneidebretter und Messer bereit. »Aber ich brauche noch eine Vanilleschote.«

Christian reichte ihr eine Schote, und ihre Fingerspitzen berührten sich dabei zufällig. Wieder spürte er die körperliche Anziehung, gegen die er schon letztes Mal nur schwer hatte ankämpfen können.

»Entschuldige«, flüsterte sie und senkte den Blick, um die Vanilleschote aufzuschneiden und das Mark mit dem Messerrücken herauszukratzen.

Christian schwieg verkrampft, während er sich ebenfalls an die Arbeit machte. Wäre das doch alles nicht so verdammt kompliziert mit seinem Job und ihren Hoffnungen für ihre Eisdiele, dann hätte er sie schon längst auf eine der Arbeitsflächen gehoben und geküsst …

Pauline holte eine Glasflasche mit flüssiger Sahne aus dem Kühlschrank und stellte sie neben den Standmixer.

»Das ist das einfachste Rezept, um Eis zu machen«, sagte sie, und jeder ihrer Handgriffe saß perfekt, als sie jetzt zuerst einen Teil der Himbeeren in den Mixer füllte und danach ein bisschen Zitronensaft hineingoss. Dann gab sie mit dem Messerrücken ein paar Krümel Vanillemark dazu und ließ zwei Pfefferminzblätter hinterherfallen. »So, jetzt kommt noch die Sahne mit hinein, und dann püriert man das Ganze.« Sie wartete, bis Christian etwas von der Sahne in den Mixer geschüttet hatte. »Das kann ruhig mehr sein«, sagte sie, und er goss noch etwas Sahne nach. »Gut so.« Sie nickte zufrieden, dann schaltete sie den Mixer ein, und ein Höllenlärm erfüllte das Eislabor.

Gleich darauf hatten sich die Zutaten zu einer cremigen roséfarbenen Eismasse vermischt.

»Das war's«, erklärte Pauline lächelnd, als sie den Deckel abnahm und einen Löffel aus einer Schublade holte. »Es ist auch das beste Trosteis, das ich kenne.« Jetzt sah sie einen Moment sehr traurig aus.

Christian wusste nicht, was er darauf antworten sollte, und nahm stattdessen zwei Schalen aus einem der Schränke. Er stellte sie vor Pauline, die mit dem Löffel das Eis gleichmäßig darauf verteilte. Dann steckte sie einen zweiten Löffel in eine der Schalen und reichte sie ihm.

Gespannt kostete er von dem Eis, das cremig-samtig auf der Zunge zerging. Der intensive Geschmack der fruchtigen Himbeeren kitzelte sofort seinen Gaumen und wurde von einem Spritzer Zitrone und einem Hauch Minze begleitet. Christian schloss die Augen und sah einen warmen Sommertag vor vielen, vielen Jahren vor sich, als er als Kind einmal hinter Annas Haus frische Himbeeren von den Sträuchern gepflückt und gleich gegessen hatte. Er erinnerte sich an die Sonne, die vom Himmel brannte, an seinen von Vanilleeis verschmierten Mund, an die Süße der Beeren und die Schwere des Nachmittags, an dem seine Eltern sich wieder einmal gestritten und Anna ihn getröstet hatte. Er wusste gar nicht genau, ob es eine gute oder eine schlechte Erinnerung war, vielleicht ein bisschen von beidem. Es erfüllte ihn genau mit der richtigen Melancholie und Sehnsucht Nähe und Geborgenheit, die er auch bei Pauline empfand.

»Pauline, das Eis ist perfekt. Du bist wirklich eine wahre Zauberkünstlerin.«

Sie lächelte. »Danke. Ich habe mir früher oft auf diese Weise Eis gemacht, bis ich endlich meine erste Eismaschine hatte. Das war damals noch ein Küchengerät für den Privatgebrauch, aber die Leidenschaft fürs Eismachen hat mich seitdem nie wieder losgelassen.«

Christian nahm noch einen Löffel von dem Eis, und wieder tauchte das Bild aus seiner Vergangenheit auf. Seine Familie, die nach dem Streit versöhnt um einen runden Gartentisch saß, Limonade aus eisgekühlten Gläsern trank und herzlich lachte, während er auf der Holzumrandung seines Sandkastens saß und die Himbeeren, die daneben wuchsen, naschte und eine Sandburg baute.

»Was ist mit dir?«, fragte Pauline.

Christian zuckte zusammen. »Ach … nichts.« Er räusperte sich. »Es war nur … Ich habe gerade an etwas gedacht. Dein Eis weckt wirklich alte Erinnerungen – oder die Sahne war schlecht«, setzte er neckend hinzu.

»Spinner.« Pauline schüttelte lächelnd den Kopf, doch dann wirkte sie auf einmal ganz verträumt. »Aber ich weiß genau, was du meinst. Immer wenn ich mir eine neue Eissorte ausdenke, sehe ich bestimmte Bilder von fremden Ländern oder besonderen Orten vor mir, die ich gerne bereisen würde.«

»Tatsächlich? Dann kannst du also doch zaubern.« Christian hatte plötzlich den Eindruck, dass sie jetzt ein Geheimnis miteinander teilten, von dem sonst niemand wusste.

»Wenn du so willst.« Pauline lächelte. »Die Zutaten sprechen in Bildern zu mir, und erst wenn das Bild perfekt ist, ist es auch das Eis. Ich habe so viele Orte, die ich gerne einmal sehen würde, am liebsten würde ich mal nach Rom fahren. Aber solange daraus nichts wird, träume ich mich mit meinen Eiskreationen davon. Allerdings habe ich immer nur meine Vorstellung, wie es dort sein könnte, und bei manchen Sorten bekomme ich die einzelnen Nuancen einfach nicht richtig aufeinander abgestimmt. Dann ist es fast so, als ob dem Bild noch ein Puzzleteil fehlt. Das klingt komisch, oder?«

»Nein, gar nicht.« Christian sah ihr tief in die Augen. Er hatte das Gefühl, dass er sie genau verstand. In diesem Moment war er ihr noch auf eine ganz andere Weise nahe als zuvor.

Pauline lächelte gedankenverloren.

»Ich finde, du solltest mit diesem Eis antreten. Es ist ganz genau wie du: intensiv und verführerisch – und gleichzeitig bemerkenswert einfach, ohne zu aufreizend zu sein.«

»Willst du damit sagen, dass ich widersprüchlich bin?«

»Nein, natürlich nicht!« Christian sah sie erschrocken an. »Du bist ehrlich und bodenständig und nicht so aufgesetzt wie viele andere Frauen. Und das ist auch dein Eis, nicht so künstlich und chemisch.«

»Danke für das Kompliment, aber pass bloß auf, dass ich dich nicht doch noch in einen Frosch verwandele. Wenn du so weitermachst, werde ich heute Nacht nämlich kein Auge mehr zubekommen«, entgegnete sie mit ihrem Lachen, das ihn direkt ins Herz traf.

»Da musst du wohl durch«, antwortete Christian schmunzelnd.

Jetzt wurde Pauline wieder ernster. »Und was mache ich mit all den anderen Sorten, die ich kreiert habe? Zeigen die nicht viel mehr, was ich kann und dass ich nicht nur die kleine Eismacherin von nebenan bin?«

Christian kam ein Gedanke. »Wie wäre es, wenn du es mit einer anderen Sorte kombinierst? Es gibt doch so ein geschichtetes Eis, das aus drei Sorten besteht, Erdbeere, Schokolade und Vanille, glaube ich. Vielleicht kannst du etwas in der Art kreieren, dann hättest du die Möglichkeit, mehrere deiner Sorten zu präsentieren.«

»Das ist gar keine schlechte Idee. Wieso bin ich darauf nicht selbst gekommen? Ich glaube, ich weiß auch schon, was perfekt dazu passen könnte.« Sie lief zum Reifegerät und ließ einen hellen Eismix in eine Wanne laufen, der den Raum gleich mit einem Hauch Kaffeeduft erfüllte.

»Was ist das?«, fragte Christian, dem der Geruch sofort in die Nase gestiegen war.

»Weißer Kaffee«, flüsterte sie, und Christian durchzuckte es bei ihren Worten.

Er erinnerte sich noch ganz genau an den Nachmittag, als sie ihm mit sprühenden Augen und voller Energie eine Eissorte nach der anderen präsentiert hatte, um ihn von ihrem Handwerk zu überzeugen. Und dann hatte sie es tatsächlich geschafft, sich mit diesem Eis in sein Herz zu schleichen.

»Wir brauchen noch mal ein bisschen Himbeereis, aber dieses Mal muss es wärmer sein, damit ich es formen kann.« Sie stellte einen Topf auf den Herd, schüttete ein paar Himbeeren hinein und gab die restlichen in eine Schale. »Kannst du darauf aufpassen? Sie sollen nur auftauen, aber nicht kochen.«

»Das müsste ich hinbekommen, Signorina, ganz nach Ihren Wünschen.« Christian nahm den Kochlöffel entgegen und sah Pauline dabei zu, wie sie durch die Küche wirbelte.

Sie goss den betörend duftenden Mix in die Eismaschine und startete das Programm. Dann holte sie einen dunklen Kuchenboden aus dem Kühlschrank, stach einen handtellergroßen Kreis aus und legte einen Metallring darum.

Christian sah ihr dabei gespannt über die Schulter.

»So kann ich das Eis besser formen«, erklärte sie, da sie seinen Blick bemerkt haben musste.

Als die Eismaschine piepte, nahm Pauline das Kaffee-Eis und strich eine dicke Schicht von der cremigen Eismasse auf den Kuchenboden. Christian war fasziniert, mit welcher Konzentration sie arbeitete.

Pauline kam zu ihm an den Herd zurück, nahm die Himbeeren von der Platte und bereitete noch einmal das Himbeereis zu. Sie war ihm dabei so nahe, dass er jetzt einfach nur seine Hand nach ihr auszustrecken brauchte, wenn er sie berühren wollte, aber Pauline war so in ihre Arbeit vertieft, dass er sie jetzt nicht stören durfte. Mit einer vorsichtigen, fast liebevollen Bewegung schabte sie das Himbeereis aus dem Mixer und verteilte es gleichmäßig auf der hellen Eisschicht. Dann nahm sie einen Spritzbeutel, füllte etwas Sahne hinein und verzierte ihre Eistorte mit kleinen Häubchen. Das alles tat sie mit einer solchen Leichtigkeit, dass es Christian den Atem verschlug.

»Das war's.« Pauline richtete sich auf, nahm den Teller und stellte ihn in einen der Gefrierschränke. »Jetzt kommt der schlimmste Teil: Wir müssen warten, bis das Eis ganz gefroren ist.«

»Dauert das lange?«

Pauline sah auf die Uhr. »Na ja, ich schätze, eine halbe Stunde wird es schon brauchen, aber wir haben Glück, da die Eismaschine schon gute Vorarbeit geleistet hat.« Sie stellte den Kurzzeitmesser und drehte sich dann zu Christian um. »Danke, dass du mir geholfen hast.«

Christian sah ihr tief in die Augen, und als Pauline seinen Blick erwiderte, schien die Zeit plötzlich stillzustehen.

24.

Quälend langsam schoben sich die Zeiger über das Zifferblatt der Uhr. Pauline hatte mit wenigen Handgriffen die Küche aufgeräumt und sich wieder umgezogen. Jetzt wartete sie ungeduldig, dass sie das Eis endlich probieren konnte. Was für eine tolle Idee, Himbeereis mit Weißem Kaffee zu kombinieren! Dass sie da nicht schon viel früher draufgekommen war. Die fruchtige Süße der Beeren zusammen mit der samtig verführerischen Note des Kaffees war eine aufregende Mischung.

Endlich klingelte der Kurzzeitmesser. Pauline stand auf, lief zum Gefrierschrank und holte das Eis heraus.

»Ich bin schon sehr gespannt, wie es schmeckt«, sagte Christian, als sie das Eis auf die Arbeitsfläche stellte.

Pauline lächelte. »Ich auch.« Sie entfernte den Metallring, und darunter kamen die einzelnen Schichten zum Vorschein, die akkurat voneinander abgeteilt waren.

»Und?«, fragte Christian. »Ist es etwas geworden?«

Pauline nickte zufrieden. »Ich glaube, wir können einen Versuch wagen. Aber zuerst muss ich es noch ein bisschen verzieren.« Sie nahm die Himbeeren, die sie vorhin zurückgestellt hatte, und setzte sie zwischen die Sahnerosen. Dann raspelte sie einen Hauch Zartbitterschokolade über alles und garnierte ihre Eistorte mit zwei duftenden Pfefferminzblättern und einer Himbeere in der Mitte.

»Es sieht köstlich aus«, sagte Christian. »Wenn es auch nur halb so gut schmeckt, wirst du den Wettbewerb garantiert gewinnen.«

Pauline schnitt zwei Stücke aus der Torte und gab sie auf Dessertteller. Sie legte eine Kuchengabel daneben und reichte ihm einen Teller. Zu ihrer Überraschung rührte Christian sein Eis aber nicht an, sondern stellte es auf die Anrichte zurück.

»Darf ich?«, fragte er und nahm ihr den Teller aus der Hand.

Mit der Gabel teilte er ein Stückchen Eis ab und bot es ihr lächelnd an.

Pauline stockte kurz der Atem, als sie seinen Blick auffing, der ihren ganzen Körper zu elektrisieren schien. All ihre Zweifel, ihre Ängste waren mit einem Mal wie ausgelöscht. Sie öffnete den Mund und ließ sich von Christian mit dem Eis füttern. Danach teilte er sich selbst etwas ab und versuchte es ebenfalls.

Pauline schloss die Augen, als sich der aromatische Weiße Kaffee mit dem fruchtigen Himbeergeschmack mischte. Sie sah vor sich ein Liebespaar in Argentinien, das eng umschlungen in einer rauchigen Bar einen Tango tanzte. Das himbeerrote Kleid der Frau schmiegte sich wie eine zweite Haut um ihren Körper, und der nahezu bodenlange Rock aus Chiffon bauschte sich bei jeder Drehung wie eine Rosenblüte. Der Tänzer erinnerte sie an Christian, und sie war die Tänzerin, das bemerkte sie in diesem Moment. Der Spritzer Zitronensaft machte die Verbindung aufregend und frisch, während die kühlende Minze für die Sicherheit ihrer Tanzschritte stand. Pauline spürte schon beinahe Christians impulsive Bewegungen, mit denen er sie in ihrem Gedankenbild über das Parkett führte, sein Körper ganz dicht an ihren geschmiegt, während er sie gleichzeitig noch etwas näher an sich zog. Seine Zärtlichkeit und seine helle seidenweiche Haut wurden von der samtig weichen Note des Weißen Kaffees verkörpert, und die aufregende Leidenschaft, die aus der Verbindung dieser zwei so unterschiedlichen Eissorten entstand, zeigte sich in jedem Herzschlag, passend im Takt der Musik, und in jedem einzelnen Tanzschritt, der immer mehr forderte …

»Wie findest du es?«, fragte Pauline nach einem langen Moment der Stille, und ihre Stimme zitterte dabei leicht. Sie spürte, dass auch ihr Herz jetzt Tango tanzte.

»Es ist unfassbar gut geworden«, flüsterte Christian.

Ihre Gesichter waren sich so nahe, dass Pauline kaum noch zu atmen wagte. Das warme Gefühl in ihrer Brust verwandelte sich in ein sehnsüchtiges Brennen, und der Wunsch, ihn noch einmal zu küssen, wurde so unerträglich groß, dass sie ihn nicht mehr unterdrücken konnte. Sie wollte ihn ganz dicht bei sich haben, ihn spüren, nur ein einziges Mal, und unter der Hitze seiner glühenden Haut zergehen.

»Pauline, ich …«, begann Christian, aber sie legte ihm nur einen Finger auf die Lippen.

»Schhh …«, flüsterte sie. »Nicht jetzt.«

Sie spürte seine Wärme und konnte nicht anders, als ihre andere Hand an seinen Nacken zu legen und ihn zu küssen. Es fühlte sich gut an, Christian so dicht bei sich zu haben, während der Kuss auf ihren Lippen brannte und all die

Sehnsucht auflodern ließ, die sie seit der Trennung von Pascal versucht hatte im Zaum zu halten. Der Kuss, der anfangs noch zärtlich und forschend war, wurde leidenschaftlicher und intensiver, und Pauline zog Christian noch etwas dichter zu sich heran. Ihr Herz setzte einen Schlag aus, und ihr Atem beschleunigte sich. Sie fühlte seine feinen Härchen in seinem Nacken und vergrub ihre Finger in seinem Haar.

Christians Küsse wurden immer fordernder, und Pauline spürte, wie er sie sanft, aber bestimmt gegen die Edelstahlküche drängte und sich die Arbeitsplatte in ihren Rücken drückte.

»Oh Gott ... Du raubst mir den Verstand«, hauchte Christian, und seine Stimme bebte.

Sanft löste er ihr Haar und strich es ihr mit einem tiefen liebevollen Blick über eine Schulter. Gleich darauf wanderten seine Lippen ihren Hals hinab und hinterließen eine heiße, prickelnde Spur auf ihrer Haut, die er mit seinen Küssen Zentimeter für Zentimeter erkundete.

Pauline entfuhr ein Seufzen. Sie konnte längst nicht mehr klar denken, sondern überließ sich einfach nur ihren Gefühlen, während das Eis neben ihnen auf der Anrichte schmolz wie sie unter Christians Berührungen.

»Christian ...«, brachte sie atemlos zwischen zwei Küssen hervor. Nur mit Mühe konnte sie sich von ihm trennen.

»Soll ich aufhören?«, fragte er mit rauer Stimme an ihrem Hals, doch Pauline schüttelte nur den Kopf, und gleich darauf fanden seine Lippen wieder die ihren. Unter einem weiteren Kuss erkundete er mit den Fingerspitzen ihren Rücken, fuhr über den dünnen Stoff ihres Sommerkleids, streichelte über ihre nackten Schultern und ihre Arme.

Paulines Herz hämmerte wild gegen ihre Rippen, und es schien ihr unmöglich, dass Christian es nicht hörte. Er legte behutsam seine Hände an ihre Hüften und hob sie auf die Anrichte. Im selben Moment fiel ein ganzer Stapel Dessertteller zu Boden. Das Geschirr zersprang klirrend, und sofort fuhren Christian und Pauline auseinander und sahen sich atemlos an.

Pauline fasste sich als Erste wieder. Sie biss sich verlegen auf die Unterlippe und rutschte von der Anrichte. Der Lärm hatte wie ein Eimer kaltes Wasser auf sie gewirkt.

»Entschuldige.« Christian bückte sich, um die Scherben aufzuheben. »Ich habe nicht gesehen, dass die Teller dort stehen.«

»Kein Problem. Warte, da drüben ist ein Besen!« Sie lief zu einem Metallschrank und holte ein Kehrset heraus.

Christian nahm ihr den Besen ab und fegte die Scherben zusammen, die sie dann mit dem Kehrblech in den Müll warf.

»Es tut mir so leid«, sagte er noch einmal und fuhr sich mit der Hand durchs Haar.

»Das war ja nicht deine Schuld, sondern meine. Außerdem waren es ja nur ein paar Dessertteller.«

»Na ja, ganz unbeteiligt war ich daran nicht. Ich werde sie dir auf jeden Fall ersetzen.«

Pauline schmunzelte. »Du kannst ja bei Anna einen guten Preis für mich aushandeln, wenn ich neue kaufe.« Ihr Blick wanderte auf die Uhr an der Wand. »Oje, so spät ist es schon? Ich muss morgen früh raus. Vor dem Wettbewerb will ich unbedingt noch zum Großmarkt.«

»Soll ich dich nach Hause fahren?«

»Nein, das ist nett, aber ich habe mein Rad hier, und morgen muss ich ja auch irgendwie wieder in den Eishimmel kommen.«

Sie stapelte die benutzten Sachen im Spülbecken und verließ das Eislabor. Christian folgte ihr schweigend.

»Vielen Dank noch mal, dass du mir geholfen hast«, sagte sie lächelnd, als sie die Cafétür hinter sich zugezogen hatte.

»Gern geschehen.« Christian erwiderte ihr Lächeln. »Ich hätte dich morgen gerne begleitet, aber ich habe einen wichtigen Geschäftstermin.«

»Ist schon okay.« Pauline ließ sich nichts anmerken, doch sie spürte, wie die Enttäuschung in ihr aufstieg. »Ich kann dir ja erzählen, wie es gelaufen ist.«

»Ja, unbedingt!«

Für einen Moment standen sie sich schweigend gegenüber, und Pauline zögerte, da sie nicht wusste, wie sie sich jetzt von Christian verabschieden sollte. Doch da machte er schon einen Schritt auf sie zu und umarmte sie.

»Ich wünsche dir für morgen viel Glück«, raunte er ihr ins Ohr.

»Danke.« Sie gab ihm einen fast scheuen Kuss auf die Lippen, bevor sie sich sanft aus seiner Umarmung löste. »Mach es gut.«

»Du auch.« Christian vergrub seine Hände in den Hosentaschen.

Mit einem leicht schwindeligen Gefühl schloss Pauline ihr Rad los und stieg auf. Sie hob noch einmal die Hand, um ihm zu winken, und Christian lächelte ihr zu, dann fuhr sie los.

Jetzt, mitten in der Nacht, war die Fußgängerzone still und leer, sodass Pauline ohne Probleme mit ihrem Rad hindurchfahren konnte. Manche Geschäfte hatten ihre Schaufenster hell beleuchtet, aber sie beachtete die hübsch arrangierten Auslagen darin nicht. Viel zu sehr war sie damit beschäftigt, das Geschehene Revue passieren zu lassen.

Es war wie eine Lawine über sie gekommen. Ihr Verstand hatte sich auf einmal verabschiedet und ihr Herz die Leitung übernommen. Nicht einmal bei Pascal hatte sie damals eine solche Leidenschaft gespürt wie jetzt. Wie konnte es sein, dass sich mit Christian alles so anders anfühlte?

Pauline trat fester in die Pedale, als sie spürte, dass ihr die Röte in die Wangen schoss. Mit ein paar tiefen Atemzügen versuchte sie, ihr wild gewordenes Herz wieder zu beruhigen. Sie kam am Fabelwesen-Brunnen vorbei, der über Nacht ausgeschaltet war. Das Wasser lag still in den drei Becken, und auf seiner Oberfläche spiegelte sich der Mond, der zurzeit nur eine schmale Sichel war. Pauline bremste ihr Rad und fuhr langsamer. Mitten in der Nacht, umgeben von dem fahlen Schein der gusseisernen Straßenlampen, versprühte der Brunnen eine ganz besondere Atmosphäre. Die Temperatur war noch angenehm mild und der Himmel sternenklar. Es fehlte nur noch jemand an ihrer Seite, mit dem sie Hand in Hand durch die laue Sommernacht nach Hause schlendern konnte.

Pauline seufzte verträumt. Konnte es sein, dass sie sich tatsächlich in Christian verliebt hatte? Sie wusste es nicht sicher, doch ihr Herz schlug bei dem Gedanken verräterisch schnell in ihrer Brust, und ihre Haut brannte noch immer bei dem Gedanken an seine Küsse.

25.

Christian legte die Fingerspitzen aneinander und sah auf seine Hände. Gleich stand ihm das Gespräch mit Oskar bevor. Er war schrecklich müde, denn in der letzten Nacht hatte er kaum geschlafen. Ständig war er hochgeschreckt, weil er von dem Treffen mit seinem Onkel geträumt hatte, und immer wieder war ihm dabei auch Paulines enttäuschtes Gesicht erschienen, nachdem sie in seinen Träumen herausgefunden hatte, dass er sie belogen hatte.

Christian schloss die Augen und fuhr sich über das Gesicht. Es musste ihm einfach gelingen, Oskar von seinen Plänen zu begeistern. Das war die einzige Möglichkeit, andernfalls wäre alles verloren. Wenn er seinen Onkel davon überzeugen konnte, alt und neu zu verbinden, würde es zwar trotzdem unangenehm werden, Anna und Pauline erklären zu müssen, dass ihre Läden in ein riesiges Center integriert wurden, aber vielleicht würden sie ja auch die Vorteile sehen. Dann musste Pauline ihm doch verzeihen, dass er ihr das alles so lange verschwiegen hatte, oder nicht?

»So, da bin ich!« Oskar schloss mit Schwung die Bürotür. Er setzte sich hinter seinen Schreibtisch und rollte den Stuhl näher an die gewaltige Glastischplatte. »Alles in Ordnung? Du siehst so blass aus.«

Christian schüttelte leicht den Kopf, als wollte er seine Gedanken vertreiben. »Alles in Ordnung«, versicherte er und räusperte sich. Jetzt durfte er nicht die Nerven verlieren.

»Also, dann legen wir mal los.« Sein Onkel drückte auf den Presenter, und sofort erschien ein riesengroßes Bild des Einkaufscenters an einer Wand. »Wie weit bist du mit unserem Familienprojekt?«

Christian verkrampfte sich. »Genau darüber wollte ich mit dir reden, Oskar.«

»Nur zu. Hast du Anna mittlerweile gesagt, dass sie ihren Laden schließen muss?«

»Nein. Und ich kann das auch nicht.«

»Was soll das heißen?«, fragte Oskar überrascht.

»Das soll heißen, dass ich Anna nicht aus ihrem Laden werfen werde«, antwortete Christian entschieden. »Sie braucht das Antiquitätengeschäft, sie lebt dafür. Aber, bevor du etwas sagst, möchte ich dir etwas zeigen. Ich habe mir eine Möglichkeit überlegt, wie es uns gelingen kann, das geplante Center und Annas Laden miteinander zu verbinden. Einen ähnlichen Bau habe ich einmal in Tel Aviv gesehen.« Er legte Oskar seine Skizzen vor. »Man könnte eine kleinteiligere Bebauung vornehmen und dadurch die derzeit vorhandenen Läden mit Glas in das Gesamtobjekt integrieren. Dann würde sich die Fassade viel besser in das Stadtbild einfügen, und die alte Bausubstanz bliebe erhalten.«

Oskar nahm die Skizzen und betrachtete sie.

Christian beobachtete ihn dabei nervös.

»Das ist ein spannendes Projekt, Christian«, sagte sein Onkel schließlich. »Aber das lässt sich nicht umsetzen. Dein Vorhaben ist schlichtweg zu teuer, und dadurch wird das Projekt für unseren Auftraggeber unrentabel. Lass uns bei unserem bisherigen Plan bleiben, davon haben wir alle mehr.«

Christian glaubte, das Blut in seinen Ohren rauschen zu hören. Oskar hatte seinen Vorschlag einfach so abgelehnt.

»Aber was ist mit dem Stadtbild?«, widersprach er. »Ich kann mir gut vorstellen, dass der Stadtrat daran Interesse hat, immerhin würde so der Altstadtkern erhalten bleiben. Und ein außergewöhnliches Center lockt sicher noch mehr Kunden an.«

»Das kann schon sein, aber allein die Renovierung der alten Häuser ist ein viel zu großer Punkt in der Kostenkalkulation. Darauf wird sich unser Auftraggeber nicht einlassen. Ich finde es ein sehr spannendes Projekt, Christian, aber es ist hier schlicht und ergreifend nicht umsetzbar.«

Christian fühlte sich wie vor den Kopf geschlagen. Wenn er Pauline nicht verlieren wollte, dann hatte er jetzt nur noch eine Möglichkeit.

Er atmete tief durch. »Okay, dann bin ich raus.«

»Was heißt das, du bist raus?«

»Ich kann das nicht, Oskar. Das, was wir hier machen, ist falsch.«

Oskar schwieg einen Moment und schien über seine Worte nachzudenken. Dann faltete er die Hände und lehnte sich in seinem Schreibtischstuhl zurück. »Gut, ganz wie du meinst. Es ist deine Entscheidung, und ich kann dich schließlich nicht dazu zwingen.« Er wandte sich seinem Computer zu und tippte auf der Tastatur herum. »Dir ist sicherlich klar, dass ich dann hiermit unsere Zusammenarbeit beenden muss. Es tut mir sehr leid, Christian, aber einen Mitarbeiter, der seine Arbeit nicht ausführt, kann ich nicht weiterbeschäftigen, auch wenn es sich dabei um meinen Neffen handelt. Schade«, sagte er jetzt mehr zu sich selbst als zu ihm, während er weiterhin auf seiner Tastatur herumtippte. »Selbstverständlich werde ich dir ein gutes Zeugnis ausstellen, allerdings frage ich mich, wie das in deinem Lebenslauf aussieht.« Er legte eine kurze Pause ein und öffnete Christians Bewerbungsunterlagen. »Diesen Job hast du bereits nach wenigen Monaten wieder aufgegeben, den davor ziemlich abrupt gekündigt, weil deine liebe Susi die Beförderung erhalten hat …«

»Sophie«, unterbrach Christian ihn mit zusammengepressten Zähnen. »Sie heißt Sophie.«

»Wie auch immer.« Oskar wirkte wenig interessiert. »Fakt ist doch, dass dich deine Ex-Verlobte nicht nur sitzen gelassen, sondern dir auch noch die Stelle weggeschnappt hat. So schnell wirst du einen so gut bezahlten Job wie diesen hier nicht finden.«

Christian sah seinen Onkel abwartend an. Er wusste, dass Oskar mit dem, was er sagte, im Grunde recht hatte. Natürlich könnte er sich auf einige Stellen bewerben, aber vermutlich würde er Probleme haben, die letzten beiden Berufsveränderungen hinreichend zu erklären, und sich wieder mühsam nach oben arbeiten müssen, während er hier doch ganz andere Chancen hatte.

»Und wenn ich ehrlich bin, finde ich es auch sehr schade, dich gehen zu lassen«, fuhr Oskar fort. »Ich wollte es dir eigentlich erst hinterher sagen, aber dieses Center-Projekt sollte sozusagen deine Bewährungsprobe werden. Nach dem Projektabschluss hatte ich vor, dich als Assistent im Management einzustellen. Dann bist du hier mit allem vertraut und in die Abläufe eingearbeitet. Es ist mir ein großes Anliegen, die betriebswirtschaftlichen Prozesse des Architekturbüros zu verbessern, sodass wir uns noch erfolgreicher am Markt positionieren können, und langfristig hatte ich sogar darüber nachgedacht, dir eine Teilhaberschaft anzubieten.«

»Eine Teilhaberschaft?« Christian sah seinen Onkel überrascht an. »Die Firma ist dein Lebenswerk. Wieso solltest du mir eine Teilhaberschaft anbieten wollen?«

»Christian, ich habe keine Kinder, und irgendwann werde ich die Firma an jemanden übergeben müssen. Ich fände es schön, wenn sie in der Familie bleibt, aber natürlich kann ich dich zu nichts zwingen. Ich verstehe deine Bedenken Anna gegenüber. Es fällt immer schwer, etwas zu entscheiden, was die direkten Angehörigen betrifft, aber ich kann darauf keine Rücksicht nehmen. Wir erhalten für den Bau des Centers eine große Summe, und das Center selbst wird in einigen Jahren hohe Gewinne erzielen. Das ist für die Entwicklung der ganzen Stadt relevant. Selbstverständlich hatte ich vor, dich nach erfolgreichem Geschäftsabschluss mit dreißig Prozent am Gewinn zu beteiligen, aber wenn du dich nicht in der Lage siehst, Anna die Nachricht zu überbringen, dass sie ihr Geschäft in diesem alten Haus aufgeben muss, dann bist du für einen Job in der Führungsposition eines solchen Unternehmens nicht der Richtige.«

Christian dachte nach. Das Angebot, das Oskar ihm gerade gemacht hatte, klang wirklich sehr verlockend. Eine Teilhaberschaft in der Firma seines Onkels war mehr, als er je für möglich gehalten hätte. Das Center wurde so oder so gebaut, das war ihm mittlerweile klar, und mit dem Bonus, den Oskar ihm in Aussicht gestellt hatte, hätte er die Möglichkeit, sowohl Anna als auch Pauline bei der Miete im Center unter die Arme zu greifen. Er könnte sogar für Anna eine feste Aushilfe einstellen und vielleicht auch Paulines Schulden tilgen, wenn sie damit einverstanden wäre. Vielleicht würde sie darauf bestehen, das Geld irgendwann an ihn zurückzuzahlen, aber sie bekam so auf jeden Fall mehr Zeit. Je länger er darüber nachdachte, desto attraktiver erschien ihm dieses Angebot.

Er massierte sich die pochenden Schläfen. Das Einzige, was nicht stimmte, war die Tatsache, dass sowohl Pauline als auch seine Großmutter ihre geliebten Läden aufgeben mussten, aber sie würden dadurch vielleicht ja auch etwas gewinnen. Im Center wären sie in bester Lage, umgeben von anderen Geschäften, und kämen zusätzlich noch an die Laufkundschaft.

»Also gut.« Christian ließ die Hände in seinen Schoß sinken. »Ich werde Anna heute mitteilen, dass sie den Laden schließen muss, aber ich erwarte, dass sie zu fairen Konditionen ein neues Geschäft im Center eröffnen darf. Und ich möchte, dass auch die Eisdielenbesitzerin zu angemessenen Bedingungen im Center mieten kann.«

In Oskars Augen flackerte für einen Augenblick etwas auf. »Die Eisdielenbesitzerin?«

Christian nickte ruhig. »Ja. Und die anderen Läden von dort sollen ebenfalls faire Konditionen angeboten bekommen«, setzte er hinzu.

Oskar stand auf und reichte ihm die Hand. »Selbstverständlich. Ich werde mich persönlich darum kümmern.« Er klopfte Christian mit einer wohlwollenden Geste auf die Schulter. »Das ist die richtige Entscheidung, Christian, für alle Beteiligten.«

Christian war ebenfalls aufgestanden und atmete tief durch. Er hoffte sehr, dass sein Onkel recht behielt.

Nachdem er alle Details mit Oskar ausführlich besprochen hatte, machte sich Christian auf den Weg zu Anna. Während er in seinem Wagen saß und die Allee an ihm vorbeirauschte, überlegte er sich mehrere Möglichkeiten, wie er das Gespräch mit seiner Großmutter am besten anfangen sollte. Leicht würde es nicht werden, das war ihm klar, aber er war sich sicher, dass die Entscheidung, die er getroffen hatte, die richtige war.

Als jetzt der Stadtpark in Sichtweite kam, wurde es Christian doch etwas unbehaglich zumute. Hoffentlich würde Anna verstehen, dass er bei seinem Entschluss nicht nur für die Stadt entschieden, sondern auch ihr Wohl im Blick hatte. Er suchte einen Parkplatz in der Nähe des Antiquitätenladens und stellte den Wagen ab.

Das große Schild mit der verschlungenen Aufschrift »Bergmann Antiquitäten« und dem gemütlich wirkenden Sessel daneben glänzte in der Sonne. Christian sah kurz zu Paulines Eiscafé hinüber. Es war ziemlich warm an diesem Vormittag, und schon jetzt kündigten die Temperaturen einen herrlichen Sommertag an. Wenn Pauline heute nicht zum Wettbewerb fahren würde, hätte sie sicherlich ein gutes Geschäft gemacht, da sich alle nur nach einem Fleckchen Schatten und etwas Kühlem sehnten. Er krempelte die Ärmel nach oben und betrat den Laden seiner Großmutter.

Anna stand hinter ihrem antiken Schreibtisch und staubte gerade eine Gipsbüste von Beethoven ab. Dabei summte sie ein altes Lied vor sich hin.

»Hallo, Anna«, begann Christian, doch er merkte, dass seine Stimme nur halb so fest klang, wie er gerne wollte.

»Ach, hallo, Christian, was machst du denn schon hier? Ich hatte dich erst heute Nachmittag erwartet.«

Anna schlurfte mit beschwerlichen Schritten zu einem Regal und stellte die Büste zu ihrer Sammlung. Dann nahm sie die von Joseph Haydn und ging wieder zu ihrem Schreibtisch zurück, auf dem sie Putzlappen, Staubwedel und Baumwolltücher bereitgelegt hatte.

»Ich dachte, du hast etwas Wichtiges mit Oskar zu besprechen.«

Christian hatte das Gefühl, dass alles um ihn herum schwankte. Sollte er die Möglichkeit ergreifen und Anna jetzt gleich die Wahrheit sagen? Sie hatte ihm ja quasi eine Steilvorlage geliefert, und wer wusste, wann sich noch einmal so eine Gelegenheit bieten würde.

»Genau deshalb bin ich hier. Ich muss mit dir reden«, sagte er zögernd.

»Nur zu.« Anna griff nach einem Putzlappen und säuberte dem Komponisten gründlich die Ohren.

»Willst du dich nicht setzen?« Christian sah seine Großmutter besorgt an, wobei er sich selbst die Frage stellte, ob er den Moment absichtlich hinauszögerte.

Er fühlte sich wie unter einer Guillotine, in der das Messer jeden Moment auf seinen Hals herabsausen würde.

»Nein, vielen Dank, es geht schon. Wenn du mir etwas zu sagen hast, dann immer heraus damit. Ich kann dir auch im Stehen und beim Abstauben zuhören. So senil bin ich schließlich noch nicht, dass ich mich nicht mehr auf mehrere Dinge gleichzeitig konzentrieren kann.«

»Also gut.« Christian straffte den Rücken. »Es geht um deinen Laden. Ich weiß, dass du gesundheitlich nicht richtig fit bist und dass du hier viel zu tun hast. Beim Renovieren habe ich gesehen, wie sehr dich die Arbeit anstrengt. Deshalb würde ich dir gerne einen Vorschlag machen. Oskar plant, hier in der Stadt ein Einkaufszentrum zu bauen, und er würde dir gerne ein Geschäft im Erdgeschoss anbieten. So wärst du direkt an die neue Laufkundschaft angebunden, und ich würde für dich eine Aushilfe suchen, die dich bei deiner täglichen Arbeit unterstützt. Vielleicht könnte sie später ja auch das Geschäft komplett von dir übernehmen, wenn es im Center rentabel genug ist.«

»Du willst, dass ich meinen Laden aufgebe?« Anna hörte abrupt mit dem Abstauben auf und funkelte Christian über den Rand ihrer Brille hinweg an. »Wo genau will Oskar das Center denn bauen?«

Christian hatte das dringende Bedürfnis, den obersten Knopf seines Hemdes zu öffnen. Es war plötzlich so unerträglich heiß und stickig hier drin zwischen all den alten Möbeln.

»Es soll hier gebaut werden.« Er sah kurz zu Boden, denn er schaffte es einfach nicht, Annas Blick länger standzuhalten.

»Hier? Was heißt das?«

»Oskar will das Center an dieser Stelle bauen, an der dein Laden steht. Wir würden die Geschäfte abreißen und einen modernen Gebäudekomplex errichten, der …« Weiter kam er nicht.

»Ihr wollt mich aus meinem Laden werfen?«, unterbrach Anna ihn und schnappte nach Luft. »Und noch dazu das Haus abreißen?« Sie musste innehalten und atmete deutlich schwerer. »Das Haus, in dem Oskar und dein Vater groß geworden sind? In dem du als Kind gespielt hast, in dem ihr gewohnt habt, bevor dein Vater gestorben ist und ihr weggezogen seid …«

»Anna«, versuchte Christian sie zu beruhigen. »Strategisch gesehen ist dieser Platz der beste der ganzen Stadt. Das Center wäre noch relativ zentral, und später einmal, wenn es gut läuft, könnte man einen Teil des Stadtparks nutzen, um weitere Parkplätze zu bauen, und …«

»Den Park wollt ihr also auch noch verschandeln?« Annas Atem ging jetzt stoßweise, als ob ihr Körper im Stakkato einen Hilferuf sendete. Mit zitternden Fingern fasste sie sich an die Brust. »Sag mir, dass das allein Oskars Idee ist!«

»Ich denke, dass die Option für weitere Parkmöglichkeiten gar nicht so schlecht ist«, versuchte Christian ihrer Frage auszuweichen, doch er merkte, dass er einfach nur Oskars Floskeln herunterbetete. »Immerhin werden die Kunden irgendwo ihr Auto stehen lassen müssen.«

Er verzog unglücklich das Gesicht. Wieso machte seine Großmutter es ihm auch so verdammt schwer?

»Sieh mal, Anna, das Haus gehört doch ohnehin Oskar, und wenn du nicht einwilligst, entfernt ihr euch vermutlich nur noch mehr voneinander. So wäre es doch die beste Lösung für alle. Ich habe dir schon mal einen Mietvertrag für ein Geschäft im Center zur Ansicht mitgebracht. Oskar und ich werden mit den Besitzern natürlich noch einmal über die Staffelmiete sprechen, aber fürs Erste könntest du ja schon mal einen Blick darauf werfen …«

»Mein eigenes Kind, für das ich mein ganzes Leben lang alles gegeben habe, wirft mich aus dem Haus, in dem ich seit meiner Hochzeit wohne …« Anna war inzwischen blass wie eine ihrer Damasttischdecken geworden. »In dem meine Familie gewohnt hat … Und mein Enkel hilft ihm auch noch dabei!«

Anna atmete inzwischen so schwer, dass sie keuchte. Ihre Hand verkrampfte sich auf ihrer Brust, und sie rang nach Luft. Christian sah, dass ihre Stirn von Schweiß benetzt war und glänzte.

»Christian … ich bin so unfassbar … enttäuscht von dir«, presste Anna noch hervor, dann glitt die Büste aus ihren Fingern und zersprang in tausend Scherben auf dem Boden.

Ihre faltige Hand tastete nach der Schreibtischkante, doch sie konnte sich nicht abstützen. Anna rang nach Luft, ihre Knie gaben nach, und kaum einen Augenblick später sank sie wie eine Marionette, der man alle Fäden gleichzeitig abgeschnitten hatte, in sich zusammen und fiel mit einem dumpfen Aufprall auf das knarrende Parkett.

»Anna!« Christian stürzte zu seiner Großmutter um den Tisch herum und kniete sich zu ihr auf den Boden.

»Christian … mein Herz …«, keuchte sie und griff sich wieder an die Brust. Er sah, dass ihr Gesicht vor Schmerz verzerrt war. »Ich … Luft …«

Während er beruhigend auf sie einredete und sie stützte, zog er mit bebenden Fingern sein Smartphone aus der Hosentasche, um den Notarzt zu rufen.

Was hatte er nur getan?

26.

Eine Sirene zerschnitt die Stille des Vormittags. Pauline, die zusammen mit Florence in aller Frühe die neuen Eistorten zubereitet hatte, blickte auf. Das Heulen kam immer näher.

»Was ist denn da los?«, fragte Florence und ging zum Fenster.

Pauline erstarrte, als der Rettungswagen jetzt neben ihrem Eiscafé zum Stehen kam. Zwei Sanitäter und ein Notarzt stiegen aus und liefen eilig in Richtung Antiquitätenladen.

»Oh nein, hoffentlich ist nichts mit Anna!«, murmelte sie.

Sie warf das Geschirrtuch auf den Marmortresen und rannte nach draußen. Ihr Herz wurde von einer eisigen Faust ergriffen, als sie die Sanitäter jetzt durch die Glasscheibe des Antiquitätengeschäfts in der Nähe von Annas antikem Schreibtisch sah. Pauline griff mit zitternder Hand nach der Türklinke und betrat den Laden.

»Was ist passiert?«, fragte sie atemlos, während sie das, was sich vor ihren Augen ereignete, zu begreifen versuchte.

Christian war mit wenigen Schritten bei ihr und legte ihr die Hände auf die Schultern. »Anna ist einfach umgekippt«, sagte er, und Pauline bemerkte, wie blass er war.

Sie schluckte schwer, als sie die ältere Dame inmitten der Scherben auf dem Boden liegen sah. Um sie herum knieten die Sanitäter und kümmerten sich um sie. Pauline beobachtete den Notarzt dabei, wie er Anna untersuchte und mit Sauerstoff versorgte. Es war schrecklich, nicht zu wissen, wie es ihr ging. Erst nach einer ganzen Weile betteten die Sanitäter sie mit erhöhtem Oberkörper auf eine Trage, und der Notarzt kam auf Christian und Pauline zu.

»Wir gehen von einem Herzinfarkt aus«, erklärte er in sachlichem Ton. »Wissen Sie, ob sie sich über irgendetwas aufgeregt hat?«

Pauline sah Christian Hilfe suchend an, und dieser schüttelte schwach den Kopf.

»Nein, keine Ahnung.« Er presste die Lippen zusammen.

»Wir müssen sie auf jeden Fall umgehend ins Krankenhaus bringen und dort im Katheterlabor untersuchen«, fuhr der Notarzt fort. »Jetzt zählt jede Minute, damit die Herzmuskulatur nicht zu Schaden kommt.«

Christian nickte nur. Er schien völlig gelähmt zu sein. Kein Wunder, dachte Pauline, wenn sie es schon so beschäftigte, was mit Anna war, wie erging es dann erst ihm damit?

Als die Sanitäter Anna zum Rettungswagen brachten, machte Pauline einen Schritt nach vorne, sodass Christians Hände von ihren Schultern rutschten und neben seinen Körper sanken. Sie griff nach Annas Hand und drückte sie sanft.

»Was machst du denn für Sachen?«, flüsterte sie und blinzelte die aufsteigenden Tränen weg.

»Mach dir keine Sorgen, meine Liebe.« Ein faltiges Lächeln zeichnete sich auf Annas wächsernem Gesicht ab. »Ich unternehme nur einen kleinen Tagesausflug.«

Pauline entfuhr ein unglückliches Schluchzen. Nicht zu fassen, dass Anna selbst in dieser Situation noch zu Scherzen aufgelegt war. Sie lief neben der Trage her, bis die Sanitäter sie in den Rettungswagen schoben.

Draußen wartete auch Florence, die sich erschrocken die Hand vor den Mund schlug und Pauline mit weit aufgerissenen Augen ansah. Christian stand nahe der Ladentür und beobachtete schweigend das Geschehen.

Der Notarzt verabschiedete sich, stieg zu Anna hinten in den Rettungswagen, und gleich darauf fuhr das Fahrzeug mit Blaulicht und Martinshorn davon.

Pauline sah dem Krankenwagen nach, bis dieser um die Ecke bog. Das konnte nicht real sein, dachte sie. Das musste ein schrecklicher Film sein, den sie gar nicht sehen wollte. Dann plötzlich ging ein Ruck durch ihren Körper.

»Los, komm, wir müssen ins Krankenhaus«, rief sie Christian zu, doch dann warf sie einen unsicheren Blick auf den Eishimmel.

»Fahrt ihr nur, ich kümmere mich um die beiden Läden«, sagte Florence. »Wenn du bis elf Uhr nicht zurück bist, fahre ich zur Not alleine zum Wettbewerb. Ich habe zwar keine Ahnung, was ich den Preisrichtern über dein Eis erzählen soll, aber irgendetwas Sinnliches wird mir zu deiner Kreation schon einfallen.«

Pauline nickte und fiel ihrer Freundin um den Hals. »Danke«, flüsterte sie. Dann lief sie mit Christian zu seinem Wagen und stieg auf der Beifahrerseite ein.

Der Weg zum Krankenhaus schien sich endlos zu ziehen, und die ganze Fahrt über wechselten Pauline und Christian kein Wort miteinander.

Endlich erreichten sie die breite gepflasterte Klinikzufahrt, und Christian parkte den Wagen. Der große Gebäudekomplex starrte Pauline mit unzähligen Fenstern nüchtern entgegen. Mit Knien, die sich wie Pudding anfühlten, betrat sie mit ihm das Krankenhaus und erkundigte sich in der Notaufnahme nach Anna. Dort wurden sie von einer Krankenschwester in den Wartebereich geschickt. Die Minuten vergingen quälend langsam, und der große Zeiger der eckigen Uhr, die dort an der Wand hing, schlich im Schneckentempo von Minute zu Minute. Pauline beschloss, sich einen Kaffee aus dem Automaten zu ziehen. Mit zitternden Fingern warf sie das Geld ein, doch eine Münze fiel ihr dabei auf den Boden, und sie bückte sich, um sie aufzuheben.

Christian war jetzt ebenfalls aufgestanden, trat hinter sie und drehte sie sanft zu sich herum. Er schloss sie in seine Arme und hauchte ihr einen Kuss ins Haar. »Mach dir keine Sorgen«, flüsterte er. »Anna wird das schon schaffen.«

Pauline nickte kaum merklich an seiner Brust und wischte sich eine Träne aus dem Augenwinkel.

Sie spürte, wie Christian ihr eine ihrer Locken hinters Ohr strich. Dann streichelte er ihr mit einem aufmunternden Lächeln über die Wange. Pauline lächelte leicht zurück, auch wenn ihr gar nicht danach zumute war. Sie schob die letzte Münze in den Automaten und wählte eine Kaffeesorte.

Der Kaffee war beinahe durchsichtig und schmeckte wie Spülmittel. Pauline entschied sich dafür, das heiße Wasser lieber dafür zu nutzen, sich ihre Hände daran zu wärmen, die seit dem Moment, in dem sie Anna auf dem Boden hatte liegen sehen, eiskalt waren. Endlich erschien eine Ärztin und teilte ihnen mit, dass Anna einen kleineren Herzinfarkt erlitten hatte und sie das verstopfte Gefäß wieder hatten öffnen können.

Jetzt lag Anna zur Überwachung auf der Intensivstation und durfte kurz Besuch empfangen. Während Christian noch einige Formulare ausfüllen musste, fuhr Pauline allein in den dritten Stock des Krankenhauses und klopfte mit laut pochendem Herzen an die Zimmertür. Als sie ein dumpfes »Herein« hörte, betrat sie den Raum.

»Hallo, Anna«, sagte Pauline mit sanfter Stimme. »Wie geht es dir?«

Anna lächelte ihr zu. Sie sah schwach und müde aus, ihr Gesicht war immer noch blass. Pauline zog sich einen Stuhl heran, setzte sich neben das Krankenbett und griff nach Annas faltiger Hand, in deren Handrücken eine Kanüle steckte.

»Pauline, Liebes.« Annas Stimme klang brüchig wie Papier. »Mach dir keine Sorgen, die Ärzte meinen, dass es nur ein kleiner Infarkt war, aber das wird schon wieder.«

Sie tätschelte ihre Wange, und Pauline spürte, wie sich ein dicker Kloß in ihrem Hals bildete.

»Christian wird bestimmt auch gleich hier sein«, sagte sie halblaut. »Er muss noch einige Formulare ausfüllen und kommt dann sofort hoch.«

Annas weiche Gesichtszüge verhärteten sich. »Er soll sich ruhig Zeit damit lassen«, murmelte sie, und dann sah sie Pauline mit einem durchdringenden Blick an. »Wieso bist du eigentlich hier?«

Pauline sah irritiert zu Anna. »Ich habe mir Sorgen um dich gemacht«, begann sie, doch die ältere Dame schnitt ihr mit einer Handbewegung das Wort ab.

»Du solltest jetzt bei deinem Eiswettbewerb sein, anstatt hier zu sitzen und einer alten Frau die Hand zu halten.«

»Aber …«

»Papperlapapp! Aktuell wird sich hier sowieso nicht so viel tun, schätze ich. Ich glaube, die haben die Party heute Mittag meinetwegen abgesagt. Und wenn es dich beruhigt, verspreche ich dir, dass ich hier auf dich warte.«

Pauline verzog leicht den Mund, aber sie freute sich, dass Anna schon wieder ihre Späße machte. »Das wäre ja noch schöner, wenn du jetzt auch noch planst, aus dem Krankenhaus abzuhauen.«

»Bring mich nicht auf dumme Ideen.« In Annas Augen funkelte es. »Wenn du nicht sofort gehst, werde ich eigenhändig die ganzen Schläuche hier abstöpseln und das Krankenhaus barfuß und im Klinikhemd verlassen, um dein Eis selbst zum Wettbewerb zu fahren.«

»Das glaube ich dir aufs Wort!«, entfuhr es Pauline.

»Also, dann fordere mich nicht heraus und geh endlich. Nutze deine Chance, Liebes.«

»Bist du sicher?« Pauline fühlte sich nicht wohl dabei, ihre alte Freundin allein zu lassen. »Ich warte auf jeden Fall noch, bis Christian hier ist, und dann beratschlagen wir gemeinsam.«

»Einen Teufel wirst du tun. Der Bengel wird schon früher oder später hier auftauchen, darum mach dir mal keine Sorgen.«

Pauline war von Annas Worten überrascht. So hatte sie doch bisher nie von ihrem Enkel gesprochen. Ob alles in Ordnung zwischen ihnen war?

»Weißt du eigentlich, dass er mir gestern Abend geholfen hat, das Eis für den Wettbewerb zu kreieren?«, versuchte sie deshalb, die Wogen etwas zu glätten. Gleichzeitig erinnerte sie sich an das Brennen ihrer Haut unter seinen Berührungen und die süße Versuchung, die er in ihrem Unterleib entfacht hatte. »Du hattest recht, Christian ist wirklich … nett.«

»Hm«, machte Anna nur. »Jedenfalls sind wir die Einzigen, die demnächst noch was von deinem Eis haben, wenn du jetzt noch weiter von meinem Enkel schwärmst, anstatt dich auf den Weg zum Wettbewerb zu machen.«

»Also schön.« Pauline gab sich geschlagen. »Aber ich gehe nur, weil du mich so hochkant rauswirfst.« Sie hauchte ihr einen Kuss auf die Wange. »Und wenn ich wiederkomme, muss ich dir unbedingt noch etwas erzählen. Das wird dich umhauen!«

»Das befürchte ich auch«, brummte Anna.

Pauline hatte sich für den Rückweg ein Taxi genommen, und als sie nun das Café betrat, duftete es herrlich nach frischen Himbeeren und einem Hauch Minze. Normalerweise hätte sie das beflügelt, aber jetzt waren ihre Gedanken nur voller Sorge um Anna.

»Gibt es schon Neuigkeiten aus dem Krankenhaus?«, erkundigte sich Florence, als Pauline zu ihr hinter den Tresen kam.

»Anna hatte einen kleineren Infarkt, es geht ihr den Umständen entsprechend. Ich wäre gern noch bei ihr geblieben, aber sie hat mich weggeschickt, damit ich zum Wettbewerb fahre.«

»Ein Glück, dass es nicht noch etwas Schlimmeres war.« Florence sah auf die Uhr. »Aber gut, dass sie dich weggeschickt hat, wir müssen los.«

»Kann ich denn jetzt so einfach fahren? Ich mache mir Gedanken um sie.«

»Das verstehe ich«, sagte Florence. »Aber gerade kannst du vermutlich ohnehin nicht so viel für sie tun, und Anna wäre sicherlich sehr enttäuscht, wenn du ihretwegen den Wettbewerb verpassen würdest.«

Pauline seufzte. »Ja, das stimmt.«

»Na, siehst du.« Florence lächelte sie aufmunternd an. »Ich habe eben noch einmal einen Blick auf die Törtchen im Gefrierschrank geworfen. So weit sieht alles gut aus.«

»Gut, dann lass uns jetzt die anderen Sachen zusammensuchen. Vielleicht haben wir ja tatsächlich eine Chance.«

»Genau, zeigen wir's den Preisrichtern!«

Gemeinsam packten sie frische Pfefferminzblätter, Himbeeren, Schokoladendekor und Schlagsahne in eine Kühltasche. Pauline hatte entschieden, für den Transport kein Risiko einzugehen und die Verzierung lieber vor Ort beim Wettbewerb vorzunehmen, damit sie keinen Punktabzug fürs Optische erhielt, falls bei der Fahrt etwas zu Schaden käme. Sie holte ihre Eistorten aus dem Gefrierfach, verpackte sie in Keramikdosen und stellte diese in ihre elektrische Kühlbox. Dazwischen steckte sie Styroporblöcke, damit die Dosen beim Transport geschützt waren. Dann schrieb sie mit einem dicken Filzstift einen Zettel, dass der Eishimmel heute geschlossen blieb, und klebte ihn an die Glastür, während Florence das Auto belud. Als Pauline zu ihr in den Wagen stieg, überprüfte sie noch einmal die Kühlbox. Es war alles in Ordnung.

Sie mussten zweieinhalb Stunden nach München fahren, wo der Wettbewerb stattfand. Die ganze Fahrt über war es Pauline flau im Magen, als ob sie etwas Falsches gegessen hätte. Immer wieder sah sie auf die Uhr. Sie wusste, dass sie spät dran waren, aber wenn sie sich beeilten, sollte die Zeit noch reichen. Je nachdem, auf welcher Startplatzierung sie war, hatte sie dann auch noch genügend Zeit, um die Eistorten in Ruhe zu dekorieren. Doch so richtig auf den Wettbewerb konzentrieren konnte sich Pauline nicht, denn immer wieder musste sie an Anna denken – aber auch an den vergangenen Abend, an dem Christian und sie die Idee für diese Eiskreation gehabt hatten.

Sie räusperte sich verlegen und sah vorsichtig zu Florence. Hatte sie bemerkt, wie rot sie geworden war?

»Ist alles in Ordnung?«, fragte diese, als sie ihren Blick auffing. »Soll ich die Klimaanlage noch etwas kälter stellen?«

»Ja, bitte.« Pauline fächelte sich mit der Hand etwas Luft zu. »Ich bin einfach schrecklich nervös.«

Das war nicht einmal gelogen, Pauline war furchtbar aufgeregt. Heute würde sich entscheiden, wie es mit ihr und dem Eishimmel weiterging. Sie musste einfach gewinnen. Aber sie sollte auch realistisch bleiben. Wenn sie ohne einen Preis wieder nach Hause fuhr – und das war durchaus möglich, immerhin traten dort mehrere Profiköche an –, würde es deutlich schwieriger werden, den Eishimmel zu retten. Zwar hatte Christian davon gesprochen, wie man ihre neuen Ideen finanzieren könnte, aber richtig wohl war ihr bei dieser Sache nicht. Trotzdem fühlte es sich gut an, dass er sie bei ihrem Vorhaben unterstützte. Er war so ganz anders als Pascal, und vielleicht konnte sie mit ihm ja doch noch einmal neu beginnen.

Florence nahm die Autobahnabfahrt, und die ersten Schilder zur Kongresshalle tauchten auf. Pauline knetete ihre Hände und sah gespannt aus dem Fenster. Schon einige Meter vor dem großen Gebäude hingen überall Plakate mit den Gesichtern der bekannten Kritiker. Florence fuhr ins Parkhaus, das schon ziemlich voll war, stellte das Auto ab und nahm die Tasche von der Rückbank. Pauline zog den Stecker der Kühlbox, und mit eiligen Schritten liefen sie zum Eingang. Dort blieb sie stehen, warf noch einmal einen kurzen Blick in die Scheiben der Glastür und versuchte, sich in dem schwachen Spiegelbild die Haare ein wenig zu ordnen.

»Kann es losgehen?«, fragte Florence, und Pauline nickte.

»Auf geht's!« Sie straffte die Schultern. »Für Anna und den Eishimmel!«

Gemeinsam betraten sie den Eingangsbereich der Kongresshalle. Vor der Tür, die in die Halle führte, stand ein breitschultriger Mann, der sie kaum eines Blickes würdigte.

»Hallo, ich möchte zum Wettbewerb«, sagte Pauline.

Der Mann sah auf die Uhr. »Es ist kurz vor vierzehn Uhr. Ich kann Sie jetzt nicht mehr reinlassen. Der Wettbewerb beginnt jeden Moment.«

»Ich weiß! Und deshalb muss ich mich jetzt auch beeilen. Ich hatte eine weite Anfahrt, und heute Morgen musste noch eine gute Freundin von mir ins Krankenhaus, und …« Sie hielt inne und sah den Mann mit großen Augen an. »Bitte.«

»Tut mir leid, aber das ist Vorschrift. Die anderen Teilnehmer hatten auch eine weite Anfahrt.«

Pauline warf Florence einen Hilfe suchenden Blick zu.

»Was halten Sie davon, wenn wir Sie nachher von dem köstlichen Eis, das meine Freundin gezaubert hat, probieren lassen?«, schlug sie vor.

»Was glauben Sie, wie viele Leute mir das heute schon angeboten haben«, entgegnete der Mann gelassen.

Pauline biss sich auf die Lippe. Sollte ihr Glück jetzt wirklich an diesem unfreundlichen Türsteher scheitern? »Bitte«, sagte sie noch einmal. »Das hier ist die einzige Chance, um mein Eiscafé zu retten. Ich hatte heute wirklich einen schlechten Tag, und jetzt haben Sie die Chance, ihn doch noch zu retten. Ist das nichts? Ich meine, was haben Sie denn zu verlieren?«

»Können Sie nicht einfach nur ganz kurz die Augen zumachen oder in eine andere Richtung gucken, und meine Freundin und ich huschen an Ihnen vorbei?«, schlug Florence vor.

»Also schön.« Der Mann seufzte und sah auf seine Liste. »Name?«

»Pauline Brahms«, sagte Pauline und nickte Florence dankbar zu.

»Brahms ... Brahms ... Das habe ich heute doch schon mal gelesen ...« Er blätterte durch seine Zettel. »Hier steht es. Tisch Nummer dreihundertfünfundzwanzig.«

Er machte einen Haken neben ihrem Namen, trat einen Schritt beiseite und öffnete ihnen die Tür.

Drinnen ging es zu wie in einem Ameisenhaufen. Mehrere Reihen mit langen Tischen, hinter denen die einzelnen Teilnehmer eifrig an ihren Eiskreationen bastelten, dominierten den Raum. Leute liefen hektisch umher, riefen sich Anweisungen zu und hantierten mit Spritzbeuteln und Eisportionierern. Die Stimmung der anderen Teilnehmer übertrug sich sofort auf Pauline, und alles in ihr begann zu vibrieren. Mit Florence an ihrer Seite huschte sie zwischen den Reihen hindurch, warf einen flüchtigen Blick auf die Konkurrenz und erreichte schließlich ihren Platz. Da erklang auch schon die erste Lautsprecherdurchsage, die die Teilnehmer begrüßte. Pauline hörte der Rede nur mit halbem Ohr zu, während sie ihren Arbeitsbereich inspizierte. Unter dem Tisch befand sich eine Steckdose für die Kühlbox. Sie steckte den Stecker hinein, packte ihre Arbeitsutensilien aus und ging dann in die Hocke, um das erste Eistörtchen herauszuholen.

Als sie jetzt an den Deckel der Box griff, hielt sie in der Bewegung inne. Etwas stimmte nicht. Die Box war viel zu warm. Normalerweise verströmte sie immer einen kühlen Hauch, wenn sie über eine solch lange Zeit in Betrieb gewesen war. Pauline schluckte und öffnete mit zitternden Fingern den Deckel. Sie nahm eine ihrer Keramikdosen heraus, doch auch diese war viel zu warm. Als sie den Deckel beiseitelegte, blieb ihr Herz stehen. Was sie sah, kam ihr wie ein Albtraum vor. In der Dose hatte sich eine rosafarbene Pfütze gebildet, auf der die Kuchenböden wie Korkuntersetzer in einer Wasserschale schwammen.

»Alles okay?«, fragte Florence mit einem Blick in ihre Richtung.

Pauline schüttelte fassungslos den Kopf. Sie konnte nicht glauben, was sie da sah. Prüfend hielt sie ihre Hand in die Kühlbox, aber das Innere war warm wie Badewasser. Die Box musste defekt sein. Ohne dass Pauline etwas dagegen tun konnte, verschwamm plötzlich alles vor ihren Augen, und Tränen liefen über ihre Wangen. Sie sank auf ihre Knie und begann zu schluchzen. Ihre Hoffnung, den Wettbewerb zu gewinnen, war gerade ebenso dahingeschmolzen wie ihre Eistörtchen. Wie sollte sie den Eishimmel jetzt noch retten?

27.

Christian kam sich in dem Krankenzimmer ziemlich verloren vor. Was hätte er jetzt dafür gegeben, wenn Pauline an seiner Seite gewesen wäre! Doch es blieb ihm nichts anderes übrig, als sich dem bevorstehenden Gespräch mit Anna alleine zu stellen. Vermutlich war sie taktvoll genug gewesen, Pauline noch nichts von dem geplanten Einkaufscenter zu erzählen, um sie vor dem Wettbewerb nicht durcheinanderzubringen, aber Christian wusste, dass seine Großmutter ihn jetzt ganz sicher darauf ansprechen würde.

»Wie geht es dir?«, fragte er vorsichtig, aber Anna wandte nur den Kopf zur Seite und sah aus dem Fenster.

»Schickt Oskar dich, um sich zu vergewissern, ob ich nicht vielleicht doch schon unter der Erde liege, damit er das Haus abreißen lassen kann?«

Christian seufzte. Er hatte ein furchtbar schlechtes Gewissen. »Es tut mir sehr, sehr leid, was passiert ist.« Er legte eine kurze Pause ein. »Darf ich mich setzen?«

Als Anna ihm nicht widersprach, rückte er sich den Stuhl zurecht, der neben ihrem Bett stand, und nahm Platz. »Ich wusste nicht, dass du so sehr an deinem Laden hängst. Ich meine, ich wusste schon, dass dir das Antiquitätengeschäft viel bedeutet, aber mir war nicht klar, wie viel.«

Anna sah weiterhin aus dem Fenster.

»Es war falsch, dass ich dir nichts von dem Einkaufscenter erzählt habe und dass ich über deinen Kopf hinweg entschieden habe, was das Beste für dich ist.« Er sah seine Großmutter an, aber er erhielt keine Antwort. »Ich dachte, dass ich so vielleicht dein Geschäft und Paulines Eisdiele retten kann.«

Jetzt wandte Anna den Kopf und sah Christian mit eiskaltem Blick an. Er fühlte sich so unbehaglich wie in seinem schrecklichsten Albtraum, nur dass das hier real war.

»Pauline ist also auch davon betroffen, ja?«

Christian musste schlucken und sah auf seine Fußspitzen. »Ich dachte, wenn ich den Bonus von Oskar erhalte, könnte ich vielleicht ihre Schulden …«

»Bonus?«, wiederholte Anna, und ihre Stimme überschlug sich fast dabei. »Dann hat er es also doch geschafft, dich zu kaufen. Und ich habe wirklich geglaubt, dass du nicht auf seine Masche hereinfällst.«

Christian schwieg. Er wusste, dass es egal war, was er jetzt als Entschuldigung vorbringen würde. Er hatte falsch gehandelt, und daran konnte er nichts mehr ändern.

»Wann hattest du vor, Pauline zu sagen, dass sie den Eishimmel schließen muss?«

Er sah kurz auf, konnte aber Annas kaltem Blick nicht lange standhalten. Kraftlos ließ er die Schultern nach vorne sinken.

»Ich wollte ihr alles schon so oft erzählen, ehrlich, aber jedes Mal schien es nicht der richtige Moment zu sein, und als sie gestern so voller Hoffnung wegen des Wettbewerbs war, konnte ich sie einfach nicht verletzen.«

»Christian, so wie Pauline dich ansieht, wird das kein gutes

Ende nehmen. Merkst du nicht, dass das Mädchen in dich verliebt ist? Und du hast nichts Besseres zu tun, als hinter ihrem Rücken ihre finanzielle Situation auszuspionieren, während du dich vordergründig als ihr Retter aufspielst.«

Die Worte seiner Großmutter waren wie Dolchspitzen, die sich tief in sein Herz bohrten. Aber etwas anderes drängte sich dann noch nachdrücklicher in sein Bewusstsein. »Moment – du glaubst, sie hat sich in mich verliebt?« Er hielt für einen Augenblick den Atem an. Dann hatte ihr dieser zweite Kuss vielleicht doch so viel bedeutet wie ihm?

»Auf jeden Fall bin ich gespannt, wie du ihr das erklären wirst.«

»Ich weiß es nicht.« Christian fixierte Annas Bettdecke. »Hast du ihr gesagt, warum du hier bist?«, fragte er nach einiger Zeit.

»Nein.« Anna sah ihn lange an. »Klär das«, sagte sie schließlich mit fester Stimme. »Pauline hat es nicht verdient, angelogen zu werden. Das ist ihr schon einmal passiert, das braucht sie nicht wieder.«

Erst am Nachmittag machte sich Christian auf den Heimweg. Die ganze Fahrt dachte er darüber nach, wie er Pauline dazu bringen konnte, ihm zuzuhören. Aber zuerst musste er noch einmal mit Oskar sprechen und die Sache ins Reine bringen. Annas Herzinfarkt hatte ihm mehr als deutlich gezeigt, dass er sich für den falschen Weg entschieden hatte. Er wollte gar nicht daran denken, dass es noch weitaus schlimmer hätte ausgehen können. Wie hatte er sich nur auf diesen Deal einlassen können? Und dann noch aus solch egoistischen Gründen. Hatte er wirklich geglaubt, dass Anna im

Center glücklich geworden wäre? Und Pauline ...? Er hatte einen dummen Fehler gemacht und geglaubt, dass er sich mit dem Bonus freikaufen könnte, aber jetzt war ihm klar, wie sehr er die Situation dadurch verschlimmert hatte.

Zu Hause angekommen, holte er die Unterlagen des Center-Projekts heraus und studierte die Baupläne. Vielleicht war es möglich, ein freies Grundstück zu finden, das mehr am Stadtrand lag. Oder vielleicht konnte er Oskar davon überzeugen, dass die Leute hier überhaupt kein Center bräuchten. Man könnte das Projekt doch in einer anderen bayrischen Stadt verwirklichen, wo es Interesse und genügend Platz für ein solches Bauvorhaben gab und keine der Ladeninhaberinnen sein Herz gestohlen hatte. Allerdings musste Christian zugeben, dass er es für ziemlich unwahrscheinlich hielt, dass sein Onkel sich darauf einlassen würde.

Sosehr er auch grübelte, ihm fiel keine Lösung ein, die alle Parteien zufriedenstellen würde. Entweder würden Anna und Pauline ihre Läden verlieren, oder er müsste Oskar in den Rücken fallen.

Christian seufzte und sah auf die Uhr. Sein Onkel würde sicherlich bald Feierabend machen, aber vielleicht war er ja noch in seinem Büro. Oder sollte er das Gespräch doch lieber auf morgen vertagen? Nein, je eher er Oskar darüber informierte, dass er ausstieg, desto besser war es. Er nahm sein Smartphone und bemerkte, dass Pauline angerufen hatte. Noch im Krankenhaus hatte er den Ton lautlos gestellt und offenbar vergessen, das zu ändern. Für einen kurzen Moment überlegte Christian, ob er sie zurückrufen sollte, entschied sich dann aber dagegen. Erst wollte er die Sache mit Oskar klären, und dann würde er zu Pauline fahren und sie persönlich nach dem Wettbewerb fragen. Er wollte die Freude in ihren Augen glitzern sehen, wenn sie ihm davon erzählte. Über sein Gesicht huschte ein Lächeln, als er an ihren Enthusiasmus und ihre Leidenschaft beim Eismachen letzte Nacht dachte, doch dann wurde er wieder ernst und wählte die Nummer seines Onkels.

»Ja, hallo?«, meldete sich Oskar nach kurzem Klingeln.

»Hallo, Oskar, hier ist Christian.«

»Christian, was gibt's? Ist etwas passiert, dass du mich jetzt noch anrufst?«

»Ja, allerdings.« Er musste sich beherrschen, um seine Stimme ruhig und gelassen klingen zu lassen. »Anna hatte einen Herzinfarkt, als ich ihr die Nachricht überbracht habe. Und ich bin raus aus unserem Projekt. Endgültig.«

Am anderen Ende der Leitung war es einen Augenblick lang still. »Ich dachte, ich hätte dich mit meinen, hm … Argumenten überzeugen können?«

»Ist das das Einzige, wofür du dich interessierst?«

»Christian, ich habe heute Mittag schon mit dem Krankenhaus telefoniert. Natürlich weiß ich davon. Oder hat sich etwas an Annas Zustand verändert?«

»Es ging ihr ganz gut, als ich vorhin gefahren bin, es war zum Glück nur ein kleinerer Infarkt«, sagte Christian scharf. »Jedenfalls hat mich das aufgerüttelt. Ich möchte auf diese Art keine Geschäfte machen, und du solltest das auch nicht.«

»Ach, Christian, ich dachte, über diese Sentimentalitäten wärst du inzwischen hinaus. Wir sind Geschäftsleute – wir müssen Entscheidungen treffen, auch wenn sie manchmal unbequem sind.«

»Das hat nichts mit Sentimentalität zu tun, sondern mit

Loyalität, Oskar! Anna hatte einen *Herzinfarkt*, nachdem ich ihr von deinen Plänen erzählt habe«, wiederholte er wütend. »Sie könnte tot sein!«

»Ja, das tut mir auch unglaublich leid, aber ich habe wirklich nicht geahnt, wie sehr sie an dem alten Plunder hängt.«

Christian war fassungslos. »Wie kannst du so gleichgültig sein? Es geht hier immerhin um meine Großmutter! Deine Mutter! Und im Gegensatz zu dir werde ich alles tun, damit sie ihren Laden nicht aufgeben muss. Verlass dich drauf!«

»Die Mühe kannst du dir sparen. Als ich vorhin mit Anna telefoniert habe, konnte ich ihr noch einmal in aller Ruhe erklären, dass die Leitung des Geschäfts zu viel für sie ist. Die Tatsache, dass sie jetzt im Krankenhaus liegt, ist wohl der beste Beweis dafür. Ich glaube, sie denkt über eine Geschäftsaufgabe nach.«

»Ich kann nicht fassen, dass du das getan hast. Auf keinen Fall werde ich zulassen, dass du Annas Situation so schamlos ausnutzt!«

»Da bin ich gespannt.« Oskar wirkte kein bisschen eingeschüchtert. »Ach, und nur, dass du es weißt: Der Kaufvertrag für den Laden deiner Eismacherin ist schon so gut wie unterzeichnet. Der Eigentümer war plötzlich doch sehr interessiert, als ich mit der Kaufsumme noch etwas nach oben gegangen bin.«

»Damit kommst du nicht durch, Oskar, dafür werde ich sorgen! Ich will mit deinen Geschäften jedenfalls nichts mehr zu tun haben.«

Christian legte auf und starrte auf den Schreibtisch. Konnte es wirklich sein, dass Oskar gewinnen würde? Nein, das durfte er nicht zulassen. Er musste den Bau des Centers unbedingt stoppen. Dieses überaus positive Gutachten, die perfekte Finanzplanung – Christian würde sich am liebsten selbst dafür ohrfeigen, wie tatkräftig er die Realisierung bislang unterstützt hatte. Aber jetzt würde er nichts unversucht lassen, um seinem Onkel das Handwerk zu legen. Christian wurde immer zorniger. Seine Großmutter und die Frau, die er liebte, waren wichtiger als beruflicher Erfolg und ein dicker Bonus, das war ihm jetzt endgültig klar geworden.

Mit einem dumpfen Laut schlug er den Ordner zu und suchte die restlichen Papiere zusammen. Am besten, er würde Oskar die Sachen direkt vorbeibringen, dann war er sie los. Er wollte mit diesem Projekt ein für alle Mal nichts mehr zu tun haben.

Bis zu seinem Auto war es ein gutes Stück durch die Fußgängerzone, denn er hatte schon wieder keinen Parkplatz in der Nähe seiner Wohnung bekommen. Das war auch so etwas hier, die angespannte Parkplatzsituation, doch in der kleinen Stadt war man ohnehin besser zu Fuß unterwegs, wie Christian inzwischen festgestellt hatte, und die frische Luft würde ihm jetzt sicherlich guttun. Für einen Moment überlegte er, ob er auch gleich bei Pauline vorbeischauen sollte, entschied sich dann aber dagegen. Erst wollte er die Sache mit seinem Onkel endgültig abschließen, und dann würde er zu ihr gehen und ihr alles erklären. Bestimmt war sie noch im Eishimmel, und vielleicht würde sie dort ja gerade auf ihren Erfolg anstoßen. Christian wünschte es ihr jedenfalls von ganzem Herzen.

28.

Zusammen mit Florence war Pauline nach dem verpatzten Wettbewerb zum Eishimmel zurückgefahren. Sie hatte schon mit ihren Eltern telefoniert und ihnen von dem Desaster erzählt, doch auch sie hatten sie nicht trösten können. Nach kurzem Zögern hatte Pauline auch Christians Nummer gewählt, aber er hatte nicht abgenommen. Pauline ließ ihren Blick über den weißen Marmortresen, den alten, kunstvoll verzierten Apothekerschrank und ihre surrende Eisvitrine schweifen. Sollte sie das alles wirklich unwiederbringlich verloren haben? War dies ihr letzter Sommer hier?

Sie legte die Hände in den Schoß und dachte darüber nach, ab wann es eigentlich schiefgelaufen war. Hätte sie die Kühlbox vor ein paar Tagen noch einmal kontrollieren müssen? Hätte das Eis, das sie zusammen mit Christian kreiert hatte, überhaupt eine Chance gehabt? Wäre es anders gekommen, wenn es Anna gesundheitlich nicht so schlecht gegangen wäre?

»Willst du was Süßes?«, riss Florence sie mit sanfter Stimme aus ihren Gedanken.

Pauline blickte zu ihr auf und schüttelte den Kopf. Nein, das würde sie dieses Mal auch nicht trösten können. Dafür war die Enttäuschung gerade einfach viel zu groß.

»Hey, lass den Kopf nicht hängen.« Florence setzte sich neben sie und legte den Arm um ihre Schultern. »Wir finden schon eine Lösung, um den Eishimmel zu retten. Du hast mir doch erzählt, dass Christian mit dir einen Businessplan ausgearbeitet hat und du so endlich deinen Eiswagen finanzieren kannst. Das ist doch eine gute Idee, oder nicht?«

»Ich weiß es nicht, Florence.« Pauline seufzte tief. »Im Moment weiß ich überhaupt nichts mehr.«

»Du wirst sehen, morgen ist das alles nur noch halb so schlimm.« Sie schenkte ihr ein aufmunterndes Lächeln. »Dann wirst du hier wieder Eisbecher anrichten, und die Gäste werden Schlange stehen und sich eine Kugel zum Mitnehmen in der Waffel bestellen, weil hier alle Tische besetzt sind und sie keinen Platz finden. Du wirst mit dem Eismachen gar nicht mehr hinterherkommen! Und alle erzählen ihren Freunden davon, wie lecker dein Eis ist. Da brauchen wir den Artikel in *Genuss und Lecker* gar nicht.«

Pauline nickte schwach. »Danke«, murmelte sie, doch so richtig konnten die Worte ihrer Freundin sie doch nicht aufheitern, auch wenn Florence es lieb gemeint hatte. »Bist du mir böse, wenn ich jetzt ein bisschen allein sein möchte?«

»Nein, das verstehe ich. Aber wenn etwas ist, dann rufst du mich an, okay?«

Pauline nickte wieder, und Florence verabschiedete sich.

Als sie gegangen war, fühlte sich Pauline mit einem Mal sehr einsam. Sie überlegte, ob es ein Fehler gewesen war, ihre Freundin wegzuschicken. Florence gelang es immer, sie aufzumuntern, sie war für sie da, unterstützte sie und hatte ihr gebrochenes Herz wieder zusammengeklebt, nachdem Lena und Pascal es in tausend kleine Stücke zerschlagen hatten.

Und jetzt? Was war jetzt mit Christian? Pauline fühlte sich furchtbar und sehnte sich in diesem Moment geradezu körperlich nach seiner Umarmung und danach, dass er ihr sagte, dass alles gut werden würde. Vielleicht war das zwar eine Lüge, aber eine, die sie jetzt dringend gebraucht hätte, um vom Sofa aufzustehen.

Christian hatte sich noch immer nicht bei ihr gemeldet, und Pauline konnte ihre Enttäuschung darüber nicht ignorieren. Ja, sie kannten sich noch nicht so lange, aber interessierte es ihn denn gar nicht, wie sie beim Wettbewerb abgeschnitten hatte? Oder glaubte er vielleicht doch nicht an sie, und Pauline hatte sich das alles nur eingebildet wie bei Pascal damals? Sie verdrängte den Gedanken schnell, als eine Welle von giftigem Elend und verzweifelter Sehnsucht sie überrollte. Es half jetzt alles nichts. Sie musste einfach einen Fuß vor den anderen setzen, bis es besser wurde, wie Anna immer sagte – hoffentlich traf das auch auf Anna selbst zu! Plötzlich schämte sich Pauline. Anna ging es viel schlechter als ihr, aber sie zeigte sogar in dieser schrecklichen Situation noch Haltung und Stärke.

Pauline stand auf und holte ihre Umhängetasche. Hier zu sitzen und zu grübeln, brachte sie nicht weiter. Sie konnte nur versuchen, diesen Sommer ihr Bestes zu geben. In den nächsten Tagen würde sie sich in Ruhe überlegen, ob sie Christians Vorschlag, einen Kredit für ihre neuen Ideen aufzunehmen, in die Tat umsetzen wollte. Natürlich wäre es nicht schön, noch mehr Schulden zu haben, aber andererseits war das vielleicht die einzige Möglichkeit, langfristig aus den roten Zahlen herauszukommen.

Pauline knipste das Licht aus und verließ das Café. Sie

legte ihre Tasche in den Gepäckkorb und schob ihr Rad mit hängenden Schultern an Annas Laden vorbei. Als sie kurz aufsah, fiel ihr Blick in das dunkle Schaufenster. Der Gedanke an das Antiquitätengeschäft ohne ihre Freundin deprimierte sie. Irgendwie schienen jetzt alle Gegenstände dort drin ihren Zauber verloren zu haben. Pauline kam es fast ein bisschen so vor, als würden sie schlafen. Vielleicht würde sich mit der Zeit eine Staubschicht auf ihnen sammeln, während sie geduldig darauf warteten, dass Anna zurückkam. Wenn sie denn zurückkam, schoss es Pauline durch den Kopf. Anna war nicht mehr die Jüngste, und so einen Herzinfarkt steckte man nicht so leicht weg, zumal sie ja auch davor schon gesundheitlich angeschlagen gewesen war. Pauline beschloss, auf jeden Fall gleich morgen wieder bei ihr im Krankenhaus vorbeizufahren und zu sehen, ob sie noch etwas brauchte.

Sie bog auf den verlassenen Marktplatz ein. Das Wasser des Fabelwesen-Brunnens wurde leicht vom Wind gekräuselt, und die Faune und Wasserfrauen zeichneten im fahlen Licht der Straßenlaternen geheimnisvolle Schatten, als ob sie auf dem Boden um den Brunnen in ihrem Tanz erstarrt wären. Pauline betrachtete die schwarzen Umrisse auf dem Schuppenbogenpflaster und lief gedankenverloren weiter, als sie mit jemandem heftig zusammenprallte. Ein Stapel Papiere flog durch die Luft und segelte langsam zu Boden.

»Oh, Verzeihung!«, rief sie, und im selben Moment erkannte sie, mit wem sie zusammengestoßen war. »Christian, was machst du denn hier?«

Christian fuhr sich über den Nacken. »Pauline, ich … Es tut mir leid, dass ich mich vorher nicht gemeldet habe. Ich hatte viel zu tun, und mit Anna …« Er brach ab. »Wie war der Wettbewerb? Ich dachte, dass du vielleicht noch mit den anderen im Eishimmel bist und feierst.«

»Es gibt nichts zu feiern«, sagte Pauline knapp.

»Aber dein Eis … Es war doch so gut.« Christian sah sie an, und als ihr jetzt Tränen in die Augen traten, nahm er sie in die Arme. »Es tut mir so leid, das zu hören«, flüsterte er an ihrem Haar. »Ich war mir so sicher, dass du gewinnst.«

»Tja, so ist es eben manchmal.« Pauline wischte sich mit dem Ärmel über die Augen und atmete tief durch. »Oje, deine ganzen Unterlagen«, sagte sie, als sie bemerkte, dass überall verstreut Papier herumlag. Sie bückte sich und begann damit, die Blätter wieder einzusammeln.

»Nein, lass!«, rief Christian forsch. »Ich mach das schon!« Er kniete sich ebenfalls auf das Pflaster und hob eilig ein paar Blätter auf. »Ich wollte sie ohnehin nachher noch bei jemandem abgeben. Wie es aussieht, kann ich sie wohl gar nicht schnell genug loswerden.«

»So schlimm?«, fragte Pauline und warf einen Blick darauf. Das meiste waren irgendwelche Tabellen mit Zahlen, auf ein paar anderen Blättern erkannte sie technische Zeichnungen einer Straße mit verschiedenen Gebäudegrundrissen. Pauline sah genauer hin, denn irgendetwas daran kam ihr bekannt vor. Trotz der ungewöhnlichen Vogelperspektive wurde ihr schnell klar, dass es die Straße war, in der ihr Eishimmel lag. Auf der einen Seite war der Park angedeutet, und ja, jetzt konnte sie auch den Grundriss ihres Cafés ausmachen und daneben den von Annas Laden. Sie konnte nicht genau zuordnen, was sie da sah, doch als sie weitere Blätter aufhob, auf denen sich verschiedene Außenansichten eines großen Gebäudekomplexes befanden, wurde sie misstrauisch.

»Was ist das?«, fragte sie, und plötzlich spürte sie, wie eine kalte Hand nach ihrem Herzen griff. »Wieso ist in der Skizze, an der Stelle, an der mein Eiscafé ist, ein anderer Grundriss aufgezeichnet?«

Pauline hob noch ein Blatt auf, einen Brief. »… erteilen wir Ihnen hiermit den Bauauftrag für das Einkaufszentrum, sobald die Eigentümer ihre Grundstücke auf Sie überschrieben haben …«, las sie halblaut vor. Sie ließ das Blatt sinken und sah Christian an. Ein ungutes Gefühl beschlich sie.

»Christian«, sagte sie mit tonloser Stimme. »Was bedeutet das?«

»Das sind Baupläne. Für ein Einkaufscenter. Hier in der Stadt.«

»Hier soll ein Center gebaut werden?« Pauline sah wieder auf die Blätter in ihrer Hand. »Aber da ist doch mein Café eingezeichnet«, sagte sie. Dann dämmerte es ihr. »Du willst ein Center bauen, wo Anna und ich unsere Geschäfte haben?«

Christian sah sie überrascht an – anscheinend hatte er nicht gedacht, dass sie intelligent genug war, diese Pläne zu deuten, so seelenruhig, wie er alles aufgehoben hatte. Und er hatte sie auch noch dabei helfen lassen!

»Pauline, es ist nicht so, wie es aussieht …«, begann er.

»Ist das dein Ernst? So ein dämlicher, lahmer Spruch, nachdem du mir gestern noch im Eislabor geholfen hast?« Da kam ihr die Erkenntnis: Er hatte sie ausspioniert. Das Ganze war von langer Hand geplant gewesen! »Sag mir, dass das ein Scherz ist«, flüsterte sie. »Das kann nicht dein Ernst sein, oder?« Sie spürte, wie ihr die Stimme versagte, und sie musste hart gegen die neuen Tränen ankämpfen, die ihr jetzt in die Augen stiegen. »War das auch der Grund, warum du meine Finanzen sehen wolltest? Und warum du immer in Annas Laden warst – und warte, nein, sie hatte heute nicht deshalb auch einen Herzinfarkt? Hat sie herausgefunden, dass du sie aus ihrem Laden schmeißen willst?«

»Pauline, bitte, hör mir zu …« Christian machte einen Schritt auf sie zu und griff nach ihren Händen, aber Pauline spürte tiefe Abneigung vor ihm in sich aufsteigen und wich zurück.

»Nimm deine Finger weg!«, rief sie und funkelte ihn böse an. »Du hattest die ganze Zeit geplant, mich aus meinem Café zu werfen! Du hast dir mein Vertrauen erschlichen und dir so Zugang zu meinen Finanzen verschafft.«

»Pauline.« Christians Stimme klang dumpf in ihren Ohren. »Bitte, lass es mich erklären.«

Aber sie schüttelte nur den Kopf. Christian hatte sie verraten. Er hatte sie die ganze Zeit hintergangen, ihr das Blaue vom Himmel gelogen und ihr vorgegaukelt, dass er an ihren Erfolg beim Wettbewerb glaubte. Sie war tatsächlich noch einmal auf so jemanden wie Pascal hereingefallen. Wer wusste, wie viele Frauen er mit dieser Masche schon in den Ruin getrieben hatte? Mit Sicherheit war sie nicht die Erste. Pauline fühlte sich furchtbar.

Sie wollte noch etwas sagen, doch als sie Luft holte, kam nur ein Schluchzen heraus. Nein, Christian sollte sie nicht weinen sehen. Er sollte nicht wissen, dass er gewonnen hatte und dass sie so dumm gewesen war, sich in ihn zu verlieben, und jetzt mit gebrochenem Herzen dastand. Sie griff nach dem Lenker ihres Fahrrads, ließ den Ständer mit dem Fuß nach oben klappen und schwang sich auf den Sattel.

»Pauline!«, rief Christian, doch sie trat, so fest sie konnte, in die Pedale. Ihre Haare wehten im Fahrtwind, und es fiel ihr schwer, den Weg, blind vor Tränen, vor sich zu erkennen. Aber es war alles besser, als noch eine Sekunde länger in seiner Nähe zu sein.

JULI

29.

Pauline hatte die letzten Tage im Eishimmel gestanden und tapfer versucht, gegen ihre Traurigkeit anzukämpfen. Zwar hatte Christian sie gefühlte hundertmal angerufen und ihr Nachrichten auf ihrer Mailbox hinterlassen, aber Pauline hatte sie, ohne sie abzuhören, einfach gelöscht. Sie hatte keine Lust, sich irgendeine fadenscheinige Erklärung anzuhören, dass das doch alles nicht so gemeint war und es ihm wahnsinnig leidtäte. Solche Floskeln hatte sie zur Genüge von Pascal gehört, sie kannte sie nahezu auswendig. Wahrscheinlich war Christian von seiner Mareike abserviert worden und kam jetzt reumütig zu ihr gekrochen, damit er nicht ganz alleine dastand.

Pauline lächelte tapfer ihre Gäste an, während tief in ihr drin ein eisiger Wintersturm tobte. Sie dachte an das Märchen der Schneekönigin und fühlte sich selbst wie Kay, dessen Herz durch einen Splitter zu Eis geworden war. Sie hätte am liebsten bitter aufgelacht über diesen Vergleich. Nur Florence wusste, wie es in ihr aussah, und sie streichelte ihr in einem unbeobachteten Moment mehrfach über den Arm oder warf ihr einen mitfühlenden Blick zu, wenn die Gäste es nicht sahen.

Als Pauline ihr von Christians wahren Plänen erzählt hatte,

hatte auch Florence nicht glauben können, dass irgendjemand tatsächlich so ein mieses Spiel treiben konnte. Sie war so wütend gewesen, dass sie eines der Silbertabletts, auf dem sie eigentlich gerade einen Cappuccino hatte servieren wollen, mit heftigem Scheppern auf den Marmortresen geknallt hatte. Die Wut ihrer Freundin zu sehen, tat Pauline gut, auch wenn sie traurig lächelnd ablehnte, als die sonst so friedfertige Florence vorschlug, es Christian so richtig heimzuzahlen.

Pauline war unendlich froh, wenn sie sich nach der Arbeit in ihre Wohnung zurückziehen konnte, auch wenn sie sich dort trotz Coco sehr einsam fühlte. Jeden Abend war sie todmüde und völlig ausgelaugt. Die letzten Tage hatten ihr sehr viel Kraft geraubt, und sie hatte kaum noch Energie, um sich morgens aus dem Bett zu quälen, geschweige denn etwas Neues oder überhaupt irgendetwas anzufangen. Sie hatte auch keine Lust mehr, ein neues Eis zu kreieren, denn bei jeder Sorte, die sie sich ausdachte, wurde ihr schönes Gedankenbild, das sie darstellen wollte, von Enttäuschung und Verrat getrübt. Aber zumindest das Tagesgeschäft musste weitergehen. Zum Glück hatte sie noch die verschiedenen Sorten, die sie für den Wettbewerb ausprobiert hatte und aus denen Florence unermüdlich kunstvolle Becher zauberte, um sie zu entlasten.

Heute hatte sich Pauline nach dem Besuch bei Anna im Krankenhaus vom Italiener in der Innenstadt das Tagesgericht mitgenommen, denn auch an diesem Abend konnte sie sich nicht dazu aufraffen, sich etwas zu kochen. Sie setzte sich an den Küchentisch, nahm den Pappdeckel von der Aluschale und dachte an Anna. Wenn alles gut ging, konnte sie bald auf die normale Station verlegt werden. Eine kleine Dampfwolke stieg von den Tortellini auf und verlor sich in der Küche.

Gleich darauf tauchte Coco in der Küchentür auf. Sie musste die Schinken-Sahnesoße gerochen haben, denn sie schmiegte maunzend ihren Kopf an den Türrahmen und ließ Pauline nicht aus den Augen.

Lustlos stocherte Pauline in den dampfenden Tortellini und schob die gefüllten Teigtaschen von einer Seite zur anderen. Sie stützte ihr Kinn auf die Hand und betrachtete den Stapel an verschlossenen Briefumschlägen, der neben ihr auf dem Tisch lag. Nachdem sie ihn bestimmt zehn Minuten blind angestarrt hatte, ohne sich aufrappeln zu können, sich auch noch diesen Dämonen zu stellen, griff sie schließlich danach. Sie sah die Umschläge der Reihe nach durch, um herauszufinden, wer ihr geschrieben hatte. Es war nichts dabei, was sie auch nur ein klein wenig aufgeheitert hätte. Das meiste waren Geschäftsbriefe, ein Schreiben von der Krankenkasse, und ganz unten lag eine Nachricht von ihrem Vermieter. Pauline durchlief es eiskalt. Das konnte nichts Gutes bedeuten. Nun war ihr der Appetit komplett vergangen, und sie schob die Tortellinischale ein Stück weit von sich.

Coco, die alles ganz genau beobachtet hatte, schlich auf ihren Samtpfoten durch die Küche. Mit einem eleganten Sprung erklomm sie einen der Küchenstühle gegenüber von Pauline und setzte sich. Sie reckte die Nase in die Luft und schnupperte. Dann legte sie eine Pfote auf den Tisch, anschließend die andere und angelte mit ihren Krallen eine der Nudeln aus der Schale. Mit einem dumpfen Geräusch landete sie vor ihr auf dem Stuhlkissen. Coco schnupperte daran, zuckte mit der Nase zurück und wartete kurz, bis die Nudel etwas abgekühlt war. Dann schleckte sie die Sahne ab.

Pauline kümmerte sich nicht darum. Sie griff nach dem Messer, das unbenutzt auf dem Küchentisch lag, schlitzte das Kuvert auf und zog den Brief heraus. In ihrem Magen bildete sich ein schwerer Klumpen, als sie ihre Augen über die Zeilen fliegen ließ.

Sehr geehrte Frau Brahms,
ich bedauere sehr, Ihnen heute mitteilen zu müssen, dass ich unser Mietverhältnis für die Geschäftsfläche »Am Park 15« nicht verlängern werde. Bitte beachten Sie, dass Sie innerhalb der nächsten sechs Monate die Geschäftsräume in vertragsgemäßem Zustand an mich zu übergeben haben …

Pauline war plötzlich wie gelähmt. Sie starrte auf die Zeilen, die überhaupt keinen Sinn zu ergeben schienen. Jetzt hatte sie es schwarz auf weiß, dass es den Eishimmel nächsten Sommer nicht mehr geben würde. Mit zitternden Fingern faltete sie das Schreiben zusammen und legte es neben sich. Christian hatte es also geschafft. Er hatte ihren Vermieter davon überzeugen können, dass ihr Geschäft nicht rentabel genug war. Vermutlich würde er das Haus jetzt an ihn verkaufen, und dann würde es wie die anderen in der Straße zugunsten des Einkaufscenters abgerissen werden. Das schöne alte Haus, in dem früher einmal die Apotheke gewesen war, würde es demnächst nicht mehr geben. Stattdessen stünde da ein großer grauer Klotz mit verspiegelten Scheiben vom Boden bis zur Decke, ohne jedes bisschen Wärme oder Atmosphäre. Pauline fühlte sich wie in einem Albtraum, aus dem sie nicht mehr erwachen konnte. Der Tag, vor dem sie sich die ganze Zeit gefürchtet hatte, war gekommen. Ihr ganzes Leben war ein einziger Scherbenhaufen, und sie hatte keine Möglichkeit, es wieder zusammenzusetzen.

Ein dumpfes *Plopp* riss sie aus ihren Gedanken. Die Tortellinischale war zu Boden gefallen, und der Inhalt hatte sich auf dem gesamten Küchenboden verteilt.

Coco sprang fauchend zur Seite und flitzte ins Wohnzimmer.

Pauline atmete tief durch. Alles, aber auch wirklich alles, war ihr zu viel in diesem Moment. Sie schlug die Hände vor dem Gesicht zusammen und weinte laut und haltlos, bis das Beben ihrer Schultern von selbst schwächer wurde und sie sogar zum Weinen keine Kraft mehr hatte. Sie starrte noch einen Moment blicklos auf den Tortellinihaufen vor ihren Füßen, schnäuzte sich dann geräuschvoll in ihre Serviette und versuchte, ihre Gefühle wieder in den Griff zu bekommen. Mit einem Seufzen nahm sie schließlich einen Putzlappen, kniete sich auf den Boden und wischte den Tortellinibrei auf. Erst nach einer ganzen Weile blinzelte ihre Katze mit ihren gelbbraunen Augen um die Ecke.

»Ist schon okay, Coco, du kannst wieder reinkommen. Ich bin nicht böse auf dich. Ich hatte sowieso keinen Hunger.«

Coco lief mit geschmeidigen Bewegungen auf sie zu, schnurrte einmal um ihren Rücken und schmiegte ihren Kopf an Paulines Knie. »Das wird schon wieder«, sollte das bestimmt heißen, aber es bewirkte nur das Gegenteil. Das Elend kehrte mit einer solchen Wucht zurück, dass Pauline sich zu Boden sinken ließ und sich mit dem Rücken gegen den Kühlschrank lehnte. Ihr Herz schlug schnell und panisch, ihr Atem ging hektisch, und sie hatte das Gefühl, dass der Boden unter ihr wie schmelzendes Eis davonglitt. Erst als Cocos erschrockenes Maunzen in ihr Bewusstsein drang, schaffte sie es, ihren Atem zu verlangsamen, und es gelang ihr erst nach langer Zeit, sich wieder zu beruhigen.

Irgendwann schleppte sich Pauline völlig erschöpft ins Bett, und dort schlief sie schließlich wie ein Stein.

30.

Christian fuhr sich mit beiden Händen durchs Haar und schloss resigniert die Augen. Er hatte Pauline bestimmt zwanzigmal angerufen und ihr auf die Mailbox gesprochen, aber sie hatte alle seine Nachrichten ignoriert. Das nahm er als klares Zeichen dafür, dass sie ihn nicht sehen wollte – und es brachte sicher nichts, sie zu drängen. Auch die kurzen Besuche bei Anna auf der Intensivstation waren nicht gerade angenehm gewesen. Seine Großmutter trug es ihm immer noch nach, dass er mit Oskar gemeinsame Sache gemacht hatte.

Jetzt saß er in seinem Wohnzimmer vor seinem Laptop und hatte diesen Tag, wie auch die vergangenen, beinahe komplett damit verbracht, irgendeinen Fehler in Oskars Projekt zu finden. Es durfte nicht sein, dass sein Onkel seinen Plan, das Einkaufscenter zu bauen, wirklich in die Tat umsetzte. Es musste ihm irgendwie gelingen, ihn aufzuhalten, und bei so großen Projekten gab es immer Schlupflöcher und Fehler, die das Ganze zu Fall bringen konnten. Wenn er, der das Bauvorhaben so gut kannte wie kaum ein Zweiter, es nicht stoppen konnte, wer dann?

Christian öffnete die Schreibtischschublade und holte den Zettel von Pauline heraus, den er in der Zuckerdose entdeckt hatte. Das war das erste Briefchen gewesen, das er damals von ihr gefunden hatte. Mit einer zärtlichen Geste strich er über das Papier, um die Knicke etwas zu glätten. Jetzt tat es ihm leid, dass er es damals so unachtsam zusammengeknüllt hatte. Als er Paulines Zeilen noch einmal las, spürte er, wie sein Herz schneller zu schlagen begann. Der Gedanke, sie so sehr verletzt zu haben, schmerzte ihn. Er wollte, dass sie glücklich war, und er musste einfach einen Weg finden, um ihr zu beweisen, wie wichtig sie ihm war.

»Wenn ich auch nur einen einzigen Wunsch frei hätte, Pauline«, murmelte er, »dann würde ich diesen Fehler, den ich gemacht habe, gerne wieder geradebiegen, damit du zu mir zurückkommst.«

Die Sehnsucht, die ihn jetzt erfüllte, war kaum auszuhalten. Der Gedanke an Paulines warme Haut, ihren Duft, ihre Küsse, brachte ihn fast um den Verstand. Er wollte um sie kämpfen, wollte ihr zeigen, dass er sie wirklich liebte, dass sie ihm inzwischen alles bedeutete, und es gab nur eine Möglichkeit, um sie zurückzugewinnen: Er musste ihren Eishimmel retten.

Christian trommelte mit den Fingern auf den Tisch und starrte aus dem Fenster. Was hatte er übersehen? Anna hatte Oskar bei ihrem Wasserschaden doch um Geld gebeten, und hatte sie am Telefon nicht auch gesagt, dass sie Oskar damals Geld überwiesen hatte? Aber wofür? Irgendetwas an der Sache kam ihm komisch vor. Christian hätte zu gerne gewusst, worum es da genau gegangen war, doch wie sollte er das herausfinden? Sagen würde Anna ihm mit Sicherheit nichts, aber bestimmt hatte sie den Buchungsbeleg irgendwo abgeheftet, schließlich hatte sie eine sehr ordentliche Buchführung. Aber sollte er wirklich hinter ihrem Rücken danach suchen? Christian zögerte. Er wollte sich nicht auf Oskars Niveau herablassen.

Diese Überlegung half ihm gerade also nicht weiter, doch wo konnte er dann ansetzen? Zu dumm, dass er die Unterlagen bereits an Oskar zurückgegeben hatte. Er tippte sich nachdenklich mit dem Stift ans Kinn. Der Stadtrat wollte das Center bauen, das war also beschlossene Sache, und Oskar hatte einen Kompromiss, die historischen Gebäude mit der neuen Fassade des Centers zu vereinen, abgelehnt. Aber wer sagte denn, dass der Stadtspitze sein Entwurf nicht vielleicht gefallen könnte? Immerhin würde so ein Großteil des Stadtbilds erhalten bleiben, und das musste ja auch in deren Sinne sein.

Plötzlich kam Christian ein Gedanke, und über sein Gesicht huschte ein Lächeln. Das war die Lösung! Er musste den Stadtrat davon überzeugen, so hohe Bedingungen für den Bau anzusetzen, dass der Auftraggeber sie niemals akzeptieren würde. Was wäre zum Beispiel, wenn man das Center nicht nur in der kleinteiligeren Bebauung, sondern dazu auch noch ein ganzes Stück kleiner planen würde? Dann wären die Gewinne lange nicht so hoch, wie der Auftraggeber sich das erhoffte. Einem so unrentablen Projekt würde er sicher nicht zustimmen und womöglich sogar ganz abspringen. Und falls nicht, wäre »Paulines Eishimmel« zumindest in das Center integriert und könnte so bestehen bleiben.

Christian brauchte unbedingt ein Gegengutachten, das den Center-Bau, so wie er aktuell geplant war, entkräftete. Mit seinen Plänen und den neuen Gutachten würde er dann einen Termin bei Dr. Wieland vereinbaren. Und er musste die Stadtbewohner informieren. Falls alle Stricke reißen sollten, konnte er vielleicht immer noch über den geplanten Bürgerentscheid etwas drehen. Am besten, er gründete eine Bürgerinitiative, so hätte er für sein Vorhaben gleich viel mehr Aufmerksamkeit. Sobald er alle notwendigen Informationen beisammenhatte, würde er die Homepage online stellen, um die ihn der Bürgermeister gebeten hatte, und ein Anruf bei Mareike würde sicherlich auch nicht schaden. Sie arbeitete schließlich bei der Tageszeitung und würde sich bestimmt freuen, über ein so spannendes Thema zu berichten. Oskar sollte sich besser warm anziehen.

Und dann, wenn alles geklappt hatte und er den Eishimmel gerettet hatte, musste Pauline ihm doch einfach verzeihen. Christian war so aufgeregt, er musste ihr unbedingt von seinem Plan erzählen. Am liebsten wäre er sofort zu ihr gefahren, aber er durfte jetzt nichts überstürzen. Zuerst musste er das Gutachten und die neuen Pläne besorgen. Er musste ihr zeigen, dass er es ernst meinte, ansonsten brauchte er bei ihr gar nicht erst vorbeizukommen, das war ihm klar. Und dann musste doch einfach alles gut werden. Sicherlich würde sie sich freuen, wenn sie erfuhr, dass er jetzt auf ihrer Seite stand und alles daransetzte, um das Bauvorhaben zu stoppen. Vielleicht wäre sie anfangs zögerlich, aber er konnte sich schon vorstellen, wie ihre Augen dann leuchteten und sie ihm glücklich um den Hals fiel, wenn er ihr seinen Plan ganz genau erklärt hatte. Ja, das musste einfach klappen, Christian war sich ganz sicher.

31.

Als Pauline am nächsten Morgen erwachte, fühlte sie sich wie in Watte gepackt. Die wenigen Sekunden zwischen Traum und Wirklichkeit waren eine köstliche Versuchung, der sie sich gerne hingab. Für einen kurzen Augenblick hatte sie das Gefühl, dass alles gut war, dass nichts Böses geschehen konnte, aber dann holte die Realität sie umso härter wieder ein.

Am liebsten hätte sie sich die Decke über den Kopf gezogen und im Bett gewartet, bis alles vorüber war oder die Welt unterging – was auch immer zuerst geschah, sie war bereit, es darauf ankommen zu lassen –, aber so einfach ging das nicht. Sie war es ihren Gästen schuldig, wenigstens noch diesen Sommer ihr Bestes zu geben. Vielleicht würden sich die Leute dann wenigstens mit einem wehmütigen Lächeln daran erinnern, dass es hier früher einmal ein schönes Eiscafé mit ausgefallenen Sorten gegeben hatte. Pauline schnitt dieser Gedanke tief in ihr ohnehin schon wundes Herz. Sie wälzte sich aus dem Bett, stellte sich unter eine dampfend heiße Dusche, die sie kaum auf ihrem tauben Körper spürte, und schlüpfte anschließend in eines ihrer Sommerkleider. Ein Blick auf die Uhr verriet ihr, dass sie schon wieder viel zu früh aus dem Schlaf aufgeschreckt war und sie noch Zeit hatte. Also beschloss sie, noch kurz bei Anna im Krankenhaus vorbeizuschauen.

Mit ihrem Rad fuhr sie durch die langsam erwachende Kleinstadt mit ihrer morgendlichen Geräuschkulisse von schreienden Kindern, schlagenden Autotüren und hochfahrenden Rollläden, alles Anzeichen dafür, dass das Leben in der Stadt weiterging, als wäre nichts geschehen. Hier draußen, bei strahlendem Sonnenschein und blauem Himmel, machte sich niemand Gedanken, wie zerrüttet es in Pauline aussah. Die Leute schlenderten über den Markt am Fabelwesen-Brunnen, legten frisches Obst und Gemüse in ihre Einkaufskörbe, grüßten sich freundlich und erzählten sich vermutlich belanglose Dinge aus ihrem Alltag, von ihren Kindern oder was sie heute Nachmittag kochen wollten. Pauline war froh, dass niemand wusste, wie es in ihr aussah. Die mitleidigen Blicke hätte sie nicht ertragen. Sie kaufte eine Schale mit frischen Beeren, zwei knackige Äpfel und eine Tüte mit leuchtenden Aprikosen und fuhr damit ins Krankenhaus.

Anna, die mittlerweile auf die normale Station verlegt worden war, freute sich sichtlich über ihr Mitbringsel, denn auch heute war das Krankenhausfrühstück wieder scheußlich gewesen.

»Du siehst aus, als ob sie dir heute Morgen ebenfalls etwas aus der Krankenhauskantine vorgesetzt hätten«, stellte Anna fest, während sie von den Beeren naschte.

Pauline lächelte unglücklich. »Wenn es nur das wäre.«

»Wieso? Was ist passiert?« Anna bedachte sie mit einem prüfenden Blick, doch Pauline biss sich auf die Lippen und schüttelte den Kopf. Sie wollte Anna mit dem Geschehenen nicht traurig machen.

»Na, sag schon«, forderte Anna sanft. »Ich kann schon einiges wegstecken, du brauchst mich nicht zu schonen.«

Pauline seufzte. Bisher hatte sie Anna noch nichts von ihren Sorgen erzählt, um ihrer alten Freundin keinen Kummer zu machen. »Christian hat mich hintergangen«, brachte sie schließlich hervor. »Und den Eishimmel werde ich auch verlieren. Mein Mietvertrag für den Laden läuft aus und wird nicht verlängert.«

Sie ließ den Kopf auf die Bettdecke sinken, und Anna streichelte ihr immer wieder übers Haar und ordnete ihre Locken. Pauline hatte nicht einmal mehr Kraft, um zu weinen. Schweigend hörte sich Anna die ganze Geschichte an, die Pauline ihr mit tonloser Stimme berichtete.

»Pauline, das, was dir passiert ist, ist furchtbar. Ich kann mir sehr gut vorstellen, wie weh dir Christians Verrat und der Verlust deines Eiscafés tut. Ich will jetzt auch nicht sagen, dass das schon wieder wird, doch du darfst nicht aufgeben.«

»Aber …«, begann Pauline, doch Anna unterbrach sie mit einem energischen Kopfschütteln.

»Wir können das Leben nicht von vorne bis hinten planen. Irgendetwas kommt immer dazwischen und macht uns einen Strich durch unsere fein säuberlich aufgestellte Rechnung. Aber davon dürfen wir uns nicht entmutigen lassen. Lass uns erst einmal in Ruhe einen Tee trinken und ein paar Zimtwaffeln essen, und wenn die Welt bis dahin noch nicht komplett untergegangen ist, lohnt es sich ja vielleicht doch noch, sie zu retten.« Sie lächelte Pauline an. »Auch wenn es jetzt sehr wehtut, wer weiß, wofür es gut ist. In all deinen Lieblingsromanen müssen die Heldinnen ja auch viele Hindernisse überwinden, bis sie schließlich im letzten Kapitel ihr

Glück finden. Du kannst zwar im echten Leben nicht auf die letzten Seiten spitzen und nachsehen, wie es ausgeht, aber das ist auch ganz gut so, denn sonst würdest du vermutlich den mittleren Teil schrecklich langweilig finden.«

Pauline dachte eine Weile darüber nach und nickte langsam. »Du hast bestimmt recht, Anna«, sagte sie und seufzte. »Aber es tut so unfassbar weh.«

»Es hat niemand gesagt, dass es einfach wird, und wenn doch, dann war es gelogen.«

»Stimmt.« Jetzt musste Pauline doch lächeln. »Ich weiß wirklich nicht, wie du das machst, dass du hier nach einem Infarkt ganz entspannt weise Ratschläge verteilst, als wäre das Leben ein Sonntagsspaziergang im Park.« Sie sah reumütig zu Anna. »Eigentlich sollte ich dich nicht mit meinen dummen Problemen belasten, wo es dir doch noch viel schlechter geht.«

»So ein Unsinn! Dieser charmante junge Arzt hat mir gestern gesagt, wenn sie die verkalkte Arterie nicht jetzt entdeckt hätten, hätte es mich in ein paar Wochen sicher tödlich erwischt – schau nicht so schockiert! So hatte das also auch sein Gutes.«

Das waren Neuigkeiten, die Pauline tatsächlich überraschten. Kein Wunder, dass Anna so gelassen war. Vielleicht fehlte auch ihr selbst gerade der Blick für das große Ganze. Wer wusste schon, wohin das alles führte. Sie atmete tief durch, und für eine ganze Weile saßen die beiden Frauen einfach nur schweigend im Krankenzimmer.

»Anna«, durchbrach Pauline schließlich die Stille. »Ich muss dir noch etwas sagen.«

Die alte Dame sah Pauline an, und in ihren Augen lag

ein Ausdruck von Gelassenheit, der Pauline zögern ließ. Sie wollte Anna nicht unnötig aufregen, aber es half nichts, sie musste es erfahren.

»Christian hat auch dich hintergangen. Ich habe gesehen, dass die Pläne des Einkaufscenters deinen Laden ebenfalls betreffen.«

Anna seufzte schwer. »Ich weiß, meine Liebe, ich weiß.« Sie lächelte Pauline matt an.

»Und was willst du jetzt tun? Hast du vor, um dein Antiquitätengeschäft zu kämpfen?«

»Ehrlich gesagt, weiß ich darauf keine Antwort. Ich habe schon länger darüber nachgedacht, meinen Laden aufzugeben. Die Arbeit ist für mich alleine doch zu beschwerlich, und jetzt, nach dem Herzinfarkt, raten mir die Ärzte, dass ich mich schonen und kürzertreten soll.«

Pauline spürte, wie ihr das Herz schwer wurde. Mit dem Antiquitätengeschäft würde auch Annas Lebenswerk verschwinden und dazu ein Laden voller Träume und Wünsche. Doch sie durfte nicht so egoistisch sein, ermahnte sich Pauline, Annas Gesundheit ging vor.

»Das verstehe ich.« Pauline drückte fest die faltige Hand ihrer Freundin.

»Nur um das Haus tut es mir leid.« Anna sah traurig auf ihre Bettdecke. »Die schönsten Erinnerungen meines Lebens habe ich in diesen vier Wänden gesammelt. Ich bin damals mit Hans nach unserer Hochzeit dort eingezogen, unsere Kinder sind darin groß geworden, Christian hat im Wohnzimmer laufen gelernt. Alles, was mit meiner Familie zusammenhängt, ist dort geschehen. Mein ganzes Glück hat sich in diesen Räumen abgespielt, bis Gregor gestorben und

Christian mit seiner Mutter aus der Stadt weggezogen ist. Das Haus hat all das miterlebt. Die Erinnerungen stecken in den Wänden, die Markierungen, wie groß meine Kinder an jedem ihrer Geburtstage waren, sind in dem Türrahmen zur Küche ins Holz eingeritzt. Mein ganzes früheres Leben sehe ich vor mir, wenn ich durch die Räume gehe. Ich höre Hans mit meinen Jungs im Wohnzimmer lachen, weil sie mit den Blechautos ein Wettrennen veranstaltet haben, ich sehe sie am Esstisch sitzen und Pflaumenkuchen essen.« Sie hielt einen Moment inne und lächelte wehmütig.

Es musste ihr schrecklich wehtun, dass Christian ihr Haus mit all diesen Erinnerungen, ohne mit der Wimper zu zucken, abreißen lassen wollte.

»Aber wahrscheinlich ist es besser so.« Anna atmete tief durch. »Auf Dauer hätte ich dort sowieso nicht wohnen können. Die vielen alten Holzstufen ächzen wie ich, wenn ich sie nach oben gehe. Ich war mir nie sicher, ob ich sie überlebe oder ob sie mich zuerst in die Knie zwingen. Es ist wohl besser, wenn ich mir etwas suche, was meinem Alter mehr entspricht. Seniorengerecht heißt das, nicht wahr? Und in so ein Seniorenheim lässt sich ein Fotoalbum mit Erinnerungen auch viel besser mitnehmen als eine Hauswand.«

»Anna …« Pauline sah sie entrüstet an.

»Nein, nein, schon gut, Liebes.« Anna lächelte sie an und streichelte ihr sanft über die Wange. »Man muss lernen, dass nichts so bleibt, wie es ist. Und es sieht so aus, als ob für uns beide nun ein neuer Lebensabschnitt beginnt.«

Als Pauline nach ihrem Krankenbesuch bei Anna später im Eishimmel kunstvolle Eisbecher für ihre Gäste zauberte, dachte sie noch lange über die Worte ihrer alten Freundin nach. So richtig wollte ihr heute nicht einmal mehr das in den letzten Tagen mühsam antrainierte Kellnerinnenlächeln gelingen, hinter dem sie ihre Gefühle sonst so gut verbergen konnte. Zu schwer wog die Tatsache, dass nicht nur sie selbst ihr Eiscafé verlieren würde, sondern auch Anna ihr Antiquitätengeschäft aufgeben musste.

Nach diesem anstrengenden Tag stand Pauline jetzt alleine hinter ihrem Marmortresen und blickte sich in ihrem Café um. Das war also ihr letzter Sommer hier. Ihr Herz zog sich bei diesem Gedanken zusammen, und in ihr war nur noch eine bedrückende Leere, die all ihre Gefühle wie ein schwarzes Loch verschluckt hatte.

Sie griff nach einer Dessertschale und schob eine Scheibe ihrer Eisvitrine zur Seite. Mit ruhigen Bewegungen formte sie mehrere Kugeln aus ihrem Zartbitter-Rum-Eis. Sie hatte Mühe, sich zu konzentrieren, und die Kugeln wollten ihr nicht so recht gelingen. Sie hatten kleine Kanten und Ränder und waren nicht richtig rund. Pauline krümelte eine Handvoll Keksstücke darüber, spritzte einen großen Berg Bananensahne darauf, gab ein paar Rosinen und Kirschen dazu und dekorierte alles großzügig mit Schokoladensoße. Das war Tonis geliebter Granatsplitter-Becher, vielleicht der letzte, den sie jemals wieder zubereiten würde. Sie setzte sich auf das beerenfarbene Sofa und löffelte gedankenverloren von ihrem Eis.

Als plötzlich jemand an die Scheibe klopfte, wäre Pauline vor Schreck fast ihr Eislöffel aus der Hand gefallen. Sie drehte sich um und erkannte Christian, der ihr mit einer Handbewegung bedeutete, noch einmal das Café aufzuschließen.

Mit weichen Knien stand Pauline auf, ging zur Tür, und als sie den Schlüssel im Schloss herumdrehte, zitterten ihre Finger.

»Was willst du?«, fragte sie kühl.

»Pauline.« Christian sah sie mit großen Augen an. »Ich muss mit dir reden – bitte!«

Nach kurzem Zögern machte sie einen Schritt zur Seite und ließ ihn eintreten.

»Es tut mir so leid, was passiert ist«, begann er. »Ich habe einen schrecklichen Fehler gemacht, das weiß ich jetzt. Ich war so von dem neuen Job geblendet, da habe ich einfach nicht richtig nachgedacht, sondern nur meinen Profit und meine Vorteile gesehen. Es war falsch, dass ich dich belogen habe. Ich hätte dir viel früher die Wahrheit sagen müssen.«

»Ja, das hättest du.« Pauline hatte Mühe, ruhig zu bleiben.

»Aber jetzt ist es anders. Mir ist klar geworden, dass ich Mist gebaut habe. Bitte, verzeih mir! Und damit du siehst, dass ich es ernst meine, will ich dir etwas zeigen.« Er zog eine Mappe aus seiner Tasche und blätterte kurz darin, bis er auf einige Skizzen stieß. »Ich bin jetzt auf eurer Seite«, erklärte er und reichte Pauline die Mappe mit den Zeichnungen.

Paulines Herz klopfte wild und aufgeregt in ihrer Brust. War es möglich, dass Christian sich tatsächlich geändert hatte?

»Siehst du, ich plane jetzt ein ganz anderes Objekt. Das neue Center soll viel kleiner werden, und ich möchte das Stadtbild in den Bau integrieren. Ich kann mir gut vorstellen, dass der Stadtrat das ziemlich interessant findet, aber ich denke, dass der Bauunternehmer damit nicht einverstanden sein wird, und deshalb …«

»Du hast überhaupt nichts verstanden!«, fuhr Pauline aufgebracht dazwischen. »Für einen Moment habe ich wirklich geglaubt, dass du dich geändert hast – aber du begreifst es einfach nicht!«

»Was? Aber ich tue das für dich, Pauline … Für dich und Anna.«

»Spar dir deine Lügen, Christian.« Pauline verschränkte die Arme. »Für dich zählt bloß, wie du unbeschadet aus dieser ganzen Sache rauskommst. Anna und ich interessieren dich in Wahrheit kein bisschen.«

Christian schnaubte. »So denkst du von mir?«

»Und jetzt bekommst du kalte Füße, weil der Bauunternehmer da nicht mitziehen könnte. Wie hoch ist dein Bonus, der bei einem Abschluss für dich herausspringt? Er muss gigantisch sein!«

Christian klappte die Mappe zu.

»Weißt du, ich wollte dir helfen, aber du fixierst dich immer nur auf das Schlechteste in einem Menschen. Jeder macht Fehler, auch du, Pauline. Aber irgendwann muss man jemandem auch mal verzeihen können. Allerdings ist dein Herz genauso kalt wie dein Eis!«

Pauline griff nach der Türklinke und öffnete die Ladentür. »Raus«, sagte sie mit tonloser Stimme. »Ich will dich hier nie wieder sehen!«

»Keine Sorge, ich habe auch keinen Grund mehr, hier noch einmal vorbeizukommen«, sagte Christian eisig und verließ das Café.

Pauline schloss hinter ihm die Tür ab und lief dann mit schnellen Schritten in ihr Eislabor. Dort rutschte sie mit dem Rücken am Kühlschrank zu Boden und begann, hemmungslos zu schluchzen.

32.

Christian war auf dem Weg zu Anna ins Krankenhaus. Es verletzte ihn sehr, wie das Gespräch mit Pauline verlaufen war, doch daran durfte er im Moment nicht denken. Jetzt wollte er nämlich wenigstens die Beziehung zu seiner Großmutter wieder in Ordnung bringen, nachdem er schon bei Pauline so kläglich gescheitert war. Außerdem wurde es wirklich höchste Zeit, dass er sich bei Anna entschuldigte – und er konnte nur hoffen, dass er bei ihr mehr Glück hatte als bei Pauline.

Christian atmete tief durch, klopfte an die Tür und betrat gleich darauf das Krankenzimmer.

»Hallo, Anna«, sagte er vorsichtig. »Wie geht es dir heute?«

»Na ja, so wie es einem eben geht, wenn man erfährt, dass einen der eigene Sohn und der eigene Enkel aus dem Haus werfen wollen.«

Christian betrachtete schuldbewusst seine Schuhspitzen. »Deshalb bin ich hergekommen. Ich wollte mit dir schon längst darüber sprechen, aber ich habe mich nicht so recht getraut.« Er legte eine Pause ein, um Anna die Möglichkeit zu geben, etwas zu sagen, doch sie schwieg. »Ich hatte in den letzten Tagen einiges zu tun …«, begann er.

»So? Hast du noch mehr Läden gefunden, die du dem Erdboden gleichmachen kannst?«

»Nein.« Christian zog sich einen Stuhl heran und setzte sich. »Ich habe bei Oskar gekündigt.«

»Das ist ja mal eine Überraschung.« Anna sah ihn kurz an. »Hat er dir den Bonus gestrichen?«

»Nein.« Christian seufzte innerlich auf. Er konnte verstehen, dass Anna verletzt war und sie es ihm nicht leicht machte. Mit ihren Spitzen hatte sie tatsächlich eine ähnlich große Begabung wie Pauline. »Es war meine eigene Entscheidung. Als du den Herzinfarkt hattest, ist mir klar geworden, dass ich einen großen Fehler gemacht habe. Es war nicht richtig zu glauben, dass ich dir oder Pauline mit dem Geld etwas Gutes tun würde und ihr im Center glücklich geworden wärt.«

»Na, Donnerwetter! Schade nur, dass du für diese Erkenntnis so lange gebraucht hast.«

Christian knirschte mit den Zähnen. »Ja, ich weiß, und jetzt bin ich hergekommen, um mich zu entschuldigen, aber du machst es einem wirklich nicht leicht, weißt du das?«

»Bis jetzt habe ich ja auch noch keine Entschuldigung gehört.«

»Es tut mir wirklich leid.« Christian sah seine Großmutter mit festem Blick an.

»War das jetzt schon alles?«, fragte sie, und in ihren Augen blitzte etwas schelmisch auf.

»Nein, ehrlich gesagt nicht. Ich habe riesengroßen Mist gebaut, Anna, das weiß ich jetzt. Ich habe mich da einfach zu etwas verleiten lassen, was falsch war. Ich hätte dir gegenüber offen sein und sofort mit dir sprechen müssen.«

»Ja, das hättest du. Um ein Haar hättest du mich damit unter die Erde gebracht.«

»Oh Gott!« Er sah sie bestürzt an. »Ist es so schlimm?«

»Nein.« Jetzt lächelte Anna verschmitzt. »Die Ärzte wollen mich noch einige Tage im Krankenhaus behalten, um mich wieder aufzupäppeln, aber ein bisschen werde ich dir doch wohl ein schlechtes Gewissen machen dürfen, nach allem, was du mir angetan hast.«

»Wenigstens hast du deinen Humor nicht verloren. Wenn du wüsstest, wie schlecht ich mich fühle.«

»Das ist ja auch das Mindeste.«

»Okay, ich habe es auch nicht anders verdient.« Christian seufzte. »Aber wenn mir meine Großmutter jemals verzeiht und mich nach diesem Gespräch noch einmal wiedersehen will, würde ich sie gerne ab und an besuchen kommen. Nur das Center wird es dann hoffentlich nicht geben. Zumindest dann, wenn ich meine Arbeit richtig gemacht habe.«

Christian konnte sehen, wie Annas gespielt tadelnder Blick echter Verwunderung wich.

»Christian, ich hatte einen Herzinfarkt, keine Gehirnerschütterung. Du hast doch bei diesem Center-Bau kräftig mitgemischt.«

»Ja, das ist richtig.« Er legte eine kurze Pause ein, weil er wusste, dass er seine Großmutter dadurch auf die Folter spannte. Er sah ganz genau, wie es jetzt hinter ihrer Stirn arbeitete. »Aber ich habe heute alles in die Wege geleitet, um das rückgängig zu machen.«

»Ha! Das glaub ich jetzt nicht. Wirklich?« Anna sah ihn mit einem langen, prüfenden Blick an, und Christian nickte. »Das wäre ja fabelhaft! Aber wenn das ein Traum ist, dann muss ich mich beim Aufwachen unbedingt daran erinnern, dass ich den Arzt frage, ob er mir die Schmerzmittel auch für zu Hause verschreibt. Sie sind großartig.«

»Da muss ich dich schon wieder enttäuschen. Es ist kein Traum, ich habe mich wirklich auf die andere Seite gestellt, auf die richtige diesmal«, setzte er rasch hinzu.

»Und was hast du genau geplant?«, fragte Anna, der man ihre Neugierde von der Nasenspitze ablesen konnte. »Oder darfst du das nicht verraten, weil du ein paar geheime Auftragskiller losgeschickt hast?«

»Anna, wir reden hier immer noch von Oskar. Er hat eine Fehlentscheidung getroffen, aber deshalb werde ich ihn nicht gleich umbringen lassen.«

»Nicht?« Jetzt verzog sie gespielt das Gesicht. »Oje, dann muss ich die Bande, die ich auf dich angesetzt habe, wohl wieder zurückrufen.«

»Danke, das wäre wirklich nett.« Christian schüttelte den Kopf. »Ich sollte mit dem Arzt vielleicht wirklich noch mal über deine Medikation sprechen.«

»Ach was, so ein Unfug. Mir geht es blendend. Und jetzt sag schon, was hast du denn nun genau unternommen?«

»Na ja, ich habe einen interessanten Alternativvorschlag für den Stadtrat und dazu ein paar Gutachten, die meine Idee untermauern.« Christian spürte, dass jetzt doch ein wenig Stolz in ihm aufstieg. »Aber alles Weitere erzähle ich dir erst, wenn es geklappt hat.«

»Hm.« Anna legte die Stirn in Falten. Es schien ihr gar nicht zu gefallen, dass sie sich mit dieser Information zufriedengeben musste, aber sie fragte nicht weiter nach. »Und Pauline?«

Christian wurde ernst. »Ich fürchte, ich habe sie verloren.«

»Oh nein.« In Annas Augen war jetzt der blitzende Schalk erloschen. »Dabei hättet ihr so gut zusammengepasst.«

»Ja, wie Hund und Katze«, antwortete Christian trocken.

»Hast du denn noch einmal mit ihr gesprochen? Vielleicht könnt ihr eure Differenzen ja klären.«

»Nein, das denke ich nicht.« Christian seufzte. »Ich habe zu lange gezögert, ihr von den Plänen für das Center zu erzählen, und als ich es dann endlich tun wollte, ist sie mir leider zuvorgekommen und hat es auf eine unschöne Weise selbst herausgefunden. Sie hat sich schrecklich verraten gefühlt, wie du dir bestimmt vorstellen kannst. Und als ich ihr jetzt sagen wollte, dass ich mich gegen das Center stelle, konnte ich ihr meinen Standpunkt überhaupt nicht erklären. Sie hat mich nicht mal mehr zu Wort kommen lassen!«, sagte er aufgebracht, doch in seinem Inneren zog sich bei dem Gedanken daran etwas zusammen. Seine Schultern sackten nach vorne, und als er dann weitersprach, war seine Stimme viel leiser als vorher. »Ich befürchte, dass sie mir das alles niemals verzeihen wird.«

»Oh Christian, das tut mir sehr leid.« Anna nahm ihn in den Arm, und einige Zeit saßen sie so still beieinander.

»Weißt du eigentlich, dass Pauline Briefchen in deinem Laden versteckt?«, fragte Christian schließlich.

»Briefchen?« Anna hob die Brauen. »Nein. Was meinst du damit?«

»Pauline schreibt wunderschöne Nachrichten, die sie in deinen Möbeln im Laden versteckt.«

»Und ich dachte, sie kommt meinetwegen so oft vorbei.« Anna zwinkerte ihm zu.

»Ich bin mir sicher, das tut sie. Wenn du nicht wärst, dann würde sie nämlich mit Sicherheit auf ihren Bergen von Basilikumeis sitzen bleiben.«

»Ja, das ist einfach fabelhaft lecker.« Seine Großmutter lächelte. »Aber jetzt sag schon, was schreibt sie denn in diesen Briefchen?«

Christian wurde nervös. Sollte er Anna wirklich von diesen geheimen Botschaften erzählen, die so viel über Pauline preisgaben?

»Na ja, meistens lässt sie sich von den Dingen in deinem Laden inspirieren und beschreibt, was diese Gegenstände in ihr für Erinnerungen und Gefühle auslösen. Ich habe mich von ihrer ersten Nachricht an tief mit ihr verbunden gefühlt.«

»Das klingt schön – und ganz nach Pauline, wenn du mich fragst.« Anna seufzte. »Zu schade, dass ich noch keinen von diesen Briefchen gesehen habe. Dabei haben wir beim Renovieren doch den ganzen Laden auf den Kopf gestellt.«

»So viele habe ich auch noch nicht gefunden«, widersprach Christian. »Aber einmal habe ich ihr auf einen davon geantwortet.«

»Du antwortest ihr? Hat sie denn deine Nachricht gefunden?«, fragte Anna gespannt.

»Ja, sie lag in der alten Ausgabe von *Stolz und Vorurteil*, die Pauline neulich gekauft hat.«

»Ach, die gute alte Jane Austen. Dann hat sie dir also doch die Augen geöffnet.« Seine Großmutter seufzte verträumt. »Weiß Pauline denn, dass du das bist, der ihr da geschrieben hat?«

»Nein, natürlich weiß sie das nicht.« Christian wurde ernst. »Ich hatte ja keine Ahnung, wie sie auf meine Antwort reagiert, und ich konnte sie auch schlecht danach fragen. Jetzt überlege ich, ob ich ihr, nach allem, was passiert ist, auf das andere Briefchen, das ich am Abend vor ihrem Wettbewerb gefunden habe, überhaupt noch antworten soll. Ich hätte ihr so gerne noch einmal Mut gemacht, aber vielleicht ist das alles ja auch eine blöde Idee.«

»Du solltest ihr unbedingt noch einmal schreiben!« Jetzt leuchteten Annas Augen wie die von einem Kind am Weihnachtsabend. »Dann könntest du auf diese Weise um sie kämpfen.«

»Ja«, gab Christian etwas verlegen zu. »Aber wie soll Pauline an den Zettel kommen? Dein Laden ist ja gerade geschlossen, und persönlich übergeben kann ich ihn ihr schließlich nicht.«

»Gut so!« Anna klatschte in die Hände, und Christian sah sie überrascht an. »Dann können wir auf jeden Fall sicherstellen, dass nur Pauline deine Antwort finden wird.«

Das stimmte. Von dieser Seite hatte er es noch gar nicht betrachtet. Christian dachte eine Weile lang nach. »Anna«, begann er vorsichtig, »ich weiß, das ist eine sehr große Bitte nach all dem, was passiert ist, aber würdest du mir helfen, Pauline zurückzugewinnen?«

»Was glaubst du denn, worüber ich mir, seit du mir von eurem Streit erzählt hast, das Hirn zermartere!« Sie lächelte Christian warm an. »Ich denke, ich habe da sogar eine Idee, wie wir das anstellen könnten. Weißt du schon, was du ihr antworten willst?«

»Noch nicht so richtig«, gab er zu und holte ihr Briefchen aus seinem Geldbeutel. »Schau mal, das hat sie mir geschrieben.«

Anna nahm das Stück Papier entgegen, setzte ihre Brille auf und begann zu lesen. Dann nickte sie mit einem versonnenen Lächeln.

»Ich finde, sie klingt da so traurig«, sagte Christian, als seine Großmutter ihn wieder ansah. »Ich würde sie gerne ein bisschen aufmuntern. Sie soll nicht aufhören zu träumen, das gehört doch zu ihr.«

»Na, dann schreib ihr das doch.«

Christian sah Anna nachdenklich an. »Du hast recht. Genau das sollte ich tun.« Er nahm einen Kugelschreiber von ihrem Nachttisch, der neben einem Sudoku-Block lag, strich das Papier glatt und dachte kurz nach. Dann verfasste er seine Antwort.

33.

Die Tage nach dem Streit mit Christian verliefen alle gleich: Pauline quälte sich aus dem Bett, besuchte Anna kurz im Krankenhaus, ging dann in den Eishimmel, bediente dort tapfer ihre Gäste bis zum Abend, um dann nach Hause in eine stille Wohnung zu kommen, die ihr viel zu groß vorkam und in der sie sich furchtbar allein fühlte. Dort saß sie dann und zählte die Tage, die ihr noch blieben, bis sie ihren Eishimmel leer räumen und die Schlüssel übergeben musste.

An diesem Morgen hatte Anna sie gebeten, ihr ein paar Bücher aus dem Antiquitätenladen ins Krankenhaus zu bringen. Mit Kleidung hatte sie ja schon Christian, der Verräter, versorgt, wohl ein Akt seines schlechten Gewissens, wenn er so etwas überhaupt hatte. Also ging Pauline nach der Arbeit nicht wie gewöhnlich sofort nach Hause, sondern machte sich mit der Liste, die Anna ihr geschrieben hatte, auf den Weg in den Laden, um alles zusammenzusuchen. Es fühlte sich seltsam an, ohne die ältere Dame im Antiquitätengeschäft zu sein. Irgendwie war es, als ob ein wichtiger Teil fehlen würde. Pauline fühlte einen Stich in ihrer Brust, als sie darüber nachdachte, dass es diesen magischen Ort bald nicht mehr geben würde. Innerhalb von nur ein paar Tagen hatte sich ihr gesamtes Leben völlig auf den Kopf gestellt. Alles, was ihr wichtig war, und wovon sie gedacht hatte, es sei ein fester Bestandteil ihres Alltags, zerrann ihr nun wie Sand zwischen den Fingern.

Der Dielenboden knarrte, als sie durch den Laden ging und mit einem wehmütigen Lächeln über die Lehne von Annas moosgrünem Ohrensessel strich. Vor dem großen Schaufenster blieb sie stehen und betrachtete die Auslagen. Anna hatte alles immer mit so viel Liebe arrangiert. Sie nahm das Buch, das auf der Liste stand, aus dem Schaufenster, berührte das Fernrohr und erinnerte sich schmerzlich an ihre Unterhaltung mit Christian. Damals war sie sich nicht sicher gewesen, ob er sich wirklich für sie interessierte. Hätte sie doch nur auf ihr Bauchgefühl gehört!

»Schade, dass man mit dir nicht auch in die Zukunft sehen kann«, murmelte Pauline und wandte sich ab, doch etwas, was sie aus den Augenwinkeln entdeckt hatte, ließ sie im gleichen Augenblick wie erstarrt stehen bleiben. Sie war sich ganz sicher, dass sie ihre Nachricht auf der anderen Seite an das Teleskop gesteckt hatte. Pauline drehte sich um und zog den Zettel aus der Wiege des Fernrohrs. Als sie ihn auseinanderfaltete, fiel ihr sofort die etwas krakelige Handschrift darauf auf. Es war dieselbe Schrift, die sie schon einmal auf einem ihrer Briefchen entdeckt hatte. Der oder die Unbekannte hatte ihr also erneut geantwortet! Aber wie konnte das möglich sein? Anna hatte ihr Antiquitätengeschäft doch schon seit mehreren Tagen geschlossen, und am Morgen des Wettbewerbs, als sie ins Krankenhaus gebracht worden war, hatte Pauline niemanden im Laden bemerkt. Oder hatte sie jemanden übersehen? Sie versuchte, sich daran zu erinnern, wer am Tag zuvor noch dort gewesen war. Sie hatte doch alle Kunden genau gemustert und war sich fast sicher, dass es keiner von ihnen gewesen sein konnte. Vielleicht war der Antwortschreiber ja auch erst nach ihr in das Geschäft gekommen. Dann war er möglicherweise kurz davor auch an ihrem Eiscafé vorbeigelaufen, und sie hatte ihn verpasst! Pauline ärgerte sich darüber, aber sie hatte ja noch seine Nachricht. Mit angehaltenem Atem las sie die Zeilen:

> Liebe P.,
> wenn ein Gefühl so tief, ein Augenblick so bedeutsam war, dann dürfen wir ihn nicht gehen lassen, dann müssen wir ihn festhalten. Natürlich können wir die Sterne nicht immer sehen, aber wir wissen, dass sie die ganze Zeit über da sind. So ist es auch mit den Menschen. Wenn es uns gelungen ist, einem von ihnen in die Seele zu blicken, und unser Gegenüber es zugelassen hat, dann kann der oder die andere gar nicht fern sein oder komplett verschwinden, wie Du es geschrieben hast. Ja, vielleicht wendet sich jemand ab, doch zur gleichen Zeit wird es jemand anderen geben, der genau in diesem Moment den Blick nach oben richtet, in den dunklen Himmel, und er wird den Stern finden, den einen unter Tausenden, der auch für ihn so hell und klar leuchtet. Es kostet nur einiges an Mut, sich darauf einzulassen und am Tag weiterhin daran zu glauben, dass der Stern auch in der nächsten Nacht da

sein wird. Aber wenn man sich erst einmal darauf eingelassen hat, ist dies eines der größten und schönsten Wunder, so bedeutsam, kostbar und unendlich wie der Sternenhimmel.
Gib niemals auf, meine liebe P., denn es lohnt sich immer zu kämpfen.
Gezeichnet, D. W.

Die Schrift verschwamm vor ihren Augen, und Pauline musste mehrfach blinzeln, um die Tränen zurückzuhalten. Sie presste sich die Faust gegen die Lippen und atmete mehrmals tief durch. Sie hatte so sehr geglaubt, dass Christian der Mensch war, dem sie in die Seele geblickt hatte. So sehr hatte sie sich gewünscht, dass er der Richtige war, bei dem ihr Herz sich endlich wieder warm und geborgen fühlen konnte. Seine Lippen und seine Hände hatten sie bei jeder Berührung wahnsinnig gemacht und mit süßem Verlangen erfüllt, und ihr war es schwergefallen, seinen aufregenden Körper nicht weiter zu erkunden. Sie hatte den Sprung ins kalte Wasser gewagt und sich auf ihn eingelassen, weil sie gehofft hatte, den einen an ihrer Seite gefunden zu haben, der sie darin unterstützte, nach den Sternen zu greifen und ihren Träumen zu folgen, und jetzt schmerzte die Enttäuschung umso mehr.

34.

Dr. Wieland empfing Christian mit einem festen Händedruck. »Guten Tag, Herr Bergmann. Ich bin schon sehr gespannt, was Sie mir zu sagen haben. Bitte, setzen Sie sich.« Er deutete auf eine Sitzgruppe in seinem Arbeitszimmer, und sie nahmen Platz. »Unser kurzes Telefonat hat mich ziemlich neugierig gemacht. Also, spannen Sie mich ja nicht zu lange auf die Folter, was Sie sich für das Center überlegt haben.«

Christian wusste, dass alles von diesem Gespräch abhing. Jetzt musste er zeigen, was er konnte. »Ich habe mir überlegt, das Center nicht als großen Komplex im Stadtzentrum zu errichten, sondern die örtliche Bebauung in die Gestaltung miteinzubeziehen«, begann er mit fester Stimme. »Zur Ansicht habe ich für Sie schon einmal ein paar Pläne mitgebracht.« Er schlug eine Mappe auf und zog seine Entwürfe heraus, die er einem Architekten zur Überarbeitung gegeben hatte. Das Ergebnis konnte sich sehen lassen. »Wir haben die alten Häuser der Innenstadt in das neue Center-Projekt integriert. Gleichzeitig behalten die Läden von der Straße aus ihren eigenen Zugang, sodass sie weiterhin eigenständig öffnen können und nicht komplett vom Center abhängig sind.«

Dr. Wieland betrachtete die Pläne genau. »Das klingt spannend. Ehrlich gesagt, gefällt mir dieser Entwurf sogar noch besser als Ihr erster, wenn ich das so offen sagen darf. Allerdings liegt die Entscheidung nicht bei mir alleine, das wissen Sie ja. Mir ist es wichtig, die Bürger in solch große Veränderungen, die die Stadt betreffen, miteinzubeziehen. Deshalb bin ich nach wie vor für einen Bürgerentscheid, der darüber abstimmen soll, ob die Stadtbewohner an einem Bau mit diesen Forderungen überhaupt Interesse haben.«

Christian nickte. »Ich habe mir erlaubt, auch schon einmal einen ersten Kriterienkatalog auszuarbeiten, der für die weitere Verhandlung mit dem Bauherrn von Bedeutung sein könnte. Im Interesse der Stadtbewohner rate ich dazu, dass das Center keine sechzehntausend, sondern nur noch zwölftausend Quadratmeter Fläche erhält und der Auftraggeber vor Baubeginn siebzig Prozent der Geschäfte vermietet haben muss, um einen möglichen Leerstand von vornherein zu vermeiden. Hierzu habe ich ein weiteres Gutachten eingeholt, das eine mögliche negative Tendenz für den bereits bestehenden Einzelhandel in der Innenstadt aufzeigt, der es deutlich schwerer haben würde, wenn er gegen ein so großes Center konkurrieren müsste.«

Christian reichte dem Bürgermeister einen Schnellhefter mit dem Gutachten, das dieser neugierig durchblätterte. Wenn sich Dr. Wieland darauf einlassen würde, würde Oskars Auftraggeber bei diesen Forderungen mit Sicherheit kein weiteres Interesse an einem Center-Bau haben. Die hohen Gewinne, die die Firma vermutlich kalkuliert hatte, konnte sie so jedenfalls nicht mehr einstreichen.

»Um die Stadtbewohner darüber zu informieren, habe ich eine Homepage entworfen, die ich nach Ihrer Durchsicht gerne online stellen kann. Darauf sind alle Informationen über das geplante Projekt noch einmal gut verständlich ausgearbeitet. Die Bürger können sich also ihr eigenes Bild machen und genau nachvollziehen, was wir hier planen. Es ist wichtig, ihnen mit Offenheit entgegenzutreten und ihr Vertrauen zu gewinnen. Wenn Sie möchten, können wir auch einen Artikel in der Tageszeitung bringen, der die Bürger über die aktuelle Projektplanung informiert. So sind sie von vornherein eingebunden und haben nicht das Gefühl, dass über ihren Kopf hinweg entschieden wird.«

»Alle Achtung!« Der Bürgermeister nickte anerkennend. »Wenn sich doch nur alle mit einem solchen Engagement um ihre Projekte kümmern würden wie Sie, Herr Bergmann. Die Homepage sehe ich mir heute Abend genauer an und gebe Ihnen dann Bescheid, und was die Presse angeht, haben Sie von mir grünes Licht. Sollte die Zeitung ein Interview wünschen, können Sie gerne einen Termin mit meiner Sekretärin vereinbaren.« Der Bürgermeister stand auf und reichte Christian die Hand. »Vielen Dank, Herr Bergmann, ich bin sehr angetan von Ihrem Engagement für das Bauvorhaben. Drücken wir uns die Daumen, dass auch die Bürger es sind.«

Erleichtert ließ sich Christian auf den Fahrersitz seines Autos fallen und lockerte die Krawatte. Das Gespräch mit Dr. Wieland war hervorragend verlaufen. Nun hatte er seinem Onkel so viele Steine wie möglich in den Weg gelegt. Da kam Christian wieder einmal der Streit mit Pauline in den Sinn. Ihre Worte hatten ihn tief getroffen, und er hatte keine große Hoffnung mehr, dass sie ihm verzieh. Trotzdem wollte er dieses Mal das Richtige tun, das war er ihr schuldig.

Er wollte wiedergutmachen, was er angerichtet hatte, auch wenn er wusste, dass er ihr gebrochenes Herz nicht wieder heilen konnte. Vielleicht sah sie dadurch wenigstens, dass es ihm nicht auf seinen Profit, sondern wirklich auf sie und ihre Gefühle ankam, und tief in seinem Inneren wünschte er sich natürlich, dass sie dann vielleicht wieder mit ihm sprechen oder ihm wenigstens zuhören würde.

Für einen Moment überlegte Christian, ob er dadurch zu hart gegen seinen Onkel vorging, aber er hatte die Baupläne ja nicht gänzlich durchkreuzt, sondern lediglich dafür gesorgt, dass die Bürger und der Stadtrat genau wussten, worauf sie sich einließen. Und er hatte ihnen gezeigt, welche Alternative es gab. Hier war seine Arbeit getan, jetzt musste er warten, bis die Informationen zu den Bürgern gelangten und die Verhandlungen mit dem Auftraggeber begannen.

35.

Pauline räumte im Eislabor auf, während Florence die Einnahmen zählte.

»Heute war ein guter Tag«, rief sie Pauline zu und schloss dann die Geldkassette ab. »Schade, dass …« Sie verstummte.

»Ja.« Pauline kam zu ihrer Freundin und ließ ihren Blick durch das Café schweifen.

Das Bleikristall des Kronleuchters, der in der Mitte des Raumes hing, brach die Sonnenstrahlen in allen Regenbogenfarben und warf ein eindrucksvolles Licht auf die Tänzerinnen von Edgar Degas.

»Ich hätte nicht gedacht, dass es so endet. Ich hatte immer die Sorge, dass es irgendwann einmal Ärger mit der Bank wegen des Kredits geben würde, aber dass ich meinen Eishimmel verliere, weil ein Einkaufscenter gebaut werden soll, hätte ich nie im Leben für möglich gehalten.«

»Ich auch nicht«, gab Florence zu. Sie sah Pauline nachdenklich an. »Hast du dir schon einmal überlegt, vielleicht doch eine Eisdiele im Center aufzumachen? Dann wärst du quasi wieder direkt mittendrin.«

»Und sitze in einem nüchternen, kahlen Bau, nachdem Christian mein Café hat abreißen lassen. Abgesehen davon könnte ich mir die Miete sowieso nie leisten.«

»Wahrscheinlich.« Florence seufzte. »Es war ja nur eine Überlegung.«

»Wie auch immer. Ich ziehe mich jetzt um, und dann machen wir Feierabend.«

Pauline ging in den Umkleideraum. Als sie nach ihrer Strickjacke griff, fiel aus der Tasche das zusammengefaltete Briefchen, das sie am Fernrohr gefunden hatte und das sie dazu ermunterte, für ihre Träume zu kämpfen. Pauline versetzte es einen Stich ins Herz. Dieser Unbekannte – denn inzwischen war sie sich beinahe sicher, dass es ein Mann sein musste – hatte gut reden. Er ging wahrscheinlich nicht davon aus, dass sie sich in den miesesten Verräter aller Zeiten verliebt hatte, der ihr nicht nur ihr Herz, sondern auch den Eishimmel gestohlen hatte. Pauline dachte nach. Christian war es vielleicht nicht wert, dass sie um ihn kämpfte, dafür war es ihr Eishimmel umso mehr. Das Café bedeutete ihr alles – es war ihr Zuhause.

Plötzlich kam ihr eine Idee. Ihr Vermieter wollte höchstwahrscheinlich das Grundstück an Christians Firma verkaufen, damit das Center gebaut werden konnte. Deshalb hatte er das Mietverhältnis nicht verlängert. Doch was, wenn es gar nicht so weit kommen würde? Wenn es beispielsweise jemanden hier in der Straße gab, der sein Grundstück nicht hergeben wollte? Dann würde es vermutlich kein Einkaufscenter geben, immerhin konnten sie ja schlecht das Gebäude um das Haus herumbauen. Und dann würde es sich vielleicht auch ihr Vermieter noch einmal überlegen, ob er wirklich einen Kaufvertrag unterschreiben wollte – falls er es nicht schon längst getan hatte.

Pauline atmete tief durch. Zugegeben, das alles war nur

eine sehr vage Hoffnung, es war gerade mal ein winziger Funke, und sie wusste, dass ihr Plan auch erfolglos bleiben konnte, aber es war die einzige Möglichkeit, die sie hatte.

Sie steckte das Briefchen wieder in ihre Jackentasche, zog die Strickjacke über und lief mit raschen Schritten zur Ladentür.

»Florence, ich muss noch mal weg. Bitte entschuldige, dass ich dich mit dem Aufräumen alleine lasse, aber ich muss etwas ganz Dringendes erledigen.«

»Okay.« Florence sah ihr überrascht nach. »Viel Glück!«, hörte sie sie noch rufen.

Pauline lief, so schnell sie konnte. Bei jedem Schritt sprang ihr Herz in ihrer Brust, aber das war ihr völlig gleichgültig. Sie durfte auf keinen Fall zu spät kommen.

»Sie dürfen nicht verkaufen!«, rief sie, als sie außer Atem die Tür der Gärtnerei aufstieß.

»Was?« Die Floristin drehte sich überrascht um.

»Sie dürfen nicht verkaufen«, wiederholte Pauline. »Ihren Laden, meine ich. Hier soll ein Einkaufscenter gebaut und die ganzen schönen Häuser sollen abgerissen werden, und der Park soll einem Parkplatz weichen.« Paulines Stimme überschlug sich beinahe, und sie musste erst mehrere Male tief durchatmen, bevor sie weitersprechen konnte. »Bitte, verkaufen Sie nicht. Sie sind die einzige Hoffnung, die ich habe. Ihr Grundstück liegt in der Bauzone, und wenn die Firma alle Grundstücke beisammenhat, dann wird sie mit dem Abriss beginnen.«

Die Floristin sah sie ungläubig an. »Woher wissen Sie das?«

»Ich habe die Pläne gesehen«, sagte Pauline, und bei der Erinnerung daran durchzuckte es sie schmerzlich. »Es ist grauenhaft. Bitte, mit Ihrer Hilfe können wir das Vorhaben möglicherweise noch verhindern.«

»Sie wollen den Stadtpark für Parkplätze nutzen?«

Pauline nickte, und sie sah, wie es in der Floristin arbeitete.

»Ganz bestimmt nicht«, sagte sie entschieden. »Seit Wochen erhalte ich Briefe, in denen mir immer höhere Summen für den Verkauf meines Ladens angeboten werden. An sich fand ich das Angebot ganz interessant, aber etwas hat mich zögern lassen. Ich habe wirklich darüber nachgedacht zu verkaufen, aber immer wenn ich gefragt habe, was mit meinem Geschäft passieren soll, habe ich keine konkrete Antwort bekommen. Natürlich nicht, jetzt wird es mir klar. Sie haben sich bestimmt gedacht, dass ich dagegen bin, wenn ich erfahre, dass sie aus dem Park einen Parkplatz machen wollen. Aber meinen Laden bekommen sie nicht! Ich werde weder zulassen, dass diese schöne Häuserreihe einem Einkaufscenter weichen muss, noch, dass der Stadtpark unter Beton und Asphalt verschwindet. Ich verkaufe nicht, egal, für wie viel Geld.«

»Habe ich Ihr Wort?«, fragte Pauline zaghaft.

»Darauf können Sie sich verlassen!«

»Vielen Dank.« Pauline atmete erleichtert auf. »Ich hätte da noch eine Bitte. Könnten Sie mir das schriftlich geben, dass Sie nicht verkaufen? Wenn mein Vermieter erfährt, dass das Center nicht gebaut werden kann, überlegt er es sich vielleicht noch einmal anders. Dann hätte ich eine Chance, meinen Eishimmel zu retten.«

»Einen Moment.« Die Floristin zog ihren Notizblock unter dem Telefon hervor und schrieb rasch ein paar Zeilen darauf. Dann reichte sie den Zettel an Pauline. »Viel Glück!«

36.

Anna beugte sich über den Weidenkorb, in dem Pauline für sie vom Bäcker frische Brötchen, etwas Wurst und Käse, zwei Tomaten und eine Paprika vom Markt mitgebracht hatte. Man konnte der älteren Dame deutlich ansehen, dass es ihr mit jedem Tag besser ging.

»Ah, das sieht wesentlich appetitlicher aus als das fade Toastbrot, das sie mir heute zum Frühstück serviert haben. Das war genauso grau wie das Wursträdchen und die Käsescheibe, das musst du dir mal vorstellen.«

»Besser nicht«, entgegnete Pauline. »Aber sobald du zu Hause bist, bekommst du von mir eine extragroße Portion Basilikumeis, versprochen, und Florence hat schon gesagt, dass sie dazu ein ganzes Kilo Zimtwaffeln backen wird.«

»Das klingt hervorragend. Ich glaube, ich komme gleich mit!« Anna zwinkerte ihr zu. »Aber im Ernst, jetzt freue ich mich umso mehr, bald nach Hause zu dürfen.« Sie seufzte tief. »Ein Glück, dass mein Herz sich so schnell wieder erholt hat. Aber wie geht es denn eigentlich deinem Herzen, meine Liebe?«

Pauline zupfte am Saum ihres Sommerkleides herum. »Ach, ich weiß auch nicht.« Sie zögerte. »Irgendwie tut es mir weh, dass ich mich mit Christian so heftig gestritten habe. Aber ich will dich damit wirklich nicht belasten, Anna. Du hast ja selbst schwer genug an seinem Verrat zu tragen.«

Anna blickte Pauline betrübt an. Es war ihr deutlich anzusehen, dass der Streit mit ihrem Enkel sie sehr mitgenommen hatte. »Ja, das stimmt leider«, sagte sie schließlich, und ihre Stimme klang auf einmal ganz anders als sonst, irgendwie viel rauer und auch etwas unsicher. Und dann plötzlich begann sie, heftig zu schluchzen.

»Anna!«, rief Pauline bestürzt und nahm die ältere Dame fest in den Arm. »Was hast du denn?«

Anna brauchte einige Zeit, um sich wieder zu sammeln.

»Ach, Liebes, das ist alles nicht so einfach«, schniefte sie, nachdem sie sich in ihr Spitzentaschentuch geschnäuzt hatte. »Weißt du, dieses Center-Projekt hat einen richtigen Keil zwischen uns alle getrieben.«

»Willst du mir erzählen, was dich bedrückt?«, fragte Pauline behutsam. Sie konnte sich vorstellen, wie weh Anna der Streit mit ihrem Enkel tun musste, aber sie spürte, dass da noch mehr war.

»Die Firma, die das Center hier bauen wollte, gehört meinem Sohn«, sagte Anna.

Und da erinnerte sich Pauline an den Namen des Architekturbüros, der auf dem Brief stand, den sie am Fabelwesen-Brunnen aufgehoben hatte. Es war derselbe Nachname wie Annas. Das also war es, was sie bedrückte und ihr so sehr zu schaffen machte. Pauline lief es eiskalt den Rücken herunter. Nicht nur ihr Enkel hatte vor, sie aus ihrem Laden zu werfen, sondern ihr eigener Sohn hatte das alles auch noch in die Wege geleitet. Was für ein schrecklicher Verrat das war! Anna musste furchtbar enttäuscht und verletzt sein.

»Oh Anna! Das tut mir so leid zu hören!« Pauline drückte mitfühlend ihre faltige Hand. »Kann ich irgendetwas für dich tun?«

Anna schob den Teller von sich und schüttelte den Kopf. Dann sah sie eine lange Zeit vor sich auf ihre Bettdecke.

»Oskar hat mich einmal um Geld gebeten. Damals ist er in Zahlungsverzug gekommen«, begann sie, nachdem sie sich einen Moment gesammelt hatte. Ihre Augen wurden wieder feucht, und ihre Unterlippe begann zu zittern. »Ich wollte ihm helfen. Er ist doch mein Sohn, ich habe nur noch ihn, seit Gregor gestorben ist. Ich wollte eine gute Mutter sein und ihn unterstützen. Ich habe damals selbst vorgeschlagen, dass er das Geld von mir nimmt, damit er keinen Kredit aufnehmen und keine Zinsen an die Bank zahlen muss.«

Pauline nickte. Natürlich, sie selbst hätte nicht anders gehandelt, und ihre Eltern hatten ihr vor einiger Zeit ihr Erspartes ja genauso angeboten. Sie verstand, wie sehr Anna das quälen musste, wo ihr dies nun alles so undankbar wieder vor die Füße fiel.

»Ich hatte immer ein gutes Verhältnis zu Oskar, und ich habe daran geglaubt, dass er es schafft mit seiner Firma.«

»Aber Anna, das muss ja ein Vermögen gewesen sein, um eine solche Firma zu retten!«

Anna nickte betreten. »Neunhunderttausend Euro, um genau zu sein.«

»Donnerwetter!«, entfuhr es Pauline.

Anna starrte wieder vor sich auf die Bettdecke. »Weißt du, das Geld fehlt mir jetzt ja auch!«

»Das heißt, Oskar hat dir nie etwas zurückgezahlt?«

Anna schüttelte den Kopf.

»Es geht mich ja eigentlich nichts an, woher du eine so hohe Summe hast, und ich will dir da auch wirklich nicht zu nahe treten, Anna, aber das Geld hättest du neulich doch sicherlich gut für die Renovierung deines Antiquitätenladens gebrauchen können.«

»Ja«, stimmte Anna leise zu. »Aber es war eben auch das Vermächtnis meines Mannes. Hans hat immer gesagt, dass ich seine Anteile an der Reederei verkaufen soll, wenn mal etwas ist. Er hätte sicherlich auch gewollt, dass ich unseren Sohn unterstütze.« Sie seufzte tief. »Oskar und ich hatten davor ein sehr gutes Verhältnis zueinander, aber nachdem ich ihm das Geld geliehen hatte, haben wir uns immer weiter voneinander entfernt. Wir haben auch nie mehr darüber gesprochen, sondern das alles einfach totgeschwiegen. Und jetzt würde es sich sowieso nicht mehr rentieren, noch etwas in den Laden zu stecken. Ich schaffe es einfach nicht mehr, das Antiquitätengeschäft alleine zu führen. Es ist mir alles zu viel.«

»Wir finden bestimmt jemanden, der dich ein wenig unterstützt«, widersprach Pauline.

Anna wischte sich mit der freien Hand eine Träne aus dem Augenwinkel. »Pauline, Liebes, ich hatte viele schöne Jahre in meinem Laden, aber irgendwann heißt es, Abschied nehmen. Es ist Oskars Haus, Hans hat es ihm vererbt. Ich habe dort nur ein lebenslanges Wohnrecht, und nun überlege ich, ob ich darauf verzichten möchte. Das ist wohl meine einzige Möglichkeit, um nicht auch meinen zweiten Sohn zu verlieren. Ich möchte mich nicht noch mehr mit ihm streiten. Ich wünsche mir wieder meine Familie zurück, mein Kind, mit dem ich mich früher so gut verstanden habe. Wenn ich mich jetzt auch noch seinen Bauplänen widersetze, wird er mir das sicherlich niemals verzeihen.«

Pauline konnte kaum fassen, was sie da hörte. Wie konnte Oskar seine eigene Mutter so ausnehmen? Sah er denn nicht, wie sehr Anna unter diesem zerrütteten Verhältnis litt? Und jetzt wollte er ihr auch noch die letzte Erinnerung an ihr altes Leben nehmen? Oh nein, damit würde er nicht durchkommen, das schwor sie sich. Sie würde nicht zulassen, dass Anna alles verlor, was ihr etwas bedeutete, nur weil weder Oskar noch Christian ein Gewissen hatten. Das würde sie zu verhindern wissen.

37.

»Wen darf ich melden?« Eine Empfangsdame, die ungefähr in Paulines Alter sein musste, kam auf sie zugelaufen. Ihrem Aussehen nach war sie direkt einem Modekatalog entsprungen. Ihr Körper war schlank, das Gesicht perfekt geschminkt, ihr Kostüm saß wie angegossen, und bei ihrer Frisur stand nicht ein einziges Härchen ab.

»Niemanden!«, rief Pauline. Sie lief durch die dunkle Lobby, wobei ihre Schritte donnernd auf dem schwarzgrauen Granitboden hallten, und steuerte auf den Fahrstuhl zu.

»Haben Sie denn überhaupt einen Termin?«, wollte die Empfangsdame wissen. Sie versuchte, mit Pauline Schritt zu halten, und schien völlig verwirrt zu sein, dass jemand ihre Autorität nicht anerkannte.

»Den brauche ich nicht. Herr Bergmann wird mir mit Sicherheit auch so zuhören!«

Pauline drückte auf den Knopf, und sofort schoben sich lautlos die metallenen Türen zur Seite. »Ich nehme an, dass Oskar Bergmann im obersten Stockwerk die beste Aussicht genießt?«

»Ja, aber …«

Im selben Moment hatte Pauline bereits die Taste gedrückt, und die Türen schlossen sich. Sie sah noch, wie die

Empfangsdame aufgeregt zur Treppe stürzte, während ihre Kollegin hinter ihrem riesigen Tresen den Telefonhörer an ihr Ohr riss.

Paulines Herz galoppierte wild in ihrer Brust, und sie spürte, wie jede Sehne ihres Körpers gespannt war. Mit jedem Stockwerk wuchs auch ihre Aufregung, und die Zeit im Fahrstuhl kam ihr viel zu lange vor. Sie überlegte schon, ob sie schneller gewesen wäre, wenn sie die Treppe genommen hätte, als der Fahrstuhl endlich mit einem wohlklingenden Ton ankündigte, dass er das oberste Stockwerk erreicht hatte, und die Türen wieder auseinanderglitten. Vor Pauline lag ein endlos wirkender Gang, ausgelegt mit grauem Teppichboden. Mit festen Schritten lief sie über den hohen Flor. Rechts und links an den Wänden hingen Bilder mit bunten Strichen und Klecksen, die Pauline furchtbar geschmacklos fand, da sie so aussahen, als hätte sich der sich zweifellos selbstüberschätzende Künstler einfach auf seine Leinwände übergeben – selbst für moderne Kunst waren sie ungewöhnlich hässlich. Pauline warf ihnen im Vorbeigehen nur einen kurzen Blick zu. Hatte Annas Sohn wirklich das Geld an seine Mutter nicht zurückgezahlt und es stattdessen lieber für so einen Schwachsinn ausgegeben? Für einen kurzen Moment überlegte sie, ob sie vielleicht ein paar der Bilder abhängen und mitnehmen sollte, nur so zur Sicherheit. Diese Teile waren mit großer Wahrscheinlichkeit mehrere Tausend Euro wert.

Als sie das Büro erreicht hatte, machte sie sich nicht einmal die Mühe zu klopfen. Sie drückte die Klinke herunter und warf die Tür mit aller Kraft auf, sodass sie mit einem lauten Knall gegen die Wand donnerte. Der Mann, der mitten vor einer riesigen Panoramaglasfront stand und von dem Pauline annahm, dass es sich um Annas Sohn handeln musste, zuckte zusammen und drehte sich um.

»Einen Moment, Bill, ich melde mich gleich wieder.« Er drückte einen Knopf an seinem Headset und musterte Pauline von Kopf bis Fuß. »Ihnen auch einen schönen guten Tag«, sagte er mit kühler Stimme und verschränkte die Arme vor der Brust. »Kennen wir uns?«

»Nein«, entgegnete Pauline, »aber das können wir gerne ändern.« Sie deutete aus dem Fenster. »Sehen Sie die Kirchturmspitze da hinten, die hinter den roten Ziegeldächern in den Himmel ragt? Da, am Rand des Stadtparks, ja? Ungefähr dort, wo Sie Ihr Einkaufscenter bauen wollen, genau da befindet sich mein Eiscafé.«

Oskar wandte den Kopf in ihre Richtung und sah sie mit einem überraschten Gesichtsausdruck an. »Dann sind Sie also Frau Brahms«, sagte er. »Das ist ja nett, dass wir uns mal kennenlernen, und dann gleich mit so einem Auftritt.« Er setzte sich in seinen ledernen Chefsessel und legte die Fingerspitzen aneinander.

Nun tauchte auch die Dame vom Empfang keuchend an seiner Tür auf, allerdings sah sie jetzt nicht mehr so perfekt gestylt aus. Ihre Bluse war verrutscht, ihre Wangen gerötet, und sie musste mehrmals Luft holen, ehe sie sprechen konnte. »Bitte entschuldigen Sie, Herr Bergmann, ich konnte sie nicht aufhalten. Soll ich den Sicherheitsdienst rufen?«

Oskar machte eine knappe Handbewegung. »Schon gut, damit werde ich allein fertig, vielen Dank, Emily.«

Die Empfangsdame nickte, immer noch außer Atem, und schloss die Tür hinter sich. Pauline und Oskar waren wieder allein.

»Und jetzt wollen Sie ... was genau von mir?«, erkundigte sich Oskar in beinahe freundlichem Tonfall.

»Jetzt möchte ich die Grundbesitzurkunde von Annas Antiquitätenladen haben und ein Schreiben, in dem Sie mir versichern, dass Sie innerhalb der nächsten vierundzwanzig Stunden dieses Haus samt seines Grundstücks an die rechtmäßige Besitzerin Anna Bergmann übertragen werden.«

Oskar lachte auf, und es klang wie zerspringendes Glas. »Sonst noch was?«, fragte er sarkastisch.

»Sonst werde ich morgen früh eine Meldung an sämtliche Zeitungen herausgeben, in der steht, dass Sie nicht der Selfmademan sind, für den Sie alle halten, sondern dass Sie Ihre Firma mit dem Geld Ihrer Mutter über Wasser gehalten haben. Und darüber hinaus wird die Presse sicherlich sehr daran interessiert sein, dass Sie so skrupellos sind und Ihrer Mutter das Dach über dem Kopf wegnehmen wollen, um aus ihrem Eigentum weiteren Profit zu schlagen. Ich sehe die Schlagzeile schon vor mir: *Sohn nimmt Mutter aus bis zum Herzinfarkt!* Wie finden Sie das? Ich bin mir sicher, dass es nicht viele Firmen gibt, die dann noch mit Ihnen zusammenarbeiten wollen.«

»Was? Woher ... Wollen Sie mir etwa drohen?« Seine Augen funkelten. »Ich denke, dass Sie sich hier mit dem Falschen anlegen, Frau Brahms. Für solche wilden Spekulationen haben Sie überhaupt keine Beweise.«

»Ich denke, dass ein Buchungsbeleg von Annas Konto mit einer Summe in Höhe von neunhunderttausend Euro durchaus aussagekräftig genug sein dürfte, um meine *wilden Spekulationen*, wie Sie es nennen, ziemlich glaubwürdig zu untermauern.«

Oskar sah sie mit einem abfälligen Blick an, doch Pauline konnte nicht einschätzen, was in ihm vorging.

»Wenn Ihnen mein Vorschlag nicht zusagt, können Sie alternativ selbstverständlich auch das Geld, das Ihre Mutter Ihnen geliehen hat, an sie zurückzahlen«, fuhr Pauline mit ruhiger Stimme fort. »Allerdings glaube ich nicht, dass Ihnen so ein altes Haus diese Summe wert ist.« Dann hatte sie einen Geistesblitz. »Haben Sie für das Geld damals eigentlich Schenkungssteuer gezahlt? Immerhin haben Sie es ja bisher nie zurückgezahlt und scheinen aktuell auch nicht die Absicht zu haben, das noch nachzuholen, was durchaus auf eine Schenkung hindeutet. Vielleicht sollte ich diesbezüglich mal beim Finanzamt nachfragen.«

»Sie durchtriebenes Biest«, zischte Oskar. »Woher haben Sie diese Informationen überhaupt? Schickt Anna Sie etwa, um das Geld einzufordern?«

»Ich muss schon sehr bitten, Herr Bergmann.« Pauline rückte sich einen Sessel vor seinem Schreibtisch zurecht und nahm mit einer eleganten Bewegung darin Platz. »Anna schickt mich selbstverständlich nicht, schließlich hat sie genügend Taktgefühl – im Gegensatz zu Ihnen. Wie es aussieht, kennen Sie Ihre Mutter erstaunlich schlecht. Vermutlich wissen Sie gar nicht, wie sehr sie unter diesem Streit mit Ihnen leidet. Es zerreißt sie jeden Tag ein bisschen mehr, dass Sie sich so weit voneinander entfernt haben. Und jetzt wollen Sie als ihr einziges noch lebendes Kind, nachdem Sie ihr komplettes Vermögen in Ihre eigene Firma hineingesteckt haben, den Laden abreißen, der Anna alles bedeutet? Das Haus, in dem Sie groß geworden sind, in dem Ihre Familie gewohnt hat – nur um ein nüchternes Einkaufscenter dort zu bauen? Wie viel springt dabei für Sie heraus? Und hatten Sie eigentlich vor, Anna mit Ihrem Gewinn endlich auszubezahlen? Oder ist das selbst für Sie zu geschmacklos?«

Oskar schüttelte den Kopf. »Also, das muss ich mir wirklich nicht anhören.«

Volltreffer! Das hatte gesessen. Pauline schwebte auf einer Wolke der Genugtuung. Sie war gerade unschlagbar und wusste es auch.

»Ich werde jedenfalls hier warten, bis Sie die Besitzurkunde berichtigt und den Laden komplett an Ihre Mutter überschrieben haben. Sollten Sie länger dafür brauchen, nehme ich gerne noch einen Kaffee. Ach, und beauftragen Sie doch bitte auch einen Notar, vorbeizukommen und die Sache zu beglaubigen. Es wäre doch wirklich ärgerlich, wenn ich noch einmal vorbeischauen müsste, weil es mit den Dokumenten irgendwelche Probleme gibt.«

»Ich müsste völlig verrückt sein, um das zu tun.« Oskar sah sie mit einem prüfenden Blick an. »Frau Brahms, ich fürchte, Sie haben keine Vorstellung, von welcher Summe wir bei einem Projekt in dieser Größenordnung sprechen.«

»Oh, ich dachte mir schon, dass Sie sich für das Center entscheiden würden, aber was das angeht, habe ich ebenfalls noch eine kleine Neuigkeit für Sie: Es wird kein Center geben«, sagte sie mit zuckersüßer Stimme. »Dafür habe ich gesorgt.«

»Was soll das heißen?« Oskar musterte sie abschätzend. »Wollen Sie sich etwa an Ihre kleine Eisdiele ketten?«

»Das brauche ich gar nicht«, sagte Pauline ruhig. »Die Besitzerin der Gärtnerei Sommergrün hat mir schriftlich zugesichert, dass sie um keinen Preis der Welt ihren Laden verkaufen wird.« Pauline zog eine Klarsichtfolie aus ihrer Umhängetasche und ließ sie mit einer eleganten Bewegung auf den Schreibtisch gleiten. »Und meine Freundin ist gerade dabei, auch die übrigen Ladeninhaber über Ihre Schmierenkampagne zu informieren. Unterschätzen Sie uns nicht!«

Oskar warf nur einen kurzen Blick darauf.

»Sehen Sie mal, das ist doch eine gütliche Einigung, die ich Ihnen hier vorschlage. Sie überschreiben ein Haus, für das Sie jetzt ohnehin keine Verwendung mehr haben, an Ihre Mutter und sind damit gleichzeitig auch alle Schulden los. Rein rechnerisch zahlt sich das sogar für Sie aus. Der Wert des Hauses liegt schätzungsweise gerade mal bei einem Drittel der Summe, die Anna Ihnen netterweise geliehen hat. Also, wenn es Ihnen jetzt nicht zu viele Umstände bereitet, würde ich gerne zu den Formalitäten übergehen.«

Mit zusammengebissenen Zähnen nahm Oskar den Telefonhörer, drückte auf die Kurzwahltaste und wies seine Sekretärin an, seinen Notar umgehend vorbeizuschicken.

Pauline gönnte sich ein reizendes Lächeln. Sie hatte gewonnen.

»Ihren Laden können Sie damit trotzdem nicht retten«, zischte Oskar. »Ihr Vermieter hat heute Morgen den Kaufvertrag unterschrieben.«

Dieser Satz versetzte Pauline einen Stich, doch sie ließ sich nichts anmerken.

»Das kann schon sein«, sagte sie ruhig. »Aber Ihr Einkaufscenter werden Sie hier auch nicht mehr bauen.«

38.

»Das ist ja eine Überraschung!« Anna hatte Tränen in den Augen, als sie in Paulines Eiscafé trat. »Alle seid ihr da. Damit habe ich ja gar nicht gerechnet!«

Pauline hatte ihre Eltern, Florence, deren Mann Nicolas sowie Tochter Elodie zusammengetrommelt, um Anna nach ihrem Krankenhausaufenthalt willkommen zu heißen. Das Eiscafé war mit zahlreichen Margeritensträußen geschmückt, Annas Lieblingsblumen, und eine bunte Willkommensgirlande hing über dem Tresen.

»Sonst wäre es ja auch keine Überraschung«, meinte Pauline lachend. Sie führte Anna zu ihrer beerenfarbenen Salongarnitur und rückte ihr einen Stuhl zurecht. »Und jetzt kommt das Beste!« Sie lief hinter den Marmortresen und zauberte mit wenigen Handgriffen einen großen Basilikumeisbecher, in den sie mehrere Zimtwaffeln steckte. Diesen stellte sie dann vor Anna ab. »Na, was sagst du?«

»Ich bin ganz gerührt.« Anna tupfte sich mit einem Spitzentaschentuch über die Augen.

Die anderen nahmen ebenfalls Platz und redeten fröhlich drauflos, und Florence und Pauline versorgten alle mit Kaffee, Tee und Kakao.

»Habt ihr heute Morgen den Artikel in der Zeitung gesehen?«, fragte Mathilde schließlich und holte die Tageszeitung aus ihrer Handtasche. »Seht mal, hier berichten sie groß über den Bau des Einkaufscenters, für das sie »Paulines Eishimmel« abreißen wollen.« Sie schlug die Zeitung auf und begann zu lesen:

Große Veränderung in unserer Stadt – gibt es bald ein Einkaufscenter?

Die alte Häuserreihe am Park ist für ihre kleinen besonderen Geschäfte bekannt. Schon seit vielen Jahren finden sich hier zahlreiche Einzelhandelsläden, die zu einem unvergleichlichen Einkaufsbummel einladen. Jetzt soll an dieser Stelle ein großes und modernes Center gebaut werden. Neben dem Handarbeitsladen Wollstübchen, der Gärtnerei Sommergrün und dem Antiquitätenladen Bergmann, sind auch »Paulines Eishimmel« *und der Bücherwurm von einem eventuellen Bau betroffen. Zwar verspricht der Bauherr ein entspanntes Einkaufserlebnis auf sechzehntausend Quadratmetern Fläche, die individuelle Atmosphäre der kleinen Läden wird da jedoch auf der Strecke bleiben. Der Stadtrat befindet sich aktuell in der Verhandlungsphase. Weitere Informationen zu dem geplanten Projekt finden Sie schon jetzt auf der Internetseite der Stadt. Eine Informationsveranstaltung ist angedacht, der genaue Termin dafür wird noch bekannt gegeben.*

»Ist das nicht unerhört?«, fragte Mathilde, als sie zu Ende gelesen hatte.

Pauline atmete tief durch. Jetzt war der Moment gekommen, um den anderen zu sagen, was sie erreicht hatte. »Also, was das angeht, kann ich euch beruhigen. Hier wird es kein Center geben.«

»Wie meinst du das?«, fragte Richard überrascht, und auch alle anderen schauten sie gespannt an.

»Ich habe mit der Besitzerin der Gärtnerei gesprochen, die mir versichert hat, ihr Grundstück nicht an Oskar Bergmann zu verkaufen. Und Florence hat ebenfalls Unterschriften in den anderen Läden gesammelt. Solange das Architekturbüro nicht alle Grundstücke hier beisammenhat, können sie nicht mit dem Bau beginnen. Sie können ja schließlich schlecht um uns herumbauen.«

»Pauline, ich bin so stolz auf dich!« Mathilde schlug die Hände vor der Brust zusammen. »Ich wusste, dass du es schaffst, den Bau zu stoppen.«

»Freut euch lieber nicht zu früh«, sagte Nicolas. »Ich war heute Mittag auf der angegebenen Homepage. Wusstet ihr, dass es einen Gegenvorschlag zu dem Großbau gibt? Statt alles in einem riesengroßen Klotz unterzubringen, haben sie überlegt, dass man die vorhandenen Gebäude auch als kleinere Einheiten in den Gesamtbau eingliedern könnte. Ich kann mir gut vorstellen, dass es dann vielleicht doch ein Center geben wird.«

Pauline krampfte sich der Magen zusammen. Christian ließ wirklich nichts unversucht, um seinen Bau zu realisieren. Es war unglaublich.

»Bei uns im Betrieb haben sie gesagt, dass der Stadtrat einen Bürgerentscheid möchte.« Richard trank von seinem Kaffee. »Die Bürger sollen abstimmen, ob das Center überhaupt gebaut werden soll, und falls ja, welches von den beiden Projekten umgesetzt wird. Das finde ich eine gute Idee.«

»Stimmt«, sagte Nicolas. »Auf der Homepage kann man

sich ganz genau über den Bau informieren und erhält einen detaillierten Einblick, welche Vor- und Nachteile sich bei dem jeweiligen Vorschlag ergeben.«

Das war doch wirklich nicht möglich! Pauline musste schlucken. Aber egal, wie sehr Christian kämpfte, wenn es sein musste, würde sie sich alle Gegenargumente von seiner Homepage aufschreiben, Handzettel in der Innenstadt verteilen und gegen das geplante Center demonstrieren, das schwor sie sich.

»Sie wollen, glaube ich, auch die Gesamtfläche des Centers verkleinern«, sagte Richard. »Die Frau eines Arbeitskollegen arbeitet beim Bauordnungsamt. Da geht es gerade heiß her, kann ich euch sagen. Es wird sogar gemunkelt, dass der Bauherr abspringen könnte und das Center jetzt doch nicht bauen will.«

»Dann gibt es also doch kein Center?«, fragte Pauline überrascht.

Richard wiegte den Kopf hin und her. »Sicher ist es noch nicht, aber wie man so hört, ist die Stimmung im Stadtrat inzwischen eher ablehnend.«

»Und die Bürger sind von einem Bau ganz und gar nicht begeistert«, sagte Mathilde. »Du hättest die Diskussionen heute am Gemüsestand hören sollen. Ich glaube nicht, dass sie ihre zwanzig Prozent Zustimmung bei der Bürgerbefragung erhalten werden.«

»Das klingt ja großartig«, freute sich Florence. »Wartet mal ab – am Ende könnt ihr eure Läden doch noch behalten!«

»Was das angeht, habe ich auch noch Neuigkeiten für euch«, begann Pauline ernst. »Allerdings keine so guten.«

»Oh nein.« Mathilde legte eine Hand auf ihren Mund und

sah Pauline mitleidig an. »Dann konntest du deinen Vermieter also doch nicht überzeugen?«

Pauline schüttelte den Kopf. »Er hat den Kaufvertrag leider schon unterschrieben.«

»Ach, Große, das tut mir leid.« Richard drückte ihren Arm.

»Und jetzt?«, fragte Florence.

»Jetzt gehört das Haus offiziell Oskar Bergmann, und der wird mir garantiert keinen Mietvertrag anbieten, so viel ist sicher.« Pauline sah zu Anna. »Bitte entschuldige, Anna, ich wollte nicht schlecht über deinen Sohn sprechen.«

»Nein, schon gut.« Anna zog eine Waffel aus ihrem Eisbecher und kratzte ein bisschen Basilikumeis von einer Kugel, doch plötzlich begannen ihre Schultern zu zucken.

»Anna!« Pauline sprang auf, um sie zu trösten. »Was hast du denn?«

»Ihr seid alle so herzallerliebst und habt euch solche Mühe gemacht«, brachte sie unter Tränen hervor. »Aber mir ist gar nicht zum Feiern zumute. Du verlierst deinen Laden und ich auch. Ich habe Oskar nämlich versprochen, dass ich nach meiner Entlassung aus dem Krankenhaus mein Wohnrecht aufgebe und dem Abriss des Hauses zustimmen werde. Die Ärzte haben mir dringend geraten, dass ich kürzertreten soll.«

Die anderen sahen sich schweigend an, und plötzlich herrschte eine betretene Stille.

Anna sah zu Pauline und drückte ihre Hand. »Ich hoffe, du bist mir deshalb nicht allzu böse.«

»Nein, keine Sorge.« Sie lächelte Anna an. »Aber mit einer Sache muss ich dich jetzt doch noch behelligen. Ein Notar hat mir ein Schreiben für dich gegeben. Ich habe ihm natürlich hoch und heilig versprochen, dass ich es an dich weiterreiche. Er sagte, es sei nur eine Abschrift, das Original ist noch bei ihm, aber ich musste ihm unbedingt versichern, dass du sie bekommst.«

Sie zog eine mit Schnitzereien verzierte Schublade des Apothekerschranks auf, holte einen weißen DIN-A4-Umschlag heraus und übergab ihn an Anna. Dann setzte sie sich wieder zu den anderen. Gespannt beobachtete sie, wie die ältere Dame den Umschlag öffnete.

»Von einem Notar«, flüsterte Anna dabei. »Das bedeutet bestimmt nichts Gutes.«

Sie zog das Schreiben heraus und führte den Finger beim Lesen unter den Zeilen mit. Als sie wieder aufschaute und ihre Brille zurechtrückte, schwammen ihre Augen erneut in Tränen.

»Ich bin die alleinige Besitzerin des Antiquitätenladens?«, fragte sie, und ihre Stimme zitterte. »Pauline … aber … wie ist das denn möglich?«

Pauline hob lächelnd die Schultern. »Ich hatte eine kleine Unterhaltung mit deinem Sohn, und er hat eingesehen, dass es am vernünftigsten ist, dir das Haus zu überschreiben.«

»Aber Pauline, wie …?«

Anna schluchzte wieder, und Pauline war sich einen Moment unsicher, ob sie vielleicht doch zu weit gegangen war, sich in die Familienangelegenheiten ihrer Freundin einzumischen, aber dann brach es aus Anna heraus:

»Oh, Pauline, du wunderbare, starke, großartige … Eisfee! Ich danke dir! Du kannst wohl wirklich zaubern!«

Pauline musste lachen, und Anna fiel ihr um den Hals. Es dauerte eine ganze Weile, bis sich die ältere Dame wieder etwas beruhigt hatte.

»Jetzt habe ich also tatsächlich einen eigenen Antiquitätenladen«, sagte sie bewegt. »Dabei wollte ich doch eigentlich aufhören.«

»Also, wenn du Hilfe brauchst, stehen dir zwei Frauen zur Verfügung, die demnächst keine Arbeit mehr haben«, meinte Florence mit betrübtem Lächeln.

»Ach, Florence.« Anna seufzte. »Es tut mir so leid für euch.« Sie griff über den Tisch und nahm Paulines und Florence' Hand. »Aber wenn ihr wollt, dann könnt ihr mir sehr gerne helfen. Ich werde euch auch angemessen dafür bezahlen, das ist natürlich klar.« Sie dachte einen Augenblick nach. »Oder ihr eröffnet ein neues Eiscafé in meinem Laden«, schlug sie vor.

»Das ist doch die Idee!«, stimmte Richard ihr zu.

Paulines Herz fing wie wild an zu klopfen, aber sie versuchte, ihre Aufregung zurückzuhalten und fuhr sich mit einer Hand über den Arm. »Ich will nicht, dass du dein Antiquitätengeschäft meinetwegen aufgibst, Anna. Du liebst deinen Laden, und ich will ihn dir nicht wegnehmen.« Sie schaute zu Florence und bemerkte, dass deren Augen funkelten.

»Eigentlich finde ich diese Möglichkeit ziemlich interessant«, sagte sie. »Alleine erwirtschaftet Annas Geschäftsmodell wahrscheinlich nicht genug für sie und zwei Vollzeitangestellte, aber wenn wir unsere Läden kombinieren und die Räume teilen … Also, natürlich nur, wenn dir das recht ist, Anna.«

Anna hob die Schultern. »Ich weiß nicht, ob das so zusammenpasst. Vielleicht ist es einfacher, wenn ihr dann ganz die Geschäftsfläche übernehmt. Ich will euch jungen Leuten ja auch nicht zur Last fallen. Ihr habt doch sicherlich eure eigenen Pläne, wie das Café aussehen soll. Da wären meine antiken Schränke doch irgendwie fehl am Platz.«

»Wie wäre es denn, wenn man die Möbel und die antike Dekoration in das Eiscafé integriert?«, überlegte Mathilde laut. »Wenn die Caféeinrichtung sozusagen aus Annas Möbeln zusammengestellt ist, die man aber trotzdem kaufen kann.«

»Das ist eine tolle Idee!«, stimmte Nicolas ihr zu. »Ich habe so etwas mal in Paris gesehen, das war quasi ein Möbelladen und ein Café in einem. Es ist zwar ein bisschen gewagt, aber warum sollte es nicht funktionieren? Die Stadt braucht Neues, und ich finde das Konzept sehr interessant. Man kommt zu euch, isst ein Eis, und wenn jemandem etwas von der Einrichtung gefällt, dann kann er das Stück gleich bei euch kaufen.«

»Dann wechseln auch die Gegenstände durch, sodass es immer etwas Neues zu entdecken gibt, wenn man das Café besucht.« Richard nickte. Auch ihm schien die Idee zu gefallen. »Und vielleicht kommen ja auch Leute, weil sie etwas Bestimmtes suchen und bleiben dann noch auf einen Kaffee oder ein Eis.«

Pauline spürte, wie ihre Wangen vor Aufregung zu glühen begannen. Konnte dieses Konzept wirklich funktionieren? Das wäre zu schön, um wahr zu sein. Zum ersten Mal seit dem verpatzten Wettbewerb, der Enttäuschung mit Christian und der Nachricht über den Verlust ihres Eishimmels fühlte sie nun endlich wieder so etwas wie Hoffnung in sich.

»Ich finde das genial«, sagte sie nach kurzem Überlegen. »So würden wir das Beste von unseren Läden miteinander kombinieren.« Paulines Kopf füllte sich bereits mit Bildern davon, wie man das neue Antiquitätencafé einrichten könnte, und ihre Gedanken überschlugen sich. »Ich denke mir passende Eisbecher zu den Möbelstücken aus, die im Laden stehen, und vielleicht könnte man die Einrichtung ja auch thematisch ordnen. Anna, wie findest du das?«

»Meinst du wirklich, dass euch beiden das gefallen würde?«

»Ja, warum denn nicht?«

»Weil ich eure Hilfe vielleicht doch öfter in Anspruch nehmen muss, als euch das lieb ist.«

»So ein Quatsch. Das wird unser Laden, wir drei arbeiten dort gemeinsam, und jeder macht das, was er gut kann.«

Jetzt huschte ein Lächeln über Annas Gesicht. »Wäre euch das wirklich recht?«

Pauline nickte. Sie fühlte sich wie in einem Märchen, und jetzt war Anna ihre gute Fee, der sie gerade begegnet war und die ihr ihren größten Wunsch erfüllte. »So behalte ich mein Eiscafé, und gleichzeitig kann ich dir noch viel besser helfen und dir etwas zurückgeben.«

»Ich bin auch dafür! Außerdem lässt Pauline mich dann auch nicht jedes Mal alleine, wenn sie mal wieder mit einem Kerl in deinem Keller verschwinden will«, sagte Florence mit einem Zwinkern in Paulines Richtung, was alle zum Lachen brachte.

Nur Pauline wurde rot und lachte nicht, denn ihre Freundin hatte mit ihrer Andeutung unbeabsichtigt einen wunden Punkt getroffen. Sie wusste, dass Florence es nicht so meinte, doch sie hatte ihr nie von dem zweiten Kuss erzählt und wie sehr der Gedanke an Christian ihr Herz noch immer zum Flattern brachte …

»Also gut«, sagte Anna. »Wir versuchen es, aber wenn es euch zu viel wird, dann müsst ihr es sagen.«

»Das machen wir«, versprach Pauline. »Wir unterstützen dich, du unterstützt uns, und ich bin mir sicher, dass wir es zusammen schaffen können.«

Elodie schmiegte sich an ihre Mutter und sah sie mit vorgeschobener Unterlippe an. »Dauert das noch lange?«, fragte sie mit kläglicher Stimme.

Florence streichelte ihr über den Kopf. »Ein bisschen musst du dich noch gedulden.«

»Aber ich hab Hunger.«

»Ich glaube, ich habe noch etwas Milch und ein paar Eier übrig«, meinte Pauline. »Und vielleicht ist auch noch etwas Mehl und Butter da.«

»Dann könnte ich dir einen Crêpe machen«, schlug Florence vor. »Ist das in Ordnung?«

Elodie nickte begeistert, und Florence stand auf, um zwei Kochblusen zu holen.

»Florence, du bringst mich gerade auf eine weitere Idee!«, entfuhr es Pauline, die ihre Freundin dabei beobachtete, wie sie Elodie die Ärmel umkrempelte. »Wenn wir schon neu eröffnen, dann könnten wir auch unser Angebot überdenken. Was hältst du davon, wenn du passend zu meinem Eis auch Crêpes und Waffeln anbietest? Ich glaube, gerade in der kälteren Jahreszeit würde sich das bestimmt gut zu meinem Eis verkaufen, und ich könnte endlich auch mal ein paar winterliche Sorten kreieren wie Pflaume-Zimt, gebrannte Mandeln oder Apfel-Walnuss.«

»Wir sollten auf jeden Fall auch im Winter offen haben«, griff Anna ihre Ideen auf. »Mit der Miete, die wir sparen, dürfte das kein Problem sein. Und Florence hat vielleicht auch Lust, ein paar Stunden mehr zu arbeiten. Leisten können wir uns das allemal, denke ich.«

»Das wäre wunderbar!« Florence strahlte über das ganze Gesicht. »Das habe ich mir schon lange gewünscht!«

»Wenn du hier Vollzeit arbeiten und backen willst, könnte ich für dich eine Aushilfe im Restaurant einstellen«, schlug Nicolas vor. »Die Desserts und einen Teil der Süßspeisen, die ich auf der Karte habe, kannst du ja dann hier zubereiten und mir vorbeibringen. Dann wäre mein Restaurant das erste, das auch von euch beliefert wird.«

Florence hob ihre Tochter hoch und drehte sich mit ihr mehrmals im Kreis. »Du bist ein Engel!«, rief sie, und das Mädchen kicherte. »Heute darfst du so viel Eis zu deinem Crêpe haben, wie du möchtest!«

»Au ja!«, freute sich Elodie. »Ich will vier Kugeln Brownie-Eis und einen Ufobecher!«

»Alles, was du willst!«, sagte Florence und verschwand mit ihrer Tochter im Eislabor.

»Ihr braucht auf jeden Fall auch eine Homepage, wo ihr von eurem Ladenkonzept berichten könnt«, überlegte Mathilde weiter. Sie war kaum noch zu bremsen. »Die Leute müssen neugierig werden, wenn sie im Internet von euch und von eurer Geschichte lesen.«

»Das ist super!« Pauline nickte. »So bekommen wir vielleicht auch neue Gäste, die etwas im Internet suchen und dann auf unser Café aufmerksam werden.« Sie lächelte glücklich. »Oh, ihr seid alle so wunderbar, habe ich euch das eigentlich schon mal gesagt? Aber jetzt eins nach dem anderen. Das sind gleich Geschäftsideen für vier Läden. Erst einmal müssen wir ausprobieren, ob das mit dem Antiquitätencafé-Konzept überhaupt aufgeht, wie wir uns das gedacht haben, und dann sehen wir weiter.«

Kurz darauf kam Florence mit einer strahlenden Elodie zurück, die vier Kugeln Brownie-Eis auf einem zusammengeklappten Crêpe liegen hatte.

»Ich habe gleich ein paar mehr gemacht«, sagte Florence und stellte den Teller mit dem Crêpe-Turm in die Mitte.

Pauline stand auf und ließ sich von ihren Eltern dabei helfen, den Tisch für alle zu decken. Dann holte sie ihren Puderzuckerstreuer, schnitt rasch etwas Obst und verteilte großzügig Eis zu den Crêpes.

»Genau so habe ich mir das vorgestellt.« Pauline wusste, sie strahlte über das ganze Gesicht, denn aus ihrem Bauch war endlich dieser schreckliche schwere Klumpen verschwunden. Das war die zweite Chance, die sie sich so sehr erhofft hatte. Wenigstens beruflich schien sie noch einmal einen Neuanfang wagen zu können.

»Das einzige Problem ist, dass ich in Annas Laden kein Eislabor habe«, meinte sie schließlich nachdenklich.

»Räume sind genügend vorhanden«, sagte Anna. »Du müsstest dir eben einen dafür umbauen.«

»Dabei kann ich dir helfen«, bot Richard an.

»Danke, Papa, das ist lieb.« Pauline lächelte. »Das spart auf jeden Fall schon mal einen großen Teil der Kosten, und die Maschinen habe ich ja. Die können nach der Saison einfach umziehen.«

»Sehr gut, dann wäre das auch geklärt«, sagte Florence. »Am besten, wir überlegen uns, was wir noch alles brauchen, und machen eine Liste. Dann können wir die Aufgaben unter uns aufteilen und behalten den Überblick, was noch zu tun ist.«

Damit waren alle einverstanden. Bis zum späten Abend saßen sie zusammen und beratschlagten, was noch alles vorzubereiten und zu erledigen war. Pauline war gerührt, wie viel Unterstützung ihr alle entgegenbrachten. So gerne hätte sie ihre Freude und ihre Aufregung über das neue Projekt mit jemandem geteilt, aber da gab es niemanden mehr in ihrem Leben. Doch brauchte sie wirklich jemanden an ihrer Seite? Sie hatte ihre Freunde, die sie unterstützten, was wollte sie mehr?

Gedankenverloren vergrub sie die Hände in den Taschen ihrer Strickjacke. Als sie das Briefchen spürte, das ihr der Unbekannte geschrieben hatte, musste sie lächeln.

AUGUST

39.

Christian stieg mit einem Coffee-to-go und seiner Aktenmappe unter dem Arm in den Stadtbus ein. Seinen Sportwagen hatte er nach seiner Kündigung an Oskar zurückgegeben, aber er vermisste das Auto hier nicht wirklich. Die Stadt war so überschaubar, dass man das meiste gut zu Fuß oder mit dem Bus erledigen konnte, und so sparte er sich die elende Parkplatzsuche in der Innenstadt. Es war kurz nach halb neun, und Christian war gerade auf dem Weg zur Verhandlung zwischen dem Stadtrat und dem Bauunternehmen, in der über den Bau des Centers entschieden werden sollte. Während der Fahrt prüfte er auf seinem Smartphone die Lokalnachrichten. Auch heute hatte Mareike, wie schon die ganze Woche über, geschickt einen ihrer Artikel platziert, in dem sie über das Center berichtete, wobei die Negativaspekte auch jetzt wieder unterschwellig überwogen. Christian musste schmunzeln. Mareike wollte man in der Tat nicht zur Feindin haben, und er war froh, dass sie auf seiner Seite stand. Sie machte ihre Arbeit wirklich gut. Im Kleinen Saal des Rathauses hatten sich schon der Stadtrat und die Vertreter der Baufirma eingefunden, als er eintrat. Christian suchte sich einen Platz und wartete auf die Ansprache des Bürgermeisters, der bald darauf mit wenigen Worten die Verhandlung eröffnete:

»Wie Sie alle wissen, entscheiden wir heute über den Bau des Centers am Park. Herr Bergmann war so freundlich, Ihnen die Informationsmappe mit den Gutachten bereits vorab per Mail zuzuschicken. Er hat mit uns auch einen Kriterienkatalog erarbeitet, den er Ihnen jetzt präsentieren wird.«

»Ganz genau, vielen Dank, Dr. Wieland.« Christian stand auf und knöpfte sein Jackett zu. »Wir fordern, dass das Center eine kleinere Grundfläche von nur zwölftausend Quadratmetern bekommt und bereits siebzig Prozent der Läden vor Baubeginn vermietet sind.«

»Was?« Der Vorstand der Baufirma sah erbost auf. »Das ist nicht Ihr Ernst. Wir hatten eine klare Abmachung mit Oskar Bergmann, wie groß das Center werden soll.«

»Das ist richtig, aber ich habe ein Gutachten eingeholt, das bei einer solchen Größe die negativen Auswirkungen auf den Einzelhandel der Stadt darstellt. Innerhalb von drei Jahren würden alle weiteren Geschäfte hier Konkurs gehen. Außerdem möchte der Stadtrat das Flair der Häuser am Park erhalten, sodass die derzeit bestehenden Geschäfte in den neuen Bau mit eingebunden werden sollen.«

»Aber wie soll das gehen? So etwas würde viel zu viel kosten!«, fuhr der Berater der Baufirma dazwischen.

»Das ist richtig, aber nach der ersten Meinungsumfrage in der Stadt ist es den Bürgern hier besonders wichtig, dass die Stadt so bleibt, wie sie ist. Ein großes Center, wie Sie es üblicherweise bauen, würde dem nicht gerecht werden. Wir werden hierzu selbstverständlich einen Bürgerentscheid durchführen, um ein genaues Meinungsbild einzuholen, ob und wie ein Center von den Stadtbewohnern gewünscht ist.«

»Das können Sie sich sparen!«, donnerte der Vorstand der Baufirma. »Unter diesen Bedingungen ziehe ich mein Angebot zurück. Diese Auflagen sind für mich auf keinen Fall umsetzbar.«

Christian spürte, wie eine große Last von ihm abfiel, versuchte aber, sich nichts anmerken zu lassen. »Selbstverständlich werden wir mit Ihnen alle geforderten Punkte noch einmal im Einzelnen durchgehen.«

»Bemühen Sie sich nicht«, sagte der Vorstand und stand auf. »Wir werden eine andere Stadt in dieser Region finden, die Interesse an unserem Einkaufscenter hat. Und ich garantiere Ihnen, dass Sie die Auswirkungen spüren werden. Wir hatten Ihrer Stadt die Möglichkeit gegeben, die Kaufkraft der Nachbargemeinden zu Ihnen zu holen, aber Sie scheinen daran kein Interesse zu haben!« Damit verließ er den Saal, und Christian sah ihm mit gelassenem Blick hinterher.

»Das hätte ich nicht gedacht.« Dr. Wieland schien ehrlich verblüfft zu sein. »Diese Firma verfolgt tatsächlich nur die Absicht, ihr standardisiertes Bauprojekt durchzusetzen. An einer individuellen Lösung sind sie gar nicht interessiert.«

»So ist es für sie am preiswertesten, und die Gewinnspanne bleibt dadurch besonders hoch«, erklärte Christian. »Die Interessen der Stadt und die Auswirkungen des Baus sind ihnen völlig egal.«

»Zu schade, ich fand das Projekt wirklich sehr interessant.« Dr. Wieland erhob sich und reichte Christian zum Abschied die Hand. »Vielleicht ist ein Center wirklich nicht das Richtige für unsere Kleinstadt. Aber eventuell können wir über die Sanierung des Kulturzentrums zu späterer Gelegenheit einmal sprechen.«

»Sehr gern.« Christian verabschiedete sich. Als er das Rathaus verließ, fühlte er sich glücklich und unbeschwert. Er hatte es geschafft, den Bau des Centers zu verhindern. Zwar wären Annas und Paulines Läden bei einem integrierten Projekt nicht abgerissen worden, aber so fühlte es sich besser an. In dieser kleinen Stadt, unmittelbar neben dem Stadtpark, hätte ein Center wirklich nicht hingepasst, das war ihm inzwischen klar geworden, so gern er solche Gebäudekomplexe auch mochte.

Er entschied sich dafür, Anna anzurufen und sie zum Essen einzuladen, denn er wollte seinen Erfolg mit ihr feiern. Zwar hätte er auch gerne Pauline dabeigehabt, doch mittlerweile hielt er es für besser, Abstand zu nehmen und ihr den Freiraum zu lassen, den sie brauchte. Wieder kam ihm ihr Streit in Erinnerung, und Christian wurde wütend. Pauline hatte sich nicht einmal seine Erklärung für seinen alternativen Plan angehört. Ja, er hatte einen Fehler gemacht, aber konnte sie sich nicht einen Ruck geben und ihm verzeihen?

40.

Pauline wachte noch vor dem Weckerklingeln auf. Sie war an diesem Morgen sehr aufgeregt, da sie es kaum noch erwarten konnte, endlich mit den Vorbereitungen für das neue Antiquitäteneiscafé zu beginnen. Sie schlug die Decke zurück, schwang die Beine aus dem Bett und holte eines ihrer Sommerkleider aus dem Schrank. Dann ließ sie sich ein Bad ein, zog sich an und schminkte sich ein wenig.

Coco saß auf der Kommode im Badezimmer und beobachtete sie dabei mit zuckendem Schwanz. Auch ihr schien nicht zu entgehen, mit welchem Tatendrang Pauline an diesem Morgen durch die Wohnung wirbelte.

»Heute geht es los, Coco!«, sagte Pauline und kraulte ihre Katze hinter den Ohren. »Florence und ich werden uns heute Annas Laden vornehmen!«

Pauline holte die Tageszeitung aus dem Briefkasten, kochte sich in einer Espressokanne aus Aluminium ihren Kaffee und gab Coco etwas Futter in ihre Schale, über das die Katze schnurrend herfiel. Als Pauline dann die Zeitung auseinanderfaltete, fiel ihr auf der Titelseite sofort der neue Artikel über das Einkaufszentrum ins Auge. Sie überflog die Zeilen und ließ den Kaffeelöffel fallen, den sie gerade aus der Schublade geholt hatte.

Coco sprang fauchend zur Seite, als er scheppernd auf dem Boden landete.

»Das gibt's doch nicht!«, entfuhr es Pauline. »Der Bau des Centers ist endgültig geplatzt! Jetzt ist es offiziell!«

Sie sprang auf, legte die Hand um Cocos Bauch, hob ihre Katze auf den Arm und drehte sich mit ihr in der Küche einmal im Kreis herum, dass ihr Rock nur so flog.

»Sie bauen kein Center, Coco! Kannst du das glauben? Christian hat verloren!«

Bei dem Gedanken an ihn, geriet Paulines Herz ins Stolpern. Vorsichtig setzte sie Coco wieder auf ihre Pfoten, hob den Löffel auf und nahm einen neuen aus der Schublade.

Sie konnte noch immer nicht glauben, was sie gerade gelesen hatte. Tatsächlich hatte sich der Bürgermeister gegen einen Bau des Centers entschieden. Das Projekt war wegen zu hoher Kosten gestorben. Sicherlich würde Christian das überhaupt nicht gefallen. Pauline konnte ihn regelrecht vor sich sehen, wie er mit zusammengebissenen Zähnen dasaß und sich darüber ärgerte. Egal, Hauptsache, die schönen alten Häuser blieben mit ihren Läden bestehen, auch wenn der Eishimmel bald kein Teil mehr davon sein würde.

Pauline war noch immer viel zu früh dran, als sie nach dem Frühstück mit ihrem Fahrrad zum Antiquitätenladen fuhr, trotzdem war Florence schon da. Anna hatte eigentlich auch unbedingt mithelfen wollen, aber nach einer langen Diskussion mit Pauline hatte sie schließlich eingesehen, dass es besser war, wenn sie sich vor so einem großen Projekt erst einmal komplett regenerierte, und dass zu einem Neuanfang auch ein neuer Lebenswandel gehörte. Schließlich hatte sie zähneknirschend ihre Koffer gepackt und war für drei Wochen in eine Rehaklinik gefahren – allerdings hatte sie darauf bestanden, dass auch sie bei der Einrichtung des Cafés noch mithelfen wollte, und so hatte Florence ihr zugesichert, dass sie die Dekorationsbeauftragte war.

Als Florence Pauline vor dem großen Schaufenster bemerkte, schloss sie ihr den Laden auf und begrüßte sie mit zwei Wangenküsschen.

»Hast du es auch nicht mehr ausgehalten?«, fragte sie, und als Pauline nur den Kopf schüttelte, lachten sie beide.

»Also, dann lass uns mal gucken, was alles auf uns zukommt.« Pauline betrat den Laden und sah sich um. Gemeinsam mit Florence überlegte sie, wie sie das neue Café aufteilen könnten, welche Möbelstücke sie unbedingt im Laden haben wollten und was sie sonst noch zu erledigen hatten. Florence hatte schon erste Texte für Flyer und Anzeigen verfasst, und Pauline entschied, dass sie ihren Businessplan, den sie mit Christian für ihr Eiscafé erstellt hatte, für das neue Café anpassen wollte. Da kam einiges an Arbeit auf sie zu, aber die beiden Frauen waren fest entschlossen, so viel wie möglich vorzubereiten, bis Anna wieder aus der Reha zurückkam.

Mathilde hatte den verwilderten Garten hinter dem Haus entdeckt und angefangen, ihn vom Unkraut zu befreien. Seitdem war sie beinahe ununterbrochen damit beschäftigt, Büsche zurückzuschneiden, Unkraut zu zupfen und die Beete vorzubereiten. Florence wollte in den nächsten Tagen Pflanzen aus der Gärtnerei mitbringen, sodass Mathilde den Garten neu anlegen konnte. Pauline sah schon ganz genau vor sich, wie ihre Gäste im nächsten Frühjahr hier inmitten von üppig blühenden Blumen und Büschen saßen und einen ihrer Eisbecher genossen. Sie war gerade dabei, die Bücher im großen Regal durchzusehen, als jemand an die Tür klopfte. Überrascht sah Pauline auf, und als sie an die Tür gegangen war und den Schlüssel im Schloss herumgedreht hatte, standen ihr zwei Handwerker gegenüber.

»Guten Morgen«, sagte sie verwundert. »Kann ich Ihnen helfen?«

»Sind Sie Frau Brahms?«, erkundigte sich der Größere der beiden mit blondem Schnurrbart.

Pauline nickte unsicher. »Ja, wieso?«

»Wir haben den Auftrag, dass wir hier die alte Fensterfront zur Straße hin austauschen sollen.«

»Was? Aber … Das muss eine Verwechslung sein.« Pauline war verwirrt. »Ich habe ganz sicher keinen solchen Auftrag gegeben. Florence, weißt du etwas davon?«

Ihre Freundin, die die alten Möbel mit Politur einließ, hob den Kopf. »Nein, keine Ahnung. Haben sie sich vielleicht in der Adresse geirrt?«

»Nein, wir sind uns ganz sicher. Am Park 14. Hier steht es.« Er reichte Pauline ein Klemmbrett.

Pauline überflog den Auftrag, und auch Florence, die jetzt ebenfalls an die Tür gekommen war, warf einen Blick darauf.

»Das gibt es doch nicht!«, entfuhr es Pauline. »Das war Anna!«

Florence musste lachen. »Das sieht ihr ähnlich. Da soll sie sich in der Reha erholen, und dann organisiert sie neue Fensterscheiben.«

»Wir haben auch den Auftrag, diese Markise hier anzubringen.« Er deutete auf eine zusammengerollte hellgrüne Stoffbahn, die sein Kollege soeben aus dem Lieferwagen lud.

»Also, was ist denn jetzt?«, rief der und lehnte die Rolle gegen die Hauswand. »Kann es losgehen?«

Der Handwerker mit dem blonden Schnurrbart sah wieder zu Pauline. »Wir bräuchten dann an dieser Stelle bitte eine Unterschrift von Ihnen.« Er deutete auf eine Linie am unteren Ende des Blatts.

Pauline zog den Kugelschreiber aus der Klemme und unterschrieb. »Anna ist wirklich immer für eine Überraschung gut«, sagte sie und schüttelte mit einem ungläubigen Lächeln den Kopf. »Da bin ich mal gespannt, wie das erst wird, wenn wir drei zusammenarbeiten.«

Und dann sah sie den Handwerkern dabei zu, wie sie die Scheibe zur Straße hin durch zwei neue ersetzten. Jetzt war das Schaufenster geteilt, und man konnte eine Seite öffnen und im Sommer einen Straßenverkauf anbieten, und über dem Schaufenster flatterte am späten Nachmittag der Bogenabschluss der grünen Markise im Wind, auf dem in geschwungenen Buchstaben »*Eis – Kuchen – Antiquitäten & mehr*« stand. Pauline konnte es kaum glauben. Es schienen sich wirklich all ihre Träume zu erfüllen – oder jedenfalls beinahe.

Bei all der Aufregung vergaß Pauline fast ihren Liebeskummer – aber nur fast. In den dunklen Stunden der Nacht, wenn sie schlaflos dalag, oder in den Momenten, in denen sie alleine war, schien ihr gebrochenes Herz immer noch so schmerzhaft zwischen ihren Rippen zu pulsieren, dass es ihr die Luft abschnitt. Es fühlte sich noch genauso an wie vor ein paar Wochen, als sie Christians schrecklichen Verrat entdeckt hatte. Zum Glück war Pauline durch den Umbau so eingespannt, dass ihr kaum Zeit blieb, daran zu denken, geschweige denn eine neue Eissorte zu kreieren. Wahrscheinlich wäre sie ohnehin bitter wie Galle und salzig wie Tränen geworden.

Sobald Anna aus der Reha zurückkam, packte sie tatkräftig mit an. Sie suchte ihre Lieblingsstücke aus, die sie den Kunden präsentieren wollte, und dekorierte die Schränke mit passenden Vasen, Büsten und anderen Kleinigkeiten. Die Wände versah sie mit Bildern und Spiegeln, sodass die einzelnen Sitzgruppen jetzt fast ein bisschen wie viele kleine, zusammengewürfelte Wohnzimmer aussahen. Eine Ecke ließ sie frei, denn dort sollte später Tonis Salongarnitur ihren Platz finden, die aktuell noch im Eishimmel stand, bis der Räumungstermin kam.

Alles lief nach Plan, es gab kaum Verzögerungen oder Komplikationen, und obwohl es anstrengende und harte Wochen gewesen waren, war Pauline mit der Veränderung sehr zufrieden.

Müde ließ sie sich in ihren Lieblingssessel fallen und seufzte. Endlich konnte sie sich ein paar Minuten Ruhe gönnen. Sie sah auf den Schreibblock mit ihrer To-do-Liste und hakte den Punkt, das neue Eislabor zu vermessen, ab. Demnächst mussten dann die Vorbereitungen für den Umbau getroffen werden, da würde auch noch einmal einiges an Arbeit auf sie zukommen. Wenn sie dann im Herbst ihren Eishimmel für immer schließen würde, wollte sie danach die Maschinen mit in Annas Laden nehmen und dort ein neues Eislabor einrichten.

Als Pauline so in dem gemütlichen Sessel saß, dachte sie wieder an ihre Briefchen. Sie hatte das Rätsel, wer ihr geantwortet hatte, noch immer nicht lösen können, aber da sie nun ja bald ständig hier im Antiquitäteneiscafé war, bot sich ja vielleicht die Gelegenheit, es herauszufinden. Die letzten Wochen hatte sie dafür keine Zeit gefunden, aber jetzt wollte sie dem Geheimnis ein für alle Mal auf den Grund gehen. Sie konnte schließlich nicht ewig so weitermachen und vor sich hin träumen. Natürlich hoffte sie noch immer, dass sie irgendwann jemandem begegnete, der sich für sie interessierte und ihr nicht das Herz brechen und sie ausspionieren würde, aber sie konnte sich auch nicht ewig in eine romantische Traumwelt flüchten.

Pauline blätterte eine Seite ihres Schreibblocks um und tippte mit dem Kugelschreiber leicht auf das Blatt. Sie überlegte, was sie schreiben wollte. So vieles hatte sich in letzter Zeit verändert. Es war hart gewesen, aber sie hatte auch eine Stärke in sich entdeckt, die sie dort zuvor nicht vermutet hatte. Sie schloss die Augen und dachte nach. Vielleicht war es richtig, wenn auch sie jetzt einen Schritt weiterging. Dieses Briefchen, das sie jetzt schreiben wollte, würde ihr letztes sein. Einen Augenblick zögerte sie, ob sie dies wirklich tun sollte, aber dann entschied sie sich doch dafür und begann zu schreiben.

»Pauline, hast du ein bisschen Zeit? Ich möchte dir etwas zeigen.«

Pauline schaute auf. Im Türrahmen stand Anna, die geheimnisvoll lächelte.

»Entschuldige, ich hoffe, ich störe dich nicht.«

»Nein, alles in Ordnung.« Sie schlug den Block zu, legte ihn beiseite und stand auf. »Was gibt es denn?«

»Sieh mal, was ich bei einer guten Freundin im Keller

gefunden habe.« Anna winkte sie ins Nachbarzimmer. Dort stand ein alter Plattenspieler auf einem Seitentisch.

»Oh, der ist ja wundervoll!« Pauline beugte sich vor und sah sich das Gerät genau an. »Mit Toni habe ich früher auch immer Schallplatten gehört, bis ihr Plattenspieler kaputtgegangen ist.«

»Dieser hier geht noch. Willst du ihn mal ausprobieren?«

Pauline nickte. »Hast du denn auch eine Platte?«

»Ja, ein paar habe ich von meiner Freundin mitgenommen, damit ich den Plattenspieler auch vorführen kann. Guck mal, ob etwas für dich dabei ist.«

Sie reichte Pauline einen kleinen Stapel Schallplatten, und Pauline entschied sich für Rachmaninow. Sie hob den Deckel an, legte die Platte auf und setzte vorsichtig die Nadel in die Rille. Es knisterte leicht, und gleich darauf erklangen die ersten Töne der zweiten Sinfonie. Pauline schloss die Augen und ließ die Musik wirken, die durch den Laden schwebte. Es hatte etwas Geheimnisvolles, wie ein alter Zauberwald, den sie durchschritt, mit magischen Wesen, unheimlichen Schatten und schweren Nebelschwaden, die sich träge über den angenehm kühlen Waldboden schlängelten. Auch die alten Möbel schienen jetzt miteinander zu flüstern und erwartungsvoll auf die ersten Gäste des Antiquitätencafés zu warten, auf das Geplauder und die ungezwungene Stimmung, auf Leben, Freude und glückliche Stunden.

»Das hätte Toni gefallen«, sagte sie leise.

»Oh ja.« Anna nickte mit einem träumerischen Blick.

Sie setzten sich und hörten noch eine ganze Weile der Musik zu, ließen sie auf sich wirken und hingen ihren Gedanken nach.

»Ich gehe ins Bett«, sagte Anna schließlich, als die Platte zu Ende war und die Nadel in der Auslaufrille lief. »Bist du noch ein bisschen hier?«

»Ja. Ich möchte noch die zweite Seite hören. Ich mache die Lichter dann aus und schließe ab.«

Als Anna nach oben gegangen war, drehte Pauline die Schallplatte um, ging ins Nebenzimmer und holte ihren Schreibblock. Dann setzte sie sich wieder auf das Biedermeiersofa, lauschte der Musik und schrieb alles auf, was ihr Herz ihr in diesem Moment diktierte. Als der letzte Ton verklungen war, knackte es leise. Der Arm fuhr in seine Ausgangsposition zurück, und der Teller drehte sich immer langsamer, bis er zum Stehen kam. Pauline schob die Platte wieder in ihre Hülle und stellte sie zu den anderen zurück. Ein kribbelndes Gefühl ergriff sie, und jetzt war sie sich sicher, dass dieser Plattenspieler der geeignete Ort war, um ihr Briefchen zu verstecken. Dieses alte Gerät erinnerte sie an so viel, was ihr etwas bedeutete: an die nostalgische Atmosphäre des Eishimmels und besonders an Toni, mit der sie zusammen im Wohnzimmer Kuchen gegessen und Schallplatten gehört hatte. In ihre Gedanken drängte sich aber auch die Erinnerung an Christian, dem sie vertraut und der sie so bitter hintergangen hatte.

Pauline versteckte den Zettel unter der Haltevorrichtung des Tastarms. Das war ein auffälligeres Versteck, als sie es normalerweise gewählt hätte, aber sie wollte sichergehen, dass auch diese Zeilen von ihrem Unbekannten gefunden wurden. Sie vermutete, dass Anna ihren neuesten Schatz ihren Kunden bestimmt zeigen würde, und sie ging davon aus, das derjenige, der ihr zurückgeschrieben hatte, ein Liebhaber solcher Antiquitäten sein musste, denn sonst hätte er sich vermutlich nicht bei ihr im Laden aufgehalten und die Briefchen in den Antiquitäten gefunden.

Pauline strich noch einmal mit den Fingerspitzen über den Plattendeckel. Es fiel ihr schwer, diesen Schritt zu gehen, aber es war die richtige Entscheidung. Sie durfte nicht endlos weiterträumen und hoffen, dass sie irgendwann auf den Richtigen traf, der sie wie Dornröschen eines Tages wach küsste und mit ihr auf seinem weißen Pferd in den Sonnenuntergang ritt. So eine Träumerei hatte bereits zweimal ihren Beruf gefährdet und sie fast um alles gebracht, was sie liebte. Aber das sollte sich jetzt ändern. Sie war eine selbstständige Frau mit Verantwortung. Ihre Vorstellung von einem Prinzen brauchte dringend mal eine Auffrischung und ihr Märchen ein paar neue Kapitel. Sie konnte auch ohne Mr. Right glücklich werden. Gerade hatte sie eine neue Chance bekommen, ihr Eiscafé fortzuführen, und Pauline war fest entschlossen, sich diese auf keinen Fall wegen einer weiteren Träumerei entgehen zu lassen. Vielleicht konnte sie sich irgendwann noch einmal auf jemanden einlassen, aber jetzt war nicht der richtige Zeitpunkt dafür. Pauline seufzte. Warum fiel es ihr nur so schwer? Tief in ihrem Inneren wusste sie doch, dass diese Entscheidung das Beste für sie war, aber ihr verletztes Herz gönnte ihr keine Auszeit.

41.

Christian hatte sich mit seiner Großmutter verabredet. Von Anna wusste er, dass Pauline noch einige Besorgungen zu machen hatte und sie heute Abend sicherlich nicht im Laden sein würde. Das war gut, denn er wollte ihr erst einmal aus dem Weg gehen. Pauline hatte sich, nachdem es ihm gelungen war, den Bau des Centers zu verhindern, nicht bei ihm gemeldet, und so ging er davon aus, dass sie ihm noch immer nicht verziehen hatte. Letztlich hatte sie ihr Eiscafé ja trotz seiner Bemühungen verloren.

Als er jetzt Annas Antiquitätenladen betrat, war Christian beeindruckt, wie viel sich hier seit dem Entschluss, die Läden zusammenzulegen, getan hatte. Schon bei seinen letzten Besuchen hatte er die Veränderungen Schritt für Schritt gesehen. Die drei Frauen hatten in so kurzer Zeit wirklich einiges geleistet. Die alten Möbel standen nun in kleinen Gruppen gemütlich beisammen, und in den Regalen und Schränken fanden sich Annas Auslagen, die dadurch noch besser zur Geltung kamen und einen in ein vergangenes Jahrhundert zurückversetzten. Überall entdeckte er auch Paulines Handschrift in kleinen Details der Dekoration, in den neu kreierten Speisekarten, die auf einem der Tische lagen und jetzt Kuchen, Eis und Waffeln anpriesen, und in den unzähligen

Flaschen, Dosen und Behältnissen, die schon hinter dem neuen Tresen in einer antiken Schrankwand untergebracht waren und ihn an ihr Gespür für frische Zutaten, ihre Leidenschaft fürs Eismachen und ihre unerschöpfliche Kreativität erinnerten. Die Leere tief in seinem Inneren schien ihn jedes Mal, wenn er an Pauline dachte, beinahe zu erdrücken, so sehr vermisste er sie. Er war gespannt, wie das neue Konzept von den Stadtbewohnern angenommen wurde, und er wünschte sich für die drei wirklich einen Erfolg.

»Christian, mein Junge, schön, dass du da bist!« Anna kam aus der Teeküche und lief mit raschen Schritten auf ihn zu. »Lass dich drücken!«

Christian war ein wenig verlegen. Es war ihm noch immer etwas unangenehm, dass seine Großmutter ihm so schnell verziehen hatte, wo er sie doch noch vor Kurzem aus ihrem Laden hatte werfen wollen.

»Erzähl, wie geht es dir?« Sie setzte sich an einen der Tische, den sie schon mit Tee und Gebäck gedeckt hatte, so wie früher.

Auch Christian nahm Platz. »Ganz gut. Ich habe aktuell mehr Freizeit, als mir lieb ist, aber irgendwann werde ich schon einen Job finden. Wie es aussieht, habe ich mich durch meinen Einsatz beim Bürgermeister selbst arbeitslos gemacht.« Er lächelte schief. »Also, wenn du jemanden kennst, der noch einen studierten MBA braucht, dann sag mir gerne Bescheid.«

»Ich höre mich mal um. Vielleicht kann ich dich ja bis dahin zum Kistenschleppen engagieren. So schlecht hast du den Job damals eigentlich nicht gemacht.«

»Besser nicht«, sagte Christian. »Am Ende fällt nur wieder

die Kellertür zu, und ich leide früher oder später an Klaustrophobie.«

»Ja, das war wirklich seltsam.« Anna räusperte sich. »In all den Jahren hier ist mir das zum Glück noch nie passiert.«

»Wie hast du Oskar eigentlich dazu gebracht, dass du jetzt doch bleiben darfst? Ich dachte, ihr redet kaum noch miteinander«, wechselte er behutsam das Thema.

»Oh, das war ich gar nicht, das war Pauline. Weiß der Himmel, wie sie das angestellt hat.«

Christian war beeindruckt. Pauline hatte Oskar anscheinend dazu gebracht, das Haus auf Anna zu überschreiben. Das war wirklich eine fantastische Nachricht, und Christian wusste, wie sehr sich seine Großmutter darüber freute.

»Hat sie dir denn gar nichts erzählt?«, fragte er interessiert.

»Nicht wirklich. Sie hat mir nur gesagt, dass sie bei Oskar war und mit ihm gesprochen hat. Aber was genau sich da abgespielt hat, will sie mir nicht verraten. Na ja, es hat wohl jeder ein paar kleine Geheimnisse.« Sie nippte an ihrem Tee. »Wusstest du eigentlich, dass Pauline auch auf ihre Art dafür gesorgt hat, dass das Center nicht gebaut werden konnte?«

»Nein, wie das?«

»Sie hat die Gärtnereibesitzerin überreden können, nicht an Oskar zu verkaufen. Damit wäre früher oder später das ganze Projekt gekippt worden, weil die Baufläche gar nicht zur Verfügung stand.«

Christian sah verwundert auf. An diese Option hatte er gar nicht gedacht. Er hatte immer beim Auftraggeber angesetzt, um das Projekt zu verhindern. Aber Paulines Weg war natürlich auch eine Möglichkeit. Über sein Gesicht huschte ein Lächeln.

»Die einzige Alternative wäre dann eine Bebauung mit den einzelnen Häusern gewesen, wie du sie vorgeschlagen hast«, fuhr Anna fort. »Aber das wurde jetzt ja auch abgelehnt. Eigenartig, nicht? Da kämpft ihr auf unterschiedliche Weise für die gleiche Sache und erreicht beide euer Ziel.«

»Ja, das stimmt.«

Anna hatte mit ihren Worten gar nicht so unrecht. Wenn sie sich zusammengetan hätten, wären sie bestimmt ein perfektes Team gewesen. Auch beim Eismachen hatte er damals das Gefühl gehabt, dass Paulines Kreativität und Sinnlichkeit mit seiner sachlichen und rationalen Art durchaus zusammengepasst hätten. Aber jetzt schien sie nichts mehr von ihm wissen zu wollen. Der einzige Kontakt, der ihm noch geblieben war, waren die Briefchen. Ob Pauline inzwischen seine Nachricht entdeckt hatte? Sicherlich hatte sie in den letzten Wochen viel zu tun gehabt und vielleicht gar nicht mehr daran gedacht. Trotzdem war er neugierig, ob sie seine Antwort gefunden hatte.

»Habt ihr das alte Fernrohr bei eurer Ladenzusammenlegung eigentlich weggeräumt?«, fragte Christian vorsichtig.

»Nein, ich wollte, dass es im Schaufenster stehen bleibt.« Anna seufzte melancholisch. »Es hat mich zu sehr an das von Gregor erinnert. Hans hat es ihm damals zu seinem fünfzehnten Geburtstag geschenkt.«

Christian dachte nach. Wenn das Fernrohr noch stand und der Laden die letzten Wochen geschlossen war, hatte Pauline sein Briefchen vielleicht doch entdeckt. Und vielleicht hatte sie ihm ja noch einmal geantwortet, flüsterte eine Stimme in seinem Inneren. Christian wagte kaum, das zu hoffen. Jetzt hielt ihn nichts mehr zurück, er musste das prüfen.

»Entschuldige mich bitte kurz«, sagte er und stand auf. Im Nebenraum untersuchte er das Fernrohr, fand jedoch nichts. Pauline hatte ihm anscheinend nicht mehr geschrieben – falls sie denn überhaupt die Finderin gewesen war. Immerhin war ja auch ihre Freundin hier im Laden gewesen und hätte seine Nachricht genauso gut entdecken können. Natürlich, es wäre ja auch zu einfach gewesen. Christian straffte die Schultern und kehrte zu Anna zurück. Dabei versuchte er, sich seine Enttäuschung nicht anmerken zu lassen.

»Hast du gefunden, wonach du gesucht hast?«, wollte seine Großmutter wissen, als er sich wieder zu ihr setzte.

»Nein.« Er atmete tief durch. »Vielleicht hat Pauline mein Briefchen ja gar nicht bemerkt, sondern irgendjemand sonst, der hier im Laden geholfen hat«, sagte er. »Oder es ist heruntergefallen und aus Versehen im Müll gelandet.«

»Das glaube ich nicht, immerhin habe ich Pauline noch am selben Abend in den Laden geschickt und sie gebeten, mir ein Buch aus dem Schaufenster ins Krankenhaus zu bringen. Wenn du dein Briefchen also günstig versteckt hast, sollte sie es auch gefunden haben.«

Christians Miene hellte sich auf. »Anna, du bist unglaublich!«

»Wieso? Du hast mich gebeten, dir zu helfen, da kann ich Pauline doch ruhig einen Schubs in die richtige Richtung geben.«

»Schade nur, dass es nichts gebracht hat. Vielleicht hat sie herausgefunden, dass ich hinter den Antworten stecke, und mir deshalb nicht mehr geschrieben.«

»Oder du suchst an der falschen Stelle und konntest gar nichts finden. Wenn ich das richtig mitbekommen habe, versteckt Pauline ihre Briefchen immer wieder an einem anderen Platz in meinem Laden, nicht wahr?«

»Aber das ist hoffnungslos!« Christian hob verzweifelt die Hände. »Dann muss ich jetzt ja Hunderte Antiquitäten danach absuchen!«

»Hm.« Anna wiegte den Kopf hin und her und nahm sich einen Keks. »Nicht, wenn man weiß, wo man suchen muss. Vielleicht möchtest du dir bei deiner Suche ja etwas Musik auflegen. Ich habe einen tollen alten Plattenspieler gekauft, den Pauline neulich auch sehr interessant fand«, sagte sie beiläufig und biss in das Gebäck.

Durch Christians Körper ging ein Ruck. Er stand auf, beugte sich zu seiner Großmutter hinunter und gab ihr einen Kuss auf ihre grauen Löckchen.

»Danke, Anna«, sagte er mit rauer Stimme.

Es dauerte nicht lange, bis er das Briefchen gefunden hatte. Pauline hatte es ihm auch dieses Mal wieder sehr leicht gemacht, vorausgesetzt, man wusste, wo man suchen sollte. Christian zog das Papier unter dem Arm des Plattenspielers heraus und faltete es auseinander. Mit langsamen Schritten ging er durch den Laden, während seine Augen über die Zeilen flogen.

Liebe/r D. W.,
so oft hatte ich das Gefühl, mein Leben dreht sich wie eine Schallplatte im Kreis. Und wie bei einer alten Platte gibt es auch bei mir einen Kratzer. Er ist sichtbar, und man hört den Knacks bei jeder Umdrehung. Manchmal können wir nicht

absehen, welche Wendung das Leben nimmt und was es für uns bereithält – ob es nun ein kleiner Kratzer ist, eine richtige Schramme oder ein Bruch, der nicht mehr heilen will. Wir wissen auch nicht, wen wir in unserem Leben treffen und welche Erfahrungen wir machen werden.

Du jedenfalls bist sehr unerwartet in mein Leben getreten. Ich hätte nie gedacht, dass ich jemals eine Antwort auf einen meiner Zettel erhalte, doch dann hast Du mir geschrieben.

Ich danke Dir, dass Du mich in einer Zeit, die für mich voller Veränderungen war, begleitet hast. Deine Worte haben mir gutgetan, aber jetzt bricht etwas Neues für mich an. Unsere Platte ist zu Ende, der Arm hebt sich und fährt in die Ausgangsposition zurück. Alles auf Anfang und doch irgendwie nicht ... Ich wünsche Dir von ganzem Herzen alles Gute.

Deine P.

Christian schaute lange auf die Zeilen, die für ihn nur schwer zu begreifen waren. Dieses Briefchen war ganz anders als alle vorherigen. Das, was Pauline ihm geschrieben hatte, klang so entschlossen, so selbstsicher, so forsch, als ob sie das Träumen aufgegeben hätte. Lag es daran, weil sie den Eishimmel verloren hatte? Dabei hatte Christian die ganzen letzten Wochen angenommen, dass Pauline die Lösung mit dem Antiquitätencafé gut fand.

Plötzlich fiel ihm noch etwas anderes auf: Pauline verabschiedete sich von ihm. Sie wirkte nicht mehr beschwingt und fröhlich, sondern abgeklärt, nachdenklich und hoffnungslos. Durch seine Rücksichtslosigkeit hatte sie offenbar den Glauben an die Liebe verloren. Er hatte ihr das Herz gebrochen, das jetzt wie eine zersprungene Schallplatte zu nichts mehr zu gebrauchen war. Christian wurde auf einmal eiskalt. Nein, das durfte nicht passiert sein. Pauline durfte sich nicht von der Liebe abwenden, nur weil er einen schrecklich dummen Fehler gemacht hatte. Und doch erkannte er es jetzt ganz deutlich: Pauline machte mit ihm Schluss.

Die Erkenntnis traf ihn wie ein Schlag. Christian hatte das Gefühl, als ob man ihm den Boden unter den Füßen weggezogen hätte. Das alles konnte gerade doch nicht wirklich passieren. Pauline, seine wunderbare, einzigartige Pauline, sollte er für immer verloren haben?

Er sah noch einmal auf die Zeilen, aber ihm ging einfach nicht in den Kopf, was er da las. Das konnte nicht wahr sein. Es musste irgendetwas geben, was er tun konnte, irgendetwas, um sie festzuhalten, denn ihm war klar, wenn er sie jetzt gehen ließ, hatte er sein Glück für immer verloren. Pauline war seine große Liebe – das wusste er nun mit Sicherheit. Seit sie sich im Keller so nahegekommen waren, hatte sie sein Leben auf den Kopf gestellt und war wie ein Wirbelsturm durch seine Gedanken gefegt, um dann einzig und allein die Sehnsucht nach ihr zurückzulassen. Sie war es, die sein Leben ein Stückchen heller machte, sie hatte ihm die Augen geöffnet und ihn zu einem anderen Menschen werden lassen. Wenn er jetzt nicht um sie kämpfte, würde er sie endgültig verlieren.

»Und?«, fragte Anna, als er zu ihr zurückkam und sich wieder setzte.

»Ich glaube, sie hat mich verlassen.« Aus Christians Stimme war jeder Ausdruck gewichen. »Ich meine, wir waren zwar nicht zusammen, aber verlassen hat sie mich trotzdem. Ich dachte, ich könnte sie zurückgewinnen, wenn ich den Eishimmel für sie rette, allerdings habe ich es nicht geschafft. Aber sie kann ja weiterhin ihr Eis machen. Es ändert sich für sie doch kaum etwas. Sie zieht nur ein Haus weiter und arbeitet sogar mit dir zusammen.«

»Aber nicht in ihrem Eishimmel«, sagte Anna. »Paulines Herz hängt an diesem Laden, weil sie ihn zusammen mit ihrer Großmutter eröffnet hat.«

»Das verstehe ich.« Christian dachte nach. »Aber ich kann nichts machen. Obwohl das Center jetzt nicht gebaut wird, hat sie ihr Café dort trotzdem verloren. Ihr Mietvertrag wird nicht verlängert, und der Eigentümer hat die Räumlichkeiten verkauft.«

»An Oskar«, gab Anna zu bedenken.

Christian hob den Kopf. Ihm war ein Gedanke gekommen. Vielleicht war es doch noch nicht zu spät.

42.

Christian hätte nicht gedacht, dass er das Bürogebäude seines Onkels noch einmal betreten würde, doch nun war er tatsächlich hier. Eine von Oskars Empfangsdamen hatte ihn bereits angemeldet und ihm gerade mitgeteilt, dass er eintreten konnte. Christian ging durch die große Tür und hörte, wie sie hinter ihm wieder geschlossen wurde. Oskar stand mit dem Rücken zu ihm am Fenster und sah nach draußen. Die Hände hatte er in den Hosentaschen vergraben.

»Hallo, Oskar«, sagte Christian mit fester Stimme, und er wunderte sich selbst darüber, dass sie so ruhig war.

»Christian.« Oskar drehte sich zu ihm um. »Saubere Arbeit, Gratulation.«

»Ich bin nicht stolz darauf, dir in den Rücken gefallen zu sein.« Er legte eine Pause ein. »Darf ich mich setzen?«

Oskar bedeutete ihm mit einer Handbewegung, Platz zu nehmen und ließ sich selbst in seinen Chefsessel sinken, dessen Leder leise knarzte.

»Es tut mir leid, wie alles gekommen ist. Ich hätte dir gleich von Anfang an sagen müssen, dass das Projekt nichts für mich ist. Es war die falsche Entscheidung, hier ein Center bauen zu wollen.«

»Das sieht der Stadtrat mittlerweile auch so.«

»Rein wirtschaftlich betrachtet, hätte sich das Center auch niemals rentiert. Die ganze Struktur der Innenstadt wäre daran zugrunde gegangen. Das Projekt war einfach zu groß, um es hier zu realisieren.«

»Wahrscheinlich hast du recht. Ich habe mich durch überschwängliche Gutachten und hohe Gewinne blenden lassen und dadurch eine Fehlentscheidung getroffen. So ein großes Projekt, das erste in dieser Größenordnung – das hätte ich doch nicht ablehnen können, oder? Erst ein paar Tage nach Annas Herzinfarkt ist mir klar geworden, was ich hier eigentlich mache.«

Christian war von den Worten seines Onkels überrascht. Er hatte nicht damit gerechnet, ihn so resigniert vorzufinden, sondern eher aufbrausend und wütend. Etwas musste seine Meinung geändert haben – oder jemand …

»Zumindest was Anna angeht, hast du dich richtig entschieden. Ich habe großen Respekt davor, dass du ihr das Haus überschrieben hast und sie in ihrem Laden bleiben kann.«

Oskar lachte auf, es klang bitter. »Das war nicht einmal meine Entscheidung. Pauline Brahms hat mich regelrecht unter Druck gesetzt, das zu veranlassen.«

Christians Herz zog sich bei ihrem Namen zusammen. »Es war richtig«, beharrte er.

»Wenn du meinst.« Sein Onkel lehnte sich in seinem Sessel zurück.

»Oskar, was ist damals zwischen dir und Anna vorgefallen? Was hat so einen Keil zwischen euch getrieben, dass ihr kaum noch miteinander redet? Anna ist deine Mutter, und ich merke, wie sehr sie es belastet, dass ihr kaum noch Kontakt habt.«

Oskar stützte die Ellbogen auf die Armlehnen seines Schreibtischstuhls und verschränkte die Finger. »Anna hat mir vor einigen Jahren eine hohe Summe Geld geliehen. Ich habe sie nicht darum gebeten, sie hat es mir von sich aus angeboten. Die Firma war damals in Schwierigkeiten, und ich bin in Zahlungsverzug gekommen. Es war nur für ein paar Monate, aber damit ich für diesen Zeitraum keinen Kredit aufnehmen musste, hat sie mir geholfen.« Er schwieg einen Moment und schien sich zu sammeln.

Christian ließ ihm die Zeit, die er dafür brauchte. Ihm fiel Annas Telefonat mit Oskar wieder ein. Sie hatte gesagt, dass sie das Geld, das sie an ihn überwiesen hatte, zurückbräuchte. Und dann erinnerte er sich an noch etwas: Als er nach seiner Rückkehr nach Deutschland mit ihr im Laden gesprochen und ihr erzählt hatte, dass er bei seinem Onkel in die Firma einsteigen würde, war Anna davon überhaupt nicht begeistert gewesen und hatte ihn sogar regelrecht davor gewarnt, mit ihm zusammenzuarbeiten. Was war zwischen ihnen nur vorgefallen? Hatte sie vielleicht selbst eine schlechte Erfahrung gemacht? Das wäre jedenfalls eine plausible Erklärung.

»Ich wollte mich bei ihr bedanken und revanchieren und mit dem Geld, als ich es dann wiederhatte, für sie einen Gewinn an der Börse erzielen. Aber ich habe mich verspekuliert. Ich habe ihr ganzes Vermögen auf einen Schlag verloren.«

Christian versuchte, sich nichts anmerken zu lassen. Das war also der Grund, warum sich sein Onkel und seine Großmutter zerstritten hatten. Ob Anna davon wusste?

»Danach konnte ich ihr nicht mehr in die Augen sehen und ihr die Wahrheit sagen. Und nach einiger Zeit kam dann das Projekt mit dem Center. Ich dachte, dass ich ihr von dem Gewinn das Geld endlich locker zurückzahlen kann, der einzige Haken war, dass sie dafür ihren Laden aufgeben musste.«

»Und du hast nicht gesehen, wie viel ihr dieses Haus und die Antiquitäten bedeuten.« Christians letzter Satz war mehr eine Aussage als eine Frage gewesen.

»Nein«, gab Oskar zu. »Und als sie dann den Infarkt hatte, habe ich das als Bestätigung dafür gesehen, dass der Laden sie überfordert. Ich wollte es als Bestätigung sehen«, setzte er hinzu. »Wahrscheinlich wusste ich da schon längst, dass das, was ich tue, falsch ist.«

»Es tut mir leid, dass das zwischen euch passiert ist.« Christian meinte es ehrlich.

Oskar hob kurz den Blick und sah ihn an. »Traurig, dass es für diese Erkenntnis eine Eisverkäuferin gebraucht hat. Das spricht nicht für mich als Sohn.«

»Warum gehst du nicht zu Anna und redest mit ihr?«, schlug Christian vor.

Sein Onkel lächelte müde. »Ich denke nicht, dass sie mich sehen will.«

»Da bin ich anderer Meinung. Du bist ihr Sohn, und sie vermisst dich. Es tut ihr weh, dass ihr zerstritten seid. Geh zu ihr, und sprich dich mit ihr aus. Ich bin mir sicher, dass sie es versteht, wenn du ihr die Sache so erklärst, wie du sie mir eben erklärt hast. Und dass du das Haus an sie überschrieben hast, ist doch ein erster wichtiger Schritt.«

»Ist das nicht eigenartig?«, fragte Oskar mehr sich selbst als Christian. »Da überschreibe ich ein Haus in dieser Straße, und kurze Zeit später gehört mir das Nachbarhaus.«

»Was das angeht, würde ich auch gerne mit dir sprechen.« Christian merkte, dass er nervös wurde. Jetzt galt es, die richtigen Worte zu finden. »Ich gehe davon aus, dass du für das Haus keine Verwendung hast, jetzt, wo das Center nicht gebaut wird, oder?«

»Nicht wirklich«, stimmte Oskar zu.

»Was hältst du davon, wenn wir die bestehenden Mietverträge doch verlängern? Dann könnten die Mieter in ihren Wohnungen und Pauline Brahms in dem Ladengeschäft bleiben. Das Haus hätte keinen Leerstand, und du müsstest deine Energie, deine Zeit und dein Geld nicht darauf verschwenden, nach neuen Mietern zu suchen. Außerdem könntest du damit auch einen Schritt auf Anna zugehen. Sie mag Pauline, und es würde ihr sicher etwas bedeuten, wenn du ihr zeigst, dass du dir Gedanken über dein Verhalten gemacht und deine Ansichten geändert hast.«

»Meinst du denn, dass sie das mit ihrer Eisdiele stemmen kann?«

»Ja«, sagte Christian entschlossen. »Ich hatte Einsicht in ihre Buchhaltung, und ihre Zahlen sind solide. Abgesehen davon hat sie mit Anna ein neues Geschäftsmodell ausgearbeitet, von dem ich sehr überzeugt bin. Warte, ich sende dir mal den Businessplan, den ich damals mit ihr erstellt habe.« Christian suchte die Unterlagen in seinem Smartphone und schickte sie per Mail an seinen Onkel.

Oskar sah sich die Kalkulationen an und nickte nachdenklich. In seinem Blick lag etwas, was Christian nicht deuten konnte.

»Also schön«, sagte er schließlich. »Meinetwegen soll sie den Laden haben. Ich werde sehen, dass ich die Verträge dafür aufsetze. Allerdings kannst du vielleicht verstehen, dass ich nach dem Gespräch mit ihr nicht sonderlich erpicht darauf bin, mit ihr in Verhandlung zu treten.«

Christian dachte einen Augenblick nach. Pauline hatte wirklich ganze Arbeit geleistet. Er hätte zu gerne gewusst, was sie Oskar an den Kopf geworfen hatte, dass er jetzt so zurückhaltend ihr gegenüber war. Sie kämpfte wie eine Löwin. Wenn er nur daran dachte, mit welchem Eifer sie ihm damals ihre Eissorten präsentiert oder ihr Eistörtchen für den Wettbewerb kreiert hatte … Ob er vielleicht doch noch einmal versuchen sollte, mit ihr zu sprechen? Nein, das wäre sicher aussichtslos. Wenn er Pauline wirklich dazu bringen wollte, ihm zu verzeihen, dann musste er sich schon etwas ganz Besonderes einfallen lassen.

»Du könntest Anna fragen, ob sie dir bei der Sache hilft«, schlug Christian nun seinem Onkel vor. »Sie würde sich bestimmt freuen, wenn du sie um Rat fragst. Das wäre doch eine nette Geste zur Versöhnung, findest du nicht? Das würde ihr auch gleich zeigen, dass du deinen Fehler korrigieren willst.«

Oskar seufzte. »Du machst es einem wirklich nicht leicht, Christian. Aber so ist das wohl, wenn man zu Kreuze kriechen muss. Es ist nie angenehm, so etwas wiedergutzumachen.«

Christian musste schlucken. Mit seinen Worten hatte sein Onkel komplett ins Schwarze getroffen.

43.

»Pauline, ich muss dir etwas erzählen!« Anna kam so hastig herbeigelaufen, dass Pauline für einen kurzen Moment Angst hatte, dass etwas passiert war. »Setz dich, das ist besser.«

»Okay.« Pauline gehorchte und sah Anna mit gemischten Gefühlen an. »Was ist denn los?«

»Ich habe herausgefunden, wer deinen Eishimmel gekauft hat.« In Annas Augen funkelte es geheimnisvoll.

»Ich dachte, mein ehemaliger Vermieter hätte an deinen Sohn verkauft.«

»Jaja, aber er hat ja keine Verwendung mehr für das Haus, jetzt, wo das Center nicht gebaut wird. Da war er ziemlich schnell daran interessiert, es wieder loszuwerden.«

»Und wer hat es jetzt gekauft?«, wollte Pauline wissen.

»Es gehört einem guten Bekannten von mir. Er war immer gerne in deinem Café.«

Pauline ging in Gedanken all ihre Stammgäste durch und überlegte, wer von ihnen der neue Besitzer sein könnte, doch sie konnte sich nicht vorstellen, dass einer von ihnen so sehr am Eishimmel hing, dass er ein ganzes Haus dafür kaufen würde.

»Er hat von deiner Situation erfahren und fand es sehr schade, dass du aus den Räumen ausziehen musst. Deshalb hat er bei Oskar angefragt, und der hat eingewilligt, das Haus zu verkaufen. Er möchte, dass du weiterhin dort mietest. Das heißt, du kannst deinen Eishimmel behalten!«

»Was?« Pauline sah Anna ungläubig an. »Das ist nicht möglich.«

»Aber es ist die Wahrheit!«, sagte Anna triumphierend.

»Oh Anna!« Pauline umarmte ihre Freundin und musste mehrmals blinzeln. »Ich kann das gar nicht glauben!«

»Ach, das kannst du ruhig.« Anna zwinkerte.

»Aber … was ist denn jetzt mit den ganzen Umbaumaßnahmen? Wenn ich in den Räumen bleiben kann, brauche ich doch gar nicht mehr bei dir einzuziehen. Allerdings fände ich es richtig schade, unsere neue Idee aufzugeben.« Pauline dachte nach. »Na ja, es ist zwar nicht optimal, aber vielleicht können wir uns ja telefonisch verständigen, wenn jemand etwas bei dir bestellt hat, und dann bringe ich es zu dir rüber.«

»Ich habe einen anderen Vorschlag«, sagte Anna. »Ich habe darüber nämlich auch schon nachgedacht, und da ist mir etwas Besseres eingefallen. Wir legen die beiden Läden wieder zusammen – so wie früher. Ich habe den neuen Eigentümer gefragt, und er ist damit einverstanden, dass wir eine Wand herausreißen. In einer alten Stadtchronik habe ich gesehen, dass die beiden Häuser früher mal eine kleine Kinderklinik mit angeschlossener Apotheke waren.« Anna holte ein dickes Buch aus einem der Bücherregale und schlug es auf. Sie hatte ein Lesezeichen hineingelegt, damit sie die entsprechenden Seiten schneller finden konnte, und gab das Buch an Pauline. »Siehst du, hier sieht man noch genau den Durchgang.«

Pauline schaute sich die Bilder an. Das kam ihr alles wie ein sehr unwirklicher Traum vor. »Das ist die vordere Wand, oder? Direkt vor dem Tresen?«

Anna nickte. »Dein Vater meint, dass das gar kein Problem sei. Er hat vorgeschlagen, am Wochenende einen Durchbruch zu machen, wenn du damit einverstanden bist.«

»Wirklich? Mit ihm hast du also auch schon gesprochen?«

Pauline schüttelte sanft den Kopf, als Anna sie jetzt warm anlächelte. Sie konnte ihr Glück kaum fassen. Es war so groß, dass es gar nicht in ihre Brust zu passen schien, und sie glaubte zu schweben, so voller Freude war sie. Sie umarmte Anna und drückte sie sanft.

»Oh Anna, du bist wirklich die Beste! Ich kann in meinem Eishimmel bleiben! Was meinst du, was Toni dazu gesagt hätte?«

»Ich bin mir sicher, sie wäre begeistert«, sagte Anna, und ihre Augen glitzerten.

SEPTEMBER

44.

Das Vorhaben, die Wand herauszureißen, hatte noch einmal einiges an Arbeit gekostet, aber zumindest konnten sie so auf den Umzug des Eislabors verzichten, und es war zu keiner Verzögerung gekommen. Pauline, Anna und Florence konnten wie geplant eröffnen. Schon am ersten Tag fand man in dem Café mit dem neuen Namen »Wie im siebten Himmel« kaum noch einen freien Platz, und auch heute war wieder einiges los. Mathilde war mit ihren Freundinnen zu ihrem Dienstagskränzchen gekommen, das sie in einem eigenen Raum ganz ungestört für sich abhalten konnten.

»Es ist alles so toll geworden«, sagte Luise gerade, als Pauline die Kuchenbestellung der Frauenrunde an den Tisch brachte und die frisch gebackene Birnen-Rosmarin-Tarte von Florence und den Apfelstrudel von Anna an ihre Mutter und deren Freundinnen verteilte. »Und wie herrlich die Kuchen duften!«

Pauline lächelte und freute sich über das Kompliment. »Ich gebe es gerne weiter. Die Kuchen sind ja nicht von mir, ich habe nur das Vanilleeis beigesteuert. Gerade tüftle ich an einem Kastanienparfait. Ich glaube, zusammen mit der Pflaumenvariegato wird das hervorragend zu Florence' Crêpes passen.«

»Das muss ich dann unbedingt probieren!«, sagte eine andere Freundin von Paulines Mutter. »Ich gebe schon jetzt die erste Bestellung dafür auf.«

Auch die anderen Besucher waren begeistert von dem Ambiente, das sie in dem neuen Café erwartete. Pauline hatte in den letzten Tagen immer wieder festgestellt, dass viele der Gäste oft für mehrere Stunden blieben, Zeitung lasen oder an ihren Laptops arbeiteten. Andere, die eigentlich nur etwas bei Anna hatten kaufen wollen, entschieden sich dann doch noch zu bleiben. Das Heimelige der antiken Möbel, zusammen mit dem Mix aus Eis und Süßspeisen, war genau das, was der Stadt gefehlt hatte. Ganz anders als bei Frozen & Friends traf man sich hier nicht bloß schnell auf einen Kaffee oder nach dem Stadtbummel, sondern man nahm sich Zeit, genoss die Atmosphäre, probierte sich durch das abwechslungsreiche Sortiment an Eis und Kuchen und entdeckte oft noch etwas Schönes für Freunde oder die eigenen vier Wände.

Gerade beobachtete Pauline, wie Florence am Straßenverkauf ein Einmachglas mit Bügelverschluss mit mehreren Eissorten befüllte. Sie hatte die Gläser bei Anna im Keller entdeckt und sich überlegt, dass diese sich gekühlt hervorragend dafür eigneten, um für die Kunden Eis zum Mitnehmen zu verpacken. Besonders schön kamen darin die unterschiedlichen Fruchtschnitze zur Geltung, die zwischen den Eiskugeln, den Schokostreuseln und den Krokantstücken Lust zum Probieren machten.

Pauline nahm die Kanne mit dem frisch aufgebrühten Pfefferminztee, stellte ihn zusammen mit zwei Barocktassen aus dem Antiquitätensortiment auf ein Silbertablett mit Häkeldeckchen und brachte den Tee zu Anna ins Nachbarzimmer.

Dort saß Anna in ihrem moosgrünen Ohrensessel hinter dem Schreibtisch und zeigte einer jungen Frau gerade ein paar tropfenförmige Saphirohrringe.

»Die könnte ich mir ebenfalls sehr gut für eine Braut vorstellen«, erklärte sie gerade. »So hätte Ihre Freundin, ganz in der Tradition, gleich etwas Blaues. Von der Machart sind sie natürlich etwas anderes als die Zirkoniablüten und nur schwer zu vergleichen.«

»Wunderschön!«, sagte die Frau begeistert und betrachtete die Ohrringe eingehend. »Gibt es dazu vielleicht auch noch ein Armband?«

»Der Goldschmied, der diese Stücke hergestellt hat, ist ein guter Freund von mir. Ich kann ihn gerne danach fragen.«

Pauline stellte das Tablett auf den Schreibtisch und verteilte die Tassen.

»Danke, Liebes.« Anna lächelte ihr zu.

»Und hier sind auch Kandiszucker und Honig«, sagte Pauline und reichte ihr zwei Schalen aus Bleikristall, die natürlich ebenfalls aus Annas Sammlung kamen.

Als sie wieder zum Tresen zurückging, beobachtete sie ein Kind dabei, wie es in der Spielecke einen Crêpe mit Haselnusscreme aß, der ihm sichtlich zu schmecken schien, wie der braunverschmierte Mund deutlich zeigte. Pauline musste lächeln, nahm die Waffel mit Kirschen, Sahne und Puderzucker entgegen, die Florence ihr über den Tresen reichte, und brachte sie in den hinteren Raum, in dem sich jetzt eine offene Werkstatt befand. Dort arbeitete Annas Aushilfe und reparierte Antiquitäten, wobei ihr die Cafébesucher zusehen konnten. Von dem Geld, dass Anna sich sparte, weil sie keine Miete mehr zahlen musste, hatte sie sich endlich auch eine

Unterstützung leisten können. Jetzt plante sie, zweimal im Jahr Restaurationskurse zu geben.

Pauline hatte sich gerade in einem freien Moment einen Cappuccino gegönnt, als Anna mit der Tageszeitung zu ihr und Florence an den Tresen kam.

»Seht mal!«, sagte sie und faltete die Zeitung auseinander.

»Das gibt es doch nicht!« Florence sah überrascht auf das Foto. »Wir sind auf der Titelseite!«

Pauline beugte sich jetzt ebenfalls über die Zeitung. Tatsächlich, da war ein Artikel, der ausführlich darüber berichtete, wie Anna, Florence und sie sich zusammen mit der Gärtnerei gegen den Bau des Einkaufscenters gestellt und jetzt das neue Café eröffnet hatten. Aber es wurden nicht nur die Frauen für ihr Engagement gelobt, sondern auch ausführlich über das Angebot und das außergewöhnliche Konzept berichtet.

»Es war so mutig von dir, gegen Oskar Bergmann vorzugehen«, sagte Florence.

»Na ja.« Pauline fuhr sich verlegen über den Arm. »Ohne Annas Hilfe hätte ich das mit Sicherheit nicht geschafft.«

»Ach was!« Anna schlug mit der Hand auf den Marmortresen. »Meine Lieben, das, was wir drei hier geleistet haben, macht uns so schnell keiner nach!«

»Da hast du recht, und eine bessere Werbung hätten wir uns gar nicht wünschen können«, freute sich Florence.

»Kein Wunder, dass heute Vormittag beinahe ununterbrochen das Telefon klingelt. Ich komme mit den Tischreservierungen kaum noch hinterher.«

Anna deutete auf das dicke Reservierungsbuch, das vor ihr auf dem Tresen lag. In diesem Moment schrillte das Telefon erneut.

»Wenn das so weitergeht, muss ich Nachtschichten im Eislabor einlegen«, meinte Pauline.

»Das geht nicht, jetzt brauche ich dich erst mal bei der Bestellung für Tisch Nummer acht.« Florence schob Pauline hinter den Tresen zurück. »Ich habe nämlich keine Ahnung, wie ein Hemingway-Eisbecher aussieht.«

»Ach, das ist ganz einfach. Zuerst nimmst du eine Cocktailschale und zauberst einen Rand aus Zucker, und dann orientierst du dich am Cocktailrezept vom Ernest-Hemingway-Special.«

»Lass mich raten, das Rezept hast du dir auch gestern Nacht ausgedacht, zusammen mit der Marco-Polo-Schale?«

»So ungefähr.« Pauline zwinkerte ihr zu. Die Idee für das Rezept hatte sie an dem Abend gehabt, als Anna ihr gesagt hatte, dass sie den Eishimmel behalten konnte. Nachdem sie ihren Eltern von der Neuigkeit erzählt hatte, hatten diese sie nämlich in eine Bar auf einen Cocktail eingeladen, weil sie fanden, dass so ein Ereignis unbedingt gefeiert werden musste. Pauline hatte sich einen Hemingway Special bestellt und schon bei ihrem ersten Schluck gewusst, dass sie diesen Geschmack in einen Eisbecher verwandeln wollte, der sie immer an diesen Moment erinnern würde.

Florence stemmte die Hände in die Hüften. »Und wie geht nun das Rezept?«

»Ich nehme zwei größere Kugeln vom weißen Vanille-Rum-Eis, denn kubanischer Rum ist die Basis dieses Daiquiri-Cocktails, eine Kugel Limettensorbet und zwei kleinere Kugeln Grapefruitsorbet, die sorgen für die Frische«, sagte Pauline, während sie nebenher fünf perfekte Kugeln mit dem Eisportionierer formte und in die Cocktailschale gab. »Dann kommt ein Schuss Maraschinolikör darüber« – Pauline griff zu einer Glasflasche, die ein Stückchen weiter oben in einem der Regale des Apothekerschranks stand – »und zusammen mit dem Grapefruitgeschmack bekommen der Cocktail und das Eis dadurch nicht nur eine fruchtige, sondern auch eine herb-süße Note.« So wie ihre Erinnerung an ihr Auf und Ab mit dem Eishimmel und die Zeit mit Toni und zuletzt auch mit Christian hier. »Und dann kommt für die Deko eine Sahnehaube obendrauf, eine Orangenscheibe an den Rand, eine Prise abgeriebene Orangenschale darüber, eine Kirsche in Verbindung zum Likör auf den Sahnegipfel und zum Schluss ein Waffelröllchen als Strohhalm in die Seite. Fertig.« Pauline übergab Florence strahlend den Eisbecher. »Na, was sagst du?«

»Ich bin beeindruckt.« Florence nickte anerkennend. »Willst du dein Meisterwerk selbst an den Tisch bringen?«

Pauline schüttelte lächelnd den Kopf. »Mach du das ruhig, der Tisch fällt schließlich in deinen Bereich. Ich gehe gleich mal im Nachbarzimmer nachsehen, ob alles in Ordnung ist, sobald ich hier am Straßenverkauf bedient habe.«

Florence nickte, und Pauline wandte sich den Kunden am Schaufenster zu, die bei ihr eine kleine Schachtel Eispralinen und ein Eis im Einmachglas bestellten, das sie mit frisch aufgeschnittenen Früchten garnierte. Dann ging sie mit nahezu tanzenden Schritten ins Nachbarzimmer, wobei ihr Rocksaum bei jedem ihrer Schritte um ihre Beine schwang. Es fühlte sich so gut an, jetzt das Antiquitätencafé zusammen mit ihren Freundinnen zu führen. Es erfüllte Pauline mit einem ganz eigenen Gefühl von Glück, denn sie hatte es geschafft, mithilfe ihrer Freunde und ihrer Familie für das zu kämpfen, was ihr wichtig war.

Pauline nahm die Bestellung des Pärchens im Nachbarzimmer auf und bereitete die Eiskaffees zu, doch als sie die zwei schlanken Gläser zwischen die beiden stellte, spürte sie plötzlich einen leisen Hauch von Wehmut in sich aufsteigen. An manchen Tagen wünschte sie sich noch immer jemanden an ihrer Seite, mit dem sie das alles hier teilen konnte, der sie in die Arme zog und ihr zuraunte, wie toll sie alles gemacht hatte und wie glücklich er mit ihr war. Vor nicht allzu langer Zeit hatte sie geglaubt, in Christian so jemanden tatsächlich gefunden zu haben, und die Erinnerung an die kurze schöne Zeit mit ihm färbte ihr Herz an manchen Stellen noch immer wie ein schwarzer Tintenfleck ein weißes Tischtuch. Aber was brauchte sie schon einen Mann? Sie hatte das neue Café, das sie momentan voll auslastete, und ihr Bedarf an Männern, die sie belogen und übers Ohr hauten, war zur Genüge gedeckt.

Pauline straffte den Rücken und setzte ihr Lächeln auf. Es half ihr nichts, sich in der Vergangenheit wie in einem alten Spinnennetz zu verheddern. Sie war glücklich, und sie hatte hier doch schließlich alles, wovon sie immer geträumt hatte. Es wurde Zeit, dass sie auf andere Gedanken kam. Sie nahm ein Stück Kreide, ging damit vor die Tür und schrieb in schönen geschwungenen Buchstaben den Eisbecher des Tages an die Tafel. Dann wandte sie sich wieder ihren Gästen zu.

Christian blieb beinahe das Herz stehen, als er Pauline vor dem Café bemerkte. Er hatte am Stadtpark auf Anna gewartet und nicht damit gerechnet, dass Pauline ausgerechnet in diesem Moment herauskam, um die Tafel neu zu beschriften. In seinem Inneren zog sich etwas zusammen. Er vermisste Pauline mehr denn je, und jetzt, wo er ihr so nahe war, wie schon lange nicht mehr, erschien sie ihm noch weiter weg als sonst. Anna hatte ihm erzählt, dass Pauline die meiste Zeit damit beschäftigt war, Eisbecher anzurichten und ihre Gäste zu bedienen und sie sich so problemlos am Stadtpark treffen könnten. Christian hatte seine Großmutter nämlich darum gebeten, ihm noch einmal zu helfen. Er wollte einen allerletzten Versuch wagen, Pauline doch zurückzugewinnen. Wenn es dann nichts werden sollte zwischen ihnen beiden, würde er sich damit abfinden und sie gehen lassen.

Er hatte sich lange mit Anna beratschlagt, wie er Paulines Herz gewinnen könnte, und schließlich hatte er sich etwas ganz Besonderes überlegt, womit er sie überraschen wollte.

Er tastete in die Innentasche seines leichten Jacketts und spürte deutlich das Briefchen, das er heute Morgen verfasst hatte. Gut so, es war noch da. Mit diesen Zeilen würde sich alles entscheiden. Jetzt musste er nur noch seine Großmutter anrufen, damit die Sache ins Rollen kam.

»Sei nicht so ein Feigling«, murmelte er. »So wirst du Pauline nie zurückgewinnen, und wenn du noch länger wartest, findet sie vielleicht jemand anderen, an den sie ihr Herz verschenkt.« Er atmete noch einmal tief durch, dann zog er sein Smartphone aus der Hosentasche und wählte Annas Nummer.

Wie abgesprochen, kam seine Großmutter wenige Augenblicke später aus dem Café und lief zu ihm in den Park.

»Hat alles geklappt?«, fragte sie mit leuchtenden Augen.

»Ich habe alles vorbereitet. Jetzt kommt es auf Pauline an.«

»Oh, ich bin schon so gespannt, was sie zu all dem sagen

wird.« Anna schlug die Hände vor der Brust zusammen. »Ich wünsche dir alles Glück der Welt, mein Junge.«

»Danke, das kann ich gebrauchen.«

»Du hast gesagt, dass ich dir helfen soll. Also, was kann ich tun?«

Christian konnte die Aufregung in der Stimme seiner Großmutter deutlich hören und musste lächeln. »Du musst dafür sorgen, dass Pauline dieses Briefchen hier bekommt.« Er zog ein zusammengefaltetes Blatt Papier aus seiner Jackett-tasche und gab es ihr. »Und denk daran, du darfst ihr nicht sagen, dass es von mir ist.«

»Jaja, schon klar. Ich bin ja nicht senil.« Sie nahm das Briefchen und sah es sich genauer an. »Das ist ja versiegelt«, stellte sie ein wenig enttäuscht fest.

»Sei nicht so neugierig! Wenn es klappt, werde ich dir Wort für Wort erzählen, was drinsteht.«

»Also schön.« Anna hob in gespielter Drohung den Zeigefinger. »Aber wehe, du lässt auch nur ein Detail aus.«

»Keine Sorge, ich werde dir und deinen Urenkeln die Geschichte so oft erzählen, bis ihr sie alle nicht mehr hören könnt – vorausgesetzt, es läuft alles so, wie ich mir das vorstelle.«

»Ich freue mich schon drauf. Und vergiss ja nicht zu erwähnen, welchen Löwenanteil ich dabei hatte.«

»Nein, keine Sorge, das vergesse ich ganz sicher nicht.«

Anna nickte und machte sich wieder auf den Weg ins Antiquitätencafé. Christian sah ihr mit einem Gefühl von Nervosität und hoffnungsvoller Erwartung nach. Jetzt lag sein Glück in ihren Händen.

45.

»Ein Gast hat sich beschwert, dass die Karte dreckig ist. Ich musste ihm eine andere bringen.« Anna reichte Pauline die Eiskarte und verschwand dann im Nachbarzimmer.

Pauline betrachtete sie verwundert. Das konnte doch gar nicht sein, sie hatte alle Karten heute Morgen erst geprüft, und sie waren in Ordnung gewesen. Sie schlug die Karte auf, und im selben Moment fiel ihr ein zusammengefalteter Zettel entgegen.

»Für P.« stand da in krakeliger Handschrift.

Pauline durchzuckte es gleichzeitig heiß und kalt. Das konnte doch nicht sein! Das war die Handschrift ihres unbekannten Briefeschreibers! Ihr blieb beinahe die Luft weg. Sie hob das Papier auf, drehte es um und sah sich das Siegel an, in dem sie ein verschlungenes »D. W.« ausmachen konnte. Er hatte ihr tatsächlich noch einmal geschrieben, und er schien zu wissen, dass sie P. war! Und er musste hier im Café sein!

Pauline lief mit raschen Schritten zu Anna.

»Wer war das?«, fragte sie atemlos. »Wer hat die Karte zurückgehen lassen?«

Anna hob verwundert die Brauen. »Na, so ein junger Mann, etwa in deinem Alter, wieso?«

»Ist er noch hier? An welchem Tisch sitzt er?«

»Er saß draußen, ganz am Rand, Tisch Nummer elf.«

Pauline blickte aus dem Fenster, aber da war niemand. »Wie hat er ausgesehen, Anna? Hat er vielleicht nur den Platz gewechselt?«

»Keine Ahnung … In den letzten Tagen waren hier so viele Leute, ich bin mir nicht ganz sicher.« Sie hob bedauernd die Schultern. »Ich schätze, er war etwas größer. Und er hatte hellbraunes Haar – denke ich. So genau habe ich darauf nicht geachtet. Wieso? Hat er etwas verbrochen?«

»Nicht direkt«, murmelte Pauline und ließ ihren Blick noch einmal über die Gäste schweifen, aber niemand, auf den diese Beschreibung zutraf, kam ihr auffällig vor. Alle Gäste, die in der Mittagssonne saßen, hatten bereits bestellt und genossen ihren Kaffee, einen Crêpe Florentine oder eine heiße Schokolade. Da war kein Gast, der eben erst seine Bestellung aufgegeben und die Karte hatte zurückgehen lassen. Vielleicht war der geheimnisvolle Unbekannte ja auch schon wieder gegangen.

Ihr Blick fiel auf das versiegelte Briefchen in ihrer Hand. Wenigstens hatte sie noch seine Nachricht. Pauline war viel zu neugierig, um noch länger zu warten. Ihr ganzer Körper prickelte, als ob sie in einem bitzelnden Brausebad sitzen würde. Entschlossen zerbrach sie das Siegel und faltete das Papier auseinander. Sie lehnte sich mit dem Rücken gegen den Apothekerschrank und spielte an ihrer Halskette, als sie mit den Augen über die krakelige Handschrift flog.

Meine liebe Eisprinzessin,
die letzten Zeilen, die Du mir geschrieben hast, haben mich ziemlich traurig gemacht, denn ich

hatte beim Lesen den Eindruck, dass Du Dich von mir verabschieden willst. Ist das so? Ich hoffe es nicht, denn durch Deine wunderbaren Botschaften habe ich gelernt, das Leben auf eine ganz neue Weise zu betrachten. Vor allem seit Du mir mit Deinem Briefchen am Fernrohr die Augen geöffnet hast, blicke ich hinter die Fassade der Menschen und erkenne ihr Funkeln, das sie umgibt, so wie bei Dir.
Ich weiß, dass Du vor einiger Zeit sehr verletzt worden bist, und es tut mir unendlich leid, dass Dir das passieren musste. Bitte glaube mir, wenn ich könnte, dann würde ich die Arme um Dich legen und Dich beschützen, damit niemand Dir das noch einmal antun kann.
Ich habe Dir noch so viel mehr zu sagen, aber ich weiß nicht, ob Du es hören möchtest. Deshalb überlasse ich Dir die Entscheidung. Wenn Du es nicht willst, dann wirf diesen Zettel einfach weg. Es wird der letzte sein, den ich Dir schreibe, das verspreche ich Dir. Wenn Du aber wissen willst, wie es weitergeht, dann suche nach dem nächsten Briefchen. Mein Wunsch an dich gibt Dir einen Hinweis, wo Du es finden kannst:
Lass Deine Hoffnung nicht erlöschen, sondern suche sie wie das Licht, das Dich schon einmal durch die Dunkelheit tief unten gebracht hat.

Pauline schüttelte leicht den Kopf. Was hatte das zu bedeuten? Sie las die Zeilen noch einmal.

»Alles okay bei dir?«, fragte Florence mit einem besorgten Blick.

»Ja, alles bestens.« Pauline sah auf. »Es ist nur … Ich weiß auch nicht. Ich habe eine Nachricht erhalten, mit der ich nicht gerechnet habe. Na ja, es ist vielmehr ein Briefchen, dabei dachte ich, dass ich mit dieser Person keinen Kontakt mehr haben werde.«

»Hat sich Pascal gemeldet?«, fragte Florence sofort.

»Nein!« Pauline sah ihre Freundin bestürzt an. »Wie kommst du darauf?«

»Na, weil du sagst, dass du damit gerechnet hast, mit dieser Person keinen Kontakt mehr zu haben.«

»Nein, das ist ganz anders. Ich kenne denjenigen, der mir schreibt, gar nicht. Es ist eher so etwas wie eine geheime Brieffreundschaft, die sich zwischen uns entwickelt hat. Ich habe in Annas Laden immer mal wieder Zettelchen mit sinnlichen Botschaften versteckt und irgendwann Antworten darauf erhalten, aber ich habe keine Ahnung, wer mir schreibt. Allerdings kennt mich der Briefeschreiber ganz genau, denn er hat mir gerade eine neue Nachricht zukommen lassen.«

»Was? Und davon hast du mir noch nie etwas erzählt?« Florence war deutlich anzusehen, dass sie ein bisschen enttäuscht war.

Pauline zögerte. »Na ja, das war auch mehr so eine Eigenheit von mir, die ich nicht an die große Glocke hängen wollte, und ich wollte auch damit aufhören, aber jetzt schreibt mir der Unbekannte, dass es ein weiteres Briefchen gibt, das ich suchen könnte, wenn ich noch mehr von ihm erfahren will.«

»Oh, ist das romantisch!« Florence seufzte und drückte sich gleichzeitig eine Hand auf die Brust. »Und? Wirst du danach suchen?«

»Ich weiß es nicht«, gab Pauline ehrlich zu. »Eigentlich wollte ich mit der ganzen Sache abschließen. Von aufregenden Liebesgeschichten habe ich seit meinen Erfahrungen mit Pascal und Christian erst einmal genug.«

»Ja schon, aber das wirst du dir doch nicht entgehen lassen, oder? So etwas Romantisches hat schließlich noch nie jemand für dich getan.«

»Hm.« Pauline presste die Lippen aufeinander. »Dazu müsste ich erst einmal den Hinweis verstehen.«

»Zeig mal her.« Pauline reichte Florence das Briefchen. »Das ist wirklich schwierig«, sagte diese, als sie es gelesen hatte. »Aber auch unbeschreiblich schön! Sogar mein Herz schlägt ein kleines bisschen schneller, obwohl der Brief gar nicht an mich gerichtet ist.«

»Irgendwas mit Licht und Dunkelheit tief unten«, wiederholte Pauline die Worte und sah zum Kronleuchter, doch sie konnte nichts Ungewöhnliches daran entdecken. »Vielleicht sollte ich mal die Lichtschalter prüfen«, überlegte sie.

»Quatsch, das glaube ich nicht. Sieh mal, das ist etwas viel Versteckteres. *Das Licht, das dich schon einmal durch die Dunkelheit tief unten gebracht hat.* Vielleicht eine Taschenlampe oder so, die du nachts mal benutzt hast. Oder hattest du in letzter Zeit mal Probleme mit deinem Dynamo am Fahrrad?«

Plötzlich fiel Pauline etwas ein. Es gab tatsächlich eine Situation, in der ein Licht in der Dunkelheit ganz besonders hilfreich gewesen war: im Keller mit Christian! Noch immer wurde ihr seltsam flau im Magen, wenn sie daran dachte, wie sie damals mit ihm allein dort unten gewesen war. Dort hatte das alles mit ihm angefangen. Ihr Schlagabtausch und wie aufregend nahe sie sich da gekommen waren … Dabei hatte er das alles von langer Hand geplant. War er etwa derjenige, der hinter den Briefen steckte? Nein, das war nicht möglich. Er hatte sie so dreist hintergangen und ausspioniert, warum sollte er ihr dann so etwas Schönes schreiben? War das etwa sein Versuch, noch einmal mit ihr zu reden? Hätte sie ihm vielleicht doch noch eine Chance geben und mit ihm sprechen sollen? Pauline zögerte. So richtig konnte sie sich das nicht vorstellen. Vielleicht war es einfach jemand, der von ihrem unfreiwilligen Date im Keller wusste. Das wäre doch möglich. Eines stand jedenfalls fest: Wenn sie herausfinden wollte, wer es war, musste sie nachsehen, was in dem nächsten Briefchen stand.

»Ich bin gleich wieder da«, sagte Pauline und machte sich auf den Weg zum Keller.

Sie schloss die Tür auf und sah auf dem Treppenabsatz nach, auf dem die Gartenlaterne stand. Sie war noch immer am gleichen Platz, an dem Christian sie damals abgestellt hatte. Pauline kniete sich hinunter und bemerkte, dass zwischen der Kerze und der Glasscheibe ein kleiner Zettel klemmte. Sie öffnete die Laterne, zog ihn heraus und faltete ihn auseinander.

Sehr gut, Du hast meinen Hinweis also verstanden. Dann bin ich Dir wohl doch nicht so gleichgültig, wie ich befürchtet hatte. Wenn Du wüsstest, wie froh mich das macht. Ich würde so gerne mehr Zeit mit Dir verbringen, aber ich weiß nicht, ob ich darauf hoffen darf. Du bist mir in manchen Momenten so nah, und in anderen erscheinst Du mir unerreichbar. Erst durch Dich habe ich gelernt, was Sehnsucht bedeutet und wie es ist, jemanden wirklich zu vermissen. Aber Du hast mir auch gezeigt, was es heißt zu träumen, und es hat mir so wehgetan, als ich in Deinem letzten Briefchen bemerkt habe, dass Du Deine Träume anscheinend aufgegeben hast. Bitte, tu das nicht, meine liebe Eisprinzessin, allein schon wenn Du Dein Eis komponierst, sehe ich Dich, wie du federleicht davonschwebst, wie Du Dich wegträumst, an einen fremden Ort oder zu einem bestimmten Gefühl, das Du dann für all Deine Gäste durch eine neue und ausgefallene Sorte erlebbar machst. Und hierin liegt auch mein zweiter Hinweis: Ich habe fast den Eindruck, dass Du in Deiner Eisküche immer die Antworten findest, die Du gerade suchst, als ob das Leben ein Rezept wäre, und nur Du kennst seine Zutaten …

Pauline faltete das Papier wieder zusammen und steckte es ein. Jetzt war sie aber wirklich gespannt, wer dahintersteckte. Es musste jemand sein, der sie sehr gut kannte, oder wussten ihre Gäste vielleicht doch mehr von ihr, als sie bislang vermutet hatte? Sie schloss die Kellertür ab und ging zum Eislabor, doch als sie die Tür öffnete, war dort niemand. Pauline ließ die Schultern sinken, trat ein und schloss hinter sich ab. Sie wollte nicht, dass jemand von den Gästen ihre Enttäuschung bemerkte. Jetzt musste sie sich erst einmal wieder fassen. Sie lehnte sich gegen die Anrichte und verschränkte die Arme. Vielleicht hatte sie den Hinweis ja auch falsch verstanden, aber dass es sich um ihr Eislabor handeln musste, war ganz offensichtlich. Hatte sie nach der falschen Antwort gesucht? Doch welche Frage könnte sie gerade mehr beschäftigen als die, mit wem sie es zu tun hatte?

Pauline dachte nach, wie der Hinweis noch gemeint sein könnte. Sie fuhr mit ihren Fingerspitzen über die Arbeitsfläche. So oft hatte sie hier schon gestanden und über das Leben nachgedacht, hatte Antworten auf alle möglichen Fragen gesucht, darauf, wie sie nach Tonis Tod weitermachen sollte, ob sie die Schulden von Pascal jemals tilgen könnte, wie Tonis Karamellbonbonrezept ging, mit welchem Eis sie am besten bei dem Wettbewerb antreten würde … Und da schmuggelte sich schon wieder eine Erinnerung an Christian schmerzlich in ihre Gedanken und ließ ihr Herz beinahe zu Stein werden. Hier hatte er ihre Hände genommen, hatte ihr tief in die Augen gesehen und sie ermutigt, nicht aufzugeben. Er hatte herausgefunden, was all ihren Eissorten gefehlt hatte, hatte verstanden, wonach sie in ihrem Inneren wirklich gesucht hatte – und das nicht nur bei der Eissorte. Hier waren sie sich noch einmal nähergekommen, hier hatten sie sich ein zweites Mal geküsst … In Pauline krampfte sich etwas zusammen, als sie daran dachte. Diese Wunde in ihrem Herzen war noch immer nicht verheilt. Sie schloss die Augen und fuhr sich über die Stirn. Wenn der Unbekannte doch nur wüsste, wie unrecht er hatte. Sie hatte kein Rezept fürs Leben. Jedenfalls würde es aktuell weder nach cremigem Mandelmilcheis noch nach süßem Ananassorbet schmecken, sondern bestenfalls nach verbrannter Leidenschaft und bitterer Sehnsucht, und ein solches Eis war nichts, was sie in ihrem Rezepte-Ordner sammeln wollte. Pauline seufzte tief. Darin befanden sich nur gute Sachen: das Rezept für ihr Kurkuma-Kokos-Zitronengras-Eis, eine kulinarische Reise an das türkisblaue Meer und die pulverfeinen Strände von Bali, wenn sie wieder einmal das Fernweh packte, die Anleitung für ihren ersten Eisbecher, die Sonne-des-Südens, der sie an ihren gemeinsamen Urlaub mit Florence erinnerte, das Rezept für ihr Traubensorbet, eine Hommage an die Weinberge in Burgund und den Wunsch, irgendwann einmal eine Weinprobe in einem der Schlösser zu machen, und natürlich das Rezept für ihr Weißes-Kaffee-Eis und ihre neuen Himbeertörtchen, ihre persönliche Kreation für Einsamkeit, Verzweiflung und Schmerz …

Plötzlich schlug sie die Augen auf. Ein Gedanke war ihr gekommen. Was, wenn der Unbekannte nicht im übertragenen Sinne, sondern tatsächlich von ihren Rezepten gesprochen hatte? Sie drehte sich um, griff nach ihrem Ordner im Regal über ihr und blätterte ihn mit schnellen Handbewegungen durch. Ihr Herz klopfte mit jeder Seite, die sie umblätterte, heftiger – und da, tatsächlich, zwischen ihrem Himbeereis und dem Birnensorbet war ein weiteres Briefchen in einer Klarsichthülle abgeheftet. Pauline zog es heraus und begann zu lesen:

Das war gut! Bestimmt bist Du überrascht, dass ich das von Dir weiß, nicht wahr? Aber ich verrate Dir noch etwas: Ich habe noch mehr von Deinen Briefchen gefunden, in denen Du von Dir erzählst, aber ich habe nicht alle beantwortet. Da gab es zum Beispiel den in der Zuckerdose, auf dem Du mich nach meinen drei Wünschen gefragt hast. Es war genau der Moment damals, den ich gerne ändern wollte. Allerdings wusste ich da noch nicht, dass dieser Moment tatsächlich mein ganzes Leben auf den Kopf stellen würde – denn es war der, in dem Du so unerwartet und unbemerkt mit diesen wenigen Zeilen in mein Leben getreten bist und Dich nach und nach in mein Herz geschlichen hast.
Dann gab es noch ein Briefchen, das mich völlig aus dem Gleichgewicht gebracht hat: das in der Ausgabe von Stolz und Vorurteil. Ich war nämlich so egoistisch und hatte damals tatsächlich geglaubt, dass es sich ein bisschen auf mich bezieht. Und es stimmte ja auch, ich war zu dieser Zeit schrecklich stolz. Ich habe nur mich gesehen und die Welt um mich herum gar nicht wahrgenommen, aber durch Dich hat sich das verändert, Dein Einfühlungsvermögen hat mir die Augen geöffnet. Du hast mich zu einem besseren Menschen gemacht, meine liebe Eisprinzessin,

dafür möchte ich Dir danken. Wenn Du wissen willst, wie, dann sieh in dem anderen Buch nach, in dem Du ebenfalls noch ein Briefchen versteckt hast. Das habe ich nämlich auch gefunden …

Das musste die Ausgabe von *Mansfield Park* sein! Natürlich, sie hatte schließlich in beiden ihrer Lieblingsbücher von Jane Austen eine Nachricht versteckt. Pauline lief aus dem Eislabor in den hintersten Raum des Cafés, in dem Anna das große Bücherregal aufgestellt hatte. Sie griff nach dem Buch und schlug es an der Stelle auf, an der ihr Briefchen lag. Sie nahm das Blatt Papier heraus und drehte es um, doch die Rückseite war leer. Pauline war einen Moment wie gelähmt. Da war nichts! Sie blätterte das ganze Buch durch, schlug den Einband beiseite. Nichts! Ihr Herz machte einen donnernden Paukenschlag. Das war es. Es war vorbei. Hier endete ihre Schnitzeljagd.

Sie setzte sich auf das beige-rot gestreifte Biedermeiersofa und stützte das Kinn in ihre Hände. Pauline konnte nicht sagen, wie lange sie so dasaß, doch irgendwann bemerkte sie Florence' Hand auf ihrer Schulter.

»Stimmt etwas nicht?«, fragte ihre Freundin mit sanfter Stimme.

Pauline hob den Kopf und sah sie an. Sie versuchte zu lächeln, aber es sah vermutlich mehr wie eine Grimasse aus. »Ich glaube, ich bin gerade schon wieder auf einen miesen Typen reingefallen«, murmelte sie. »Und vermutlich sitzt er hier irgendwo unter den Gästen und lacht sich über meine Blödheit ins Fäustchen.«

»Was? Wieso denn das?« Florence sah sie verständnislos

an. »Hast du im Keller nichts gefunden? Bist du deshalb so schnell ins Eislabor verschwunden? Weil du deine Ruhe haben wolltest?«

Pauline schüttelte den Kopf. »Im Keller war ein Hinweis, der mich ins Eislabor geführt hat. Und dort habe ich dann das nächste Briefchen mit einem weiteren Rätsel entdeckt. Das, was dort steht, klingt so wunderschön, Florence, als ob mich der Unbekannte schon mein ganzes Leben kennen würde.« Sie seufzte tief. »Ich verstehe das nicht. Ich habe keine Ahnung, wer das ist, aber ich habe mir so große Hoffnungen gemacht. Ich habe wirklich geglaubt, dass es jemand ist, dem ich etwas bedeute. Hier, lies mal.« Sie reichte ihr das letzte Briefchen. »Und dann schlage ich das Buch auf, und da ist nichts. Nichts! Verstehst du?«

Florence las die Zeilen in aller Ruhe durch. »Ich kann mir nicht vorstellen, dass da nichts ist«, sagte sie dann. »Jemand, der so schreibt, würde nicht einfach ein leeres Buch hinterlassen. Wozu all die Mühe? Nur um sich einen Spaß zu erlauben? Das glaube ich nicht.«

»Aber es ist so. In dem Buch ist keine weitere Nachricht für mich!« Pauline hielt es ihr entgegen, und Florence blätterte es ebenfalls kurz durch, dann sah sie noch einmal auf das Briefchen.

»Pauline, kein Mensch würde sich so persönliche und liebevolle Zeilen ausdenken und mit so einem Aufwand verstecken, wenn es ihm darum ginge, dir wehzutun. Das hier ist mehr, das merkt man doch eindeutig schon allein an dem Stil, wie derjenige dir schreibt.«

»Und warum ist hier dann kein Briefchen?« Pauline merkte selbst, wie verzweifelt sie klang. Jetzt ärgerte sie sich über sich selbst, dass sie sich auf ein so dummes Spiel eingelassen hatte. Was hatte sie erwartet? Dass sie ihrem Traummann begegnete? »Das hier ist eine Sackgasse, Florence!«

Pauline wollte aufstehen, aber Florence hob einen Zeigefinger. »Warte. Was, wenn jemand anderes das Briefchen gefunden hat? Oder wenn es sich hier um eine Verwechslung handelt? So, wie dieser Unbekannte schreibt, hat er ganz sicher ein Briefchen von dir gefunden. Du sagst auf der anderen Seite aber, dass du nichts in dem Buch gefunden hast. Gibt es vielleicht noch mehr von diesen Briefchen? Dass andere vielleicht auch angefangen haben, welche zu schreiben, und der Unbekannte einen von jemand anderem für deinen hält?«

Pauline schüttelte den Kopf. »Das halte ich für unwahrscheinlich, immerhin kennt er meine Handschrift.«

»Stimmt. Dann können wir das eigentlich ausschließen.« Florence überlegte. »Vielleicht spricht der Unbekannte ja auch von einem anderen Buch.«

Ein Ruck ging durch Paulines Körper. Natürlich, jetzt fiel es ihr wieder ein. Vor langer Zeit hatte sie einmal ein Briefchen in *Salz auf unserer Haut* versteckt. Das war schon eine halbe Ewigkeit her, das eine Mal, als sie sich heftig mit Pascal gestritten hatte, nach ihrem ersten gemeinsamen Ausflug an die Ostsee. Pauline stand auf und ging zum Bücherregal. Anna hatte vor der Eröffnung des Cafés darauf bestanden, die verbannten Bücher wieder aus dem Keller zu holen und in das Regal zu stellen. Ob das Buch auch dabei war? Sie ließ ihren Blick über die Buchrücken schweifen. Da! Es stand dabei! Mit zitternden Fingern zog sie es aus dem Regal und schlug es auf. Tatsächlich, hier befand sich etwas, allerdings kein Briefchen, wie Pauline erwartet hatte.

»Und?«, fragte Florence, die mittlerweile ebenfalls aufgestanden und zu ihr gekommen war.

»Das sind zwei Flugtickets nach Rom«, flüsterte Pauline und gab sie an ihre Freundin weiter. »Oh Gott, meinst du, dass sie von Pascal sind? Ich wollte dort immer mit ihm hin, aber es hat nie geklappt. Vielleicht will er mich so zurückgewinnen?«

Florence stieß einen Pfiff zwischen den Zähnen aus. »Donnerwetter. Ausgestellt für kommende Woche.« Sie drehte die Tickets um. »Sieh mal, hier klebt ein Zettel.«

Pauline nahm die Tickets zurück und erkannte die krakelige Handschrift.

So viele Jahre möchte auch ich schon nach Rom. Weißt Du, dass es hier einen Ort gibt, der ganz ähnlich ist? Da war ich schon als Kind gerne. Geh dorthin, dort wartet einer meiner Freunde aus dem Gefolge des Dionysos mit dem vorletzten Hinweis auf Dich …

Pauline las die Zeilen ein zweites Mal. Dieses Rätsel war weitaus schwieriger als die vorherigen. »Wer ist aus dem Gefolge des Dionysos?«, überlegte sie laut.

»Keine Ahnung, aber ich finde, es klingt, als ob es irgendwie mit Gottheiten und Mythologie zu tun hat.«

»Vielleicht kann mir Anna weiterhelfen, sie kennt sich doch mit so etwas aus.« Pauline ging mit dem Briefchen ins Nachbarzimmer. »Anna, du musst mir helfen. Ich glaube der Gast, der sich über die Karte beschwert hat, hat mir einen Hinweis hinterlassen, dem ich nachgehen will, aber ich verstehe ihn nicht. Weißt du, was damit gemeint sein könnte?«

Anna nahm das Briefchen entgegen, setzte ihre Lesebrille auf und überflog die Zeilen. »Das ist aus der griechischen Mythologie. Das Gefolge des Dionysos sind die Satyrn.« Sie kratzte sich am Kopf. »Römische Dichter setzen sie mit Faunen gleich.«

»Das sind doch diese komischen Wesen, die halb Mensch, halb Ziege sind, oder?«, fragte Florence.

»Ja genau.« Anna nickte.

»Dann ist vielleicht der Fabelwesen-Brunnen damit gemeint.« Pauline schaute auf die Zeilen. »Mich erinnert er mit der Pizzeria daneben immer an einen Urlaub in Rom. Jedenfalls stelle ich es mir so vor, ich war ja noch nie dort.«

»Bis jetzt«, meinte Florence zwinkernd. »Und der zweite Hinweis passt auch dazu. Jedes Kind liebt diesen Brunnen.«

»Ich kann doch nicht mit einem Wildfremden einfach nach Rom fliegen!« Pauline sah ihre Freundin entrüstet an.

»Warum denn nicht? Immerhin seid ihr so etwas wie Brieffreunde, und das, was er schreibt, klingt auch sehr persönlich und so, als ob er dich sehr gut kennt. Vielleicht kennst du ihn ja auch, aber weißt es nur eben nicht.« Sie seufzte tief. »Ach, ich finde das so romantisch, wirklich!«

Pauline verzog die Lippen. »Ich weiß nicht. Ich habe irgendwie kein so gutes Gefühl dabei.«

»Also, ich würde das mal ganz nüchtern betrachten, meine Liebe. Schau doch erst mal nach, was für ein Hinweis da am Brunnen auf dich wartet, vielleicht bekommst du dann ja auch heraus, wer hier gerade eine Schnitzeljagd mit dir veranstaltet. Und wenn derjenige nicht ganz schrecklich unsympathisch ist, dann kannst du doch durchaus mit ihm eine Woche in Urlaub fliegen, das ist doch nett.«

»Stimmt.« Pauline zögerte. »Aber wenn ich mich irre und das alles ein riesengroßer Reinfall ist?«

»Pauline, Liebes, das wirst du nur herausfinden, wenn du dich darauf einlässt, fürchte ich«, sagte Florence.

Pauline sah unsicher von Anna zu Florence. »Also gut«, sagte sie dann. »Ich mache es. Aber nur unter der Bedingung, dass ihr, wenn es doch ein Reinfall sein sollte, nie wieder ein Wort darüber verliert!«

»Das verspreche ich hoch und heilig«, sagte Florence, und auch Anna nickte zustimmend.

Pauline schlüpfte in ihren leichten Sommermantel und ging zur Tür. »Und ihr seid euch sicher, dass ich euch im Café alleine lassen kann?«

»Geh schon!«, entgegnete Florence, auf deren Lippen sich ein Lächeln ausgebreitet hatte. »Und wehe, du meldest dich nicht sofort und sagst uns, ob wir mit unserer Vermutung richtigliegen!«

»Versprochen.«

Pauline machte sich auf den Weg in die Fußgängerzone. Sie umrundete mehrmals den Fabelwesen-Brunnen, aber sie konnte nichts Auffälliges entdecken. Das Einzige, was sich wieder in ihr Bewusstsein drängte, war die Erinnerung an Christian. Hier hatte sie von seinem Verrat erfahren, davon, dass er sie hintergangen, ausgenutzt und belogen hatte. Wieder klopfte ihr Herz schneller, als sie sich an die Pläne erinnerte, die hier verstreut auf dem Boden gelegen hatten, und an Christians Gesichtsausdruck, als sie das Center und ihren Eishimmel darauf erkannt hatte. Nein. Nein, das war alles ganz falsch. Daran durfte sie nicht mehr denken. Das war Vergangenheit, und jetzt gab es jemand anderen, der sich wirklich Mühe dabei gab, ihr Herz zu erobern. Es war Zeit, sich auf etwas Neues einzulassen.

»Vermutlich bin von allen guten Geistern verlassen, weil ich das jetzt tue«, flüsterte sie, zog ihre Schuhe aus, raffte ihren Rock zusammen und stieg in das eiskalte Brunnenwasser.

»Sind Sie verrückt?«, fragte ein älterer Herr, der gerade am Brunnen vorbeilief.

»Ich befürchte es.« Pauline hob mit einem bedauernden Gesichtsausdruck die Schultern.

»Aber Sie klauen jetzt nicht das Geld aus dem Brunnen, oder?«, fragte der Mann weiter. »Sie wissen doch hoffentlich, dass das Unglück bringt, wenn man Münzen aus dem Brunnen fischt.«

»Keine Sorge, die Münzen lasse ich, wo sie sind. Unglück hatte ich nämlich schon genug.«

Pauline watete durch das eisige Wasser zu den Faunen, die in der Mitte des größten Beckens saßen und das zweite, etwas kleinere Becken auf ihren Schultern trugen. Sie betrachtete die Figuren von allen Seiten, tastete das Ziegenfell aus Sandstein ab, sah in den Öffnungen der Panflöten nach, aber nirgendwo fand sie etwas. Ihre Füße waren mittlerweile eiskalt, und sie ärgerte sich, dass der unbekannte Briefeschreiber sie nicht im Hochsommer in den Brunnen gelotst hatte. Da wäre das sicherlich eine willkommene Abkühlung gewesen, aber vermutlich war sie selbst schuld, wenn sie sich auf so etwas einließ.

Hoffentlich habe ich den Hinweis nicht falsch verstanden und mache mich gerade komplett zum Deppen, dachte Pauline, doch da entdeckte sie etwas Weißes am linken Horn eines Fauns. Sie stellte sich auf die Zehenspitzen und musste aufpassen, dass sie auf dem glitschigen Fliesenboden nicht ausrutschte, als sie versuchte, den Zettel zu erreichen. Mit ihren Fingerspitzen angelte sie danach, bis sie das Papier zwischen Zeige- und Mittelfinger zu fassen bekam. Sie watete aus dem Brunnen, schüttelte das Wasser von ihren Beinen und entrollte das Briefchen.

Ich hoffe, Thýanos hat Dich nicht zu sehr hereingelegt. Es ist ein Gräuel mit den Satyrn, es sind höchst eigenartige Wesen, sehr verspielt und manchmal auch recht anstrengend. Schade, dass ich nicht gesehen habe, wie Du durch den Brunnen gestakst bist, das war sicherlich süß anzuschauen. Aber ich warte an einer anderen Stelle auf Dich. Wenn Du mir das verzeihst und Du wirklich wissen willst, wer ich bin, dann komm dorthin. Du findest einen Hinweis an der Stelle, an der Du als Mädchen all Deine Schätze verwahren wolltest und an der Du jetzt, als Erwachsene, die Erinnerungen an glückliche Stunden sammeln könntest. Weißt Du schon, wo Du danach suchen könntest?

Pauline, deren Füße noch immer ziemlich kühl waren, legte die Stirn in Falten. Dieser Jemand, der ihr da schrieb, hatte sich doch einen Spaß daraus gemacht, sie an der Nase herumzuführen. Aber er hatte auch einen weiteren Hinweis versteckt, und sie wusste schon, wo. Mit raschen Schritten ging sie zum Café zurück.

»Pauline, na endlich! Hast du was am Brunnen gefunden?«, fragte Anna, als sie das Café betrat.

»Ja, da war tatsächlich ein weiteres Briefchen, und jetzt werde ich prüfen, ob ich mit meiner Vermutung richtigliege.«

»Das klingt aufregend!«, sagte Florence, als Pauline jetzt zielstrebig auf eine Kommode zuging, auf der die kostbare Spieldose mit der handgeschnitzten Ballerina stand. Sie öffnete den Deckel, und die zarte Melodie erklang, während sich die Ballerina um sich selbst drehte. Pauline schien mit ihrer Vermutung richtiggelegen zu haben, denn dort, mitten auf dem dunkelblauen Samt, lag ein einzelnes Polaroidfoto. Pauline zögerte. War das die erste gemeinsame Erinnerung, die der Unbekannte in der Spieldose verwahrt hatte? Und schien er zu hoffen, dass Pauline bald weitere von ihnen dazulegen würde? Sie nahm das Foto heraus und betrachtete es. Es war ein großer Baum darauf zu sehen, dessen Blätter sich bereits in ein flammendes Orange gefärbt hatten. Die alte Eiche im Stadtpark. Pauline erkannte auch ein Stückchen vom See neben dem dicken Stamm. Unten auf dem weißen Streifen, an dem sie das Bild halten konnte, stand eine weitere Nachricht des Unbekannten:

Du sagtest, dass es niemanden gibt, mit dem Du neue Erinnerungen sammeln könntest, aber das glaube ich nicht. Und Du? Bist Du Dir wirklich sicher? Sieh nach, ob das stimmt. Ich warte hier auf Dich und hoffe sehr, dass Du kommst …

Und jetzt? Pauline sah wieder das Bild an. Das war also die Lösung. Sie musste nur in den Stadtpark zur alten Eiche gehen und sehen, wer dort auf sie wartete, wer all diese wundervollen Nachrichten an sie geschrieben und sich mit einer Schnitzeljagd solche Mühe gemacht hatte, ihr Herz zu erobern. Sollte sie das Geheimnis lüften? Vielleicht würde damit alles kaputtgehen, was jetzt gerade so schön war. Was, wenn sie den Briefeschreiber gar nicht mochte? So hätte sie wenigstens seine netten Botschaften, mit denen er sie immer mal wieder aufheitern konnte und die sie dann sehnsüchtig lesen würde, wenn die Einsamkeit nachts wieder gnadenlos zuschlug, weil ihr Bett viel zu groß für sie alleine war.

»Wirst du hingehen?«, fragte Florence, die Pauline über die Schulter sah und das Foto ebenfalls betrachtete.

»Ich weiß es nicht«, flüsterte Pauline.

»Wenn du das Gefühl hast, dass es etwas zu bedeuten hat, dann solltest du, finde ich.«

46.

Pauline überlegte fieberhaft, was sie machen sollte. Sie wusste, dass Florence nur das Beste für sie wollte, doch dann erinnerte sie sich daran, dass sie vorgehabt hatte, nicht mehr ewig weiterzuträumen. Bevor sie heute den ersten Hinweis in der Eiskarte gefunden hatte, war sie noch fest entschlossen gewesen, mit dem Träumen aufzuhören. Sie hatte dem Unbekannten sogar geschrieben, dass sie endlich in der Realität ankommen wollte. Aber dieser Mann schien sich darum keinen Deut zu kümmern. Ihm war das völlig egal, stattdessen spielte er mit ihr und mit all ihren Sehnsüchten – mit dem Eismachen, wodurch sie ihr Fernweh stillte, mit ihren Briefchen, die sie überall versteckt hatte und von denen sie hoffte, dass sie andere erfreuten, mit ihren Erinnerungen an die Vergangenheit, die sie innerlich aufwühlten, mit ihren Träumen aus ihrer Kindheit und nicht zuletzt mit ihrer Sehnsucht nach einem Menschen, der sie verstand. Er jonglierte damit, als wären es nichts als einfache Bälle, die man in der Luft herumwerfen konnte. Was glaubte er eigentlich, wer er war? Pauline ballte die Hände zu Fäusten. Oh ja, sie würde hingehen, und dann würde sie diesem unverschämten Kerl gehörig die Meinung sagen!

Noch nie war Pauline laufen so langsam vorgekommen

wie in diesem Moment auf dem Weg zum Stadtpark. Was machte sie hier nur? War sie sich sicher, dass das eine gute Idee war? Ja, dachte sie sofort. Sie wollte wissen, wer hinter all dem steckte.

Als sie bei der alten Eiche am See ankam, blieb sie verblüfft stehen. Dort stand niemand. Keiner wartete auf sie. Das konnte doch nicht sein! Hatte der Unbekannte sein Spiel tatsächlich so weit getrieben, um sich jetzt im Stadtpark über ihr verdutztes Gesicht zu freuen? Pauline sah sich um, aber sie konnte niemanden entdecken. Nur auf dem oberen Hauptweg spazierte ein Pärchen, das sich allerdings nicht sonderlich für sie zu interessieren schien. Der Wind streichelte sanft über den See und malte mit jedem Hauch kleine Wellen. Sie wollte sich gerade auf eine der Bänke vor der glitzernden Seeoberfläche setzen und noch einmal über alles in Ruhe nachdenken, als jemand hinter der dicken Eiche hervortrat.

»Christian! Das hätte ich mir ja denken können, dass ausgerechnet du … Wie kannst du es wagen, nach allem, was du mir angetan hast? Nachdem du mich verraten hast, nur um mich …« Sie brach ab, weil sie nichts mehr über die Lippen brachte. Zu tief saßen noch immer der Schmerz und die Enttäuschung und schnürten ihr die Kehle zu.

Christian hob beschwichtigend die Hände, als Pauline verstummte.

»Ich weiß, dass du wahnsinnig sauer auf mich bist, und das zu Recht«, begann er vorsichtig, und als Pauline ihm nicht direkt ins Wort fiel, fuhr er fort: »Und ich weiß, dass du jetzt vermutlich noch wütender auf mich bist, wenn das überhaupt geht. Aber bitte, bitte hör mir zu.«

Christian zog ein ziemlich zerknülltes Stück Papier aus seiner Hosentasche und streckte es Pauline entgegen. Es war ihr Briefchen aus der Zuckerdose.

»Bitte erlaube mir, dass ich dir meine drei Wünsche nenne, Pauline.«

Sein Blick war beinahe flehend, und Pauline spürte, wie sie sich in seinen haselnussbraunen Augen verlor, obwohl sie eigentlich besser auf dem Absatz kehrtmachen und ihn stehen lassen sollte. Aber etwas in ihr, ein verwirrendes, flatterndes Gefühl in ihrem Herzen, überredete sie zum Bleiben.

»Also gut. Nummer eins?« Pauline sah ihn mit einem fragenden Blick an. Sie war fest entschlossen, ihm nicht mehr Zeit als nötig zu geben.

»Als Erstes würde ich mir wünschen, dass ich die Zeit zurückdrehen könnte, weil ich ein wirklich dummer Esel war, der alles falsch gemacht hat, was er nur falsch machen konnte. Pauline, es tut mir so furchtbar leid, was passiert ist. Dass ich dir nichts von den Plänen des Einkaufscenters erzählt habe, war nicht in Ordnung, und ich weiß jetzt, dass ich …«

Pauline sah ihn unerbittlich an. Ihr Herz verkrampfte sich so fest, dass es sie einiges an Mühe kostete, tief durchzuatmen.

»Zweitens?«, unterbrach sie ihn mit kühler Stimme, denn sie wollte sich auf keinen Fall anmerken lassen, wie aufgewühlt sie war.

Christian wand sich sichtlich in seiner Haut. »Zweitens würde ich mir wünschen, dass du mir glaubst, dass ich dich nicht ausspioniert habe und deinem Vermieter auch keine Informationen über dich zugespielt habe. Mein Onkel hatte da schon über meinen Kopf hinweg deinen Vermieter unter

Druck gesetzt, weil er auch Schulden bei der Bank hatte, genau wie du.«

Pauline horchte überrascht auf. War das, was Christian ihr da gerade gesagt hatte, tatsächlich die Wahrheit, oder versuchte er nur, sich geschickt aus der Affäre zu ziehen?

»Und wie lautet dein dritter Wunsch?«, fragte sie steif.

»Mein Alternativplan für das Center sollte als Beweis dafür gelten, dass ich alles versucht habe, um wiedergutzumachen, was ich dir angetan habe. Ich habe wirklich probiert, das Projekt zu stoppen, damit du dein Eiscafé behalten kannst. Und ich würde mir wünschen, dass du, wenn es in deinem Herzen auch noch nur den winzigsten Platz für mich gibt und du mir verzeihen kannst, mich versuchen lässt, mir deine Liebe wieder zu erarbeiten – denn ich liebe dich, Pauline, mehr als du ahnst. Du bist eine kluge, schöne und kreative Frau, die mein Herz rettungslos gestohlen hat, und ich sehne mich nach nichts mehr, als mit dir glücklich zu sein …« Christian verstummte und wartete ihre Antwort ab.

War wirklich er derjenige, der ihr diese ganzen Briefe geschrieben hatte? Pauline erinnerte sich an die liebevollen Worte und die krakelige Handschrift. Es gab kaum einen Zweifel. Niemand sonst hätte all diese Dinge über sie wissen können.

»Also, zuerst einmal war dein letzter Wunsch nicht einer, sondern, genau genommen, zwei«, setzte Pauline an.

Christian zog die Brauen zusammen. Diese Reaktion hatte er wohl nicht erwartet.

»Christian, du hast mich komplett hintergangen. Du hast mich wie Pascal damals ausgenutzt und mir um ein Haar alles weggenommen, was ich liebe und was mir etwas bedeutet.

Ich habe das schon einmal durchgemacht, und ich habe mir geschworen, dass ich das nie, wirklich nie, nie wieder erleben will. Kannst du das verstehen?« Pauline traten Tränen in die Augen, und sie spürte einen Kloß im Hals. Ihr Herz hämmerte aufgeregt in ihrer Brust, und sie musste mehrfach blinzeln, bis sie wieder klar sehen konnte.

Christian nickte schweigend.

»Ich habe, dank Anna, noch einmal eine neue Chance bekommen und kann mein Eiscafé behalten. Ich freue mich so sehr darüber, dass ich in den Räumen der Apotheke bleiben kann, die ich damals mit meiner Großmutter entdeckt habe. Das alles bedeutet mir sehr viel, und das will ich nicht noch einmal um ein Haar verlieren. Und ich weiß nicht, ob ich mich auf einen Mann einlassen kann, der mir das alles beinahe weggenommen hätte.«

»Ja, das verstehe ich.« Christian atmete tief durch. »Aber was das angeht, solltest du auch noch etwas wissen, bevor du endgültig entscheidest. Es gibt da einen Mietvertrag zu deinem Eiscafé, der auf mein Konto läuft.«

»Wie bitte?« Pauline glaubte, sich verhört zu haben.

»Ich mache besser reinen Tisch, bevor du mir irgendwann wieder vorwerfen kannst, dass ich dich anlüge und hintergehe. Ich habe von meinem Onkel das Haus übernommen, aktuell bin ich der Eigentümer deiner Ladenräume. Allerdings zahlst du nicht nur Miete an mich, sondern das alles läuft als Mietkauf, sodass das Café eines Tages dir gehört, wenn du die Summe beisammenhast, denn ich möchte, dass du deine Chance nutzt und endlich deine eigene Chefin wirst. Du kannst das, das weiß ich, und ich möchte dir sagen, dass ich an dich glaube.«

Pauline öffnete den Mund, um etwas zu erwidern, schloss ihn dann aber gleich wieder. War das wirklich wahr? Christian hatte seinen Onkel dazu überredet, ihm das Haus zu überschreiben, und ihr einen Mietkauf eingeräumt? Das war ja unglaublich! Das hatte Anna also damit gemeint, als sie gesagt hatte, dass sie den neuen Besitzer kannte. In Paulines Kopf drehte sich das Gedankenkarussell. Sie fuhr sich mit der Hand über die Stirn.

»Christian, ich weiß nicht, wie das mit uns funktionieren soll«, sagte sie schließlich mit zitternder Stimme. »Schau mal, da ist so viel zwischen uns gewesen, was ich einfach nicht so leicht vergessen kann. Und jetzt stehst du einfach so vor mir, schenkst mir einen Urlaub nach Rom und sagst, dass mir irgendwann das Café gehören wird.«

Sie suchte sein Gesicht nach irgendeiner Regung ab, doch Christian stand nur da und wartete auf das, was sie ihm sagte. Es berührte sie, ihn so verletzlich zu sehen. Er hatte alles dafür getan, dass ihr das Café irgendwann einmal selbst gehören würde, etwas, woran sie nicht einmal im Traum gedacht hätte. Und dann wollte er sie auch noch zu einem ihrer Sehnsuchtsorte entführen, ein wirklich wohlüberlegtes Geschenk. Es stimmte schon, jeder machte Fehler, und man hoffte, dass einem dann verziehen wurde, aber konnte sie sich so einfach kaufen lassen? Pauline seufzte tief.

»Wie soll das gehen, Christian? Willst du mir jetzt jedes Mal einen Urlaub nach Rom schenken, wenn es Probleme zwischen uns gibt oder wir uns streiten? Das kann nicht funktionieren.«

»Ja, ich weiß, und das verstehe ich auch.« Er hob die Schultern. »Aber vielleicht willst du irgendwann ja auch mal nach

Paris, Venedig oder Disneyland?« Er lächelte schief, und dieses Lächeln war es, was Pauline dazu brachte, ihm nicht mehr länger böse zu sein. Wie hatte sie nur auf die Idee kommen können, mit diesem Menschen nie wieder etwas zu tun haben zu wollen? Sie hatte das Gefühl, als würden sie sich schon ewig kennen, als wären sie Seelenverwandte, die sich jetzt, nach langer Zeit, endlich wiedergefunden hatten.

Pauline sah Christian lange an. Sollte das wirklich gut gehen mit ihnen beiden? Konnte ihr Herz heilen? Sie wünschte sich nichts mehr in diesem Moment, aber sie war unsicher, ob sie all das wirklich zulassen konnte. So viel war zwischen ihnen vorgefallen, so viel Schmerz, Enttäuschung und verlorenes Vertrauen wiedergutzumachen. Und trotzdem spürte sie, wie ihr Herz wieder nach ihm schrie, wie sehr sie sich danach sehnte, Christian wieder ganz nah sein zu können. Sie hatte schon einmal gewagt, sich auf ihn einzulassen. Würde sie es noch einmal schaffen? So ganz ohne Vorbehalte, einfach noch einmal neu beginnen, als ob nichts gewesen wäre? Pauline spürte, dass sie Angst davor hatte, aber sie spürte auch ihr Herz, das jetzt wild in ihrer Brust herumsprang und Purzelbäume schlug und vor Aufregung fest hämmerte und klopfte. Jetzt fühlte sie, dass sie sich nichts sehnlicher wünschte, als in seinen Armen zu liegen, seine Nähe zu spüren und der Liebe noch einmal eine zweite Chance zu geben, so wie ihr das Schicksal noch einmal eine zweite Chance ermöglicht hatte.

Sie wischte sich verstohlen eine Träne aus dem Augenwinkel, und über ihr Gesicht huschte jetzt ein Lächeln.

»Ich bin mir nicht sicher, ob ich nachvollziehen kann, was du mir vorhin alles gesagt hast, und ob ich schon so weit bin, dass ich dir voll und ganz verzeihen kann, dass du mich angelogen hast«, sagte sie und ging einen Schritt auf ihn zu. Sie sah, wie das Feuer in seinen Augen in samtige Dunkelheit umzuschlagen schien, als sie ihm jetzt noch einen weiteren Schritt näher kam. »Aber …«, fuhr sie fort und schlang, wohl zu seiner völligen Überraschung, ihre Arme um seinen Nacken, und ihr Herz schlug wie ein wild flatternder Vogel in ihrer Brust, als sie die Distanz zu ihm jetzt überwunden hatte, seinen Körper an ihrem spürte und seinen wunderbaren Duft wahrnahm, der nur ihm gehörte und ihn so unwiderstehlich machte. Sie sah Christian tief in seine kaffeebraunen Augen, die sie in einen Strudel von Gefühlen davonrissen, dem sie nun schon zu lange zu entkommen versucht hatte. »… ich bin bereit, dir noch eine Chance zu geben. Und ja, ich will dich versuchen lassen, mein Herz wieder aufzutauen … Und zu der Sache mit den Reisen: In Paris war ich schon, und was Disneyland angeht, da will ich auf jeden Fall eine Woche Vollpension und ein Hotel mittendrin … Allerdings, wenn du mich noch einmal bei solchen Temperaturen in den Fabelwesen-Brunnen jagst, dann …«

Doch weiter kam Pauline nicht, weil Christian ihre Lippen da schon längst mit einem Kuss versiegelt hatte. Es tat so gut, endlich wieder seine vollen Lippen zu spüren, ihm so nahe zu sein, ihn nicht mehr schmerzlich vermissen zu müssen. Das Verlangen in ihr wurde immer größer, jede Faser ihres Körpers schien nur darauf gewartet zu haben, ihn endlich wieder so dicht bei sich zu haben. Ein wohliger Schauer jagte über ihren Rücken, als ihr jetzt bewusst wurde, dass auch Christian sie liebte. Paulines ganzer Körper fühlte sich an, als ob er nur noch aus ihrem bitzelnden Cassis-Prosecco-Eis bestehen würde, und ihr persönliches Bitzel-Geheimrezept war Christian.

»Im Grunde hatte ich übrigens schon ab der Stelle mit dem Esel gedacht, dass ich dir noch eine Chance geben sollte«, sagte Pauline atemlos, als sich ihre Lippen wieder voneinander lösten.

»Oh, du bist unmöglich!« Christian zog ihren Kopf zu sich heran und küsste sie gleich noch einmal, dieses Mal so zärtlich und leidenschaftlich, fordernd und liebevoll zugleich, dass Pauline hoffte, dass dieser Kuss niemals enden würde.

EPILOG

Ein halbes Jahr später …

»Christian, schön, dass du da bist.« Anna umarmte ihren Enkel zur Begrüßung. »Hast du schon wieder nichts zu tun und willst bei uns als Aushilfskellner anheuern?«

»So ungefähr«, antwortete er schmunzelnd.

Nachdem das Center-Projekt endgültig vom Tisch war, hatte Christian sich mit seinem Onkel auf die Renovierung von historischen Bauten spezialisiert. Ihr erstes Projekt, das Kulturzentrum der Stadt zu restaurieren, lief bereits auf Hochtouren und hatte nicht nur in Franken für große Aufmerksamkeit gesorgt. Schon jetzt hatten sich Interessenten für weitere Aufträge gemeldet.

»Ich soll dir von Oskar ausrichten, dass er sich schon sehr auf euren Nachmittagsausflug freut. Er hat übrigens die Karten für das Ballett heute Abend bekommen.«

»Oh, wie wunderbar!« Anna strahlte über das ganze Gesicht. »Aber das ist doch hoffentlich nicht der einzige Grund, warum du hier bist, oder? Ansonsten muss ich nämlich mit meinem Sohn dringend mal ein Hühnchen rupfen. Es kann schließlich nicht sein, dass der feine Herr einen studierten MBA als seinen Laufburschen durch die Gegend schickt, statt selbst mal einen Telefonhörer in die Hand zu nehmen und seine Mutter anzurufen!«

»Keine Sorge, ich war ohnehin auf dem Weg hierher, da habe ich das gern gemacht.« Christian zwinkerte ihr zu. »Ist Pauline da?«

»Sie macht gerade draußen auf der Terrasse eine Pause und genießt die Frühlingssonne«, sagte Florence, die dabei war, einen Quarkkuchen mit Erdbeerschnitzen zu verzieren.

Christian trat hinaus auf die Terrasse im Hinterhof des alten Hauses, der dank Mathilde mittlerweile zu einer kleinen grünen Oase geworden war und in dem die Frühlingsblumen um die Wette blühten. Er nickte den Gästen zu und bahnte sich einen Weg zwischen den Tischen hindurch zu Pauline, die sich in einem Stuhl gemütlich zurückgelehnt hatte und sichtlich die Sonne genoss.

»Hallo, meine Lieblingseisfee.« Christian gab Pauline einen zärtlichen Kuss.

»Christian!« Pauline richtete sich auf und schob sich die Sonnenbrille ins Haar. »Was machst du denn hier?«

»Ich dachte, ich seh mal nach dir und frage dich, ob ich dir beim Arbeiten ein bisschen unter die Arme greifen kann, aber wie es scheint, kommst du gerade bestens ohne mich zurecht. So ein Leben hätte ich auch gerne.«

Pauline knuffte ihn in die Seite. »Du hast gut reden. Ich habe eben eine ganze Wanne voll Himbeereis hergestellt, und gerade denke ich mir neue Texte für die Briefchen aus.«

Christian hatte nämlich die Idee gehabt, Paulines heimliche Nachrichten jetzt für die Kunden ganz offiziell zu nutzen, indem sie jedem Gegenstand, der verkauft wurde, eine kleine Botschaft mit auf den Weg gaben. Auch in den Eisbechern steckten jetzt selbst gebastelte Fähnchen mit liebevollen Sätzen für die Gäste, und Florence tüftelte mittlerweile an einem Keksrezept, in das sie einzelne Nachrichten einbacken wollte, um die Gäste, die lieber einen Kaffee oder einen Tee bestellten, ebenfalls mit kleinen Nachrichten zu überraschen. Bei den Gästen war das Konzept ein voller Erfolg.

»Das ist ganz schön anstrengend, sich so viele einzigartige Sätze und Gedanken einfallen zu lassen«, sagte Pauline. »Da werde ich ja wohl mal fünf Minuten durchatmen dürfen. Ganz im Gegensatz zu dir arbeite ich nämlich und stehle mich nicht klammheimlich aus meiner Firma!«

»Ha! Das nennst du arbeiten? Das sieht wirklich schwer aus. Mal sehen, ob ich das auch hinbekomme.« Er zog sich einen Stuhl heran, setzte sich neben sie, schloss die Augen und streckte sein Gesicht in die Sonne.

»Hey, hör auf, mich zu ärgern!«, protestierte Pauline lachend. »Du solltest deine Freundin lieber verwöhnen und ihr einen Eisbecher zaubern. Ich bin nämlich völlig erledigt und könnte eine süße Auszeit sehr gut gebrauchen.«

Christian beugte sich zu ihr und sah ihr tief in die Augen. »Ich hätte da eine Idee für eine süße Auszeit …«, raunte er, doch das brachte ihm nur einen zweiten Knuff in die Seite ein. »Also schön, ich ergebe mich. Was willst du haben?« Inzwischen hatte nämlich auch Christian gelernt, wie einige der Eisbecher zubereitet wurden.

Pauline dachte kurz nach. »Am liebsten eine Sinnliche Sehnsucht.«

»Als ob du das nötig hättest! Aber bitte, ganz wie du wünschst.« Er stand auf und ging wieder nach drinnen, um Paulines Eisbecher vorzubereiten. Dann hatte er allerdings eine andere Idee und arrangierte mit geschickten Handgriffen eine eigene Kreation. Als er fertig war, trug er diese zu Pauline nach draußen und stellte eine Malerpalette, auf der die einzelnen Zutaten des Eisbechers wie Farben nebeneinander angeordnet waren, vor ihr auf den Tisch.

Pauline schob den Notizblock beiseite und sah die Palette an. »Das ist aber keine Sinnliche Sehnsucht«, wunderte sie sich.

»Nein, das ist besser«, sagte Christian. »Das ist die Pauline-Palette.«

»Die Pauline-Palette?«, fragte sie überrascht und beugte sich über die Eiskreation. »Sieht aber verdammt nach den Zutaten der Sinnlichen Sehnsucht aus, wenn du mich fragst.«

»Stimmt aber nicht. Das hier ist nämlich eine Malerpalette, die mich an deine künstlerische Leidenschaft und deine Kreativität beim Eismachen erinnert.« Christian deutete auf die halbrunde Kugel Himbeereis, die ihm perfekt gelungen war. »Und das ist das Eis, das mich an deine wundervollen Lippen erinnert, die ich damals in deiner Eisküche bei einer deiner kreativen Phasen geküsst habe und die da wirklich ein ganz kleines bisschen nach Himbeeren geschmeckt haben. Und das« – er deutete auf einen Klecks Himbeergelee auf der anderen Seite – »ist die Erinnerung an meine Kindheit, die du damals in mir hervorgeholt hast, obwohl ich das alles ganz tief in mir vergraben hatte. Du warst die Einzige, der ich jemals davon erzählt habe, und das, obwohl wir uns damals kaum kannten.« Jetzt zeigte er mit dem Löffel auf eine helle Sorte Eis. »Das hätte eigentlich Mangoeis sein sollen, aber ich habe mich entschieden, es gegen Weißen Kaffee zu tauschen, weil es einfach viel besser zum Himbeereis passt, wie du sicherlich weißt.« Er zwinkerte ihr zu. »Und die hellen und dunklen Schokoladenspäne hier verkörpern einmal deine honigblonden Locken und deine herbe Sinnlichkeit, die mich an manchen Tagen beinahe um den Verstand bringt.« Er deutete auf eine Rose aus Sahne. »Die hier erinnert mich an deine weiche Haut«, raunte er ihr ins Ohr und zeigte danach auf die Beeren, die in der Mitte der Palette auf einem kleinen Zweig Pfefferminze lagen. »Und die hier … Na, du weißt schon …« Er knabberte zärtlich an ihrem Hals.

»Okay, genug!« Pauline schob ihn lachend von sich. »Nicht, dass unsere Gäste da noch auf den Geschmack kommen und auch eine Pauline-Palette haben wollen. Aber ansonsten nicht übel. Man könnte meinen, du hast dein Leben lang nichts anderes gemacht, als kunstvolle Eiskreationen zu zaubern.«

»Ich lerne ja auch von der Besten.« Christian schmunzelte.

Pauline legte die Stirn in Falten und sah sich alles noch einmal genauer an. An einem hellen Faden baumelte ein Stück handgeschöpftes Papier unter der Tischkante. »Und wieso hast du dann das Preisschild an der Palette gelassen?«, fragte sie. Sie angelte danach und erkannte Christians Handschrift.

> Liebe P.,
> hiermit überschreibe ich Dir heute feierlich die
> Ladenräume Deines Eiscafés.
> Gezeichnet D. W.

Pauline sah ungläubig zu Christian. »Aber … Das kannst du doch nicht machen. Da gehen dir doch bestimmt über zehn Jahre Miete verloren!«

Christian zuckte mit den Schultern. »Ach, na ja, das geht schon in Ordnung. Ich habe einen ziemlich dicken Bonus in Aussicht gestellt bekommen, weil ich das alte Theater nicht abreißen lasse, sondern ein Kulturzentrum daraus baue. Also, von daher kann ich mir das schon leisten, dir die Räume des Cafés zu schenken. Abgesehen davon kann ich doch nicht erwarten, dass meine zukünftige Frau die nächsten zehn Jahre Miete an mich zahlt.«

»Deine zukünftige Frau?« Pauline hob überrascht die Augenbrauen. »Was soll denn das heißen? Habe ich da etwas nicht mitbekommen?«

»Das erklärt dir die Rückseite des Zettels.«

Pauline drehte das Papier um und las die Zeilen, die Christian dort hingeschrieben hatte:

Liebe P.,
willst du mich heiraten?
Gezeichnet D. W.

Pauline musste mehrmals blinzeln.

»Ja!«, hauchte sie. »Ja, und wie ich das will, Christian!« Lachend und weinend zugleich fiel sie ihm um den Hals und küsste ihn stürmisch. »Das ist der schönste Antrag, den ich mir vorstellen kann!«

»Für die schönste und bezauberndste Frau, die ich mir vorstellen kann«, flüsterte Christian in ihr Ohr. »Ich liebe dich, Pauline, von ganzem Herzen.«

»Ich dich auch«, flüsterte sie zurück. »Aber woher wusstest du denn, dass ich zuerst die Seite mit dem Eiscafé lesen würde?«

»Das wusste ich nicht. Aber ich dachte, dass ich so viel Improvisationstalent schon aufbringen kann. Schließlich habe ich es mal einen halben Nachmittag mit dir in einem stockfinsteren Keller ausgehalten, und auch da musste ich mir einiges einfallen lassen, um das durchzustehen.«

Pauline lachte aus tiefstem Herzen. »Du hast es mit mir ausgehalten? Wohl eher ich mit dir!«

»Na ja, hören wir lieber mit der Haarspalterei auf«, sagte Christian zwinkernd. »Oder was meinst du?« Er steckte ihr liebevoll eine Haarsträhne hinters Ohr und streichelte dann mit seinen Fingerspitzen über ihre Wange.

»Einverstanden.« Pauline lächelte und küsste ihn auf die Nasenspitze. »Aber, sag mal, was hat eigentlich dieses D. W. zu bedeuten, mit dem du die ganze Zeit unterschreibst?«

»Was, das hast du noch nicht herausgefunden?« Christian sah sie mit gespieltem Tadel im Blick an. »Jetzt strengen Sie sich aber mal an, Mr. Holmes. Ich dachte, Sie hätten ein geschultes Auge für Details!«

»D. W.« Pauline überlegte einen kurzen Augenblick, dann fiel bei ihr der Groschen. »Dr. Watson?«, fragte sie ungläubig, und Christian nickte. »Dann hast du ja die ganze Zeit so unterschrieben, dass ich mehr oder weniger hätte darauf kommen können, dass die Briefchen von dir sind.«

»Tja, in gewisser Weise schon.«

»Aber einfach war das nicht gerade!«, protestierte sie.

»Ich wusste ja auch nicht, wie du auf meine Schmierereien reagierst, deshalb habe ich es lieber etwas schwieriger gemacht.« Christian zuckte mit den Schultern. »Aber ich will heute gnädig sein, schließlich macht jeder mal Fehler und übersieht, dass er denjenigen, den er haben möchte, eigentlich genau vor sich hat und nur die Hand nach ihm auszustrecken braucht.«

Pauline knuffte ihn ein drittes Mal in die Seite. »Sprichst du da etwa aus eigener Erfahrung?«, fragte sie neckend.

»Ich? Ach was! Wenn ich so eine bildhübsche, intelligente und einzigartige Frau wie dich vor mir habe, sehe ich doch auf Anhieb, dass sie die Richtige ist.«

»Ich kippe dir gleich ein Kännchen Kamillentee über«, sagte sie drohend, doch dann schlang sie ihre Arme um seinen Nacken. »Und jetzt komm her und lass dich küssen, bevor du noch mehr Blödsinn erzählen kannst.«

»Eigentlich wollte ich noch …«, begann Christian, aber Pauline legte ihm einen Finger auf die Lippen und schüttelte sanft den Kopf. Und dann küsste sie ihn, aber so, dass sie beide für eine ziemlich lange Zeit überhaupt nichts mehr sagten …